Ponzauner Wigg • Rottaler Bauernbrot

Der Ponzauner Wigg im Alter von 80 Jahren

Ponzauner Wigg

Rottaler Bauernbrot

Lebenserinnerungen und Geschichten
aus Niederbayern, unter uns gsagt,
dalebt und dalust!

Neu herausgegeben von Hans Göttler

Edition Töpfl, 94113 Tiefenbach

Gewidmet
Frau Annemarie Gruber,
der Witwe des Ponzauner Wigg,
und
ihrer gesamten Familie!

2. durchgesehene Auflage 2016
Verlag: Edition Töpfl, 94113 Tiefenbach
Tel. 08509/672, Fax 08509/847
e-mail: info@druckerei-toepfl.de

ISBN 978-3-942592-25-3

Geleitwort des Landrats des Landkreises Rottal-Inn

Heimatdichtung: dafür hat der Duden eine ganz klare Definition: das ist die „Dichtung, die vom Erlebnis der heimatlichen, besonders ländlichen Landschaft und ihrer Menschen geprägt ist“.

Sicher hat der Ponzauer Wigg dann, wenn er geschrieben hat, nicht unbedingt den Duden auf seinem alten Schreibtisch liegen gehabt. Und doch trifft diese Definition auf ihn zu, als sei sie für ihn geschrieben worden. Denn die Dichtung des Ponzauner Wigg – Ludwig Gruber hat ihn wohl seit seiner Schulzeit niemand mehr genannt – ist geprägt von der heimatlichen, ländlichen Landschaft und ihren Menschen. Der Dichter war ein Teil dieser Welt, die er über alles geliebt hat. Und weil er sie so geliebt hat, ist er immer ehrlich mit ihr umgegangen. Es gibt keinen Kitsch und keine Schönfärberei in seinen Gedichten und Geschichten, er schildert die Welt, wie er sie kannte, so wie sie war. Die Menschen, die er beschreibt, haben Stärken und Schwächen, sie arbeiten hart, aber sie können sich auch freuen, sie blicken dem Leben ins Gesicht, aber sie stehen fest in ihrem Glauben, der sie so manches leichter ertragen lässt.

Die vielen Freunde des schriftstellerischen Könnens des Ponzauner Wigg haben ihn nicht nur gerne gelesen, sie haben ihn auch gerne gehört. Wenn er mit seiner ausdrucksstarken Stimme und seinem Naturtalent als Vorleser aus seinen eigenen Werken vorgelesen hat, dann war immer zu spüren: hier konnte man einen Menschen hören, der nicht mehr scheinen wollte, als er war. Er sei, so hat er selbst gesagt, zuerst einmal Bauer, und dann, wenn die Arbeit auf dem Hof, im Stall und auf den Feldern getan ist, dann erst werde er zum Dichter.

Verbiegen lassen hat er sich nie, der Ponzauner Wigg, er hatte ganz sicher Ecken und Kanten, aber wer ihn kannte, der wusste: auf den kann man sich verlassen, der sagt es, wie es ist. Diese Verlässlichkeit, diese Ehrlichkeit, diese Liebe zur Heimat spricht bis heute aus vielen seiner Texte – und dass er oftmals auch sehr viel Humor mit „eingearbeitet“ hat, das macht es nur noch schöner, ein Buch des Ponzauner Wigg wieder einmal in die Hand zu nehmen.

Ich möchte mich ganz persönlich, aber auch im Namen des Landkreises Rottal-Inn, bei Dr. Hans Göttler bedanken, weil er sich nicht nur mit viel Sachverstand, sondern auch mit viel Herz darum kümmert, dass der Ponzauner Wigg nicht in Vergessenheit gerät. Einen besseren Bewahrer des literarischen Erbes unserer Heimat Niederbayern kann man sich wohl nicht denken – das hat auch der Ponzauner Wigg schon erkannt. Es ist das Verdienst von Dr. Hans Göttler, dass damit ein Stück Heimat- und Kulturgeschichte lebendig bleibt, und mehr als das: er bewahrt mit seinen Neueditionen der Werke des Ponzauner Wigg auch die Lebensweisheit dieses Mannes, die uns auch heute noch etwas zu sagen und zu geben hat.

Ich wünsche Ihnen, liebe Leserin, lieber Leser, viel Freude an den Geschichten unseres Ponzauner Wigg.

Pfarrkirchen, im September 2015

Michael Fahmüller, Landrat des Landkreises Rottal-Inn

Vorwort des Herausgebers (2015)

Vor zehn Jahren, am 10. Dezember 2005, ist unser „Ponzauner Wigg“, der Rottaler Bauer und Dichter, gestorben, etwas mehr als 83 Jahre alt. Am 13. Dezember fand – unter großer Anteilnahme der Bevölkerung, der Honoratioren und der sog. „kleinen Leut“ – seine Beerdigung auf dem Friedhof in seinem Heimatdorf Niedernkirchen (Gde. Hebertsfelden; Kreis Rottal-Inn) statt. Nach dem Requiem wurden noch in der Kirche – es war ein sehr kalter Wintertag – viele Reden gehalten; als letzter hab ich auch noch das Wort ergriffen und dabei meinem Dichterfreund öffentlich versprochen, dass ich mich um den Erhalt und die Weitergabe seines schriftstellerischen Werkes kümmern werde, in Zusammenarbeit und in Absprache mit seiner Witwe und seinen Kindern. Ich bin froh und dankbar, dass ich dieses Versprechen auch halten konnte, mit Hilfe der Edition Töpfl (Tiefenbach bei Passau). Dort sind im Laufe der Jahre ff. „Ponzauner-Wigg-Veröffentlichungen“, von mir herausgegeben bzw. eingelesen, erschienen:

- 2007: Vom Verslschreiber zum christlichen Heimatdichter. Der Weg des Ponzauner Wigg (1922-2005). Mit seiner Dichtung „Bayerische Passion“, Fotografien von Hans Würdinger.
- 2007: Weihnachtln duad's in Niederbayern. Gedichte, Erinnerungen und Geschichten. Fotografien von Hans Würdinger. Eine 2., korrigierte Auflage davon kam 2008 heraus.
- 2009: Hans Göttler liest: Ponzauner Wigg „Niederbayerische Weihnacht“. CD.
- 2009: An Herrgood sei Handlanga bleibm! Gereimte Gedanken für das Seelenheil der Menschen. Fotografien von Hans Würdinger.

Alle diese Veröffentlichungen sind bei der Kritik, insbesondere aber bei der Leser- und Hörerschaft sehr gut angekommen und konnten die Erinnerung an diesen ganz besonderen Rottaler, der ja auch über die Grenzen seiner engeren Heimat hinaus bekannt geworden war, wachhalten. Öffentliche Lesungen seiner Werke, durch mich und andere Interpreten, kamen, vor allem in der Advents- und Weihnachtszeit und dann wieder in der Fasten- und Passionszeit, hinzu und bewiesen immer und überall: Der Wigg war mehr als ein einfacher Mundart-Verserl-Schreiber, er war wirklich ein echter, vom christlichen Glauben erfüllter und bewegter Dichter, der den Leuten etwas zu sagen hatte und sie nicht bloß mit lustigen Reimereien unterhalten wollte.

In all den Jahren nach seinem Tod wurde an die Familie des Dichters, an den Töpfl-Verlag und an mich als Herausgeber immer wieder die Frage herangetragen, ob man denn nicht seine weiteren Schriften, insbesondere sein „Bauernbrot", wieder als Buch auflegen sollte. Ich habe die Fragenden immer wieder vertröstet, aber heuer, zum 10. Todestag des Wigg, doch endlich die schon lange fällige, ja überfällige Arbeit in Angriff genommen.

In dieser Buchausgabe werden somit gleich zwei frühere Bücher des Rottaler Dichters zusammengefasst, einmal das „Bauernbrot", das erstmals 1994 erschienen ist, und dann das Büchlein „Unter uns gsagt. Dalebt und dalust" aus dem Jahre 1987. Die beiden Werke enthalten die Prosa des Schriftstellers, seine Lebenserinnerungen und seine Geschichten. Das neue Buch ist etwas dicker und umfangreicher geworden, als es ursprünglich geplant war. Ich als der Herausgeber, der ja mehr und mehr auch schon „an ejdas Leid" wird, habe mir aber gedacht: „Wås ma hamm, dess hamma! Wea woaß, wia lang i nu schreimm kå?" Und so bin ich froh und dankbar, die beiden Ponzauner Wigg-Titel „Bauernbrot" (1994) und „Unter uns gsagt" (1987) in einer gediegenen, gut lesbaren Neuausgabe als „Rottaler Bauernbrot, unter uns gsagt, dalebt und dalust" präsentieren zu können.

Für die Zukunft bleibt mir dann nur noch die Aufgabe, alle Gedichte des Wigg, die nicht mehr in Buchform zugänglich sind, herauszubringen sowie seine „Bayerische Passion" auf CD einzulesen. Dann hab ich meine Arbeit als „an Ponzauner Wigg sei Handlanga" erfüllt, um zum Schluss eine Gedichtzeile von ihm, der ein „Handlanga" des Herrgotts sein wollte, aufzugreifen! Ich wünsche, dass ich diese Arbeiten als „ejdas Leid" noch zur rechten Zeit erledigen kann!

Heute und an dieser Stelle aber habe ich wieder mehrfach „Vergelt's Gott!" zu sagen:

- Frau Annemarie Gruber und ihren Kindern, insbesondere ihrer Tochter Christiane Kasper, für die Druckerlaubnis und die vielfältige Unterstützung meiner Arbeit,
- Herrn Landrat Michael Fahmüller (Landkreis Rottal-Inn) für sein schönes und so freundliches Geleitwort,
- dem Verlag Edition Töpfl Tiefenbach, an der Spitze Herrn Verleger Martin Töpfl, für die Bereitschaft, auch diesen Texten des Ponzauner Wigg wieder eine so gute verlegerische Heimat zu bieten, und für die schon jahrelang erprobte hervorragende Zusammenarbeit.

Gewidmet sei das neue Buch der Witwe des Dichters, Frau Annemarie Gruber, die jahrzehntelang die treue und gewissenhafte „Sekretärin" des Wigg gewesen ist, sowie der gesamten Familie Gruber!

Osterholzen, am 3. Okt. 2015 Hans Göttler

(„Handlanga" vom Ponzauner Wigg)

Umschlagbild der Buchausgabe 1994

Vorwort des Ponzauner Wigg zu seinem Buch „Bauernbrot“ aus dem Jahr 1994

Lieber Leser!

Der schreibende Bauer schickt somit sein siebentes und wahrscheinlich auch sein letztes Büchlein auf die Reise. Überreich ist der Büchermarkt heute bereits, und man fragt sich, ob die Schreiber nicht schon bald mehr sind als die Leser. Nun, jeder kann, aber niemand wird gezwungen, das zu lesen, was Schreibende glauben, ihren Zeitgenossen mitteilen zu müssen.

In den Menschen sind vielerlei Veranlagungen gelegt, und die Vielfalt dieser Veranlagungen weist uns mitunter auch als etwas Besonderes unter den Geschöpfen der Erde aus. Was man als Nebenberuf tut, geschieht ja zunächst zur eigenen Freude. Diese eigene Freude, Gereimtes und Ungereimtes niederzuschreiben, habe ich im vorliegenden Büchlein hinter mich gebracht. Sollte ich Ihnen, lieber Leser, damit Kurzweil und etwas Freude bringen dürfen, wäre mein Herzenswunsch erfüllt.

In diesem Sinne grüßt herzlich
Ihr Ponzauner Wigg

Oberponzaun, im Oktober 1994

Bauernbrot

Geburt und Tod
Reichtum und Not
Lust und Last
Rackern und Rast

Naturverbunden
oft wettergeschunden
fleißig regen
Fluch und Segen.

Oft verkannt
erdverwandt
Tuchfühlung mit Gott:
Das ist Bauernbrot!

Geburt und Kindheit

Knapp zwei Jahre nachdem meine Schwester Resi das Licht der Welt erblickt hatte, wurde ich auf meine Lebensbahn geschickt. Die Umstände, wie mein Lebensweg begann, waren ganz besonders turbulent. Es war der 15. August des Jahres 1922, der sogenannte „Frauentag“. Wegen langanhaltend schlechter Witterung war es ein recht „gnediger“ (eiliger) Erntetag. Der letzte Hafer sollte noch eingebracht werden. Die Mutter, ihrer schweren Stunde schon ganz nahe, ging auch noch mit aufs Feld. Es ging schon auf den Abend zu, das letzte Getreidefuder war schon auf der Heimfahrt, da zog ein schweres Gewitter auf. Es war begleitet von einem heftigen Wirbelsturm, wie ihn unsere Gegend kaum vorher erlebt hatte. Der orkanartige Sturm stürzte die Fuhre mit der Ernte und trug die ganze Fracht in alle Winde. Vom Dach flogen die Ziegel, die hölzernen Scheunentore wurden aus den Angeln gerissen und zerschmetterten am Boden. Im nahegelegenen Brunnholz wurden die Baumriesen wie Streichhölzer geknickt.

Die Mutter erreichte durchnäßt, zerzaust und atemlos gerade noch rechtzeitig das Haus, und schon setzten die Wehen ein. Der Vater hatte kurz vorher das erste Fahrrad gekauft und das Radfahren gelernt. In Eile zog er gleich mit diesem neuen Gefährt los, um die Hebamme, die gute alte Frasch Fanni, zu holen. Diese aber hatte von einem kurz vorher erlittenen Radunfall ein steifes Knie, und so brauchte sie, noch dazu bei dem Sauwetter, eine geraume Zeit, bis sie bei uns auf dem Ponzaunerhof eintraf. So ging es also schon bei meiner Geburt recht bewegt zu. Mit Recht hat man dann immer wieder gesagt: „Den Wiggerl hot da Sturm brocht“.

Aber nicht nur meine Geburt, auch mein Geburtsjahr hatte es in sich. Ein paar weltgeschichtliche Daten sollen daran erinnern.

In Rußland verhungerten in diesem Jahr infolge einer großen Dürrekatastrophe etwa zwölf Millionen Menschen. Stalin wurde Generalsekretär der Russischen Kommunistischen Partei. In Rapallo wurde ein deutsch-russischer Freundschaftspakt unterzeichnet. Die Westmächte reagierten darauf mit einem Kreditstop für Deutschland, was zur Folge hatte, daß die Kriegsschulden nicht mehr bezahlt werden konnten, was letztendlich die Inflation auslöste. Dies bestärkte wiederum den Rechtsradikalismus.

Es gab in diesem Jahr 1922 in Deutschland auch mehrere politische Morde, unter ihnen auch am damaligen Außenminister Rathenau. In Italien stürzten die Faschisten unter der Führung von Mussolini den König und seine Regierung und übernahmen die Staatsmacht. In Irland tobte der Bürgerkrieg. Die Türken besiegten die Griechen und vertrieben sie aus der Türkei.

Es gab nun auch den ersten Tonfilm, und mehrere Rundfunksender nahmen ihre ersten Sendungen auf.

Also, es tat sich allerhand auf der Welt, leider mehr ungute Dinge als gute. Zu welchen von beiden mein Erdeneintritt zählte, ist schwer zu sagen. Jedenfalls erreichte ich den Stellenwert meiner zwei Jahre älteren Schwester Resi bei meinem Vater nie. Das bekam ich bald zu spüren, war sie doch nach zwei im Kindesalter verstorbenen Mädchen hocherwünscht und wurde Vaters „Bstehhaferl“ (Lieblingskind). Wenn es später verdiente Schläge gab, was oft genug der Fall war, bekam ich die ihr zustehenden auch immer gleich mit ab. Ich mußte mich beeilen, den Windeln zu entwachsen, denn 1924 kam wieder ein Mädchen namens Anna, 1926 folgte eine Maria und 1928 als letzte eine Mathilde. So war mit einer siebenköpfigen Kinderschar die Kriegs- und Gefangenschaftslücke reichlich ausgebügelt.

Aber nun nochmals zurück zu meinem Geburtsjahr. Obwohl sich unsere Familie, wie so viele andere auch, im Weltkrieg zum Zeichnen von Kriegsanleihen überreden ließ und damit die vorhandenen Goldmarkbestände auf Nimmerwiedersehen verschwanden, war doch 1922 schon wieder etwas Angespartes vorhanden. Die Inflation aber machte unaufhaltsame Fortschritte, und so animierte ein verwandter Geistlicher meinen Vater, doch noch ein neues Hofgebäude zu erstellen. Im Frühjahr 1923 wurde der Bau eines Stalls mit Wirtschaftsgebäude in Angriff genommen. Aber bis dieser Bau so richtig zum Stehen kam, konnte man ohne Lebensmittel als Zahlungsmittel weder Handwerker noch Baumaterial bekommen. So wurde dieser Stallbau eine schwierige, aber auch schmierige Angelegenheit. Es kam aber schließlich doch noch ein ansehnlicher Bau mit Pferde- und Jungviehstall, Streuschuppen sowie Back- und Waschhaus zustande.

1923 kaufte der Vater zwei weibliche Pinzgauer-Fohlen, sie wurden Fanni und Liesl genannt und gediehen prächtig. Bis 1925 wurde die Gespannarbeit mit sechs Zugochsen getätigt. Jetzt aber, nachdem diese beiden Fohlen herangewachsen waren, konnte mit zwei Pferden die Feldarbeit verrichtet werden.

An der Bewirtschaftung unseres Hofes hat sich vor und auch noch lange nach meiner Geburt nicht viel geändert. Im Kuhstall standen sechs bis sieben Kühe. Im Winter reichte bei der damals üblichen Strohfütterung die Milch und das Fett gerade für unsere große Familie. Im Sommer wurde ausgebuttert, Butter und Schmalz kamen dann zum Verkauf.

Laufend wurden noch 30 bis 50 Legehennen gehalten. Die entbehrlichen Eier sowie Butter und Schmalz wurden von den sogenannten „Oakarrern", von denen es mehrere gab, aufgekauft. Sie gingen von Hof zu Hof und trugen die Produkte mit sogenannten Kraxen auf dem Rücken nach Hause, von wo sie diese dann an den Großhandel weiterverkauften.

Ein paar Muttersauen waren auch immer auf dem Hof. Etwa zehn Mastschweine haben überwiegend den eigenen Fleischbedarf gedeckt. Ab und zu ist neben dem Ferkelverkauf auch noch ein Mastschwein oder eine gemästete Muttersau zum Metzger gewandert. Der Geldumsatz war also sehr gering. Es hat sich hauptsächlich alles um die Eigenversorgung der großen Familie gedreht.

So waren auch häufig Handwerker auf dem Hof zur Stör. Diese hatten keinen hohen Lohn, dafür aber wurden sie voll und ganz verpflegt, und das war allen wichtig. Doch von den Stör-Handwerkern werde ich später erzählen.

Frohe und weniger frohe Erinnerungen durchzogen meine Kinder- und Jugendzeit. So war ich bei meinem Onkel und meiner Tante in Faulkäs bei Hebertsfelden ein recht begehrter Neffe. Ihr Familienname war Asam. Die Tante war eine Schwester meines Vaters und wuchs auch in Oberponzaun auf. Die Einöde Faulkäs liegt etwa vier Kilometer südöstlich von Hebertsfelden, also recht abgelegen, zumal dort auch noch die Straße endete. Das Gollerbachtal bildet die Grenze zwischen der Gemeinde Hebertsfelden und Langeneck. Faulkäs war ein mittelgroßer, vollarondierter Hof und seine Besitzer waren recht gut situiert. Die Bäuerin Leni (Magdalena), meine Tante, war im Gegensatz zu ihren vier weiteren Geschwistern, welche alle groß und hager waren, eine kugelrunde, mollige Frauensperson. Mit drei Mädchen war die Ehe der Faulkäs-Leute gesegnet. 1901 kam eine Marie, 1904 ein Annerl, die allerdings nur kurze Zeit überlebte, und 1909 dann als letzte die Leni. Der Onkel, ein äußerst lebenslustiger Mann mit lauter witzigen Einfällen, hätte halt zu gern auch einen Buben und Stammhalter gehabt. So durfte ich von Kindestagen an schon seinen Bubenersatz spielen.

Auf dem Hof war auch ein alter Knecht, der Sepp. Er war armer Leute Kind und ist schon in sehr jungen Jahren als Stallbub auf den Hof gekommen und dort auch bis zu seinem Sterben geblieben. Er hatte es gut auf dem Faulkäshof, gehörte so richtig zur Familie und wurde auch wie ein eigenes Kind gehalten. An seiner Nase hing, solange ich ihn kannte, Sommer wie Winter das Schnupftabaktröpferl. Sonntag für Sonntag ist er zum nahen Sammerwirt auf ein paar Halbe Bier gegangen und meistens mit einem kleinen Räuscherl heimgekommen.

Vier Jahre war ich noch nicht alt, als mich der Sepp zum erstenmal auf den Faulkäshof holte. Natürlich ging ich die zwölf Kilometer zu Fuß, denn das Radlfahren hat der Sepp als neumodischen Luxus empfunden. „dLeit", so hat er immer gesagt, „wern jetzt scho so faul, daß unterm Gehn aa no sitzn mechtn."

Auf dem Weg nach Faulkäs gab's mehrere Wirtshäuser. Da kam nach drei Kilometer bereits der Häringbräu in Prienbach, wo ein paar Braune für den Sepp und eine Breze und ein Kracherl (Limo) für mich abfielen. Da aber der Sepp bald wieder Durst bekam, gab's beim Stanglbräu in Hebertsfelden das Gleiche wieder, und als wir dann in Faulkäs ankamen, standen schon wieder einige Schmankerl bereit. So war ich schon vor dem Schuleintritt mehr der Faulkäs Wiggerl als der Ponzauner Wiggerl.

Die Tante, eine etwas ernste Person, hat mich weniger verzogen, dafür aber der Onkel umsomehr und auch die beiden Cousinen. Der Onkel Ludwig wußte ja den ganzen Tag lustige Geschichten und Gstanzl für mich. Die beiden Cousinen, die Marie und die Leni, hatten sich oft schon tagsüber gestritten, bei welcher von beiden ich die nächste Nacht schlafen darf. Mein Stern war natürlich die Leni. Sie war 13 Jahre älter als ich und ein junges Mädel in voller Blüte. Die Leni war für mich der Inbegriff von einem schönen Weiberleut. Sie war groß und schlank, mit guten körperlichen Proportionen, hatte ein wunderschönes Gesicht mit rehbraunen Augen und langem, braunen Haar, das mir sLenerl engelgleich erscheinen ließ. Dabei hatte sie noch eine warme, weiche Stimme, die ihre liebliche Art noch vollkommener machte. Also habe ich mich immer für die Leni entschieden und auch fast immer bei ihr geschlafen.

Eines Abends, wir waren noch nicht lange im Bett, klopfte es am Kammerfenster. Die Leni stand auf und hat lange und hat leise mit jemandem gesprochen und gelacht. Erst habe ich mich recht gefürchtet und geglaubt, meiner innigstgeliebten Leni könnte was passieren. Dann aber habe ich gemerkt, daß es eine lustige Unterhaltung ist. Als sie dann wieder zu mir ins Bett geschlüpft war, fragte ich sie, wer da gewesen sei. „Ach", sagte sie, „es war bloß a Bettlmann". Das wäre aber komisch, meinte ich, bei uns würden die Bettlmanna immer beim Tag kommen.

Ab und zu habe ich natürlich auch bei der Marie schlafen müssen, wollte ich es mir doch mit keiner verderben. Wenn die Familie nämlich am Sonntag nach Hebertsfelden zur Kirche gegangen ist, hat mir jedes vom Kramer was mitgebracht, der Onkel, die Tante, der Sepp, die Leni und auch die Marie. Solche sonntägliche Mitbringsel gab es natürlich in Ponzaun bei der großen Kinderschar nicht.

Die Marie hat später auch den Hof bekommen. Sie war ein herzensguter Mensch, aber halt nicht so hübsch wie meine Leni. Sie war mager und ihr Gesicht war so gelb wie Wachs. Sie bekam später den Hof, und ein tüchtiger Bauerssohn, der Moar (Aigner) Alois aus Amelgering, wurde ihr Mann. Bei der Geburt des ersten Kindes ist sie mitsamt ihrem Kind gestorben. Der Alois heiratete die Hagn Walburga, eine äußerst tüchtige Nachbarstochter. Der Lebensbund war mit einer Tochter gesegnet. So kam auf den Hof eine andere Linie, und wir sind heute nur mehr befreundet, aber nicht mehr blutsverwandt.

Auf dem Faulkäshof gab es auch sonst für mich noch viel Interessantes. Zum Beispiel hatten die, im Gegensatz zu uns, schon elektrisches Licht. Ein Nachbar, der Winklbauer, hatte ein wasserbetriebenes Elektrizitätswerk und versorgte damit auch den Hof meines Onkels. Mit der Leni ging ich oft zum Winklbauern und durfte dort das „Lichtwerkl" anschaun. Auf dem großen Hof war die Schluttenhofer Kathl Magd und der Leni ihre Freundin. Als sie sich dann so halblaut ihre Liebeserlebnisse erzählten, tat ich immer so, als würde ich gar nicht zuhören. Aber interessiert hat's mich halt auch schon, wer wieder am Kammerfenster da war oder kommen sollte.

Die Leni hat dann schon im Alter von 20 Jahren geheiratet. Es war eine verschmuste Sache. Ihr Mann war ein Großbauer, zehn Jahre älter und einen guten Kopf kleiner als sie. Beim Hochzeitsfoto hat man den Bräutigam auf einen Stuhl gestellt, aber größer geworden ist er halt deswegen auch nur auf dem Bild. Er war übrigens ein resoluter, jähzorniger Mensch, der über seine Leni nichts kommen ließ. Der Moarbauer hat ein Leben lang auf sie geschaut, aber nicht nur, weil sie viel Geld und Sach auf den Hof gebracht hat, die beiden verband eine wahre, innige Liebe.

Doch nun wieder zurück zum Ponzaunerhof.

Obwohl unsere Mutter stets bis über die Ohren in der Arbeit steckte, durften wir an manchen Sonntagen oder in der Ferienzeit mit ihr zu Verwandten und Bekannten in den „Hoagarten" gehen. Meist besuchten wir kinderreiche Familien. Da wurde auch immer ein kleines Geschenk mitgebracht, Kathreiners Malzkaffee, eine Kaffeerolle oder ein Packerl Würfelzucker. Während wir Kinder spielten, unterhielten sich die Frauen meist über ihre Alltagsprobleme und Sorgen. Einmal durften wir Kinder mit der Mutter ins Dorf zum Schreiner Koppenmüller gehen und zwar zu einem besonderen Anlaß. Der Schreinerfamilie waren wir nämlich dreifach verbunden. Einmal war er unser Hausschreiner und Nachbar, zum anderen hoben meine Eltern die Schreinerkinder aus der Taufe und die alte Schreinermutter war auch noch die Posthalterin in unserem kleinen Dorf. In der Schreinerwerkstatt war ein kleiner Glasverschlag, darin befand sich die Poststelle und als Besonderheit für uns Kinder – ein Telefon. Wenn ein Anruf kam oder die Schreinermutter wegtelefonierte, schrie sie „Staad sei, da Telefon!" Dann ruhte selbst die Arbeit der Schreiner und auch wir Kinder waren mäuschenstill.

Nach der Schule war oft die ganze Schreinerwerkstatt voller Kinder, denn wir durften die Zeitungen und auch die Post abholen. Alle schauten wir da gespannt in den Glasverschlag und auf die alte Schreinermutter, die sich beim Telefonieren immer ein Ohr zuhielt. Sie kam uns dann vor wie ein Wundermensch.

Also, dieses „Postfräulein", die alte Schreinerin und ihr Mann Ludwig wollten Goldene Hochzeit feiern, das heißt, sie wollte und ihre Kinder, aber der Vater nicht. Im Schreinerhaus war schon alles im Hochzeitsfieber. Im ersten Stock in der guten Stube lagen schon die mit Goldbronze gestrichenen Ansteckstäußerl für die Hochzeitsgäste bereit und auch das Gewand mit der Goldriegelhaube für die Braut hing schon am Ständer. Nur der Jubelhochzeiter, der alte Schreiner, der weitum für seinen hintergründigen Humor bekannt war, zog nicht recht mit. Mit auf dem Rücken verschränkten Händen, die schwarze Zipfelmütze auf dem Kopf, ging er im Zimmer auf und ab und sagte ein ums anderemal: „Werd's ös scho seng, i mach euch no was drunter!" „Geh weita", sagte seine Frau, „wos du oiwei hast, dir feit ja nix." Er lachte aber und sagte bloß: „Werd's ös scho seng, i mach euch was drunter!" Und richtig, am vorgesehenen Hochzeitstag war seine Beerdigung. Ein plötzlicher Tod holte ihn aus dem Leben in die Ewigkeit.

Eine einschneidende Veränderung auf unserem Hof brachten die Jahre 1926/27. Unsere Wiesen lagen im Hausbachtal, durch welches sich ein mehr stehender als fließender Schlängelbach zog. Die Wiesen waren sumpfig und morastig und von einem Labyrinth von Gräben und Stegen durchzogen. Die anliegenden Grundstücke, die sehr unter Staunässe litten, konnten nicht drainiert werden, weil der nötige Abfluß fehlte. Bei jedem Gewitterregen glich das Bachtal einer herrlichen Seenlandschaft. Kaum hörte es auf zu regnen, kamen schon die etwas älteren Starznerkinder von der anderen Seite gelaufen. Sie hatten lange Stecken und ein kleines Floß, das sonst zum

Schwenken der Wäsche in einem klaren Tümpel diente. Mit diesem Floß fuhren sie das Tal auf und ab, wobei die Stecken zum Anschieben dieses „Bootes“ dienten. Uns Kleineren war es verboten, das Floß zu besteigen. Einmal aber war es mir doch geglückt, daß sie mich kleinen Knirps verstohlen mitnahmen.

Natürlich war fast jeden Sommer bei Regenwetter das ganze Heu kaputt. Es wurde vom Wasser mitgeschwemmt und an der etwas höher gelegenen Further Straße abgelagert. Es hatte dann, von zahlreichen Schnecken und Ungeziefer durchsetzt, nur noch „Mistwert“. Aufgrund der schlechten Futterqualität war das Jungvieh häufig von Leberegeln befallen, was zu Krankheiten und letztlich zu Notschlachtungen führte. Nun wurde durch das Tal ein neuer Bach, der heutige Hausbach, gegraben. Das Kulturbauamt Pfarrkirchen unter der Leitung des Amtschefs Post zog diese Maßnahme durch. Die Anlieger gründeten eine Genossenschaft, der alle beitraten bis auf einen bekannten Nörgler. Mein Vater wurde zum Vorstand gewählt. Die Arbeitslosen der Gemeinde wurden eingesetzt, und diese hatten die ganze Regulierung in reiner Handarbeit auszuführen. Den Aushub des Bachbettes tätigten zwei junge Burschen namens Engel und Stranzinger. Vom Spätsommer bis zum Frühjahr gruben diese beiden den Bach durch unseren Grund. Es war Schwerstarbeit, die noch dazu bei jeder Witterung im Freien durchgeführt werden mußte. Die beiden wohnten bei uns und wurden selbstverständlich auch bei uns verpflegt. Abends war es dann immer recht lustig, denn unser Haus war schon immer eine „Hoagartenhochburg“. Einen Großteil trugen dazu meine beiden großen Brüder Alois und Sepp bei, die das Spielen der Ziehharmonika und auf der Zither meisterhaft beherrschten. Es waren außer uns sieben Kindern noch ein Knecht und die adoptierte Resl, die ja auch grad in den lustigen Blütejahren stand, auf dem Hof. Alle machten da fleißig mit, wenn am Abend Musik und Gesang erklangen.

Die Verwandten

Eine viel größere Rolle als heute spielten früher die verwandtschaftlichen Beziehungen. Dabei war das sich gegenseitige Besuchen wesentlich umständlicher als heutzutage.

Wenigstens jeden Winter einmal sind die drei Schwestern des Vaters mit ihren Männern auf unseren Hof gekommen. Alle drei waren Bäuerinnen, darum war es ihnen auch möglich, mit Pferd und Schlitten oder Wagl vorzufahren. Die Pferde kamen dann in unseren Stall und wurden dort mit Futter versorgt. Die Mutter kochte für die Gäste gut auf, und bei fröhlicher Unterhaltung wurde dann geschmaust und so manche Erinnerung und auch Erfahrung ausgetauscht.

Da war die jüngste Schwester, die Tante Resl. Sie war unsere Taufpatin und ein wenig sonderlich. Sie hatte in den Spererhof in Wald bei Nöham eingeheiratet. Die Resl verstand so gut wie überhaupt keinen Spaß. Ganz das Gegenteil aber war ihr Mann, unser „Taufgöd". Er hatte die Gestalt eines Urmenschen, war groß und breit wie ein Kleiderschrank und hatte eine Stimme wie ein Lautsprecher. Ein langer Schnurrbart und buschige Augenbrauen zierten sein volles Gesicht. Sein Lachen hörte sich an wie ein Durchbrechen der Schallmauer. Man erzählte sich, daß er in seinen jungen Jahren eine solche Bärenkraft hatte, daß es keiner wagte, sich mit ihm anzulegen. Am meisten interessierte uns Kinder immer seine mit Schaffell ausgefütterte Winterjoppe. Sie war so schwer, daß wir Kinder alle zusammenhelfen mußten, um sie heben zu können. Das war dann für ihn immer ein Grund, uns zu necken.

Die Wortführung bei diesen Zusammenkünften hatte meistens der Onkel Ludwig aus Faulkäs, der Vaters mittlere Schwester Leni zur Frau hatte. Dieser Onkel war, wie ich schon erzählte, ein humorsprühender, lustiger Mann, mittelgroß und schlank mit blondem Haar und strahlend blauen Augen. Seine Frau, die Tante Leni, fiel bei der bekannten Ahnenreihe der Oberponzauner gänzlich aus dem Rahmen. Im Gegensatz zu ihrem Mann war sie mittelgroß und kugelrund. Wenn sie lachte, hüpfte ihr übergroßer Busen immer so lustig auf und ab. Ihre feine Fistelstimme paßte überhaupt nicht zu ihrer korpulenten Figur.

Der dritte Onkel väterlicherseits war der Vorderdobler Bauer, der in der Nähe von Pfarrkirchen seinen Hof hatte. Seine Frau Anna kannte ich nicht mehr, denn sie starb bei der Geburt ihres fünften Kindes. Der Onkel nahm dann als zweite Frau eine Bauerstochter aus der Nachbarschaft, die wir alle gern mochten und die auch den Stiefkindern eine gute Mutter war. Dem Onkel sah man die Stadtnähe schon äußerlich an. Er hatte ein herrisches Auftreten und ein gepflegtes Aussehen. Er war Mitglied im Verein der „Hundertdreizehnprozentigen" von Pfarrkirchen. Diese trafen sich jede Woche mehrmals zur geselligen Unterhaltung.

Der Onkel Josef, Vaters ältester Bruder und seine überaus temperamentvolle Frau Fanni, waren bei diesen Treffen nie anwesend. Sie kamen zu uns immer gesondert auf Besuch. Meistens kam die Tante Fanni, die wir alle sehr gerne hatten, mit ihren zwei Töchterln Thekla und Fannerl. Den Onkel wurmte es anscheinend ein Leben lang, daß mein Vater den Hof bekam und nicht er. Zum Onkel Sepp haben wir Kinder immer nur „Großsepp" gesagt, weil er so groß und dürr war. Einmal im Jahr, immer zu Allerheiligen, ist er ganz sicher gekommen, da konnte das Wetter sein wie es wollte. Er besuchte da das Grab seiner Eltern. Den selbstgebundenen Kranz hatte er immer den ganzen 13 Kilometer langen Weg von Postmünster bis Niedernkirchen getragen, denn er kam immer zu Fuß. Bei seiner Heirat im Jahr 1923 hatte der Onkel ein schönes Sümmchen Geld aus seinem Heiratsgut und dem noch dazu Ersparten auf der Seite. Das junge Paar wollte sich davon ein Anwesen kaufen, doch die Inflation machte alles zunichte. So waren sie ein Leben lang in Miete. Angestellt war er jahrelang beim Rottverband und dort als zuverlässiger Arbeiter sehr geschätzt. Seine Frau, die Fanni, war unsere Lieblingstante. Sie kam oft zu Besuch, und das war für uns Kinder immer ein besonderes Erlebnis. Sie konnte originell und witzig erzählen, daß man dabei schier Tränen lachen mußte. Sie scheute auch keine Arbeit und half überall, wo sie gebraucht wurde.

Auch Mutters Geschwister kamen regelmäßig. Da waren ihre drei Stiefschwestern. Die Anna war Pfarrerköchin und weit weg im Schwäbischen. Sie zeigte sich folglich selten.

Die Fanni hatte den elterlichen Hof übernommen und den Namen „Geiersberger“ mit „Sporer“ durch ihre Heirat vertauscht. Die Tante Fanni habe ich nie traurig oder verdrossen erlebt, ganz gleich was geschah. Sie sprühte vor Humor und Lebenslust, obwohl sie im Leben auch so manche schwere Bürde zu tragen hatte.

Mathilde war die dritte Schwester der Mutter. Sie heiratete einen Witwer mit drei Kindern, welchen sie eine äußerst gute und umsichtige Ersatzmutter war. Sie war im Vilstal verheiratet. Wir haben sie auch oft und gerne besucht, hatte sie doch eine gerade, aber heitere Art. Mutters Bruder Josef war ein Lehrer mit elf Kindern und ein Schulmeister nach altväterlicher Art und Güte. Er war ein gemütlicher Mensch, machte gerne Späßchen, rauchte gute Zigarren und war auch sonst den leiblichen Genüssen nicht abgeneigt. Meist kam er in der Erntezeit, da waren ja die Sommerferien. Er machte sich dann bei der Erntearbeit auf dem Feld ein bißchen nützlich und spottete mitunter, daß es eine Schande sei, dem schlechtesten Arbeiter auch noch das schlechteste Werkzeug in die Hand zu geben. Der „Onkel Schullehrer“ war auch der erste aus der ganzen Verwandtschaft, welcher in Oberponzaun mit einem Auto, einem Opel, aufkreuzte. Natürlich mußte ein Mistwagen gleich als Garagenplatz für das von uns so sehr bewunderte Auto weichen. Da aber der Onkel auch noch kein so perfekter Schofför war, geschah es, daß die Stoßstange dran glauben mußte, als er sein Fahrzeug einmal rückwärts aus dem Schuppen fuhr.

Dann war noch Mutters Bruder, der Onkel Hans, ein „Bruder Lustig". Seine Frau Liesl wollte ihn bei seinen Späßen noch übertreffen. Bei beiden galt das Sprichwort: „Dem Glücklichen schlägt keine Stunde." Sie waren auch Landwirte, und weil sie eben nicht auf die Stunde achteten, kamen sie meist erst gegen Abend in den Hoagarten, wenn es bei uns schon Zeit zur Stallarbeit gewesen wäre.

Auch mit unseren zahlreichen Cousins und Cousinen sowie Vettern und Basen haben wir uns, per Fuß oder per Fahrrad, viel öfter getroffen, als dies heute im Autozeitalter der Fall ist. Es war dann immer ein lustiges, geselliges Zusammensein, bei dem viel gesungen und musiziert wurde, denn musikalisch war ja die ganze Ponzauner-Sippschaft.

Meine Schulzeit

Nach den Osterferien 1929 sollte ich eingeschult werden. Damals war Ostern noch Anfang und Ende eines Schuljahres. Der Vater meinte immer: „Dich können sie sowieso nicht brauchen, denn du bist Linkshänder und kannst das „R“ nicht aussprechen.“ Aber Letzteres wurde auf ganz einfache Weise behoben.

Meinen um zehn Jahre älteren Bruder Alois zwang Anfang März eine schwere Lungenentzündung ins Bett. Zur Behandlung kam der junge Dr. Müller von Schönau zweimal täglich mit dem Motorrad zu uns. Er kurierte zugleich auch mein „R“-Hindernis, indem er mir auftrug, dreimal je Stunde zu sagen: „Roland der Riese im Rathaus zu Bremen“ und siehe da, innerhalb von sechs Wochen war mein „rollender“ Sprachfehler behoben.

Der erste Schultag wurde für mich eine große Enttäuschung. Damals war es so üblich, daß Buben bis zum Alter von etwa drei Jahren mit einem Kittel herumliefen, erst dann gab's eine vom Schneider gemachte sogenannte „Misttürlhose“, die zugleich auf Hochwasser eingestellt war. Genauer gesagt hatte dieses Bekleidungsstück Hosenbeine, die bis zur halben Wadenlänge reichten und auf der Hinterseite eine Klappe, die man bei Bedarf aufknöpfen und hinunterklappen konnte. Zum Schulgehen allerdings wurde dieses Kinderhoserl in der Regel gegen eine richtige Hose mit Hosenträgern gewechselt. So bekam auch ich, wie alle übrigen Buben, zum Schulanfang mein erstes richtiges Anzügerl, also Hoserl mit Leiberl und Jopperl.

Natürlich war ich am ersten Schultag schon in der Frühe recht aufgezogen. Die Mutter, die mich zur Schule brachte, ermahnte mich: „Paß ja auf, daßd mit dem neuen Anzügerl net zammfoist!“ Dem ersten Schultag ging ein tagelanges Regenwetter voraus, sodaß alle Straßen und Wege richtig dreckig waren. Der Weg vom Hof zur Straße führte etwa 300 Meter über eine Wiese. Auf halber Strecke befand sich eine Vertiefung, die sich bei längerem Regen in einen kleinen See verwandelte. Um trocken über diesen Tümpel zu kommen, war als Steg ein Brett über diese Vertiefung gelegt worden, das beim Drübergehen immer so schön schwankte. „Gib ja obacht!", mahnte die Muttter noch – und schon war es geschehen. Ich rutschte aus und lag der Länge nach im Dreck. Von oben bis unten war ich patschnaß, und weil ich nur das eine schönere Gewand hatte, mußte ich jetzt zu meinem Leidwesen mit meiner alten „Misttürl-Hose" in die Schule gehen.

27 Neuanfänger wurden 1929 in unserer zweiklassigen Volksschule in Niedernkirchen eingeschult. Die drei unteren Klassen unterrichtete damals das Fräulein Hofbauer, eine außergewöhnlich gute und mütterliche Lehrerin. Ich konnte mir von Anfang an in der Schule keine „Gspaßettln" erlauben, denn in der dritten Klasse saß meine ältere Schwester Resi. Sie war eine Superschülerin und wachte mit Argusaugen darauf, daß ich unserer Familie keine Schande bereitete. Ich wußte genau, daß sie meine Schelmereien beim Vater verklagen würde, was zur rechten Zeit trotzdem geschah und zur Folge hatte, daß ich dann alles wieder am eigenen Leib zu verspüren bekam.

Es ging soweit alles recht sittsam voran. Daß ich als geborener Linkshänder heute mit der rechten Hand schreibe, verdanke ich meiner Lehrerin. Sie hatte von meinem Vater den Auftrag erhalten, aus mir einen Rechtsschreiber zu machen, was ihr nach einigen Mühen auch gelang.

Wir erlernten zu unserer Zeit noch alle die deutsche Schrift. Der Unterricht begann mit dem kleinen „i", das uns mit einem „auf und ab und einem Tüpferl drauf" bei stunden- und tagelangem Eindrillen beigebracht wurde.

Mehrere unserer ABC-Schützen waren Nachbarskinder und

bereits meine Spezln. So war mir die Umgebung bald wohlvertraut, und auch die „Frein Hofbauer“ trug dazu bei, daß der Schulbesuch für uns zu einem frohen und freudigen Erlebnis wurde. Wenn im Winter die Kinder von Windorf und Kleingmain nach einem vier Kilometer langen Fußmarsch durch den tiefen Schnee mit gefrorenen Kleidern und durchnäßten Schuhen in der Schule ankamen, weinte das Fräulein oft vor Mitleid. Sie holte dann Decken und Kleidung aus ihrer Wohnung, zog die Kinder aus und wickelte sie in ihre trockenen Sachen. Dann durften sich diese Kinder um den Kachelofen sitzen zum Aufwärmen. Das Fräulein Hofbauer war eine Bauerstochter aus dem Nachbarsdorf. Wenn wir sie recht ärgerten, was auch manchmal vorkam, geriet sie außer sich und schrie dann ärgerlich: „Lieber würde ich bei meinem Bruder die Schweine füttern, als mich mit euch Saubande rumärgern.“ Aber ihre Verstimmung dauerte meist nicht lange, dann war sie wieder recht friedlich. Wir wußten, ihr Zorn hatte keinen langen Bestand. Sie war auch mehr mit Fleißbildern als mit dem damals noch üblichen „Tatzensteckerl“ bei der Hand. Wir Kinder hielten sie auch für das schönste Fräulein des Dorfes, was die anderen Dorfschönen allerdings nicht so gerne hörten. Unser „Frein“ war sehr fromm, und nachdem sie auch Religionsunterricht gab, konnte sie damit bei uns viel aufbauen. An eine Watschn oder Steckerlstrafe von ihr kann ich mich nicht erinnern. Nur einmal habe ich sie fuchtig gemacht. Es war im Winter bei strengem Frost, wo man immer das Eis des Dorfweihers in den Kühl- und Bierkeller des Dorfwirtes verfrachtet hat. „Eineisen“ hatte man das bezeichnet. Mit einer Holzsäge sägte ein Mann große Blöcke von der Eisfläche, ein anderer zog die Blöcke mit Hacken heraus und zerkleinerte die Eisblöcke in tragbare Stücke. Diese wurden dann auf einem Wagen oder auf Fuhrschlitten zum Wirtskeller gefahren und an den Wänden aufgeschichtet. Dies war früher die einzige Möglichkeit, in der warmen Jahreszeit Bier und

Lebensmittel zu kühlen. Viele fleißige Hände wurden zu dieser schweren Arbeit benötigt. Während des „Eisens“ und auch danach war uns Kindern das Betreten des Dorfweihers verboten. Aber was verboten ist, reizt halt besonders.

Es gab zu meiner Schulzeit im Sommer die kurze Schulzeit von halb acht bis zwölf Uhr und von September bis Ostern die lange Schulzeit, die von acht Uhr früh bis zwei oder drei Uhr am Nachmittag reichte. Dazwischen lag eine lange Mittagspause von elf bis zwölf Uhr. Die Kinder, die in der Umgebung wohnten, gingen während der Mittagspause heim zum Essen, die Auswärtigen dagegen vertrieben sich im Dorf die Zeit. Natürlich waren im Winter Schlittenfahren und Eislaufen auf dem Dorfweiher die gefragtesten Pausevergnügungen. Besonders wenn das Eis aus dem Weiher genommen worden war, mußten wir ja die Tragfähigkeit des Neueises prüfen. Dabei fiel ich einmal bis zum Hals ins kalte Wasser, und das ausgerechnet kurz vor dem Ende der Mittagspause. Mit schlotterndem Körper setzte ich mich daraufhin in die Schulbank. Aber mein äußerer Zustand verriet sofort das Vorgefallene. Die Frage der Lehrerin, ob denn was passiert sei, beantworteten die Mitschülerinnen gleich recht schadenfroh.„Eigfalln is er!“ Die Lehrerin darauf erregt: „Hab ich's nicht verboten, diese Woche aufs Eis zu gehen. Schau daß du sofort heimkommst, und deinem Vater werd ich deine Unfolgsamkeit auch berichten.“ Das wirkte, denn meines Vaters Prügel gab es nur mit dem Stock auf den nackten Hintern – und das nicht zu wenig. Ich lief also sofort heim. Obwohl der Weg nur einen Kilometer weit war, erreichte ich bocksteifgefroren unseren Oberponzauner-Hof. Die Mutter verräumte mich schnell mit einer Wärmflasche ins Bett, aber um Vaters Strafe kam ich trotzdem nicht herum, allerdings erst zwei Wochen später.

Der Schulweg war früher im Vergleich zu heute zwar viel beschwerlicher, dafür aber umso erlebnisreicher. Es gab weder Bus noch Fahrrad, sondern nur die eigenen Füße. Im Sommer liefen wir überwiegend barfuß, und in der kalten Jahreszeit trampelten wir alle mit handgezimmerten Holzschuhen durch die Gegend. Nur bei ganz weiten Wegen wurden Schuhe getragen. Die Holzschuhe mußten im Hausgang der Schule abgestellt werden. Statt der Hausschuhe trugen wir dann im Schulzimmer sogenannte besetzte Socken, das waren handgestrickte Socken, auf die Leinenflecken genäht waren, um die Wolle zu schonen. Zur Pause und zum Unterrichtsende gab's dann immer ein riesiges Gepolter, bis alle Kinder ihre richtigen Holzschuhe gefunden hatten. Ein Pausebrot bekamen wir in der Regel von daheim mit. Nur in ganz seltenen Ausnahmefällen durften wir uns Pausebrot beim Bäcker kaufen. Da gab es dann für fünf Pfennig noch zwei Brezen oder zwei „Loaberl". Preise, die man sich heute kaum mehr vorstellen kann. Das mitgebrachte Pausebrot bestand aus selbstgebackenem Hausbrot und Äpfeln.

Die Oberklassen unterrichtete Lehrer Georg Kaspar, ein äußerst rassiger und intelligenter Herr im besten Alter. Er hatte eine hübsche Frau und eine kleine Tochter. Seine pädagogische Art des Bestrafens war ganz außergewöhnlich. Bei ihm gab es keine Prügelstrafe, dafür aber einen Gerichtshof. Er bestimmte dabei einen oder eine Gerichtsvorsitzende mit zwei Schöffen, einen Ankläger und einen Verteidiger, also ein richtiges Gerichtstribunal. Die Hauptfigur war immer der oder die Angeklagte. Ob zu spät zur Schule gekommen, ob geschwätzt, gerauft, gelogen, die Schule geschwänzt oder die Hausaufgaben vergessen und was es sonst noch für Schulsünden gab, immer löste er die Vergehen mittels einer Verhandlung. Da diese Verhandlungen während der Schulzeit für die Schüler immer äußerst interessant waren, fehlte es nie an Anzeigen von Schülern gegen Schüler. Wurde dann ein zweifelhaftes Urteil gefällt, gab es auch zuweilen Mißfallensäußerungen seitens der Zuschauer. Die Strafe bestand in der Regel darin, daß der oder die Übeltäter eine Papptafel um den Hals gehängt bekamen, auf der die begangene Verfehlung geschrieben stand. Da hieß es z. B.:

Ich bin ein Schwätzer oder ein Lügner, ein Raufbold, ein Schulschwänzer usw. Mit dem Strafmaß, eine halbe Stunde oder sogar mehrere Stunden vor dem Schulhaus auf der Straße zu stehen und den Vorbeigehenden die Sündhaftigkeit per Umhang kundzutun, war dann die Buße. Am meisten erwischte es immer den Waneck Horst. Der Horst kam aus Württemberg und verbrachte die Schuljahre bei seiner Oma auf dem Großkayer Hof. Trotz seiner unzähligen Schulsünden haben den Horst alle gern gehabt und bedauert, wenn er meistens mehrere Stunden vor dem Schulhaus seine Strafen kundtun mußte. Manchmal hatte er bis zu vier Taferl umgehängt bekommen, hinten und vorne und an den Seiten. Er mußte sich dann langsam im Kreise drehen, damit auch alle seine Schandtaten abgelesen werden konnten. Aber dieses Am-Pranger-Stehen absolvierte Horstl immer mit lachender Miene. Als Naturmensch haßte er ohnehin das Stillsitzen auf der Schulbank. Sein Leibspruch lautete: „Lieber auf der Straße büßen als in der Schule lernen.“ Das bekannte Sprichwort: „Den Seinen gibt's der Herr im Schlaf“ traf bestimmt auf den lernfaulen und zu allen Streichen aufgelegten Horstl zu. Er wurde später ein höherer Postbeamter und blieb bis zu seinem leider viel zu frühen Tod das, was er schon als Mitschüler für uns war, nämlich ein Pfundskerl.

Ich kam nicht mehr in den Genuß solcher Schulgerichtsverhandlungen, denn bei meinem Übertritt in die oberen Klassen wurde der Lehrer mit der wohl einmaligen Strafmethode an einen größeren Schulort versetzt.

Die Stunde Mittagspause, von der ich bereits erzählte, hatte es in sich. Zur schönen Zeit des Herbstes ging's in den nahen Wald. Wir bauten Pferdeställe aus Laubhütten. Die einen spielten die Pferde, andere Knechte oder Bauern, also wir kopierten alles, was sich zuhause tagtäglich abspielte auf unsere

Weise. Meist befanden wir uns, leider nicht gerade zur Freude der Lehrkräfte, beim Zwölfuhrläuten noch im Wald und erreichten das Schulhaus verspätet, schwitzend und außer Atem. Bei schlechtem Wetter suchten wir unser Vergnügen beim Versteckenspielen in den Wirtschaftsgebäuden des nahen Enzingerhofes. Der zur Herbst- und Winterszeit mit Stroh und Heu gefüllte Stadel war ein Idealplatz dafür. Das Betreten dieses Hofes wurde uns von den Lehrkräften zwar verboten, aber wie schon gesagt, das Verbotene reizt eben besonders. Nicht selten hat der äußerst originelle Enzinger-Bauer mit Hilfe seines Knechtes Otto auf uns Razzia gemacht. Jeder mit einer Fuhrmannspeitsche ausgerüstet, machten sie dann den Hofraum von uns Schülern frei. Dabei konnte man schon einmal auch Bekanntschaft mit der Peitschenschnur machen, wenn die Füße zu langsam waren. Ich hatte dort meinen eigenen Trick. Der Hohlraum unter der Tennenbrücke bot für mich einen sicheren Schutz. War dann die Treibjagd auf uns Buben vorüber, konnte ich seelenruhig herauskriechen und das Schulhaus erreichen.

Großer Beliebtheit erfreute sich das Räuber- und Schandispiel in der sogenannten großen Pause. Natürlich durften da auch die Mädchen mitmachen. Der Dorfplatz mit den angrenzenden Gebäuden war unser Revier. Ganz besonders dafür geeignet zum Verstecken war auch der Wirtsstadel. Als Gefängnis für die Festgenommenen gab's auch einen hölzernen Schweinekobel, der dazu diente, daß der Wirt, der zugleich auch Metzger war, dort die Kälber und Schweine, welche die Bauern zum Schlachten anlieferten, einsperrte. In diesen Kobel sperrten also die Schandi ihre gefangenen Räuber ein. Mit Vorliebe mußten Mädchen als Gefangene herhalten. Einmal schmachteten wieder fünf Dirndln auf ihre Freilassung, die aber auf sich warten ließ, denn der Klang der Zwölfuhrglocke setzte dem Spiel ein jähes Ende. Alles lief zur Schule, ohne an die eingesperrten Mädchen zu denken. Der

Unterricht lief bereits eine Weile, als der Lehrer fünf leere Plätze bemerkte. Erst auf die Frage, ob jemand von den Fehlenden wisse, erinnerte man sich wieder an das Spiel in der Mittagspause. Ich wurde als Befreier losgeschickt. Die fünf Mädchen waren in Rotz und Wasser aufgelöst, als ich im Kobel eintraf. Trotz aller Hilferufe hatten ihre Schreie kein Gehör gefunden. Von da an konnten wir die Dirndln nicht mehr zum Mitmachen beim Räuber- und Schandispiel bewegen.

Weil Kinder stets durstig sind, spielt auch die Wasserversorgung einer Schule eine wichtige Rolle. Bei uns gab's da eine praktische Lösung.

Auf dem Dorfplatz stand ein Pumpbrunnen, welcher der Bäckerei gehörte, die dort bestand. Wir Schulkinder konnten dort auch unseren Durst löschen. Von diesem Brunnen mußte auch das in der Schule benötigte Wasser geholt werden. Als Wasserholer wurde täglich ein anderer eingeteilt. Meist galt dies als Strafaufgabe, wenn man mit einem großen Eimer losgeschickt wurde, um vom Bäcker-Brunnen Wasser zu holen und dann die im Schulzimmer aufgestellte Wasserschüssel zu füllen hatte.

Die Toilette, man sagte Abort, war zu meiner Schulzeit wasserlos. Die dortige Blechrinne hatte einen selbsttätigen Ablauf, und die Plumpsklos funktionierten ebenfalls problemlos. Infolge dieser „sanitären Ausstattung" trat einem beim Betreten des Schulhauses auch immer gleich ein penetranter Duft entgegen.

Der Dorfbrunnen fiel der Elektrifizierung während des Krieges zum Opfer. Mit der Dorferneuerung 1993 erhielt er aber wieder neues Leben. Bloß die Schulkinder müssen nicht mehr daraus trinken, denn die altehrwürdige Dorfschule wurde 1969 aufgelöst. Sie verdient es aber sicher, ihre Entstehungsgeschichte kurz zu beleuchten.

Obwohl in Bayern erst 1802 die Schulpflicht eingeführt wurde, hat bereits im Jahre 1785 der ledige Wanderlehrergeselle

Gregor Binder in Niedernkirchen eine Schule ins Leben gerufen. Zu seinem Häuflein freiwilliger Schüler konnte er 37 Werktags- und 10 Feiertagsschüler zählen. In der oberen Stube des Mesnerhauses lief der Schulunterricht ab. Zur Heu- und Erntezeit aber stand der Lehrer häufig allein in der Schule, denn die Kinder mußten zuhause mithelfen.

Der Lehrer führte ein Hungerleben, und nur die Verehelichung mit der einzigen Tochter des Mesners ließ ihn am Ort bleiben. Ein paar Tagwerk Grund mit Kraut- und Kartoffelacker gehörten zum Mesnerhäusl, und die zwei Kühe im Stall lieferten die Milch für die Hausbewohner und den Mist für den Acker. Volle 52 Jahre tätigte Lehrer Binder den Schuldienst alleine. Erst als 82jähriger konnte er sich durch Einsatz seines Schulinspektors, des Dekans von Falkenberg, zur wohlverdienten Ruhe setzen. Um 1900 entstand dann das heute als Jugendheim genutzte Schulhaus mit Unterrichtsräumen im Erd- und Obergeschoß.

Das Raufen und Kämpfen gehörte in unserer zweiklassigen Schule seit jeher zum großen Hausübel. So lagen die Niedernkirchner schon immer im Kriegszustand mit der einklassigen Schule von Heiligenberg. Der Querfeldweg betrug nur zwei Kilometer, und die Stundenpause reichte genau für gegenseitige Balgereien. Meist wurden die Rauftermine sogar vereinbart und auf halbem Wege ausgetragen. Unter Strafandrohung wurden uns zwar von den Lehrern und dem Ortsgeistlichen diese Kämpfe verboten, aber die Rauflust lockte eben, und wo kein Kläger, da kein Richter.

Einmal ging es allerdings ganz daneben! Ich war in der 4. Klasse, als ein Großkampftag angesagt wurde. Wir trafen uns mit beiderseits großem Aufgebot auf halbem Weg. Die 6. und 7. Klasse war mit Lederriemen ausgerüstet, und wir Kleinen der 4. und 5. Klasse traten mit langen Gerten zum Kampf an. Mit lautem, kräftigen Hurra ging es los. Wir Niedernkirchner entschieden die Kampflage rasch zu unseren Gunsten und verfolgten die Heiligenberger bis zu deren Schulhaus. Aber oh weh, vom Kirchturm schlug es zwölf Uhr und wir waren noch in Heiligenberg. Zu unserem Pech war ausnahmsweise an diesem Tag von 12 bis 13 Uhr Religionsstunde. Der allzustrenge Herr Pfarrer Neuber hatte uns sowieso schon immer wieder verboten, gegen die Heiligenberger gewalttätig zu werden. Völlig verschwitzt und außer Atem kamen wir in Niedernkirchen an und fanden eine verschlossene Schulzimmertür vor. Wir ahnten nichts Gutes! Immer fünf von uns wurden nun eingelassen und im Schnellverfahren vom Seelenhirten abgeurteilt. Jeder bekam sechs auf den „Allerwertesten". Die Schläge von Pfarrer Neuber hatten es in sich und waren sehr gefürchtet! Diese Strafaktion dürfte wohl für ihn die anstrengendste und für uns die schmerzlichste Religionsstunde seiner 15jährigen Dienstzeit in Niedernkirchen gewesen sein.

Mit Beginn der Nazizeit fand auch der Kriegszustand mit den Nachbarschulen sein Ende. Wir wurden in sogenannte Jungvolkfähnlein zusammengeschlossen und mußten „höheren Zielen" dienen.

Die Fußschulwege früherer Zeiten hatten ihre ganz besonderen Reize. So waren zum Beispiel zu meiner Schulzeit die Winter sehr schneereich. Oft war am Morgen nur eine dürftige Bahn gezogen, so daß wir uns selber einen Pfad treten mußten. Am Morgen pressierte es aber meistens, da war zum Unfugmachen wenig Zeit, dafür aber ließen wir uns beim Heimgehen nach der Schule die tollsten Sachen einfallen. Mit ausgebreiteten Armen ließen wir uns oft in den Schnee fallen, was ein herrliches Adlermodell gab.

Als Ministrant und Lausbub Gottes

In der 2. Klasse wurde ich Ministrant, zusammen mit meinem um acht Tage älteren Freund, dem „Moar Luck". Kleine Pflichten, so meinte mein Vater, schaden dem Buben nicht. Zu

Ministranten-Höhepunkten gehörten auch früher schon die Hochzeiten und die Beerdigungen, die im Volksmund „Leich" genannt werden. Bei der Hochzeit gab es für uns Ministranten von der Ehrmutter ein Stück Kuchen oder ein kleines Torterl, und beim Auszug des Brautpaares aus der Kirche brachte das sogenannte „Aufhalten" der Gäste ein Trinkgeld.

Daß eine „Leich" eine traurige Sache ist, weiß man. Um die Trauer und das Weinen am Grab hatten wir Ministranten uns wenig gekümmert, viel interessanter war da schon die nachfolgende „einfache" oder „esserte Kremeß", der sogenannte Leichentrunk. Bei der „einfachen" gab's nur einen Umtrunk und ein paar Brote, bei der „esserten" dagegen gab es einen Braten. In der Regel wurde von den Häuslern eine „einfache" und von den Bauern eine „esserte Kremeß" ausgerichtet.

Meine erste „Leich" war die der Ottilie Hopper, Bäuerin vom Gruberhof. Sie wurde beim Auftragen des Dienstboten-Einstandsessens von einem Schlaganfall ereilt. Der Beerdigungstag war schneereich und eiskalt, trotzdem waren sehr viele Verwandte und Nachbarn zur Beerdigung gekommen. Pfarrer, Chor und Ministranten kamen damals noch ins Haus, um die „Leich" in Begleitung der Trauergäste abzuholen. Also haben wir nach der Aussegnung auf dem drei Kilometer langen Fußmarsch bis zum Dorf gebetet. Auf diesem Weg fand ich im Schnee einen schönen silbernen Rosenkranz. In Gedanken malte ich mir schon aus, welche Freude meine Mutter haben wird, wenn ich ihr den gefundenen Rosenkranz bringen würde, denn silberne Rosenkränze hatten in der Regel nur reiche und große Bäuerinnen. Natürlich hätte der Pfarrer meinen Fund noch in der Kirche verkünden müssen, aber dazu kam es nicht, weil sich leider die Verliererin gleich bei Ankunft an der Kirche in der Sakristei meldete.

Die reichen Leute ließen sich damals noch einen zweiten oder dritten Geistlichen kommen. Da gab es dann ein sogenanntes levitiertes Amt mit Beimesse. So war es auch bei der

Gruberbäuerin. Weil die großen Ministranten am Hochaltar gebraucht wurden, habe ich als Anfänger beim alten Pfarrer von Neuhofen am Seitenaltar die Beimesse ministriert. Der alte Herr machte schon in der Sakristei mit mir seine Späßchen und schien recht leutselig zu sein. Vor allem fiel mir auf, daß er alle paar Minuten seine Schnupftabakdose herauszog und eine kräftige Prise nahm. Aber bald verging mir das Amüsieren, denn nach der Epistel mußte ich das große Meßbuch auf die andere Altarseite tragen. Beim Heruntersteigen von den Altarstufen passierte es. Ich trat mir auf den viel zu langen Chorrock und mit einem lauten Duscher landete ich mitsamt dem Meßbuch auf dem Kirchenpflaster. Ich habe mich furchtbar geschämt, besonders, weil auch meine Mutter in der Kirche anwesend war. Der alte Pfarrer aber sagte lachend: „Hab mir's scho denkt, daßd no a bisserl zkloa bist zum Büachltragn, Oba deama wieda weida, denn dös bißl Zamfoin macht an Herrgott nix aus.“ Er hob das schwere Evangeliumbuch auf, und schon ging's mit der Meßfeier wieder weiter.

Ich erlebte als Ministrant viele „Leichen“, vor allem gab es damals zahlreiche Kinderbeerdigungen. Fast jede zweite „Leich“ war eine Kinderleich. Die meisten Kinder starben an der „Froas“, einer Mangelerscheinung, an Diptherie oder Lungensucht, der Tuberkulose.

Mit Tod und Sterben kam ich schon frühzeitig in Berührung. Oft mußte ich bei Versehgängen den Mesner vertreten und mit Kerzenlaterne und Glöckerl den Pfarrer begleiten. So empfand ich schon als Bub das Sterben als etwas natürliches. Bei Beerdigungen war es mir oft unverständlich, daß beim Hausauszug des Toten oder am Grab geweint und gejammert wurde, wogegen beim anschließenden Leichentrunk eine gelöste, ja sogar oft heitere Unterhaltung aufkam.

Ein Dilemma bei Beerdigungen gab es bei uns oft mit dem Totengräber. Nicht selten schaufelte er das Grab so klein, sodaß das Sargversenken das reinste Kunststück wurde. Unser Totengräber war auch sonst ein im weiten Umkreis bekanntes Original. Ein kleines Anwesen mit ein paar Kühen, Schweinen und Hühnern war sein Eigentum. Als Störzimmerer verdiente er sich sein Zubrot. Leichenbitter und Totengräber war er nur so nebenbei, aber dazu war er noch ein besonderer Freund von Freibier. War bei einem Wirt in der Umgebung irgendeine Veranstaltung, so erschien er oft mit einem Rucksack voller leerer Bierflaschen. Nach Beendigung der Veranstaltung füllte er alle übriggelassenen Noagerl (Reste) in seine Flaschen und hatte so nie einen Freibiermangel. Überall war der Totengräber auch bekannt als nächtlicher Sangesbruder. Wenn er gutgelaunt und singend heimwärts trappte, wußte jedermann, daß wieder eine Wirtshausgaudi zu Ende war. Er war auch mit dem Geldausgeben äußerst sparsam und ließ sich für ein paar Freimasserl allerhand gefallen. Üble Scherze trieben die Zechbrüder oft mit ihm! Des öftern wurde ihm die Hälfte seines stattlichen Schnurrbarts oder die eine Seite seiner Kopfhaare abgeschnitten. Aber nie nahm er was übel, und so war er überall bekannt und beliebt.

Dorfhochzeiten, die früher immer am Dienstag oder Donnerstag und überwiegend im Fasching oder Spätherbst abgehalten wurden, waren für uns Schulkinder ein beliebtes Ereignis. Vor dem Mittagessen bei einer Hochzeit war es so der Brauch, daß von der Ehrmutter, es war meist die Taufpatin der Braut, auch an die Schulkinder gedacht wurde. Da durften wir gemeinsam vor das Wirtshaus ziehen, wo sich dann bald die Fenster des oberen Stockwerks, wo sich der Tanzsaal befand, öffneten. Als Segen von oben kamen dann einige Körbe voll Küacheln und Guatln, aber auch eingewickelte Pfennige und sogar Fünferl auf uns Kinder geflogen. Das ergab natürlich immer eine große Balgerei, wobei die Großen immer die Kleinen beiseiteschoben. Später verlagerte sich dieser Hochzeitsbrauch in den Schulsaal. Dort wurden die Gaben verteilt, und jedes Kind bekam gleich viel oder gleich wenig, je nach Freigebigkeit der Ehrmutter.

Übertritte in höhere Schulen gab es kaum, denn man mußte ja für den Besuch höherer Schulen noch Schulgeld bezahlen, was sich kaum jemand leisten konnte. Meines Wissens besuchten aus unserer Schule nur zwei Mädchen die Städtische Mittelschule Eggenfelden.

Mit Beginn der Nazizeit, also ab 1933, wurde die bis dahin bestehende und unter kirchlicher Aufsicht geführte Feiertagsschule für die volksschulentlassene Jugend in eine dreijährige Berufsfortbildungsschule unter staatlicher Obhut umgewandelt. Während die Feiertagsschule im Anschluß an den Sonntagvormittags-Gottesdienst gehalten wurde, war zu meiner Zeit diese bereits abgeschafft worden und die Fortbildungsschulzeit nun auf Montag von 12.00 bis 16.00 Uhr festgesetzt. Der Lehrstoff war nur wenig berufsbezogen, sondern überwiegend allgemein gehalten, waren doch die Volksschullehrkräfte zugleich auch für diese Fortbildungsschule zuständig.

Der Leistungsstreß in meinen Schuljahren ist mit dem von heute in keiner Weise vergleichbar. Noten gab es nur bei Schulentlassung, Schülerbögen wurden allerdings bereits geführt. Nur wenn sich ein Kind ein grobes Vergehen in Fleiß und Betragen zuschuldenkommen ließ oder aufstiegsgefährdet war, wurden die Eltern verständigt. Wenn ein Kind mehrere Tage unentschuldigt der Schule fernblieb, dann mußte es der Gemeindediener, bei uns auch Polizeidiener genannt, holen. Dieser trug bei polizeiähnlichen Dienstgängen eine Polizeimütze und einen Mantel. Unter dem Mantel hing an einem Leibriemen ein Säbel. Diese Dienstkleidung trug er immer, wenn er in Aktion trat, um ein Kind zur Schule zu holen.

Buamafreud – Buamaleid

Nicht unerwähnt soll bleiben, daß ich in meiner Schulzeit viele Hobbys hatte. Da waren das Aussägen von Figuren, vor allem Krippenfiguren, aber auch das Fertigen von Burgen und anderen Bauwerken sowie das Bleigießen mein Steckenpferd. Letzteres allerdings sehr zum Verdruß meiner Mutter. Wegen der langen Schuldauer konnte ich diesem Hobby nur in den Spätnachmittags-Stunden nachkommen. Da saß und kniete ich dann mit beharrlicher Ausdauer vor der Heizung des großen Küchenkachelofens. Früher wurden auf allen Bauernhöfen zum Abend noch Mehl- oder Kartoffelspeisen gekocht, darum mußte meine Mutter meistens kritisch werden, um mich vom Herd zu vertreiben. Zum Bleigießen besorgte ich mir mehrere Formen. Am besten gelangen mir immer der Fahnenreiter mit Schwert und Fahne sowie einige Musikanten. Um das notwendige Blei zu ergattern, durchstöberte ich alle Dachböden der Nachbarschaft nach bleiernen Maßkrugdeckeln, Fensterblei und Wasserleitungs-Rohrstücken.

Ein Handwerksbursche, wir haben ihn nur den „Schnupftabak-Simmerl“ geheißen, verkaufte runde Wandtafeln mit kleinen Almhäuseln drauf. Diesen Wandschmuck fertigte er in Sommerzeiten im Wald und ging damit hausieren. Eines Tages, als er wieder einmal bei uns auftauchte, fragte ich ihn ganz bescheiden: „Kunntst ma dös net lerna?“ Darauf antwortete er: „Naa, Bua, dös zoag i neamd, dös is mei Patent.“ Ich habe aber dann doch im nahegelegenen Brunnholz seine Werkstatt aufgespürt, stieg ganz in der Nähe auf einen Baum und spionierte sein Patent aus. Von da ab gab's in unserer Gegend einen zweiten „Häuserlbauer“.

Ich war in meinen Bubenjahren auch ein recht pfiffiger Schwammerljäger. Prall gefüllte Rucksäcke voller Steinpilze habe ich zur Aufbesserung meines Taschengeldes, meist am

Sonntag früh, nach Eggenfelden geradelt oder oft auch zu Fuß diese zehn Kilometer lange Strecke dorthin getragen. Eigentlich gab es da für mich nur einen Abnehmer, das Hotel „Neue Post". Dort regierte eine Frau Ranftl. Sie sagte immer: „Bua, wennst Schwammerl oder junge Tauben hast, derfst mas blos bringa." Hab ich ihr aber dann was gebracht, dann handelte sie mich herunter bis zum Gehtnichtmehr. Ich fuhr stets in voller Erwartung zur Ranftlin, aber mit großer Enttäuschung wieder heim.

Auf dem Taubenmarkt

Zu meiner Schulzeit waren mein „lebender Tierbesitz" drei Paar Haustauben, deren Nachkommen ich auch verkaufen durfte. Da meine Tauben zur Gattung der sogenannten „Wildlinge" gehörten, beschloß ich an einem Wintersonntag-Vormittag, diese auf dem Eggenfeldener Taubenmarkt gegen Rassetauben umzusetzen. Aber meine Unerfahrenheit im Taubenhandel war mir anscheinend schon vom Gesicht abzulesen. Gleich wurde ich von einem der Taubenprofis angesprochen: „No, Bua, was hast denn für oi Dreckdeifen in dem Sackl?" Er langte saufrech hinein, holte eine der Tauben heraus, hielt sie zum Gaudium der Umstehenden in die Höhe und meinte: „Oh mei, Bua, wo hast denn dö Nestscheißer zammglaubt?" Alle nur erdenklich schlechten Eigenschaften dichtete er meinen Tauben an. Ich wollte meine Federlinge noch verteidigen, aber dieser Schlawiner kam mir zuvor, denn bis ich verdattert schaute, entließ er alle sechs zum Gaudium des umstehenden Publikums in die Freiheit. Mit weinerlichem Gesicht und enttäuschtem Herzen zog ich dann ohne die erhofften Rassetauben heimwärts. Über die Taubenhändler habe ich seitdem meine eigene, nicht allzugute Meinung.

Der Schulausflug

Der Übertritt in die 4. Klasse der Volksschule war bei mir gleichbedeutend mit dem Beginn des „Tausendjährigen Reiches." Der Schulleiter begeisterte sich und uns für die neue „Braune Zeit." Darauf war auch seine Lehrtätigkeit ausgerichtet. Geschichte, Rassenkunde und Singen waren seine Schwerpunkte. Nun war es bei Gott nicht so, daß unser Lehrer nicht auch seine guten Seiten gehabt hätte. Er organisierte zum großen Ferienbeginn alljährlich einen größeren Ausflug. Da es damals noch kaum Reisebusse gab, mietete er einen mit Planen bedeckten Lastwagen der Molkerei Pfarrkirchen. Als Sitze wurden Bretter quer gelegt, denn ein Sprichwort sagt: „Lieber schlecht fahren als gut laufen." Da ich Ministrant war und damit über etwas Taschengeld verfügte, konnte ich mir diese „luxuriösen Reisen" schon leisten.

Die erste Fahrt führte in den Bayerischen Wald nach Zwiesel, um dort eine Glasbläserei zu besuchen. Heimwärts ging es über Passau. Auf der Fahrt dorthin wurden wir von einem schweren Gewitter überrascht. Wie getaufte Mäuse saßen wir alle unter der löcherigen Autoplane. In Passau angekommen, war wieder herrlicher Sonnenschein, und am Oberhausberg trocknete unsere völlig durchnäßte Kleidung bald wieder.

Berchtesgaden, Königssee, Salzbergwerk und Chiemsee waren das Reiseziel des nächsten Jahres. Als wir den ersten Berg der Alpen erreicht hatten, mußte der Chauffeur anhalten. Alle stürzten wir uns auf kleine Felssplitter, um ein Souvenir heimzubringen. Ein richtiges Gebirge war uns allen bisher noch fremd. Sehr beeindruckt waren wir vom Salzbergwerk und vom Schloß Herrenchiemsee.

Ein Jahr später besuchten wir die Landeshauptstadt München. Unser Lehrer hatte auch hier wieder gut vorgeplant. An den Bordwänden des Molkereiautos stand groß der Werbespruch: „Der fortschrittliche Bauer liefert Rahm". Danach sahen auch die

Bordwände aus. Wir hatten diese auf der Fahrt nach München so vollgespien, daß der gute Chauffeur Schwiebacher vor den Toren Münchens anhalten mußte, um diese zu säubern. München erschien uns Landkindern wie eine andere Welt. Funkhaus, Armee- und Deutsches Museum, Feldherrnhalle, Braunes Haus und vieles mehr hinterließen bei uns bleibende Eindrücke.

Mein vierter und letzter Schulausflug führte nach Abensberg und Kelheim, zum Donaudurchbruch, zur Befreiungshalle, zu den Tropfsteinhöhlen, nach Regensburg und zur Walhalla. Unser Lehrer zeigte uns dort auch die vermeintliche Stelle, wo er glaubte, daß auch einmal die Büste von Adolf Hitler stehen würde. Irren war aber zu allen Zeiten schon menschlich!

Nach den großen Ferien 1935 wurde unser Lehrer an die um vieles größere Schule Hebertsfelden versetzt. Er sollte dort als Schulleiter fungieren. Uns war hundeübel deshalb, sollten wir doch zu Ostern 1936 aus der Volksschule entlassen werden, wobei unsere Schulkenntnisse noch sehr dürftig waren. Zunächst bekamen wir den Junglehrer Hans Huber. Dieser wurde aber zu Weihnachten 1935 wieder versetzt. Er wurde von einem Münchner namens Rudolf Beckenbauer abgelöst. Dieser war viele Jahre im Saarland und sprach auch saarländischen Akzent, sodaß wir anfangs Verständigungsschwierigkeiten hatten. Doch dieser Lehrer war ein Glücksfall für mich. Als übertragener Junggeselle ernannte er mich zu seinem Laufburschen und Wohnungsaufräumer. Ich konnte auch mit meinem Entlassungszeugnis Ostern 1936 zufrieden sein. „Bester Schüler seiner Klasse“ stand da in meinem Zeugnis. Bei den Mädchen erhielt die gleiche Bemerkung die Resi Pollerspeck. Das Reserl war auch schon meine geheime große Schulliebe. Erfahren hat sie das allerdings erst 45 Jahre später.

Meine Klasse war die letzte, die zu Ostern entlassen wurde. Die nächste Klasse durfte bereits ein Jahr länger in die Volksschule gehen, und ihr Entlaßzeitpunkt war auf die großen Ferien verlegt worden.

Es bleibt noch zu fragen, welche Rolle die Poststelle in meiner Schulzeit spielte. Wie bereits einmal erwähnt, war die Poststelle in der Werkstatt der Schreinerei Koppenmüller in unserem Dorf untergebracht. Die Tageszeitung wurde von uns Kindern beim Schreiner abgeholt. Das war für uns immer ein Erlebnis. Manchmal hatten wir Glück, das Eintreffen der zweispännigen Pferdepostkutsche mitzuerleben. Von weitem kündigte bereits der Postillion Josef Deinböck mit einem Hornsignal sein Kommen an. Darauf begab sich die Posthalterin, die alte Schreinermutter, mit dem Leinenpostsack auf die Straße, um abzugeben oder in Empfang zu nehmen, was befördert werden sollte. Meist umringte sie dabei eine Schar von Schulkindern. Nach Ablösung der Pferdepost durch den Postomnibus, es war im Jahre 1929, heiratete der letzte Postillion Deinböck unsere Nachbarin Therese Gratz. Diese war verwitwet, und der Postillion wurde nun „Michlbauer in Burg".

Das Post- und Zeitungsholen war auch wegen des witzigen Schreinermeisters Lorenz Koppenmüller und seines Sohnes Alois für uns ein beliebtes Tageserlebnis. Diese beiden Witzbolde machten mit uns alle möglichen und unmöglichen Gspassettln, logen uns an, daß sich die Bretter bogen, und nicht selten wurden wir auch mit Farbe und Leim gestempelt.

Ein altes Sprichwort oder eine Redensart sagt: „Kommt im Haus ein neuer Erdenbürger an, so muß ein anderer dafür scheiden!" In meinem Fall traf dies sogar zu. Mein Großvater schloß im April 1922 für immer die Augen und ich durfte sie im August des gleichen Jahres öffnen. Anscheinend hinterließ mir aber mein Großvater seine große Fischerleidenschaft. Der Vater pachtete zusammen mit dem Starzner Nachbarn das Fischereirecht in unserem Hausbach. Aber weder der Nachbar noch mein Vater gingen auch nur einmal zum Fischen. Dagegen war das in meiner Bubenzeit schon für mich eine große Leidenschaft geworden. Stundenlang konnte ich angelnd am Wasser sitzen, ohne die Geduld zu verlieren. Mein großer Wunsch war es nur, auch noch ein Köschernetz zu besitzen. Geld war damals wenig, so strickte ich mir selbst eins. Die „Werkstatt Zenz", eine Nachbarin, beherrschte die Kunst der Fischnetzstrickerei und lernte mich dazu an. In diese Lernstunden ging ich recht gerne, denn die Zenz war, was die Kinder betraf, recht freigebig. Der Hausname war „Beim Werkstatt", und ihr Schreibname lautete Brummer. Ihr einziger Sohn war längst erwachsen und ein Störholzschuhmacher und Korbflechter geworden. Wenn ich also zur Nachbarin kam, ich war damals so an die zehn Jahre alt, richtete sie zunächst mein „Spagat-Strickzeug", dann ging sie in die Küche, langte auf den Schüsselkorb, dort stand eine Dose mit Würfelzucker, und sie beschenkte mich erst einmal ausgiebig mit Zuckerwürfeln. Um einige Pfund dieser süßen Köstlichkeit werde ich die Zenz wohl gebracht haben, denn so eine Fischnetzfabrikation dauerte ihre Tage.

Der Schulwegstreit

Ich darf nicht behaupten, in der Schulzeit ein Heiliger gewesen zu sein. Von der Ortschaft Ponzaun, wo ich noch heute zuhause bin, bis zur Schule war ein knapper Kilometer. In Ponzaun gabelten sich zwei Schulwege, der eine führte in Richtung Feitshof, der andere nach Windorf. Ich gehörte zum „Stamm der Windorfer".

Einmal lag schon seit Tagen dicke Luft über diesen beiden Gruppen. Eine Explosion schien sich anzubahnen. Der Linertshuber Sepp war der kräftigste von der Feitshofer Gruppe und hatte angesichts des bevorstehenden Kampfes schon seit mehreren Tagen einen Lederriemen in seiner Joppeninnentasche versteckt. Ich ging damals in die dritte Klasse und war von allen der schwächste von Gestalt, aber was den Kampfgeist betraf, wohl der mutigste. Tagelang stänkerten wir uns schon auf dem Heimweg von der Schule gegenseitig an, ohne daß etwas passierte. Eine halbe Stunde etwa hänselten wir einmal an der Weggabelung einander, aber keiner hatte den Mut, den ersten Schlag zu tun. Da riß mir einfach die Geduld und ich servierte gleich dem stärksten der Gegner, dem Linertshuber Sepp, mit meiner langen Gerte eine um die Füße. Damit war der Krieg ausgebrochen. Der Berghammer Alois und sein Bruder, der Michl, stürzten sich kampfesmutig auf mich und hielten mich fest, derweil der Linertshuber Sepp seinen Lederriemen auf meine mageren Körperteile sausen ließ. Meine kühne Berechnung, ich werde anfangen und die anderen werden dann raufen, erwies sich als Fehldiagnose, denn meine Windorfner Spezln ergriffen die Flucht und ich mußte gerechterweise die Kriegsschuld alleine begleichen.

Meine Mutter wunderte sich über mein Zittern, als ich heimkam, also täuschte ich einen Schüttelfrost als Vorzeichen einer im Anzug befindlichen Grippe vor. So hatte ich wenigstens ein Alibi zum Bettliegen. Mir taten allerdings sämtliche Körperteile so weh, daß auch das Liegen eine Qual war.

Vieles ist noch passiert auf dem Schulweg, worum uns die busfahrenden Kinder von heute beneiden würden. Wir aber wurden dabei abgehärtet, und das war gut so, denn unserer Generation stand auch in den nachfolgenden Jahren so manches bevor.

Der erste Radio

Die Bekanntschaft mit dem ersten Radio fiel auch in meine frühe Schulzeit. In der Ortschaft Holzham, die zu unserem Schulsprengel gehörte, gab's den Moarbauern Altenbeck. Der Großvater des jetzigen Besitzers war damals Regent und recht neuzeitlich eingestellt. So hatten wir Buben unsere liebe Not, eine Wiese zum Fußballspielen zu bekommen. Fußball war auch zu meiner Kinderzeit schon bekannt und beliebt. Da wir im Dorf keinen Sportplatz hatten, bot uns der Moarbauer von Holzham seine Wiese an. „Wo ihr im Herbst Fußball spielts," sagte er immer, „fahr ich das nächste Jahr das meiste Heu weg!"

Aber noch etwas neues und interessantes gab es beim Moar, nämlich ein für damalige Zeit noch ganz seltenes Radiogerät mit Batterie und Kopfhörer. Oft kam er zu uns auf die Fußballwiese und lud uns anschließend zu einem Mostumtrunk und zum Radiohören ein. Diese Einladung nahmen wir immer gerne und freudig an. In der großen Wohnstube stand eine riesige gläserne Säurebatterie, an die ein Kastl mit Kopfhörer angeschlossen war. Allerdings wurde der Moarbauer oft fuchtig, wenn außer heftigem Krachen und Kreischen kaum etwas zu hören war. Daß ich später sogar auch einmal über Ätherwellen in so einem Radio zu hören und sogar auf den um diese Zeit noch völlig unbekannten Bildschirmen zu sehen sei, hatte ich damals noch nicht gedacht.

Im Haus und auf dem Feld

Es war früher auch selbstverständlich, daß Landkinder in der Volksschulzeit auch häusliche Pflichten zu übernehmen hatten. So mußte ich etwa ab dem vierten Schuljahr bei der Heuernte, diese war in der Regel im Juni, um fünf Uhr aus den Federn und der Mutter bei der Stallarbeit helfen. Der Vater war ja mit den beiden größeren Brüdern und der Resl oft schon seit drei Uhr auf der Wiese beim Sensenmähen. Während der großen Ferien gab es zur Erntezeit genug für uns Kinder zu tun. Meine um zwei Jahre ältere Schwester Resi und ich hatten da eine „Klauberin" zu ersetzen. Wenn man das auf Mahd gemähte Getreide aufheben und zu Garben binden und hinterher die Garben zu Schöbern oder Mandln aufstellen mußte, war man auch als Erwachsener abends todmüde. Erst recht traf das auf uns Kinder zu. Eine schlimme Qual waren dabei noch die Stechmücken und Bremsen. Tagelang ging diese Schinderei, bis alles Getreide gemäht und auf Schobern stand. Für einen Betrachter war das ein idyllisches Bild, für die Beteiligten allerdings eine Sklavenarbeit.

Aber die Sommerzeit und mit ihr die großen Ferien brachten auch fröhliche Erlebnisse. Da kamen z. B. aus der elfköpfigen Kinderschar der Lehrerfamilie Geiersberger, er war der Bruder meiner Mutter, jedes Jahr ein oder zwei Buben zu uns auf Ferien. Sie waren in meinem Alter und zu jeder Arbeit, aber auch zu Freizeitstreichen zu gebrauchen. Vor allem der Hubert, der spätere Direktor der Bundesbuchbinderei-Meisterschule, oder auch der Erich, der spätere berühmt-berüchtigte Landfunkleiter, waren bei uns immer gerngesehene Feriengäste. Mit dem Erich verband mich auch noch eine ausgezeichnete Sangesfreundschaft. In den lauen Sommernächten stiegen wir dann oft auf das breite, einladende Hausdach unseres Stockhauses und schmetterten zweistimmig unsere vielen Lieder in die abendliche Stille. Was Musik und Gesang betrifft, war unsere Familie immer führend in unserer Gegend. So war es an schönen Sommerabenden üblich, daß auf der großen Bank vor der Hauskapelle gesungen und musiziert wurde. Mein um zehn Jahre älterer Bruder Alois war als Ziehharmonikaspieler weitum bekannt, und der älteste Bruder, der Sepp, spielte Zither und Klarinette. Meine vier Schwestern schließlich wetteiferten mit mir im Singen. Wenn es mal in einer Woche nicht so recht klappte mit dem abendlichen Gesang, dann beschwerte sich die stets offenohrige Nachbarschaft prompt, denn aufmerksame Zuhörer hatten wir immer genügend.

Das abendliche Zusammensitzen auf der Hausbank war zu meiner Kinder- und Jugendzeit eine Selbstverständlichkeit. Oft kam dabei auch ein nachbarlicher Diskurs zu seinem Recht. Es gab ja kaum eine andere Unterhaltung damals, weder ein Radio- und schon gar kein Fernsehgerät. Die Familien waren groß und das Unterhaltungsbedürfnis ebenso. Der Unterschied von damals zu heute bestand nur darin, daß man sich die Unterhaltung selbst machen mußte.

Das erste Radl

Ein Fahrrad, heute im Vorschulalter bereits zum selbstverständlichsten Fortbewegungsmittel aller Kinder gehörend, war zu meiner Zeit bei der schulpflichtigen Jugend noch ein Luxusartikel. Bei den Erwachsenen war es etwa so begehrt wie heutzutage das Auto. Ich kann mich nicht erinnern, daß Kinder damals mit dem Radl zur Schule kamen, es war uns aber damals schon bekannt, daß dies in Amerika bereits selbstverständlich war. An dieser Nachricht brauchten wir nicht zu zweifeln, waren doch auch vier oder fünf Niedernkirchner Mitte der zwanziger Jahre über den großen Teich ausgewandert. So kam es auch, daß da gelegentlich aufsehenerregende Berichte aus der „Neuen Welt" in unsere ländliche Idylle drangen.

Der Wunsch und Drang zum eigenen Radl wurde bei mir in der fünften Klasse übergroß, noch dazu, wo mein Firmpate, der Burner Hans, zur kleinen Landwirtschaft auch noch einen Fahrradhandel mit Reparatur betrieb. Das Radfahren haben meine zwei Jahre ältere Schwester und ich schon auf dem Radl unserer Adoptivschwester Resl gelernt. Aber wir konnten doch ihr Heiligtum nicht zu Schrott fahren! Also entschloß ich mich zum Kauf eines eigenen „Drahtesels". Ich suchte mir beim Göd ein Modell nach meinem Geschmack aus. Die Auswahl war nicht groß, er vertrat die Marke „Dixi". Obwohl ich für den Sonderpreis von 45 Reichsmark schon fest angespart hatte, brauchte ich trotzdem die väterliche Einwilligung – und da war nun der Wurm drin! Nur wenn ich ein Damenfahrrad nehme, war das Resultat der Anfrage. Ein Weiberleut-Radl aber war die gröbste Verletzung meines Bubenstolzes. Der wahre Hintergrund aber war der, daß damit auch die Schwester Resi sowie die drei nachfolgenden jüngeren Schwestern mein Radl benutzen sollten. Obwohl ich wegen dieser Zumutung tagelang auf „Bockdistanz“ zu meinem Vater ging, wurde es doch ein Damenfahrrad. Bei jeder Benützung durch meine Schwester jedoch mußte sie sich von mir anhören, daß ich der zahlungskräftige Besitzer sei und wehe, wenn sie meinem Heiligtum einen Schaden zufügen würde!

Der Fahrraddynamo war noch unbekannt, es gab noch umständliche und heimtückische Karbidlampen. Ich montierte mir anstelle dieser Karbidlampe eine Taschenlampe an mein Stahlroß, aber mehr wegen der Angeberei als wegen der Notwendigkeit.

Mit Gewalt wollten wir nun auch unserer Mutter noch das Radfahren beibringen, aber ohne Erfolg. Es gelang ihr absolut nicht, das Gleichgewicht auf dem Radl zu halten. Auch zeigten sich bei ihr bereits bedenkliche Krankheitserscheinungen, welche ihrem sonst so starken Willen und Unternehmungsgeist sehr zusetzten.

Viehtreiber und Holzfahrer

Zu einem gewohnten Bild meiner Volksschulzeit gehörten noch die Viehtreiber und Holzfuhrwerker. Alles schlachtreife Großvieh wurde per Eigenbewegung zu den Metzgern oder Verladebahnhöfen getrieben. Letzterer war bei uns Eggenfelden, immerhin eine Entfernung von gut zehn Kilometern auf rauhen Kiesstraßen. Dieser Viehtrieb war weder für die Treiber noch für das Vieh ein Honiglecken. Da die Viehtreiber in der Regel rauhe Burschen waren und sich auch die Tiere sehr störrisch benahmen, erlebten wir schon als Kinder oft grobe Mißhandlungen. Es gab ja damals noch keinen Tierschutz, sonst wäre so mancher von ihnen im Gefängnis gelandet. Jeder schattenspendende Baum und Strauch am Wegrand war in der heißen Sommerzeit für Mensch und Tier ein begehrtes Rastziel.

Aber auch die Holzfuhrleute, die in der Regel im Frühjahr das im Winter eingeschlagene Langholz zur Bahn oder in entfernte Sägewerke transportierten, boten oft ein Bild des Grauens. Besonders berüchtigt war da ein gewisser Linowitsch, dessen Pferde eher Skelette als Rösser waren. Wenn dann die schwerbeladenen Fuhrwerke bei Frostaufbruch und schlechten Straßenverhältnissen einsanken oder wenn es bergauf den Pferden zu schwer wurde, war von den Fuhrknechten ein Fluchen und Schlagen zu hören, daß wir Kinder oft darüber weinten. Die gute alte Zeit war halt auch nicht immer das, als was sie heute manchmal bezeichnet und gepriesen wird.

Gerner-Dult-Erinnerungen

Gern bei Eggenfelden ist seit uralter Zeit ein Adelssitz und darf sich deswegen auch „Hofmark" nennen. Bis zur Gebietsreform war Gern eine selbständige kleine Gemeinde. Jedenfalls und sicher aufgrund des Adelssitzes bekam die Hofmark Gern schon vor 600 Jahren das Recht, einen sogenannten Georgimarkt abzuhalten. Sankt Georg ist am 23. April, und dieser Festtag muß in die Gerner Dultwoche eingebunden sein. Also findet der „Gerner" immer im letzten Aprildrittel statt. Er ist auch seit altersher das erste große Rottaler Frühlingsvolksfest. War früher in der Hauptsache ein Warenmarkt der Festinhalt, so ist inzwischen daraus ein reines Vergnügungsfest geworden.

Natürlich war auch in meiner Kinderzeit der Besuch des Gerners eine begehrte Sache. Meine ersten Erinnerungen daran sind allerdings recht enttäuschend. Wenn es das Wetter erlaubte, wurde mit dem Rennwagl gefahren, auf dem Vater, Mutter und ein paar von uns Kindern saßen. Beim Obernschreger wurde abgespannt und eingestellt. Wenn man nicht schon am Vormittag kam, gab's in dessen Stallungen keinen Platz mehr für einen freien Pferdestand. Das ist uns allerdings nie passiert, denn der Vater fuhr immer nur, wenn Viehmarkt war. Also ging es nach dem sehr weiten Fußmarsch vom Obernschreger nach Gern zum Viehmarkt.

An eigens aufgestellten Planken boten Händler und Bauern Kälber, Ochsen und Milchvieh an. Das rege Feilschen und Handeln mag für Erwachsene ganz interessant gewesen sein, weniger dagegen für uns Kinder. Wenn bereits die „Pratermusik" vom Dultplatz lockte und die süßen und würzigen Düfte in der Nase kitzelten, dann wurde bei uns Kindern das Handeln und Feilschen um die aufgetriebenen Tiere zur uninteressanten Nebensache. Ganz anders dagegen beim Vater.

Der ging ruhig durch die Reihen, musterte jedes Stück Vieh mit Kennerblick. Er kannte auch alle anwesenden Viehhändler persönlich, redete und redete, ohne noch daran zu denken, daß wir Kinder ja auf die Dultwiese wollten. Er war kaum wegzubringen, bis das letzte Rindvieh seinen Käufer gefunden hatte. Aber selbst dann ging es noch nicht auf den Dultplatz, sondern in den Grafenstall. Um ein Fuchzgerl Trinkgeld für den Schweizer standen uns dort Kuh- und Ochsenstall zur beliebigen Besichtigung frei.

Was interessierten uns Kinder schon die prächtigen Grafenkühe und die zwanzig Zentner schweren Zugochsen, welche in ansehnlichen Reihen den Wohlstand und den Reichtum ihres Herrn demonstrierten, wenn wir feststellen mußten, daß es schon bald wieder Zeit zum Heimfahren wurde, ohne daß wir wenigstens den Kinderprater gesehen, geschweige denn mit ihm gefahren sind! Ja, ja, die Rinder hatten es halt unserem Vater angetan. Dagegen waren sogar die zum Dultplatz drängenden Worte der Mutter machtlos.

Im Schnellschritt ging's schließlich und endlich noch die Dultstraße entlang, wo an beiden Seiten Stand an Stand der Händler und Kaufleute aufgebaut waren. Für uns märchenhafte Dinge wurden da mit Musik und flotten Sprüchen den Kopf an Kopf vorbeiflanierenden Dultbesuchern angepriesen. Natürlich fehlte auch der „Billige Jakob“ mit seinen reißerischen Sprüchen und Sonderangeboten ebensowenig wie der „Vogel-Jakob“, welcher mit seinem kleinen Mundpfeiferl alle Vogelstimmen täuschend ähnlich nachmachen konnte.

Der Vater ging immer so schnell durch die Dultstraße, daß wir Mühe hatten, ihm zu folgen. Auf den eigentlichen Dultplatz mit den Pratern und Schaukeln, was uns Kinder ja ganz besonders gefallen hätte, kamen wir aus Zeitmangel meist sowieso nicht mehr, denn der Weg zum Obernschregerwirt (heute Hotel Bachmeier) kostete seine Zeit. Außerdem gehörte es sich, beim Einstellwirt auch noch eine Brotzeit zu machen. Eine braune Knackwurst mit Kracherl war dann die Entschädigung dafür, daß wir bei der Gerner Dult bloß die Rinderschau erleben „mußten".

Elf Jahre mag ich alt gewesen sein, als ich unter Vaters Obhut zum erstenmal mit dem Radl zum Gerner fahren durfte. Der Besuch des Viehmarktes blieb uns wegen der damals herrschenden Maul- und Klauenseuche erspart. Also bewegten wir uns erstmals ausgiebig im Trubel des Dultplatzes. Da schrie unüberhörbar ein Schausteller die neueste Sensation des diesjährigen Gerners unter die Leute. An anderer Stelle galt es mit drei Ballwürfen zehn pyramidenartig aufgestellte Blechdosen herunterzuwerfen. „Traust di werfa?", fragte mein Vater. Und ob ich mich traute! Ballwerfen war ja meine Lieblingssportart. Also drei Bälle für zwanzig Pfennig, und ich warf. Schon nach dem ersten Wurf stand keine Büchse mehr im Wurfstand. Der Schausteller nahm seine große Glocke in die Hand und läutete so lange, bis eine große Menschenmenge seinen Stand umringte. Dann hob er mich auf ein Podest und verkündete marktschreierisch: „Der Held des heutigen Tages ist ermittelt. Der Bua da hat mit einem Wurf abgramt und kriagt den Sonderpreis des heutigen Tages." Dabei überreichte er mir einen riesigen Plüsch-Teddybären, welcher fast größer als ich selber war.

Natürlich hätte ich gleich für allerhand bekannte und unbekannte Leute werfen sollen. „Nix da", schrie jetzt der Budenbesitzer, „der Bua hat den heutigen Hauptpreis kriagt und darf heut nimmer werfa." Den Bären ließen wir bis zum Heimfahren beim Schausteller. Immer wieder schrie er unter die Leute: „Schauts euch den schöna Preis an, den hat heut scho a so a kloana, zaudürrer Bua mit einem Ballwurf gwunna." Ich glaube, sogar mein Vater ist da recht stolz auf seinen kleinen Wiggerl gewesen, denn allen Bekannten, die wir trafen, erzählte er von meinem Haupttreffer. Es ist ein ausgiebiger Dultbesuch geworden, und der Vater erwies sich auch ausnahmsweise als recht spendabler Begleiter.

Im nächsten Jahr klappte der Dultbesuch schon ohne elterliche Schirmherrschaft. Mit zwei Schwestern und meinem gleichaltrigen Schulfreund, dem Moar Luck, radelten wir am schulfreien Samstag zur Gerner Dult. Zwei Mark je Kopf war unser Dultgeld. Der Luck stand sich schon etwas besser, denn in seinem Geldbeutel lockten bereits zehn Mark auf Befreiung. Seine Markln brauchten auch nicht lange zu warten, denn bei jedem Losstand probierte er sein Glück, das ihm sogar holdgesonnen war. Bald hatte er soviele Pupperl, Affen und Hanswurstln erlost, daß er uns als Träger gut gebrauchen konnte. Beim Heimfahren aber kamen ihm angesichts der vielen Losgewinne, welche er am Lenkstangl und Gepäckträger befestigt zur Schau stellte, die Reuegedanken. „ I bin doch heut von uns vier da größte Hanswurst“, jammerte er. „Ös habts miteinander sechs Mark ghabt und net ois verbraucht, und i hab zehn Mark verpömslt und jetzt a so an Haufa Grafö, daß i mi fast nimmer zum Hoamgeh trau und schaam.“

Kinderfreuden – damals

Die Grasermuada in der Stubn

Für Kinder von heute mit den modernen Unterhaltungsmitteln wie Walkman, Gameboy, Fernsehen und Radio ist anzunehmen, daß es furchtbar langweilig sein müsse ohne all diese Geräte. Aber weit gefehlt! Mein eigenes Rückerinnern läßt gar viele Kinderfreuden nochmals lebendig werden. Vor allem mußten wir im Verhätnis zu heute ein entsprechendes Maß an Erfindergeist zu unserer Unterhaltung beitragen. Heute würde man sagen: Kreativität oder Selbstverwirklichung mußten beigebracht werden.

Die Freizeit war schon durch die oft recht weiten und beschwerlichen Schulwege für viele Kinder recht kurz bemessen. Darüberhinaus mußten die Landkinder, vor allem in den oberen Klassen, meist schon gewisse Haus- und Hofarbeiten verrichten. So wurde man beizeiten schon durch den Umgang mit Tieren und mit der Natur in den Jahreslauf eingebunden. Bei uns war es zum Beispiel im Winter, so nach Neujahr, ein ganz besonderes Kinderereignis, wenn die alte Grasermutter zum Federnschleißen und Flicken auf den Hof kam. Die „Grasermuada", wie wir sie nannten, kam aus einem Burgholzhäusl. Zwischen den Ortschaften Burg und Hinterburg liegt eine waldversteckte Siedlung von vier ziemlich gleichgroßen Kleinanwesen. Meist zwei Kühe und ein paar Schweine mit etlichen Hühnern sowie ein paar Tagwerk Grund nannte jeder der vier Zeugler sein Eigen.

In einem solchen Häusl lebte die Muada mehr schlecht als recht mit ihrer Nachfolgerin unter einem Dach. So war sie froh um jeden Bauern, der sie meist zur Winterszeit als Flick- und Strickerin oder als Federnschleißerin gegen Kost und ein paar Markl für einige Tage oder auch Wochen auf den Hof genommen hat. Wie gesagt, bei uns ist sie meist im Januar und Februar gekommen. Wir hatten ja jedes Jahr, wie alle Bauern, eine Herde Gänse, die zu Kirchweih und Weihnachten Leben und Federn lassen mußten. Die Federn kamen nach dem Rupfen unsortiert in Säcke und wurden nach dem Brotbacken zum Trocknen in den noch warmen Backofen gesteckt. Aufgabe der Grasermuada war es nun, die Federn in die feinen Daunen und die groben Kielfedern zu sortieren. Letztere mußten für die Bettauglichkeit geschlissen werden. Diese Arbeit besorgte die Grasermuada, während wir in der Schule waren, denn es durfte dabei nicht allzuviel Wirbel geben. Federn sind ja Leichtgewichtler, und ein unvorsichtiges Auf- und Zumachen von Türen bewirkte bereits, daß sie in der ganzen Stube herumflogen.

Kamen wir dann von der Schule heim, ließ die alte Frau Federn Federn sein und machte sich über die Strick- und Flickwäsche. Es waren uns ja zeitweilig zehn Personen auf dem Hof, also gab es ganze Berge von Flickwäsche. Auch Socken und Handschuhe wurden auf dem Hof noch gestrickt und geflickt. Wenn es allerdings dunkel wurde, dann gehörte die Grasermuada uns Kindern. Neben dem Kachelofen in der Stube stand ihr Arbeitstisch und darüber hing die spärlich flimmernde Petroleumlampe. Dort, in dieser Ecke und beim warmen Ofen saßen wir um die Muada, die nicht nur eine Meisterin im Geschichtenerzählen, sondern auch im Spiel mit den Karten war. Jede Menge Kunststücke zauberte sie uns vor und gewährte uns sogar auch Einblick in diese geheime Kunst. Sie hatte auch für die einzelnen Kartenbriefe ganz besondere Bezeichnungen. Es begann beim „Siemer, kimm nimmer", „Achter, pack aus", „Neuner, kehr eina", „Zehner, bibberl die Bahna", „Bauer unterm Weg", „Bauer obern Weg", „Guten Morgen Herr König mitm Branntweinglasl" (dabei zog sie uns an den Ohren) und am Schluß kam als Höhepunkt die „Pfui-Pfui-Sau".

So lange kam die Muada zu uns, bis sie eines Winters ein Schlagerl streifte. Der Vater lud sie aufs Rennwagl und kutschierte sie in ihre zwei Kilometer entfernte Heimat. Sie hatte sich nicht mehr erholt und ist bald darauf gestorben. Wir Kinder haben ihren Tod bestimmt mehr beweint als ihre Angehörigen, die um eine Esserin weniger im kleinen Häusl hatten und darüber vielleicht sogar froh gewesen sind.

Handwerker, Hausierer und Bettler

Die Handwerker

Obwohl sich die Mobilität der Menschen auf dem Lande früher nur zu Fuß, per Fahrrad oder Pferdefuhrwerk abspielte, war das Leben auf den Höfen abwechslungsreicher als heute. Zum einen war die kinder- und dienstbotenreiche Großfamilie die Regel, zum anderen waren fast immer irgendwelche Handwerker auf dem Hof, und drittens gab es zu meiner Kinderzeit noch eine Unmenge von Hausierern und Bettlern, die zwar als wahre Landplage galten, jedoch auch als abwechslungsreiche Neuigkeitenbörse angesehen wurden.

Die Handwerker waren überwiegend Kleinlandwirte, heute Nebenerwerbslandwirte, aus der näheren Umgebung. Sie fragten regelmäßig nach, ob es nicht handwerkliche Arbeiten auf dem Hof für sie gäbe. Dabei war das Essen wichtiger als der geringe Lohn, den sie für ihre Dienstleistungen erhielten. Oft wurde ihre Arbeit auch mit Naturalien oder Fuhrwerksdiensten abgegolten. In der Erntezeit verdingten sich die Handwerker meist als sogenannte „Arndtknechte". So kamen zu uns die Maurer, Zimmerer, Schreiner, Näherinnen, Schuster, Sattler, Binder, Holzschuhmacher, Korbflechter, Hafner und die Hebamme. Der Wagner und der Schmied haben die von ihnen benötigten Dienste allerdings in der eigenen Werkstatt getätigt und sind nur selten „auf die Stör" gegangen. Heute würde es kaum einem Bauern einfallen, dic Wohnräume und Ställe von einem Maurer weißeln zu lassen. Bei uns durfte das sogar ein Meister, nämlich der Schachtner Hans, ein Nachbar, mit seinem Sohn Hansl machen. Neubauten wurden wegen der schlechten Zeit in meinen Kinderjahren auf dem Lande kaum erstellt, somit fristeten die Maurer mit kleinen Reparaturen und Weißeln ihr karges Leben. Unsere beiden Hausmaurer waren nebenbei auch noch Blasmusikanten und hatten so ab und zu auch noch bei einer Bauernhochzeit, bei einer Beerdigung oder auf einem Ball zu spielen. Wie alle Musikanten waren sie zwei lustige Burschen. Vor allem der Sohn Hansl konnte während des Essens, wo sich immer ein fröhlicher Diskurs entwickelte, so lachen, daß er ein paarmal sogar unter den Tisch gefallen ist. Das war natürlich für uns Kinder wieder ein Anlaß zur Gaudi.

Mehrere Wochen im Jahr war auch ein sogenannter Flickzimmerer bei uns auf Stör. Früher bestanden die Standflächen aller Haustiere ja aus Holz, und jedes Jahr mußte davon ein beachtlicher Teil ausgebessert und durch neues ersetzt werden.

Auch ein Störschreiner bewahrte sich bei mir eine besonders gute Erinnerung. Auf dem Hof war die Resl, ein Vollwaisenkind, die seit dem 14. Lebensjahr bei uns war und wie als Tochter und Schwester betrachtet und behandelt wurde. Sie heiratete im Januar 1933 und bekam natürlich auch eine schöne Aussteuer von uns. Das dazugehörige Schlafzimmer fertigten die Dorfschreiner in unserer Wohnstube an. Da haben also der Koppenmüller Schreiner mit seinem ältesten Sohn Alois drei Wochen gesägt, gehobelt, gestemmt und geleimt und einen „Kammertwagen" gefertigt, welcher der Resl bis zu ihrem Tod im Mai 1989 ihr ganzer Stolz geblieben war. Für uns Kinder war die dafür provisorisch eingerichtete Schreinerwerkstätte keineswegs eine Einschränkung des häuslichen Lebensraumes, sondern eine recht interessante Abwechslung. Der alte Schreiner war ja ein weit und breit bekannter Witzbold. Man wußte bei ihm nie, ob seine urigen Erzählungen Wahrheit oder Lüge waren. Natürlich trieb er mit uns Kindern seine besonderen Späßchen.

Wenigstens zweimal im Jahr schlug auch der Störschuster in unserer Wohnstube seine Werkstatt auf. Dies war der Rieger Emmeran aus Eggenfelden, ein weitschichtiger Verwandter.

Am Vormittag hatte er immer fürchterlich gejammert, weil wir wieder soviel Schuhwerk zusammengerissen hatten, daß er gar nicht mehr wisse, wo er zuerst anfangen soll. Aber immerhin waren wir zehn Personen und da kommt schon was zusammen das ganze Jahr. Gegen Abend aber legte sich sein Groll und er wurde immer fröhlicher. Schließlich war der Emmeran nach Feierabend der lustigste Mensch. Meist blieb er eine ganze Woche da und blieb während dieser Zeit bei uns auch über Nacht. Er konnte gut Ziehharmonikaspielen, und damit spielte er abends dann auf, sodaß es immer recht gesellig wurde.

Mein Vater und seine drei Buben brauchten natürlich auch dann und wann den Dorfschneider. Der Schneider hatte eine kinderreiche Familie, die er alle mitbrachte, und so kamen oft gleich fünf Personen auf die Stör. Aber weil es bei den Schneiderleuten oft mit der Aufsteherei nicht recht klappte, verging nicht selten eine ganze Stunde, bis alle da waren. Bis der letzte kam, mußte der erste schon wieder heim, weil dieses und jenes Werkzeug vergessen worden war. War der Stoff für die Kleidung beim Schneider gekauft, dann ging alles reibungslos. War es aber ein Hausiererstoff, aus dem er unsere Kleidung fertigen sollte oder auch eine in einem anderen Geschäft gekaufte Ware, dann waren die Störtage eine Masslerei und ein fortwährendes Geschimpfe.

Es war in meiner Kinderzeit noch nicht üblich, fertige Kleidungsstücke, sogenannte Konfektion, zu kaufen, darum kamen auch die Näherinnen mehrmals jährlich ins Haus. Sie kamen aus Kleinmünchen und hatten bis zu uns einen Fußmarsch von gut sieben Kilometern zurückzulegen. Dabei mußten sie neben anderem Werkzeug auch noch zwei Handnähmaschinen auf dem Rücken tragen, und das bei jedem Wetter und teils schlechten Straßenverhältnissen. Wenn die Näherinnen kamen, freuten wir Kinder uns immer ganz besonders. Auch sie blieben über Nacht, eben so lange, bis sie mit der ihnen aufgetragenen Arbeit fertig waren. Es waren meistens drei Frauenzimmer, die nebenbei auch noch wunderschön singen konnten. Todernste und kreuzlustige Volkslieder und Couplets gehörten zu ihrem dreistimmig gesungenen Liederschatz.

Das Flicken und Erneuern der Pferde- und Ochsengeschirre besorgte bei uns der taubstumme Sattlermeister Sepp Wimberger aus Neuhofen. Er war ein Meister seines Faches. Da die Handwerker immer zum Essen blieben, wußten wir schon, daß seine Lieblingsspeise die Reinnudeln sind, auch Rohrnudeln genannt. Er war dabei immer draufaus, uns die schönen braunschmalzigen Rammeln oder Krusten abzuluchsen. Er konnte das so geschickt, daß wir immer wieder auf seinen Trick reinfielen. Er deutete dabei immer auf eine Stelle in der Stube, als wäre da irgend etwas besonderes zu sehen. Wenn wir dann alle schauten, was er meinte oder was wohl dort zu sehen sei, hatte er im Nu schon die Kruste unserer Nudel in der Hand.

Ein regelmäßiger Handwerksgast war auch der Holzschuhmacher und Korbflechter, welcher „Körbizäuner“ genannt wurde. Das Material für seine Arbeit, mit Ausnahme von Draht und Nägel, hatte jeder Bauer selbst. Bei uns war dieser Handwerker einer unserer Nachbarn, den wir nur nach seinem Hausnamen, nämlich „Werkstatt Xav“, nannten. Er konnte recht lebendig erzählen und ein fleißiger Arbeiter war er auch. Seine Schirmmütze hatte er meist so auf, daß das Schild nicht nach vorne oder hinten schaute, sondern nach rechts oder links. Wir nannten den Xaverl bloß den „Brudervettermann“, denn dieses Wort benützte er bei seinen Erzählungen immer wieder. Sein Werkzeug trug der Xaverl in einem alten Postranzen auf die Stör. Sein Störgang erfolgte, wie bei allen Handwerkern, zu Fuß oder, wenn er weiter weg mußte, mit einem alten Fahrrad. Obwohl er nicht mehr der Jüngste war, wurde er auch noch zu den Waffen gerufen und wurde ein Opfer des letzten grausamen Krieges.

Ein besonderes Original war der alte Simmerl, unser Hausbinder. Er ging schon auf die siebzig zu, war aber noch flink wie ein Wiesel. Er kam aus Altgmain, das gut zehn Kilometer von unserem Dorf entfernt liegt. Mit den vielen Waschzubern, Schaffeln und Odelschöpfern früherer Zeiten gab es für einen Binder immer reichlich Arbeit. Eine genaue, exakte Arbeit war aber nicht gerade die Stärke vom Simmerl. Dieses Manko wurde aber mit seinem niedrigen Lohn wieder ausgeglichen. Uns Kinder interessierte am meisten sein Fahrrad, denn der Simmerl war ein sogenannter Fahrradamateur, der weite Strecken zurücklegte. Von seinen Touren konnte er dann recht eindrucksvoll erzählen. An der Mitteilung, daß er kürzlich wieder einmal nach München zum Brotzeitmachen gefahren sei, zweifelten allerdings auch wir Kinder. Der Simmerl konnte es immer so einrichten, daß sein Tagwerk um etwa drei Uhr nachmittags beendet war. Auf der Heimfahrt machte er dann noch da- und dorthin einen Abstecher. Damit kam auch sein privates Leben nicht zu kurz.

Ein seltener Handwerker auf unserem Hof war der Hafner, denn ein gut gesetzter Kachelofen hielt ja jahrelang. Unser Hafner war der Meister Kreck aus Eggenfelden. Er war himmellang und dürr. Als Besonderheit sahen wir Kinder seinen vorstehenden Adamsapfel an seinem langen Hals an, der beim Reden und Essen immer so lustig auf- und abhüpfte. Auch er war ein guter Erzähler, wobei der wegen seiner präzisen Arbeit hochgeschätzte Handwerksmeister dabei schon auch einmal auf das Weiterarbeiten vergessen konnte. Wir wurden von der Mutter oft gerügt, weil wir ihn gerne lauschend umringten. Sie sagte dann: „Stellts euch doch net oiwei vorn Hafner hie, der denkt ja vo lauter Schmatzn nimmer dro, daß er zum Arbeiten da is." Aber seine Erzählpausen glich der Hafnermeister Kreck durch seine gute Handwerksarbeit wieder aus.

Zu den Handwerkern früherer Zeiten darf man auch die Hebammen zählen, gab es doch damals nur Hausentbindungen, und das nicht zu selten. In vielen Bauernwohnstuben, und so auch bei uns, hat das Kinderwagerl zum festen Inventar gehört. Unsere Hebamme war die Frasch Fanni aus Schönau. Den Umkreis von zehn Kilometer zählte sie zu ihrem Revier, in dem sie im Laufe ihrer langen Praxis über 4000 Kindern zum Lebenseintritt verhalf. Die Fanni legte oft pro Tag bis zu 40 Kilometer zurück, und das zu Fuß, dabei hatte sie noch acht bis zehn Kleinkinder und Wöchnerinnen versorgt. Ihr Tagewerk begann häufig schon vor Tagesanbruch. Trotz dieser Belastung war sie immer gut aufgelegt und hatte für die Wöchnerinnen neben der guten Pflege auch stets ein gutes Wort des Zuspruchs und der Ermunterung parat. Für uns Kinder wußte sie allerhand lustige Sprücherl und Geschichten. In ihrem großen Kittelsack hatte sie für uns immer eine Kleinigkeit dabei, entweder war es eine Minzenkugel oder ein Stück Kandis- oder Würfelzucker. In den ersten Jahren ihrer Tätigkeit war ihr Lohn zwei bis drei Mark pro Geburt. In Fannis fortgeschrittenem Alter hielt auch das Fahrrad in unserer Gegend Einzug. So wollte auch sie noch das Radfahren erlernen, und dabei erlitt sie einen Unfall mit einer Knieverletzung. Dadurch habe ich das „Wilde Weib“, so wurde bei uns die Hebamme genannt, auch noch als Hinkende in Erinnerung.

Von den vielen Störhandwerkern ist eigentlich nur noch einer geblieben, der in die Häuser kommt, nämlich der Rauchfangkehrer. Er hat es zwar auch heute um vieles leichter als zu meiner Kinderzeit. Damals hatten noch die meisten Häuser die großen, weiten Kamine, in die der Kaminkehrer hineinsteigen mußte, um mit dem Krickerl die Wände abkratzen zu können. Vorher mußte da im Ofen das Feuer gelöscht werden, sonst hätte der „Schwarze Mann“ Rauchvergiftung bekommen. Der Kaminkehrer war schon immer ein Schreckgespenst für die Kinder. Es war der Brauch, dem Kaminkehrer als Trinkgeld ein rohes Ei zu schenken. Das tat er dann in seinen Zylinderhut, den er stets trug. In diesem schwarzen Zylinder hat der Rauchfangkehrer dann die rohen Eier auf seinem Kopf von Haus zu Haus getragen, bis seine Kopfbedeckung voll war.

Die Hausierer

Eine Unzahl von Hausierern gehörte einst zum ländlichen Bild. Viele von ihnen hatten nur eine Tasche voll Kurzwaren, wie Streichhölzer, Schuhbandl, Schneuztücher (Taschentücher) usw. mitgetragen. „Bäuerin, bloß um an Kreuzer kauf ma heit was ab", so war das übliche Sprücherl. Kamen sie zur Essenszeit, dann kam immer auch die Frage, ob was Eßbares übriggeblieben wäre.

Auch bei dieser Berufsgruppe ging's hauptsächlich ums tägliche Brot. Es waren unter den Hausierern natürlich auch richtige Originale mit losem, flotten Mundwerk. An einen erinnere ich mich noch ganz besonders. Sein Name war Schachtner. Nach dem „Grüß Gott" war immer sein Sprücherl: „Ponzaunerin, wennst ma heit nix abkaufst, daschieß i di mitm Hacklstecka!"

Eine Hausiererin hieß „Schmatz Liesl", sie war mir die liebste, weil ich ihr die zwei Koffer oft ein paar Häuser weiter in die Nachbarschaft mittragen helfen durfte und dafür ein paar Zehnerl bekam.

Das größte Hausiererurvieh war aber zweifellos der „Draxler Sepp". Seine Kurzwaren beförderte der Sepp in einem großen Plunzensack auf dem Radl von Haus zu Haus. Ins Haus gekommen, schüttete er den Sackinhalt auf den Stubenboden. Dort konnte man dann herumwühlen und aussuchen, was man brauchte. Sommer wie Winter trug der Sepp eine kurze speckige Lederhose. Im Winter deckte die nackten Haxen eine lange Unterhose zu. Sein zünftiger Gruß war auch Sommer und Winter der gleiche: „Grüaß euch Good, a gsunds neus Jahr, helfa tuats nia, sei muaß oiwei."

Einen besonderen Reiz hatte für uns Kinder immer der

Besuch des „Rot-Sepperl“ aus Eggenfelden. Mit einer hohen Rückenkraxn, in welcher viele kleine Schubladerl waren, trug er seine Ware von Haus zu Haus. An der einen Seite der Kraxn hingen sogenannte Bonbonschnüre, die andere Seite hing voll von Kinderpfeiferl, Babyscheberl und Hanswurstln. „Rot-Sepp“ hieß er wegen seines langen roten Schnurrbartes. Nannte ihn jemand „Rot-Sepp“, dann antwortete er beleidigt: „Josef Schönhöfner, wenn ich bitten darf!“

Es gab unter den Hausierern auch sogenannte Spezialisten. Weil das Doktorgehen in meiner Kinderzeit noch weitgehend unbekannt war, jedoch gewisse Krankheiten und Übel, wie Grippe, Zahnweh, Ohrenschmerzen usw. ebenso plagten wie heute, haben sich einige Hausierer auf die Anpreisung von Haus- und Heilmittel verlegt. So wurden bei uns auch Ohrentropfen, Fluid zum Einreiben, Klosterfrau Melissengeist, Schweiklberger Geist, Passauer Pilstl-Salbe und Hinfong-Essenz von Hausierern gekauft.

Im Sommer war auch das Hausieren mit Bremsenöl und Wetzsteinen ein einträgliches Geschäft. Dafür war ein beliebter Spezialist der Hackervater aus Eggenfelden, der seine Ware in einem alten Kinderwagerl von Hof zu Hof schob.

Ich erinnere mich noch gut, daß es unter den Hausierern auch Leute gab, die furchtbar aufsässig waren und die Leute verfluchten, die ihnen nichts abkauften.

Die Bettler

Gut in Erinnerung sind mir noch die vielen Bettler, die vor allem in den Endzwanzigern und Anfang der dreißiger Jahre durch das Land zogen. Es kamen manchmal bis zu 30 Bettler an einem Tag. An einige von ihnen kann ich mich noch besonders gut erinnern, vor allem an solche, die bei uns nächtigten. Zum Übernachten hatten die Bettler ihre bestimmten Häuser. An Bäumen und Pfählen ritzten die Berufsbettler gewisse Schriftzeichen ein, an denen ihre Stammesbrüder ablesen konnten, wo man Aussicht auf eine gute Herberge und auf eine großzügige Abspeisung hatte, aber auch, wie das Verhalten der örtlichen „Schandarmen“ war.

Zwei ganz durchtriebene Schlankln waren der Baraber Michl und der Lang Hans. Beide waren der Polizei bekannt und wurden von ihr stets gesucht und verfolgt. Den sogenannten „Armen- und Bettelausweis“ hatte von den beiden keiner besessen. Bei uns haben die beiden mehrmals im Jahr übernachtet. Mir ist eigentlich nicht bekannt, daß sie in unserer Gegend gewalttätig geworden wären, trotzdem lagen sie im Dauerclinch mit den örtlichen Gendarmen.

Der Baraber Michl hat nur bei uns genächtigt. Er war ein schlankes Bürscherl von etwa 30 Jahren. Neben seiner speckigen Montur trug er stets ein grünes Spitzhütl mit einer langen Feder keck auf dem Kopf. Wir Kinder bekamen immer Angst, wenn er vom Kriegsende 1918 und von seiner Spartakistenzeit erzählte. Da lief uns immer eine Gänsehaut über den Rücken, wenn er berichtete, wie sie eine große Anzahl von Offizieren an die Wand gestellt und erschossen hatten. Wie fast alle „Handwerksburschen“ hat auch der Michl leidenschaftlich politisiert. Mit unserer Resl, die damals so in Michls Alter war, gab's oft heftige Debatten. Der Michl hat sich immer vor dem Verabschieden von meiner Mutter einen Kartoffelsalat mit viel Zwiebeln gewünscht, weil, wie er immer sagte, den Kartoffelsalat keine so gut machen könne wie sie.

Es geschah einmal an einem Sonntagvormittag, alle Erwachsenen bis auf die Mutter und wir Kinder waren beim Sonntagsgottesdienst in der Kirche, da saß der Michl vor dem Weiterziehen am sogenannten Handwerksburschen-Tischerl und aß ganz gemütlich seinen obligatorischen „Erdäpfelsalat“. Wir Kinder waren um ihn herum, denn kinderfreundlich war er, der Michl. Plötzlich klopfte es am Küchenfenster auf der gegenüberliegenden Hausseite. Die Mutter öffnete das Fenster und der Herr Wachtmeister aus Schönau fragte im strengen Ton, ob etwa der Baraber Michl bei uns übernachtet hätte. Das schon, meinte die Mutter, aber der Michl sei beizeiten in der Früh schon wieder fort. Das war für den Michl ein Signal, den Löffel wegzuwerfen und so schnell ihn die langen Beine tragen konnten, das Weite zu suchen. Schnell war er im nächsten Wald verschwunden. Die Gendarmen waren übrigens neben den Ortsgeistlichen und Lehrern damals noch die örtlichen Respektspersonen. Mir wurde bei meinen Bubenstreichen oft mit dem Schönauer Gendarm gedroht, dessen Kontrollweg jede Woche an unserem Hof vorbeiführte.

Im Gegensatz zum Baraber Michl stand das Wesen des Lang Hans. Er hatte eine hünenhafte Gestalt und sein Benehmen war mürrisch und schroff. Man konnte ihm zwar nichts Unrechtes nachsagen, aber alle waren froh, wenn er nach dem Übernachten wieder aus dem Haus war.

Das Übernachten geschah in der kalten Jahreszeit im Stall und im Sommer auf dem Heuboden Dafür lagen eigens alte Pferdedecken bereit zum Zudecken. Ein Bettler, der uns Kinder als Übernachter immer in Angst und Schrecken versetzte, war der Pantoffel-Alois. Diesen Spitznamen bekam der Alois allerdings erst nach 1933. Den Alois weiß ich aber schon seit meinen ersten Denkanfängen. Er stammte aus Achslach im Bayerischen Wald, sein Schreibname war Brunner. Er verfügte über eine überaus große Intelligenz, und sein Steckenpferd war die Politik. Jeder politische Disput endete beim Alois mit einem unmittelbar bevorstehenden Krieg. „O mei, Bauer“, sagte er dann immer zu meinem Vater, „wersdas scho segn, oisamt hauns uns zamm!“, wobei wir Kinder natürlich immer eine riesige Angst bekamen. Anfang der dreißiger Jahre, als es eine Unzahl von Parteien gab, wollte der Alois die Partei der parteilosen Arbeitskameraden gründen. Es wurde aber nichts daraus. Als dann 1933 nach der Machtübernahme Hitlers das Betteln verboten wurde, verlegte sich der Alois auf das Anfertigen von Pantoffeln. Alte Hüte und Mäntel gaben das Obermaterial, und alte, ausgediente Fahrradmäntel wurden zur Sohle verarbeitet. So fertigte er Hauspantoffeln an, die er dann wieder von Haus zu Haus verkaufte. In unserer Werkstatt hat er oft tagelang gehämmert und genäht. Dabei hatte er einen Zettel mit Bleistift neben sich liegen und damit euphorische Gedichte auf Hitler und seine Zeit gemacht, die er dann uns Kindern sehr andächtig und prophetisch vortrug. Später verlegte er sich auf das Hausieren mit Kurz- und Kleinwaren, die er am liebsten verschenkt hätte. Er bezog schließlich beim Preisinger-Bauern in Gnadöd bei Hebertsfelden Quartier und ist dort in den sechziger Jahren verstorben.

An ein bestimmtes Bettelweiberl, die „Bettl-Zenz", kann ich mich auch noch ganz gut erinnern. Angeblich war sie eine Verstoßene aus Tabeckendorf im Vilstal. Sie kam mehrmals im Jahr, war klein mit einem runzeligen Gesicht, das auffallende Froschaugen charakterisierten. Besonders gefürchtet war ihr böses Mundwerk. Ein weiter, langer Kittel verdeckte Unterleib und Beine. Im Sommer trug sie aus Sparsamkeitsgründen die Pantoffel in der Hand und ging barfuß. Die Zenz bettelte nur weißes Weizenmehl, welches sie bei den Bäckern wieder verkaufte. Wehe, wenn ihr jemand Roggenmehl in ihr Bettelsäckchen geben wollte. Da zog sie dann schon lieber fluchend und verwünschend ohne Gabe wieder ab. Auch auf Kinder war sie nicht gut zu sprechen. Meine Mutter sagte immer, wenn die Zenz in Sichtweite war: „Kinder versteckts euch, jetzt kimmt die Bettl-Zenz." Sie übernachtete immer bei unserem Nachbarn Hamberger, da hat sie auch ihr hartes Schicksal offengelegt.

Ein recht sonderlicher Bettler war der sogenannte „Ruß". Er trug einen alten Militärmantel, und eine abgegriffene Militärmütze bedeckte seinen Kopf. Man vermutete, er sei ein zurückgebliebener russischer Kriegsgefangener des Ersten Weltkrieges gewesen. Stets schob er seinen Kautabak in seinen

Backen hin und her. Beim Betteln brummte er nur ein paar unverständliche Worte, sodaß seine Sprachzugehörigkeit nicht festgestellt werden konnte.

Ganz anders war dies beim alten Schäfer. Er war ein waschechter Blitzschwab und hielt sich bis in die fünfziger Jahre, obwohl in der Nazizeit alle Bettler „verräumt" wurden. Er gab an, früher Schäfer gewesen zu sein und narrte die Polizei, wo er nur konnte. „Denä wer i di Näs verwischa", sagte er immer und lachte dabei herzlich aus vollem Halse.

Zum Dorfgeschehen unserer Kinderzeit gehörte auch das „Fahrende Volk", die sogenannten Bettler, Schausteller und Zigeuner. Sie fuhren von Dorf zu Dorf, und jeder Wirt hatte früher Stallungen für fremde Pferde. Dort machten sie Halt und blieben immer ein paar Tage. Ihre Frauen und Kinder gingen gleich betteln und hausieren, und die Männer betätigten sich als Scherenschleifer, Regenschirm- und Pfannenflicker oder auch als Korbflechter. Manche der fahrenden Familien spielten im Dorf auch Theater oder führten in den Schulen Kasperltheater und Zaubereien auf. Jeder Bürgermeister war bemüht, die Zigeuner wieder rechtzeitig auszuweisen, denn nach einer Frist von zehn Tagen hätten diese das Heimatrecht bekommen. Manche dieser Familien hatten nur einen Wagen und keine Pferde, trotzdem kamen sie von Ort zu Ort, denn jeder Bürgermeister stellte gern ein Gespann zur Verfügung, um sie fristgerecht ins nächste Dorf abzuschieben.

Im Sommer war das Betteln und Hausieren eine erträgliche Sache, im Winter dagegen eine Plage. So haben viele Herumziehende vor Wintereinbruch noch was Polizeiwidriges angestellt und sich dabei erwischen lassen, denn der Winter im Gefängnis war jedenfalls angenehmer, als bei der Kälte betteln zu gehen.

Der Dampf

Heute bei historischen Festen manchmal noch gezeigt, gehörte die Dampfmaschine in meiner Kinder- und Jugendzeit noch zu einem alle Jahre wiederkehrenden Jahresereignis, wenn die eingebrachte Getreideernte in der Scheune gedroschen wurde. Kaum jemand von der jüngeren Generation kann sich heute noch die Mühsamkeit der früheren Erntearbeiten vorstellen. Bis der erste Sack Getreide auf dem Speicherboden lag, mußte ja erst einmal mit der Sense gemäht und das gemähte Getreide von Hand zu Garben gebunden werden. Die gebundenen Garben wurden dann zu sogenannten „Mandln" oder „Puppen" zum Trocknen aufgestellt. Wenn dann, was fast jedes Jahr der Fall war, ein Gewittersturm die Mandln wieder umlegte, mußten sie erneut, ja manchmal sogar zwei- bis dreimal wieder aufgestellt werden, denn nur ausgetrocknetes Getreide brachte die Voraussetzung, wieder für ein weiteres Jahr mit brauchbarem Futter und Einstreu sowie mit guten Körnern versorgt sein zu können.

Bereits in der fünften Volksschulklasse wurde ich in die heimatliche Getreideernte eingebunden. Da nach jedem Mäher ein Garbenbinder oder eine Garbenbinderin zum Aufklauben und Binden der Mahd folgen mußte, wurde auf den Höfen jede verfügbare Kraft eingesetzt. Auch bei uns war es nicht anders. Meine um zwei Jahre ältere Schwester und ich hatten zusammen eine Vollkraft zu ersetzen, indem wir Vaters Mahd zu Garben zu binden hatten. Die Magd folgte der Mahd des älteren Bruders und die Mutter der des zweiten Bruders. Wenn dann die Sonne erbarmungslos vom Himmel brannte und die Mücken, vor allem aber die lästigen Bremsen, unsere nackten Körperteile traktierten, dann konnte so ein Erntetag zu einer Sklavenarbeit werden. Ich war ja auch als Kind schon ein zartes Bürscherl, und so laugte mich so ein „Arndttag" oft vollkommen aus. Noch schlimmer war es fast in der Nacht. Von Alpträumen des Tagwerks geplagt, spiegelte sich die Tagesarbeit im Traum wider, und schweißgebadet stieg ich oft frühmorgens aus dem rupfernen Strohsackbett.

Schöner ging es schon beim Heimfahren des Getreides. Als Kind mußte man da entweder nur beim Gespann die lästigen Bremsen mit einer langen Gerte abwehren oder daheim in der Scheune die vom Ablader in den Stock geworfenen Garben nach hinten werfen. Wenn dann der Garbenberg schon schier unters Dach reichte, dann wußte man, daß das Einfahren des Getreides dem Ende zuging.

Nach dem Einbringen der Ernte, bei manchen auch schon während der Erntezeit, ist dann der Dampf gekommen und das Dreschen konnte beginnen. Dies war dann der Höhepunkt und Abschluß der ganzen Erntearbeit. Wir hatten meist zweieinhalb Tage zu tun, bis unsere Ernte gedroschen war. Gleich im Sommer einen Tag, das war das sogenannte Andreschen. Dabei wurde soviel verarbeitet, daß man wieder Brot- und Saatgetreide sowie Stroh für den Stall hatte. Der Rest des Getreides kam dann im Spätherbst in die vom Dampf getriebene Dreschmaschine.

Das Dreschen des Getreides hat fast überall folgende Entwicklung genommen: Jahrhundertelang gab es nur das Drischeldreschen, das heißt, die Körner wurden mithilfe von Dreschflegeln aus den Halmen geschlagen, worauf letztlich auch der Name „Dreschen“ zurückzuführen ist. Auch auf unserem Oberponzaunerhof wurde diese mühsame Körnergewinnung bis zum Jahre 1879 gehandhabt. Ein von Gespanntieren gezogener Göppel trieb dann bis zum Jahre 1900 einen sogenannten Hakenzylinder zur Drescharbeit an. Der Göppel, von Ochsen oder Pferden angetrieben, war noch im Jahre 1900 im damaligen Deutschen Reich mit 1,3 Millionen Stück verbreitet. Der darauf folgende Einzug der Dampfmaschine in der Landwirtschaft war dann, genau wie die Mechanisierung der Industrie, eine revolutionäre Erfindung. Diese neue Art des Dreschens wurde jetzt „Dampfdreschen“ oder kurz „der Dampf“ genannt.

Es galt, neben Geburt und Tod, als das größte Hofereignis des Jahres, wenn der Dampf kam. Allein schon das Fahren dieses etwa fünf Tonnen schweren Ungetüms von Hof zu Hof wurde, vor allem bei schlechtem Wetter, oft eine aufregende Sache. Vier- bis sechsspännig mußten sowohl der Dampf als auch der Dreschwagen gefahren werden. So manche nachbarliche Feindschaft ist beim sogenannten Dampffahren entstanden, wenn die Zugtiere des einen Bauern oft nicht in der Lage waren, das Gefährt dorthin zu ziehen, wo es hin sollte.

Zur Dampfmaschine gehörten drei Mann Bedienung, der Dampfheizer und zwei Maschinisten, welche auch die Bedienung und Wartung des Dreschwagens und die Eingabe des Getreides tätigen mußten.

Es gab zwei Arten von Dreschmaschinen. Entweder sie gehörten nur einem Besitzer, der zu seiner Kundschaft von Hof zu Hof fuhr, was in etwa einem heutigen Maschinenring gleichkam, oder Dampf- und Dreschmaschine gehörten einer Dreschgenossenschaft an, bei der jeder Dreschende auch Anteilseigner war. Unsere Dreschmaschine gehörte dem Luhberger-Bauern. Heizer war über viele Jahrzehnte hindurch unser Nachbar, der „Werkstatt-Xaver“, wie er im Volksmund genannt wurde. Dampfheizer waren in der Regel sogenannte „Leib- und Seele-Menschen“. Bei unserem Nachbarn Xav war dieses Wort ganz besonders angebracht. Sein ganzes Denken und Reden galt der Dreschzeit, meist von Ende Juli bis kurz vor Weihnachten. In der Weihnachtszeit, etwa bis Heilig-Drei-König, kam dann für ihn noch das Angenehmere, denn da ging er für seinen Herrn, den Luhberger Bauern, bei der Kundschaft das Dreschgeld einkassieren. Natürlich endete dabei jedes Tagewerk mit ein paar Masserl Bier und den entsprechenden Prisen Schnupftabak so zwischendurch.

Und auf beides hat er viel gehalten, der Werkstatt-Xav. Sein Heizertag war lang. Schon Wochen vor Beginn der Dreschzeit ging er tagtäglich zum Luhberger Bauern, um die ganze Dreschanlage auf ihre Funktionsfähigkeit zu prüfen und notwendige Reparaturen durchzuführen. Er ging den Weg fast immer zu Fuß, obwohl er dabei täglich mehrere Kilometer zurücklegen mußte.

„Kravotisch" ging's bei ihm dann erst in der Dreschzeit zu. Um vier Uhr früh mußte er mit dem Aufheizen der Dampfmaschine anfangen, wenn er zum Dreschbeginn um sechs Uhr die notwendige Dampfkraft zum Betreiben der Dreschmaschine herbringen wollte. Dafür galt der Heizer auch als König des Dreschtages, was schon dadurch zum Ausdruck kam, daß er mit seinen zwei Maschinisten den Tag über Bier zum Trinken bekam, während die übrigen Drescharbeiter nur das Einfachbier, den sogenannten „Scheps", und Kracherl bekamen.

Es ist verständlich, daß so ein Dreschtag für uns Kinder ein kaum zu erwartendes Ereignis darstellte. Schon bevor der Dampf in den Hof fuhr, gab's bei uns immer ein erheiterndes Zeremoniell. Vor dem Hoftor wurde angehalten, und der Vater mußte aus der Dose des Heizers eine kräftige Prise schnupfen. Da mein Vater weder Raucher noch Schnupfer war, zeigte diese Prise alljährlich die gleiche Wirkung. Es „riß" ihn, wie man bei uns zum Niesen sagt, immer mehrmals so heftig, daß ihm die Tränen in die Augen traten. „So, Alois", sagte darauf der Heizer Xav, „jetzt kimas bagga!" Und damit fuhren Dampf und Dreschwagen in den Hof. Eine gute Stunde brauchten nun Heizer und Maschinisten, bis das Dreschgespann einsatzbereit stationiert war.

Zum Dreschen ohne Strohpresse brauchte man früher neben den Maschinisten noch eine Menge Leute. Zwei kräftige Männer, welche die Getreidegarben von der Ose auf die Dreschbühne gabelten. Dies war eine Schwerstarbeit, wie auch das Wegtragen der Getreidesäcke, und es galt für ein gstandnes Mannsbild als Ehrensache, den Weg- oder Abtrager machen zu dürfen. Die Wege zum Getreideboden waren selten kurz, und außerdem mußte man auch noch zwei bis drei Treppen mit dem vollen Getreidesack auf der Schulter hochsteigen. Auf der Dreschbühne waren zudem zwei bis drei Personen nötig, außerdem noch eine Person im sogenannten Öhmloch, was das Wegtragen der Spelzen bedeutete. Eine miserable Staubarbeit war das, die meistens von der Magd des Hofes besorgt werden mußte. Drei Personen standen dann noch hinter dem Dreschwagen, um das gedroschene Stroh zu bündeln, was man „Schabbinden" nannte. Eine Person beförderte die Schab zum Einlagestock, in welchem wieder zwei Leute für das Einlagern sorgten. Also insgesamt 12 bis 13 Personen bildeten neben dem Heizer und den Maschinisten so eine Dreschmannschaft. Dies geschah in Nachbarschaftshilfe. Mit der Einführung der Strohpresse (bei uns 1938) fiel das staubige Strohbinden weg.

Ein Dreschtag begann mit dem „Suppenpfeifen" um halb sechs Uhr morgens. Die Drescherleute setzten sich an den Tisch, in dessen Mitte eine große Suppenschüssel stand. Vom danebenliegenden Brotlaib mußten die Mannsleute Schnitten schneiden und in die Suppe einbrocken. Daraufhin wurde gemeinsam ausgelöffelt. Das Einbrocken war immer Mannerleutsache. Meistens gab's Kaffee zur Frühsuppe, Kartoffel- oder Brennsuppe. Am Dreschwagen stand dann schon der Bauer und teilte die Dreschleute nach seinem Ermessen zur Arbeit ein, wobei die Mannsleut die schwere und die Weibsleut die leichtere Arbeit zugeteilt bekamen. Pünktlich um halb neun Uhr pfiff dann der Dampf zur Vormittags-Brotzeit. Da gab es auf fast jedem Hof den obligatorischen Kartoffelkas auf hausgebackenem Bauernbrot, dazu Scheps und Kracherl. Die Erstpausen dauerten immer eine halbe Stunde. Um halb zwölf Uhr wurde zu Mittag gepfiffen. Zum Mittagessen gab's immer Fleischgerichte mit Gebackenem als Nachspeise. Die erste Nachmittagsschicht ging von zwölf bis halb drei Uhr. Zur Nachmittagspause, auch Dreibrot genannt, wurde meist Butter und Marmelade als Brotaufstrich aufgetischt. Selbstverständlich fehlte auch hier nie der übliche Trunk, der für alle aus einer großen „Krugl", welche am Tisch, reihum gereicht, angeboten wurde. Die letzte und längste Schicht des Dreschtages währte von drei bis sechs Uhr nachmittags.

Es versteht sich, daß der Ende- oder Feierabendpfiff immer freudig zur Kenntnis genommen wurde, war doch so ein Dreschtag eine lange, beschwerliche Arbeit. Jetzt gab's eine Grobreinigung bei den Drescherleuten. Dazu standen auf der Hausgred einige Zuber oder Schaffeln mit Wasser bereit. Dort wuschen sich die Leute den meisten Staub und Dreck von den Gliedern. Nun folgte noch das Abendessen, wobei fast überall so ziemlich die gleiche Auftischung erfolgte. Erst gab's eine Hühnernudelsuppe, also was Saueres zur Vorspeise. Das Hauptmahl bestand aus Schmalzgebackenem sowie Süßem, und hierbei wollte jede Dreschbäuerin die andere übertreffen. Allerdings kam das Sprichwort: „Die fressen wie die Drescher" nicht immer zur Geltung, vor allem dann nicht, wenn das Getreide schlecht eingefahren wurde und blauer Staub das Arbeiten im Stadel zu einer Schnaufqual gemacht hatte. Das Essen wurde dann für manchen zur Nebensache.

Weniger im Sommer, dafür aber im Herbst, gehörte zum letzten Dreschtag eine sogenannte „Drischleg". Dies war ein Freudenhoagarten für die Drescherleut sowie für die Nachbarn. Da wurde getanzt, gesungen, Kraft- und Unterhaltungsspiele durchgeführt und auch viel Erzählerei gehörte dazu. Die meisten Bauern geizten da auch nicht mit Speis und Trank. Vor allem die „Küachlschüssel" ging fleißig reihum. Manche Drischlegspiele hatten auch derben Inhalt, und nicht selten mußte dabei jemand den Angeschmierten machen, indem er rußig, mehlpappig oder naß daraus hervorging. Aber so etwas gehörte dazu und wurde selten übel genommen. Auch das gegenseitige „Derblecken“ mit Schnaderhüpfln gehörte zur Drischleg.

Jedenfalls, das Dampfdreschen war ein Höhepunkt im Bauernjahr, vor allem für uns Kinder. Es blieb mir und allen anderen bis heute noch in freudiger Erinnerung.

Die Hundsbschau

Die oft recht ungute alte Zeit hatte auch viel Originelles aufzuweisen. So zum Beispiel die jedes Jahr vom Amtstierarzt abgehaltene Hundsvisitation, welche im Volksmund „Hundsbschau“ genannt wurde. Aus diesem Anlaß mußten alle Hunde der Gemeinde dem Amtsgewaltigen vorgeführt werden. Bei uns erfolgte dies immer im April. Dazu sagte der Gemeindediener ein. Am darauffolgenden Tag vollzog sich dann in der Dorfgaststube das große Spektakel.

Ein Zirkus im wahrsten Sinne des Wortes war die Hundsbschau auch jedes Jahr. Da kamen sie anmarschiert, die Vierbeiner, von Herrchen oder Frauli meist recht sittsam am Strick, an der Schnur oder am Ketterl geführt. Was gab es da nicht alles an Exemplaren zu sehen! In der Regel der ländlichen Wildbahn und Hundeliebe entsprechend, sah man da „Wildlinge“, im Volksmund auch „Stiagnglanderrassen“ genannt, aber auch den kleinen Spitz, den Dackel und Pudel sowie Mischlinge, halbwüchsige, reinrassige Schäfer, Bernhardiner und doggenähnliche Mischungen konnte man bewundern. In unserer einödenreichen Gemeinde war ja jeder Anwesensbesitzer bestrebt, einen kleinen oder größeren Hofwächter zu besitzen. Dadurch bot die amtliche Hundsbschau immer ein interessantes Gemeindeereignis.

Selbstverständlich wollte ein jeder den schönsten, mutigsten und folgsamsten Hauswächter haben. Aber gerade beim letzteren gab es oft unliebsame Überraschungen. „Glei gehst her“ oder „Wennst koa Ruah gibst, kannst mi kennalerna“, so wurde mit erhobenem Hacklstecken gedroht. Aber gerade diese Drohungen faßten oftmals sensible, überschneidige Hofwächter als Angriffssignal gegen ihre Nebenbuhler auf. So glich die Wirtsstube bald einem Tribunal mit allen Möglichkeiten. Während die einen Vierbeiner zitternd in die hintersten Winkel der Wandbänke krochen, balgten sich die Übermütigen auf dem Boden, und man konnte oft nicht mehr unterscheiden, wer sich mehr in die Wolle kam, die Hunde oder ihre Besitzer.

Der Wirt, nebenbei auch Hausmetzger, sorgte jedes Jahr mit Friedensgaben vor, indem er eigens fabrizierte Hundswürste zum Kauf anbot.

Sein Angebot konnte oft die Nachfrage nicht befriedigen. So wurde dieser Tag für die Hunde so etwas wie für die Kinder der Firmtag. Daß die Aufregung auch die Innereien der Hunde berührte, davon zeugten die zahlreichen Häuferl und Lackerl in der Wirtsstube. Jedermann war darum bestrebt, die Prozedur möglichst bald hinter sich zu bringen. Amtstierärztliche Beschau und drei Reichsmark Hundesteuer an die Gemeinde waren Voraussetzung für ein Blechmarkerl, welches der Hund als Umhängesouvenir bekam.

Morax hieß unser Hofhund zu meiner Bubenzeit. Es war ein doggenähnlicher schwarzer Kurzhaarmischling mit weißer Brust und einer kaum überbietbaren Fertigkeit beim Rattenfangen. Als Wachhund war er absolut zuverlässig mit seinem aussagekräftigen Gebell. An seinen „Kausserern“ konnte man genau erkennen, ob sich jemand in Hofnähe, auf dem vorbeiführenden Schul- und Kirchenfußweg oder auf der etwas weiter entfernten Straße bewegte.

Einmal traf es sich, daß die Hundsbschau in den Osterferien stattfand. Ich bettelte so lange, bis ich mit meinem Freund Morax ins Dorf zur Vorführung gehen durfte. Normal durfte dies ein Zwölfjähriger noch nicht machen, aber wo kein Kläger, da kein Richter. Ich war auch nicht wenig stolz, als sich mein Morax unter seinesgleichen sofort Respekt verschaffte. Zwar wurde er von allen Seiten bekläfft, aber keiner seiner Artgenossen traute sich, ihn herauszufordern. Wie ein Schwan unter Gänsen stand mein vierbeiniger Freund zu meinem Stolz in der Wirtsstube, und ich hatte alle Mühe, ihn vor eigenen Angriffen zurückzuhalten.

Ein großes Lob vom Amtstierarzt für Hund und Vorführer steigerte meinen Ehrgeiz entsprechend. Schelmisch fragte mich der Amtsgewaltige: „Was hättst jetzt do, wenn er sRaufa angfanga hätt?“ Aufgrund meiner Verdatterung gab er die Antwort gleich selber. „Dann hätt dWirtsdirn wahrscheinlich dir die Hosn ausputzn müssen.“

Die Schreinerwerkstatt in der Wohnstube

Wer kann das heute noch begreifen, daß die Schreiner in der Wohnstube eine ganze Aussteuer oder, wie wir früher gesagt haben, einen richtigen „Kammertwagen" fabriziert haben? Die bei uns wie eine Schwester aufgenommene Verwandte, die Resl, die als Kind schon ihre Eltern verloren hatte und danach zu uns auf den Hof kam, war gerade einunddreißigjährig, als einem anderen Verwandten mit drei Buben die Frau starb. Die Resl erbarmte sich der Buben ohne Mutter und sicher auch des Mannes. So entschloß sie sich schweren Herzens, uns zu verlassen, um in der mutterlosen Familie den Mutterplatz einzunehmen.

Sie wurde von uns wie eine Tochter ausgesteuert. Dazu gehörte unter anderem ein Schlafzimmer mit zwei Betten, ein Schrank, eine Waschkommode mit Spiegelaufsatz, ein Tisch mit vier Stühlen und ein Kanapee. „Weil's billiger kommt", meinte der Dorfschreiner, welcher zu uns auch noch Nachbar und vergevattert war, denn meine Eltern hatten seine fünf Kinder aus der Taufe gehoben, „mache ich die Aussteuer bei euch im Haus." Der Schreiner hatte nun bei uns das Essen, was damals besonders viel wert war. Er richtete somit in unserer Stube seine Werkstatt ein. Zwei Hobelbänke standen da bald im Raum, dafür mußte aber unser Stubenkanapee in die Hausflötz. Nun arbeiteten drei Schreiner drei volle Wochen lang in unserer Wohnstube, und pünktlich zum Hochzeitstag, am 30. Januar 1933, stand die Aussteuer in der neuen Heimat unserer Resl.

Unvergessen blieben bei uns Kindern diese drei Schreinerwochen. Meist machten wir den Heimweg von der Schule im Laufschritt, denn eine Menge Brettlabfälle wartete darauf, daß wir damit Häuser und Ställe nach unserer Fantasie bauten. Außerdem war der alte Schreiner umliegend bekannt als der größte Witzbold. Er konnte so interessante Lügengeschichten erzählen, daß selbst die Ungläubigsten daran glaubten. Uns Kindern standen oft die Haare zu Berge, wenn er aus seiner Jugendzeit erzählte. Da hörten wir zum Beispiel davon, wie er und sein Bruder Heinrich in eines der benachbarten Dörfer zu einer Tanzveranstaltung gingen. Dabei hatten sie unter den Hosenbeinen einen Hacklstecken versteckt. Auf ein Blinselzeichen schlugen sie in den Wirtsstuben die Petroleumlampen kaputt und ließen dann ihre Stöcke über die Köpfe der nächstbesten Leute tanzen. Daraufhin machten sie sich sofort aus dem Staub und schauten von draußen durch die Fenster zu, wie drinnen im Saal weitergerauft wurde. „Hot uns koan Pfennig kost, und mia zwö ham dö schönste Unterhaltung ghabt", folgerte er darauf noch.

Verfluchte Technik

Ende der zwanziger Jahre hat auch bei unserem Nachbarn der gespannbetriebene Göppel zum Futterschneiden Adieu gesagt. Um diese Zeit fanden in unserer Gegend Benzin- und Gasölmotoren als Antriebskraft für Hofmaschinen ihren Eingang. Ein Ungetüm von einem Motor, montiert auf einem Fahrgestell, hatte der Nachbar erworben. Es war zwar ein Gebrauchtmotor, was aber dem Stolz seines neuen Besitzers keinen Abbruch tat. Nur die Handhabung blieb mehr die Sache des Sohnes, welcher sich als Spezialist für Motorenreparaturen im weiten Umkreis bereits einen guten Ruf angeeignet hatte. Zuhause aber wollte der Alte die neue Errungenschaft selbst präsentieren.

Zu uns kam alljährlich zu Beginn der großen Ferien Mutters Bruder, unser Onkel Josef, seines Zeichens Lehrer in Taubenbach, um eines seiner zahlreichen Kinder als Feriengast abzuliefern. Daß zu uns ein Schullehrer auf Besuch kam, ehrte den Nachbarn fast noch mehr als uns selber. So gab er uns Kunde: „Wenn da Schullehrer kimmt, schickts man glei zu uns, weil i öahm an Motor vorführn möcht.“

Also wurde ich mit dem Onkel zum Nachbarn zu einer Demonstrationsveranstaltung geschickt. Voller Stolz trat der Nachbar gleich in Aktion. Ein Mords-Lob mit viel Erklärungen für das technische Wunder ging der Inbetriebnahme voraus. Am Motor war ein Riesenschwungrad mit mehr als einem Meter Durchmesser angebracht. Daran wurde eine Kurbel gesteckt und gedreht. Der damalige Nachbar war im Verhältnis zu seinen nachfolgenden Generationen, von denen ich noch weitere drei erleben durfte, ein kleines Manderl. Wie ein Zwerg stand er neben dem Ungetüm von Motor, ein Bild wie David neben Goliath. Nach gestenreichem Herumdrehen an verschiedenen Motorteilen setzte er dann das Schwungrad in

Bewegung. Doch außer einer Rauchfahne aus dem Auspuff und ein paar stickigen „Kausserern“ tat sich nichts. Dieses Schauspiel wiederholte sich so lange, bis sich beim Nachbarn Erschöpfungserscheinungen und erste Wutausbrüche zeigten. Er holte eine Schlegelaxt, zog damit auf und drohte dem streikenden Motor: „Wennst jetzt net auf der Stell wegspringst, nachat kannst was dalebn!“ Ich war damals etwa fünf Jahre alt. Mich überkam die Angst, als ich sah, wie der Nachbar dem Motor trotzte.

Dieses Spektakel wiederholte sich mehrmals. Dazwischen mischten sich nun auch noch die witzigen Spitzeleien meines Lehreronkels an den wutentbrannten Motordressierer. Jeder neue Startversuch endete gleichermaßen. Rauchfahne, pf..., pf..., pf..., aber kein laufender Motor. Angesichts des Mißerfolges und des zuschauenden Lehrers lief der Nachbar voller Zorn ganz blau an. „Mein Gott, er wird doch von dera Aufregung net sterben“, dachte ich ängstlich.

Bei all diesen Bemühungen seines Vaters schaute sein Sohn durch das Stallfenster zu. Der Alte wollte ja unbedingt seine neue Errungenschaft selber vorführen und seinen Sohn, auf den er selten gut zu sprechen war, nicht dabei haben. Jetzt aber schien seine Schmerz- und Blamagegrenze erreicht zu sein. „Bua, kimm“, schrie er, „mi mog er heut net, der Dreckdeifö.“

Den Buam, welcher längst ein Mannsbild von fast 30 Jahren war, mochte der Motor scheinbar besser. Nach ein paar Drehern vom Sepp lief der Motor, daß es eine wahre Freude war. Gestunken über seinen Mißerfolg hat's unserem Nachbarn anscheinend schwer, denn wortlos ging er ins Haus und ließ sich den ganzen Tag nicht mehr sehen. Ja, ja, die vielgepriesene Technik hatte auch früher schon ihre Mucken.

De Bluads-Zähn

Mit den Zähnen haben wir Menschen zu allen Zeiten in etwa die gleichen Scherereien, und das von der Wiege bis zur Bahre. Vom ersten Auftauchen eines Zahnes im Säuglingsalter bis zum Kunstzahn in den fortgeschrittenen Lebensjahren gibt es damit meist eine Menge Unannehmlichkeiten. Zwar ist heute im Hochstandszeitalter der Zahnmedizin vieles erträglicher geworden als es früher war, aber, Hand aufs Herz, wer geht schon gerne jubilierenden Herzens zum Zahnarzt?

Nun, in meiner Kinderzeit wurde mit den Zähnen immer der einfache und billige Weg gewählt. Uns zog die Milchzähne, soweit sie nicht von selbst herausgefallen sind, der Vater mit den bloßen Fingern. „Zoag her", sagte er, wenn wir Zahnweh hatten, suchte sodann den Übeltäter, und ehe wir umschauten, war es schon geschehen.

Ich war etwa fünf Jahre alt, da hatte es mich wieder einmal erwischt mit dem Zahnweh. Diesmal aber versagte des Vaters Hausmethode. Also ging es zur nächst höheren Instanz. Im vier Kilometer entfernten Schönau gab es einen Bader, der sich solcher Fälle billigst annahm. Haareschneiden, Rasieren, Zahnreißen und nebenbei noch eine kleine Krämerei, davon lebten die damaligen Badersleute von Schönau.

Wir hatten seinerzeit einen vierzehnjährigen Stallbuben aus der entfernten Verwandtschaft. Wie viele seinesgleichen begann er nach der 7. Volksschulklasse seine Berufslaufbahn als „Kuhstallmister" und Laufbursche. Der Xaverl, so hieß er, war ein Bruder Immerfroh und war besonders bestrebt, mit uns Kindern immer Gaudi zu machen. Weil er recht laut schnaufte und bei jeder Arbeit schwitzte, nannten wir ihn den „Dampf-Xaverl."

Der Xaverl besaß sogar schon ein altes Herrenfahrrad, was ihm am Sonntag das Heimkommen zum acht Kilometer entfernten Elternhaus sehr erleichterte. Weil ich, wie er immer sagte, „sein Bua“ war, erbot er sich auch, mich in meiner Zahnwehnot auf seinem Radl zum Bader nach Schönau zu fahren. Der trübe Novembertag paßte genau zu meinem zahnwehgeplagten Gesicht. So radelte mich also der „Dampf-Xaverl“ zum Schönauer Bader. Bei jedem Schlagloch der schlechten Kiesstraße gab es meinem kranken Zahn einen schmerzlichen Ruck. Da half auch das wollene Tüchl, welches mir die Mutter noch um den Kopf gebunden hatte, nichts. Der stark schnaufende und dampfende Xaverl tröstete mich. „Hoit no aus, Wiggal, glei is vorbei, und nachat kauf i dir um a Fünferl an Kandiszucka.“ Diese Verheißung ließ mir das Zahnweh gleich leichter ertragen. Beim alten Bader brauchten wir nicht lange zu warten. Er setzte mich auf einen Stuhl, seine Frau, die Kramerin, hielt meinen Kopf und schon faßte er mit der Zange, welche mich sehr an jene erinnerte, mit der wir zuhause den neugeborenen Ferkeln die Zähne stutzten, den schmerzenden Zahn. Es klirrte und krachte unter des Baders gewalttätigem Hantieren. Ich schrie, der Xaverl jammerte und der Bader stöhnte. „Haman scho, den Sauhund“, sagte er und zeigte mir den Übeltäter voller Stolz. Also, diesem Lumpen von einem Stockzahn war mit Vaters Methode wirklich nicht beizukommen gewesen. Der Zahn wurde in einem Silberpapierl eingewickelt, so durfte ich den Zahn mit nach Hause nehmen.

Ein Fuchzgerl kostete die Prozedur und ein Fünferl der Kandiszucker, welchen mir der Xaverl von seinem kargen Lohn spendierte. Während des ganzen Heimfahrens lobte mich der Xaverl wegen meines tapferen Verhaltens.

Bis zu meinem 12. Lebensjahr ging's dann ziemlich ohne Zahnweh ab. Dann aber machte sich die zweite Zahngeneration mit Gewalt auf den Weg ans Tageslicht. Einer der Stockzähne wollte nicht weichen und verursachte mir einen schier unerträglichen Schmerz. Also, Schule schwänzen und zum Zahnarzt fahren, diesmal unter Vaters Begleitung. Diese meine erste Bekanntschaft mit einem richtigen Zahndoktor blieb in meiner Erinnerung hängen. Schon beim Öffnen meines Mundes meinte er: „Oh mei, Bua, bei dir gherat allerhand gmacht!“ Dann betäubte er meinen fälligen Stockzahn. Nach kurzem Warten zog er ihn heraus mit der Bemerkung: „Jetzt bin i scho dra und tua aa glei weida!“ Nach kurzer Zeit lagen 13 Zähne meines Oberkiefers in seiner Schale. Sauber schaute ich nun drein, mit meinem „Oben-ohne-Gebiß“. Es kostete pro Zahn eine Mark und fünf Mark für die Spritze, also zusammen 17 Reichsmark. Allerdings für die damalige Zeit auch viel Geld. Eine ganze Streichholzschachtel voller Zähne konnte ich am nächsten Tag dem Lehrer und den Mitschülern zeigen. Schnell und billig wuchs nun die zweite Zahngeneration nach, was ich von der dritten nicht mehr behaupten kann.

Der Bumerang

Was ist ein Bumerang? Verdammtes Fremdwort! Es soll etwas bedeuten, was man anderen zudenkt, aber einen selber trifft.

Also die Sache war so: Der alte Schreiner des Dorfes, jedenfalls aus der Sicht unserer Kinderaugen alt, in Wirklichkeit aber kaum fünfzigjährig, war ein richtiger Witzbold. Er band nicht nur uns Kindern, sondern auch den Erwachsenen die größten Bären auf. Er konnte das so todernst, daß man nur selten zwischen Wahrheit und Lüge unterscheiden konnte. So erzählte er mir auch, daß es überhaupt nicht schwierig sei, in der Kirche, selbst wenn es mäuschenstill ist, einen hinten hinauszulassen. Dieser Bums brauche nicht nur zu stinken, sondern dürfe auch laut hörbar sein, man müsse nur gleich seinen Nachbarn als Übeltäter verdächtigen, indem man ihn vorwurfsvoll fest anschaut. Das habe ich meinem Freund, dem Moar Luck, erzählt. Der Luck war ein paar Tage älter als ich und hat mit mir zusammen in der Kirche ministriert. Hellauf begeistert war der Luck von des Schreiners Methode des „Schoaßlassens".

Also spekulierten wir auf eine passende Gelegenheit der Anwendung. An einem ministrantenfreien Sonntag wollten wir die Probe aufs Exempel riskieren. Der Luck bot sich freiwillig als Versuchskaninchen an, denn er war ja einige Tage älter als ich. Außerdem schien mir die ausgesuchte Versuchsperson nicht recht geheuer. Es war die Kleinwieser Franz. Die Franziska, eine ledige Frauensperson im gehobenen Mittelalter, mußte auf ihrem Kirchgang an unserem Hof in Oberponzaun vorbei. So wußte ich auch, daß sie keine Kinder leiden konnte. „Kinder, gehts ja net auße, wenn die Franz vorbeigeht", hat uns die Mutter immer aufgeboten, „weil dFranz gleis schimpfa anfangt, wenns oi Kinder sehgt." Vielleicht hat sie auch um ihren kleinen Hund gebangt, der sie meistens begleitete.

Jedenfalls war der Franz ihr Kirchenstuhlplatz neben dem unsrigen. An einem Sonntagvormittags-Gottesdienst sollte die Sache steigen. Der Luck also setzte sich neben das Versuchsobjekt in den Kirchenstuhl und wartete schon ungeduldig, daß ihn einer drücken würde. Vielleicht war auch die prickelnde Erwartung dran schuld, daß er alsbald gurgelnde Geräusche im Bauch verspürte. Er tippte mich noch kurz an, und dann hat es auch schon unüberhörbar geknallt. Ruckartig drehte er den Kopf zur Franz hin und blickte ihr rotzfrech ins Gesicht. Es war jedoch ohne die erwartete Wirkung, denn genau das Gegenteil unserer Berechnung trat ein.

„Rotzlöffö, rotziger", zischte die Franz mit einem blaurot angelaufenen Gesicht und gab dem Luck eine derartige Watschn, daß es ihn und mich auch noch fast umriß. Die Folge war für uns fürchterlich, denn alle Köpfe drehten sich nach uns um. Nach der Kirche konnte sich die Jungfrau Franziska nicht genug tun, allen, die es wissen wollten zu erzählen, was ihr der Rotzlöffl von einem Schulbuben hätt in die Schuhe schieben wollen.

Unser Trost aber war, daß wir nicht die einzigen waren, welche dem Witzbold von Dorfschreiner auf den Leim gegangen sind.

Die Feuerwehrübung

Zu meiner Bubenzeit hat es nicht annähernd die Abwechslungen gegeben, die den heutigen Kindern offenstehen. Man hat sich mit dem begnügt, was man sich selber gemacht, was in der Familie, Schule und Kirche oder sonst im Dorf los gewesen ist.

Eine Besonderheit und für uns Buben immer eine Attraktion waren die Feuerwehrübungen. Zu gerne wäre man ja schon selber dabei mitmarschiert. Schon allein die schneidigen Kommandos vom Schneiderbauer Karl, einem ehemaligen Feldwebel des Ersten Weltkrieges, hatten es uns angetan. Vor allem, wenn er statt „Halt" immer „Hult" kommandierte. Oder auch die Ausdrücke vom Adjutanten, dem Schuster Sepp, der einen solchen „Ranzen" hatte, daß das Koppel kaum herumlangte und auch seine kräftigen Wadln fast nicht in den Ledergamaschen Platz fanden. Wenn dieser Meldung machte: „Feuerwehr Unterhausbach zur Übung angetreten!", dann haben wir Buben vor lauter Rührung direkt eine Gänsehaut bekommen.

Angetreten wurde vor dem Wirtshaus, wo die Übung auch immer wieder ihr Ende fand. Selbstverständlich wurden zum Übungsanfang die mit Messing beschlagenen Helme und Joppenknöpfe auf eventuellen Grünspanansatz geprüft. War ein solcher später noch zu sehen, dann waren vom Träger dieser nicht ganz korrekten Ausrüstung jedesmal einige Strafzehnerl in die Vereinskasse zu zahlen.

Nach der Meldung und der Visitation folgte dann der Marsch zum Spritzenhaus. Dies war eigentlich nur ein hölzerner Anhängschuppen am Schulhaus. Dort stand die fahrbare Doppeldruck-Pumpspritze Marke „Paul Ludwig" und wartete auf den Übungseinsatz. An der Holzwand des Schuppens waren auch noch die hölzernen Feuerwehrleitern und die Feuerhaken aufgehängt. Handgezogen und handgetragen ging's dann mit den Geräten zum im Tal liegenden Dorf- oder Moarweiher. Jetzt begann unter zackigem Kommando vom Schneiderbauer Karl und den regulierenden Zwischenrufen des Adjutanten ein schweißtreibender Übungsbetrieb. „An die Spritze, marschieren!" und „An die Leiter, marschieren!", waren einige der Übungskommandos, welche noch in meiner Erinnerung haften.

Am liebsten war uns Buben natürlich immer eine Naßübung, das heißt, wenn richtig gespritzt wurde. Wenn acht Mann an den Druckstangen um die Wette pumpten und der Wasserstrahl auch auf uns Zuschauer gerichtet wurde, dann war es für uns der größte Spaß. Aber wegen der nachfolgenden Schlauchreinigung waren die Naßübungen selten. Wir begeisterten uns aber auch schon, wenn einmal eine sogenannte Spritzenbewegungsübung stattfand. Dazu waren neben zwei Maschinisten und einem Bremser noch acht Mann Bespannung nötig, die das Gespann simulieren mußten. Vier Mann waren an den Zugscheiten und an der Deichsel und weitere vier wurden als Vorspann vor die Deichsel gespannt. Mit Seilen um Leib und Schulter mußten sie sich beim Kommando: „Spritzen marsch!" ruckartig ins Zeug legen und im Laufschritt das Löschfahrzeug in Gang bringen. Die Deichsel, an der die acht Mann als Gespannersatz zogen, war durch einen Steckbolzen mit dem Fahrzeug verbunden. Dieser Eisenbolzen war also das wichtigste Glied für eine reibungslose Fortbewegung der Feuerspritze. Mein älterer Bruder, der Sepp, war damals als Bremser an der Treibspindel eingeteilt. Mir hat's gestunken, daß er nicht beim Gespann sein durfte, denn er war ein bekannt guter Läufer. Einmal gab der Hauptmann das Kommando: „Spritze zur Abfahrt fertig, marsch!", da zog der Bremser, blitzschnell und nur von uns Buben beobachtet, den Deichselbolzen heraus, worauf die acht Mann samt Deichsel und Zugscheite über die rauhe

Kiesstraße und den angrenzenden Abhang hinunterflogen. Der Kommandant fluchte mit den acht gestürzten Feuerwehrmännern um die Wette. Natürlich wurde mein Bruder verdächtigt, daß er den Bolzen herausgezogen hatte. Der jedoch konnte seine Unschuld so echt vortäuschen, daß man ihm glaubte. Auch wir Buben haben ihn natürlich nicht verraten, denn das eben Gesehene ergötzte uns zu sehr.

Des einen Tod, des andern Freud

Mit Tod und Sterben bin ich recht frühzeitig in Berührung gekommen und zwar dadurch, daß ich des öfteren aus dem Unterricht von der Schule geholt wurde und statt des verhinderten Mesners, der ja auch noch Landwirt und Schmiedemeister war, den Ortsgeistlichen, der für mich damals als Ministrant auch noch soviel wie ein Brotherr war, bei den Versehgängen zu den Sterbenden zu begleiten hatte. Ich durfte dabei Laterne und Glöcklein tragen.

An meinem 12. Geburtstag, es war der Frauentag, 15. August 1934, als ich gerade von der Frühmeß-Ministriererei heimging, kam mir mein Vater ganz aufgeregt entgegengelaufen und rief mir zu: „So, Bua, jetzt gehst glei mit, mi hams ghoit, weil da Nachbar zum Sterben is.“ Also mußte ich mit ins Sterbekammerl. 56 Jahre war der an Magenkrebs Erkrankte erst alt, aber es galt Abschied zu nehmen. Seine Frau und die erwachsenen Kinder standen um das Sterbebett. Abschiedstränen sah ich zwar nicht, denn der Nachbar galt in seiner Familie als Sonderling und Eigenbrötler und hat die aus dem Hof erwirtschafteten Markln mit allerlei, meist recht kindischen Liebhabereien vertan. Er war zum Beispiel ein Liebhaber der damaligen Abziehbilder auf Glas. Außerdem galt er als einer der ersten Fotografen unserer Gegend und hat auch seine Bilder selbst entwickelt. Im Werktagsgewand sah man ihn selten, denn immer hatte er was zum Rumfachieren gewußt, was aber bloß Geld kostete, statt welches ins Haus zu bringen. So ist zwar die Stimmung seiner Angehörigen betroffen, aber doch nicht herzzerreißend traurig gewesen. Mein Vater machte am Sterbebett den Vorbeter und wir alle anderen im Raum die Nachbeter. Der Nachbar rang um jeden Atemzug, sein Gesicht verzerrte sich und die blaugrauen Augen traten unheimlich hervor. Aber er lebte noch. In meinem kindlichen

Wesen ist mir schon recht unheimlich geworden, und daher vernahm ich mit Erleichterung, wie mein Vater nach einer längeren Beterei sagte: „I moa, mir gehnma nomoi hoam, wer woaß, wia langs no dauert.“ Etwa acht Uhr war es, als wir wieder heimgingen und genau unterm Zwölfuhrläuten hat er den letzten Schnauferer getan, der alte Nachbar.

Bereits ein paar Tage nach der Beerdigung fragte mich die Frau des Verstorbenen, die in meiner Kinderzeit eine große Rolle spielte, weil ich fürs Zeitungbringen oft von ihr ein Fünferl oder auch ein Zehnerl bekommen habe, ob ich den Dachboden stöbern mag. Dort waren die Sachen von den Liebhabereien des Verstorbenen abgestellt, und alles was mir gefällt, dürfe ich mir nehmen, sagte die Nachbarin. Mit Feuereifer ging ich ans Stöbern und wurde auch alsbald fündig. Ganze Schachteln voller Abziehbilder und alte Fotos aus seiner Produktion kamen da ans Tageslicht. Auch Einklebebilder für Poesiealben waren dabei, womit ich wiederum meinen vier Schwestern eine große Freude bereiten konnte. Aber das Glanzstück war ein Bildwerfer-Kinomatograph. Man schob dort einen Glasstreifen mit Abziehbildern durch einen Schlitz, leuchtete mit einer Taschenlampe drauf, worauf man in einer Entfernung von etwa einem Meter die vergrößerten Bilder an der Wand sehen konnte. Also ohne elektrischen Strom, welcher bei uns erst zehn Jahre später Einzug hielt, hatten wir schon ein eigenes Hauskino.

Für diese überreiche Hinterlassenschaft bekam der Nachbar von mir noch viele Vergeltsgott-Sprücherl. Ob sie ihm was genutzt haben, kann ich natürlich nicht sagen. Jedenfalls sagte die Nachbarmutter: „Herr, vergelt's Gott, daß dös Graffözeug weida is!“ Für mich aber bedeutete dös oidö Graffözeug eine kolossale Bereicherung meines recht bescheidenen Bubeninventars.

Die Vogelnester

Die Frühjahrszeit meiner Bubenjahre war von manchen heute nicht mehr bekannten Merkmalen gekennzeichnet. Auf dem Land hatten ja alle Anwesen ihre eigenen Hühner, Gänse und teils auch Enten. Deren Nachwuchs wurde selbst aufgezogen. Meist brüteten Muttertiere die Singerl, Ganserl und Enterl selber aus und behüteten ihre Kinderlein auch bis zu deren Selbständigkeit. Alles vollzog sich im freien Auslauf und war somit auch den natürlichen Feinden ausgeliefert, worunter man hauptsächlich Krähen und Elstern zählen mußte. Diese gab's in Massen, denn die Geflügeljungtiere waren für diese Räuber eine willkommene Nahrungsquelle. Die bei uns üblichen Feldgehölze boten diesen Raubvögeln willkommene Nist- und Brutplätze. Somit galt das Suchen und Aufspüren dieser Raubvogelnester bei uns Buben als eine der beliebtesten Beschäftigungen im Frühjahr. Die Hochsaison für solche Raubzüge war immer im Mai und Juni. Auch unsere Eltern drückten in dieser Sache ein Auge zu, wenn wir die Bäume hochkletterten, um die Räuberbrut aufzuspüren und auszunehmen. So ein Nest voller junger Krähen und Elstern verschlingt ja eine Menge an Nahrung, bis die Jungen ihre eigene Flugtüchtigkeit erreichen.

So strawanzten wir viele Nachmittage unserer schulfreien Zeit durch das Brunn- und Starzner-Hölzl. Auch das Burg- und Mornthalerholz zählte zu unserem Revier. Wenn ich sage wir, dann meine ich den Nachbarsbuben Michael Straßl und mich. Der Michl war ein Jahr jünger als ich und gleich mir ein guter und furchtloser Kraxler. Kein Baum war uns zu hoch, bloß ab und zu zu dick, sodaß unsere Hände beim Kraxln den Stamm nicht richtig umklammern konnten.

Die Nestsucherei ging überwiegend reibungslos. Laut mündlicher Abmachung gehörte der Inhalt eines Nestes immer dem, der es als erster entdeckte und auch hinaufstieg.

Ein Krähennest mit fünf halbwüchsigen Jungen hatte ich wieder einmal entdeckt, was natürlich mein Bubenherz höher schlagen ließ. Ein paar Tage wollte ich mir noch überlegen, ob ich die fünf Jungraben bis zur Ausreife oder doch lieber schon gleich samt dem Nest beseitigen sollte. Als ich dann nach drei Tagen ohne meinen Spezl Michl wieder nachschaute, lag das Nest samt Inhalt zerstört unter dem Baum. Mein Verdacht fiel sofort auf den Michl, weil er schon seit mehreren Tagen bei seiner Kraxlerei nicht mehr fündig geworden war. Auf dem Schulweg stellte ich ihn dann zur Rede, worauf er schadenfreudig seine Tat eingestand. „Hab i nix, brauchst du aa nix", antwortete er rotzfrech, was bei mir sofort schlagkräftige Reaktionen auslöste. Wir lebten zwar überwiegend in Freundschaft, aber zum Raufen kam es trotzdem dann und wann. Dabei hatte der Michl seine eigene Methode. Fühlte er sich unterlegen, dann igelte er sich ein, das heißt, er nahm den Kopf zwischen die Beine, sodaß sein Kontrahent bloß Rücken und Hinterteil bearbeiten konnte – und das tat ich jetzt auch ausgiebig. Aber der Michl war ein harter Nehmer, sodaß meine Fäuste bald mehr schmerzten als sein Hinterteil und sein Rücken. Mit dieser bewährten Methode blieb der Michl so lange in Igelstellung, bis der Angreifer außer Sichtweite war.

Wir mieden uns ein paar Tage, aber innerlich hatte ich ihm bereits wieder verziehen und den Vorfall fast vergessen. Da, eines Tages gegen Abend, ich mußte für die im Stall arbeitende Mutter das Einheizen des Küchenherdes tätigen und kniete grad vor dem Ofenloch, da geht die Küchentür auf und herein kommt der Michl, ohne Gruß, aber mit grinsendem Gesicht. Ich schaute ihn fragenden Blickes an, kam aber nicht mehr zum Fragen. Im Türrahmen erscheint sein Papa mit zorngerötetem Gesicht und schon ging das Donnerwetter los. „Du Rotzlöffl, du rotziger, haust du mir mein Michl nomoi?" Seine Wut war so aufgeheizt, daß ich gar nicht mehr dazukam, ein verteidigendes Wort zu erwidern. Meinem Vater, dem Herrn

Pfarrer, bei dem wir beide ministrierten, und auch dem Lehrer werde er es sagen, was ich mit seinem Micherl gemacht habe.

Bei meinem Vater, der sonst immer recht streng zu mir war, bekam er gleich die erste Abfuhr. „Nachbar", sagte mein Vater, „unter Buama-Streitereien soll man sich net einmischen. Dö solln sich dös selber ausmachen." Mit einem beleidigten Gesicht zog nun der Nachbar samt seinem Micherl ab. Ein paar Tage haben wir zwei Spezln uns noch gemieden, dann gingen wir wieder einträchtig zusammen in den Wald, um Krähen- und Elsternnester zu suchen. Ja, ja, dö Hundsbuam!

Bauernbrot

Zu Ostern 1936 begann für mich, erst knapp vierzehnjährig, nach sieben Volksschulklassen, das Berufsleben. Ich wurde auf dem elterlichen Hof Stallbub und „Ochserer". Unsere zwei Pferde waren das Heiligtum meines um zehn Jahre älteren Bruders Alois. Mich befremdete die neue Stellung keineswegs, werden doch die Bauernkinder immer bereits während der Schulzeit mit allen anfallenden Arbeiten vertraut gemacht.

Außer einem fahrbaren Gasölmotor gab's auf unserem Hof noch keinerlei andere Motorisierung. Dieser Gasölmotor löste bei uns 1933 den Göppel ab, der gespanngetrieben 50 Jahre lang als Antriebskraft für die Futterschneidmaschine gedient hat. Das Gespanntreiben am Göppel mußte ich schon als Bub machen.

Die Jahresarbeit lief noch nach der seit Jahrzehnten altbewährten Methode ab. Im Frühjahr begann die Außenarbeit mit dem Misteinreiben. Der im Winter auf die Wiesen gefahrene Strohmist wurde mit der Egge, in die zur Wiesennarbenschonung Zweige geflochten waren, übereggt und von Hand mit Holzrechen fein verrieben. Dazu war ein brauchbares Gespann eine wichtige Voraussetzung. Das wiederum setzte das sogenannte Abrichten der Tiere zum Zug voraus. Bei Ochsen, Kühen und Stieren war das meist eine mühselige Prozedur, bei Pferden dagegen ging's gewöhnlich reibungsloser. Wir hatten als Gespann zwei Pferde, zwei Ochsen und zwei Kühe, letztere allerdings mehr zum Sport als zum Nutzen. Des öfteren suchte ein Kleinlandwirt eine Milchkuh, welche auch als Einspannkuh zu gebrauchen war. Für solche Fälle standen bei uns zwei Kühe bereit. Es war mehr eine Liebhaberei meines Vaters als eine lohnende Nebensache. Die Zugfähigmachung der Rinder beschäftigte uns oft tagelang, und meist konnte man nur schwer sagen, wer dabei mehr schwitzte, die Rinder oder die Menschen, die ihnen das Ziehen beibringen sollten.

Die Ochsen hatten früher als Schlachtvieh einen wesentlich höheren Stellenwert als die Stiere. Ihr Fleisch war begehrter und lag im Preis wesentlich über dem der Stiere. Der Rinderbraten war ja früher ein viel zu teuerer Luxus, und zum Kochen war eben das Ochsenfleisch schon vom Suppengeschmack her dem Stierfleisch überlegen.

Im Frühjahr war Hochsaison für die Stier-Kastration. Diese Tätigkeit besorgten häufig Tierheilpraktiker. Bei uns war das der Kleinlandwirt Franz Geiger aus Falkenberg. Wenn er in der Frühjahrszeit heimwärts radelte, war es selbstverständlich, daß an seinem Radlenker eine Anzahl von Stierhoden hing, die er vom Kastrieren mit nach Hause nahm, wo sie dann gebraten und als Delikatesse verspeist wurden.

Fast alle Bauern züchteten ihren Pferdenachwuchs selber. So war zwischen Februar und Mai die Hochsaison der Fohlenzeit. Wir stiegen erst während des zweiten Weltkriegs in die eigene Pferdezucht ein.

Hatten dann die Frühjahrswinde die Wiesen getrocknet, dann wurde der verriebene Mist wieder abgerecht, auf Haufen zusammengetragen und heimgefahren und schließlich als Einstreu im Stall wieder verwendet. Bei günstiger Witterung geschah dies oft schon im März. Man nannte dies die erste Bauernernte. Da es im Frühjahr oft recht warm und mild war, liefen wir bei dieser Arbeit schon im März barfuß.

Zur Frühjahrshauptarbeit gehörte damals noch das Wiedhacken mit der Hand. Der zum Heizen benötigte Wied, auch Reisig genannt, wurde auf 40 bis 50 Centimeter Länge gehackt und gebündelt. Zum Binden nahm man in der Regel Weidengerten, die vorher auf dem Hackstock geklopft wurden, damit man sie leichter biegen konnte. Wied hacken war hauptsächlich Frauenarbeit, und es gab dabei wahre Künstlerinnen. Kunstwerke sind meine „Bürd Wied“, so nannte man die Wiedbündel, gerade nicht geworden, dafür aber brachte ich es im Laufe eines Tages zu einer stattlichen Anzahl.

Zum Herbst 1935 kaufte der Vater unsere erste Sämaschine. Sie löste in Oberponzaun den zum Landsymbol gehörenden Sämann ab. Der Vater ließ sich vom Vertreter davon überzeugen, daß diese Maschine durch Saatguteinsparung bereits in einigen Jahren abbezahlt sei. Man tat aber gleich im ersten Einsatzjahr des Guten zuviel. Durch einen kleinen Einstellfehler gab's zwar eine beträchtliche Saatguteinsparung, die Saat war aber recht dünn gesät, und die Ernte fiel entsprechend mager aus. So forderte die Technik, wie später noch so manchesmal, auch ihr Lehrgeld. Trotz Sämaschine aber lernte ich das Ausbringen von Saatgut und Kunstdünger noch von Hand und brachte es dabei zu einer beachtlichen Fertigkeit.

Jede freie Stunde im Frühjahr wurde auch zur Unkrautbekämpfung verwendet. Diese Arbeit bestand hauptsächlich im Ausstechen der Disteln sowie des großen Sauerampfers, der in unserer Gegend auch Strumpfwurzen heißt. Nebst Disteln und Ampfer galt der Hedrich als das weit verbreitetste Unkraut im Getreide. In meiner Jugend, aber auch schon früher, wurde dagegen mit Kupfer- oder Eisenvitriol gespritzt. Dies war eine Hundsarbeit, schon das Anrichten für die Handspritze galt als zeitaufwendige Prozedur. Das Vitriol mußte in einem Wasserbottich aufgelöst werden. Bei einer gewissen Prozentanzeige auf dem Spezialthermometer füllte man dann die fertige Brühe in die 20 Liter fassende Rückenspritze. Es war eine Schinderei, bis man einige Tagwerk abgespritzt hatte. Dies geschah von Mitte bis Ende Mai. Nicht selten kam dann am Nachmittag ein Gewitter und die ganze Plagerei war umsonst, denn die Hedrichblätter sollten ja verätzt werden. Hedrichblüten galten als gutes Bienenfutter. Zwar schmeckte der Honig davon etwas bitter, doch die Hedrichhonigernte galt bei den Imkern als recht erfolgreich. Als dann der Krieg die kräftigen Mannsbilder für die Hedrichspritzung wegnahm, ging man dazu über, den Hedrich mit Staubstickstoff zu bekämpfen. Dies mußte bei taunassem Zustand geschehen. Es war damals eine unangenehme Arbeit und noch dazu äußerst wetterabhängig. Erst die Entwicklung chemischer Pflanzenschutzmittel und deren Ausbringung mittels großflächig wirkender, mechanischer Feldspritzen stellte die Unkrautbekämpfung auf ein in etwa sicheres Fundament.

Kartoffeln und Rüben gehörten in meiner Jugendzeit noch zum festen Bestandteil der Fruchtfolge. In den ersten Jahren meiner Mitarbeit pflanzten wir die Kartoffeln noch von Hand. Es war eine Zweierarbeit, einer schl'ug mit einer Harke die Löcher, der andere warf die Kartoffel hinein. Meist arbeiteten da ein Erwachsener und ein Kind zusammen.

Die Rübenpflanzen wurden im Hausgarten herangezogen und Ende Mai bis Anfang Juni bei Regenwetter auf sogenannte „Bifänge" im Acker gepflanzt. Bifänge zogen wir bis nach dem Krieg noch mit dem gewöhnlichen Holzpflug. 1956 fand der Holzpflug auf Oberponzaun das letztemal Anwendung. Die Pflege und Ernte der Kartoffeln und Rüben war reine Handarbeit. Das gleiche galt für die Heuernte. So begann ich also 1936 meine Arbeitslehre auf dem elterlichen Hof.

Im gleichen Jahr bekamen wir eine Grasmähmaschine sowie den ersten Eisenpflug. Der Grasmäher wurde nur auf den schönen Wiesenstücken eingesetzt, das übrige Gras dagegen mähten wir weiter mit der Sense. Nicht selten begann so ein Heutag um drei Uhr früh mit der Heumahd, anschließend folgte das Heimholen des Grünfutters, Stallarbeit und Morgensuppe. Dann mußte meist noch das Heu vom Vortag abgeladen werden. Weiter ging es mit dem Ausstreuen und Wenden bis zum Mittagessen. Dann hieß es wieder Wenden, Schwaden, Einfahren und Heuhäufeln bis zum Abendessen und der anschließenden Stallarbeit. So verlief ein Heuerntetag.

Während der Heu- und Getreideernte gab's eine Vormittags- und Nachmittagsbrotzeit, das sogenannte „Neune- und Dreibrot". In der Regel wurden die Brotzeiten aufs Feld gebracht. Dort suchte man sich einen schattenspendenden Baum oder einen Strauch als Lagerplatz, wo man sich für kurze Zeit zur Ruhe niederlassen und seine Brotzeit verzehren konnte. Damit hatten die zahlreichen Feld- und Wiesensträucher sowie die Bäume eine zweifach nützliche Daseinsberechtigung. Auch die Gespanne waren in den Rastpausen für etwas Schatten recht dankbar.

Kurze Verschnaufpausen zwischen Heu- und Getreideernte wurden in der Regel zum sogenannten Streurechen in den Wäldern genutzt. Stroh war ja früher stets Mangelware, denn mehr als die Hälfte benötigte man als Viehfutter. Es mußte also der Waldboden noch für die Einstreu herhalten. Erst mit einer intensiven Wiesennutzung durch Anwendung von Kunstdünger änderte sich die Lage langsam.

Eine Schwerstarbeit war früher zweifelsohne die Getreideernte. Sie begann mit dem Roggen- und Gerstenschnitt. Bis zum Jahre 1952 erntete man auf unserem Hof noch mit Sense und Sichel. Meine Erntehelfertätigkeit begann ich als „Klauber“, das heißt, ich sammelte hinter dem mähenden Vater den Schwad mit der Sichel zu Garben, die dann mit einem Strohband zusammengebunden werden mußten. Die Garben wurden dann am Abend als „Getreidemandln“ zum Trocknen aufgestellt. Kam nun ein Wind auf, mußten dieselben oftmals zwei- bis dreimal wieder aufgestellt werden, bis sie endlich trocken genug waren, um eingefahren werden zu können. Etwas sympathischer erschien mir da schon das Heimfahren des Getreides, jedoch mußte so manches Fuder, auch Fuhre genannt, zweimal aufgeladen werden, wenn es an den Hängen ins Rutschen oder zu Fall gekommen war oder wenn das Gespann infolge der Mücken- und Bremsenplage einmal durchging.

Nach dem Abernten der Felder durften ärmere Leute die liegengebliebenen Ähren auflesen. Besonders Fleißige brachten es dabei oft auf einige Zentner Körner.

Das sogenannte „Arndtbier“ nach Ernteende fehlte auf keinem Hof. Alle an der Ernte beteiligten Personen wurden dazu eingeladen. Da gab es ein reichhaltiges Mittagsmahl, Schmalzgebackenes am Nachmittag und ausnahmsweise auch richtiges Vollbier. Zur Sommerzeit wurde ja auf den Höfen früher nur der sogenannte Scheps, das Einfachbier, nebst Limonade, auch Kracherl genannt, getrunken.

Eine besonders arbeitsreiche Zeit begann nach beendeter Getreideernte. Grummeternte und Getreidedrusch fielen in der Regel zusammen. Gedroschen wurde bis in die sechziger Jahre mit der Dampfmaschine, wenigstens dort, wo noch kein Stromanschluß war. Den Dampf beheizte man mit Holz und Kohle. Zum Dampfdreschen brauchte man in der Regel 16 bis 18 Personen, drei Maschinisten, einen Getreideträger, einen Öhmträger, zwei Außerwerfer, drei auf der Bühne, drei Strohoder Schabbinder und drei Strohwegräumer. 1938 fand bei uns die Strohpresse Einführung, was eine große Erleichterung der Drescharbeit mit sich brachte. Das Dreschen erfolgte in Nachbarschaftshilfe, das heißt, man mußte dann auch wieder so oft zum Dreschen gehen, als man Leute von den Nachbarbetrieben brauchte.

Es war früher auch noch üblich, daß kleine Leute aus der Nachbarschaft, dies waren meist Handwerker, bei den Bauern einen Erdäpfel- oder Rübenbifang nutzen durften. Dieser wurde dann mit einem Dreschtag abgearbeitet.

Es gab während der Ernte oder gleich danach den sogenannten Andrusch, damit man etwas Stroh und Körner sowie Saatgut für den Herbstanbau hatte. Der Ausdrusch erfolgte im Spätherbst. Es zog sich meist bis Weihnachten hin, bis alle ausgedroschen hatten.

Am liebsten ging ich zu den Kleinlandwirten zur Dreschhilfe. Während größere Bauern trachteten, daß es beim Dreschen flott ging, wurde bei Kleinbauern oft gebremst, denn nach der Dauer der Dreschzeit wurde man auch beurteilt. So wollten viele Kleinbauern auch einen ganzen Tag Dampfdreschen, denn wer unter einem Tag drosch, wurde im Wirtshaus dann oft als „Fretter“ gehänselt.

Schwerstarbeit für die Gespanne war das Umfahren der Dreschmaschine. Fünf Tonnen wog der Dreschwagen, und das gleiche Gewicht hatte auch der Dampf. Blieb jemand mit seinem Gespann beim Maschinenfahren hängen, dann konnte er des Spottes seiner Umgebung sicher sein. Zwei unserer Nachbarn waren jahrzehntelang deshalb verfeindet, denn jeder schob die Schuld für das Hängenbleiben mit dem Dampf auf den anderen.

Das Abendessen beim Dreschen soll nicht unerwähnt bleiben. Als Vorspeise gab es die übliche Hühnernudelsuppe, die Hauptspeise bestand dann aus Schmalzgebäck und Kuchen nebst Kaffee oder Obstkompott Die Bäuerinnen übertrafen sich dabei an Ehrgeiz auf das Dargebotene.

Die Feldarbeit zog sich früher bis in den Spätherbst hin. Kartoffelklauben, Rübenernte, Kühehüten, Mistfahren und – Ausbreiten, dazu noch das Ansäen und Pflügen der Felder dauerten meist bis Ende November. Harte Hand- und Knochenarbeit stand hinter jeder dieser Tätigkeiten. War dann die Feldarbeit beendet, dann ging's in den Wald. Mein Vater kaufte jedes Jahr, zusammen mit einem Nachbarn, eine Partie Stöcke aus einem größeren Holzschlag. Deren Rodung beschäftigte uns meistens bis Weihnachten. Auch der eigene Wald mußte gesäubert werden. Wenn das Brennholz bis Neujahr zuhause war, konnte man froh sein. Bis Lichtmeß dauerte dann für gewöhnlich das Kleinmachen. In den ersten Jahren meiner Mitarbeit sägten wir noch alles mit der Handsäge kurz. Erst 1943 bekamen wir die Elektrizität, die auch bei uns auf dem Hof vieles erleichterte.

Eine große Bedeutung hatten bei uns früher die Bauernfeiertage. Es waren die Namenstage bekannter Heiliger, die man bis zum Jahre 1776 beziehungsweise 1805 als kirchliche Feiertage feierte. Neben den 52 Sonntagen gab's in Bayern noch 19 Fest- sowie 53 kirchlich gefeierte Heiligentage. 124 arbeitsfreie Tage waren dem Bayerischen Kurfürsten Max Joseph, dem Liebreichen, wie er noch genannt wurde, aber dann doch zuviel! Er erwirkte im Jahre 1776 von Papst Clemens XIV. die Erlaubnis, wenigstens die Heiligenfeste in Werktage umwandeln zu dürfen. Die Abschaffung dieser Festtage wurde also 1779 durch kurfürstliche Verordnung unter Androhung von 50 Gulden Strafe dem bayerischen Volk auferlegt. Beim Bauernvolk zeigte diese Verordnung kaum eine Wirkung. Es entstanden dafür daraus die sogenannten „abgeschafften Bauernfeiertage", bei denen vormittags gearbeitet wurde und nachmittags die Arbeitsruhe galt. Bis zum Verschwinden der bäuerlichen Dienstboten in den fünfziger Jahren unseres Jahrhunderts hatte bei uns dieses ungeschriebene Recht seine Gültigkeit. Wir hatten in unserer Gegend etwa 35 freie Nachmittage und außer den sogenannten „Schlankltagen" jeweils Dienstag und Donnerstag zwischen Maria Lichtmeß und Aschermittwoch den Dienstboten-Urlaub. Hieraus ist ersichtlich, mit welcher Hartnäckigkeit Brauchtum bei uns verteidigt wurde. Wehe dem Bauern, der in der Gewährung dieser freien Nachmittage knauserte. Er konnte sich des Verrufes bei den Dienstboten der Umgebung sicher sein. Auf dem Lande wurden früher auch viele Kinder auf die Namen der Bauernheiligen getauft, weil ihnen dann später ein arbeitsfreier Namenstag sicher war.

Das Handwerk schloß sich von diesen Feiertagen aus. Dagegen waren diese Feiertage bei den Geschäftsleuten in Stadt und Land hochbeliebt, weil die zahlreichen Dienstboten da ihre Einkäufe tätigten. „Wann is denn der nächste Bauernfeiertag?" fragte mich einmal eine Eggenfeldener Geschäftsfrau. Diese Tage waren vergleichbar mit den „langen Samstagen" von heute.

Recht hoch im Kurs standen in der arbeitsärmeren Zeit, so zwischen Kirchweih und Ostern, auch die abendlichen Hoagarten. Da trafen sich die jungen Leute der Nachbarschaft abwechselnd in verschiedenen Bauernstuben. Da wurde dann gekartlt, getanzt, gesungen und musiziert, je nach Talent der Teilnehmer. Besonders beliebt waren die Hoagartenspiele, bei denen es meist ein paar Geprellte, das heißt Rußige, Getaufte oder Mehlpappige gab. Jedenfalls hatten wir unser Vergnügen, brauchten dabei keinen Pfennig Geld und mußten auch noch selber was dazu beitragen, damit was los war. Es war eine schöne Zeit, an die sich alle der damals beteiligten Leute noch heute gerne erinnern.

Die Anheizung der Wirtschaft sowie die militärische Aufrüstung ließ in den letzten Vorkriegsjahren die männlichen Arbeitskräfte auf dem Lande knapp werden. Dem wurde mit polnischen und auch tschechischen Saisonarbeitskräften abgeholfen. Auch zu unserem Nachbarn, dem Bürchnerbauern, kam ein junger Pole, namens Emil. Vom April bis Mitte November währte sein Arbeitseinsatz. Der Emil war ein fleißiger und lustiger Bursche. Auch die bayerische Dialektsprache kapierte er schnell. Als guter und flotter Tänzer fand er auch gleich Anschluß bei unseren Hoagartengesellschaften. Es war 1938, da kaufte er sich vom ersten Lohn ein gebrauchtes Fahrrad, das er vor seiner Heimfahrt wieder verscherbelte. Für fünf Reichsmark wurde ich dessen neuer Besitzer. Das Radl war sogar mit einer Dynamo-Lichtanlage ausgerüstet, was ja damals noch eine Rarität war. Der Dynamo löste bei uns etwa 1935 die Radl-Karbidlampe ab und brachte für die Radler einen enormen Fortschritt. 1939 kamen dann keine ausländischen Erntehelfer mehr, denn der Krieg war da längst vorprogrammiert, was allerdings das gewöhnliche Volk nicht wußte.

Zur Erntezeit 1938 herrschte bei uns die Maul- und Klauenseuche. Da die anderen zwei Ponzauner Bauern Ochsenbauern waren, gab's für unser Pferdegespann Arbeit in rauhen Mengen, denn auch das Getreide der Nachbarn mußte unter Dach.

Der Juli 1939 bescherte uns schweren Hagelschlag. Die Getreideernte brachte deshalb besonders mühsame Arbeit und mageren Ertrag. Glücklicherweise hatte der Vater in diesem Jahr seine erste Hagelversicherung abgeschlossen, was uns den erlittenen Schaden leichter ertragen ließ.

Mein älterer Bruder, der Sepp, fungierte nun schon das dritte Jahr beim Ederbauern als „Baamer“, das heißt, er war erster Pferdeknecht. Zuhause waren die Rollen gut verteilt. Bruder Alois war der „Rosserer“, ich der „Ochserer“ und die Schwester Resi die „Kuhdirn“. Schwester Anni durfte beim Lehreronkel Haushaltshilfe machen, und die zwei kleinen Schwestern drückten noch die Schulbank. Leider war die Mutter schon immer kränklich und als Mittefünfzigerin total verbraucht. Die nun kommenden Jahre veränderten auch unsere Familienharmonie total.

Auf einiges ist noch hinzuweisen. Wenn es heute auch kaum mehr glaubhaft und unverständlich erscheint, wir auf dem Lande schliefen bis nach dem Krieg fast durchwegs noch auf Strohsäcken, die zweimal im Jahr mit Roggenstroh neu gefüllt wurden. Für die Notdurft gab's das „Häusl“ oder Plumpsklo, das bei uns an der Südwestseite des Hofraumes an einem sehr windigen Platz stand. Klopapier kannten wir dazumal auf dem Lande noch nicht, es wäre auch viel zu teuer gewesen. Dafür kam die Zeitung, nachdem sie jeder gelesen hatte, ins Häusl. Auch Kunstdüngersäcke aus Papier dienten manchmal für diesen Zweck. Für die verwöhnten Popos von heute wären das gewiß recht rauhe Sachen. Mir ist allerdings nicht bekannt, daß daran jemand erkrankt oder gar gestorben wäre. So haben auch unsere Hinterteile den Zeitenwandel spürbar miterlebt.

Und wie stand es damals mit dem Verhältnis der Geschlechter untereinander? Als Antwort kann man da nur sagen, daß es nicht anders als auch noch heute war. Man suchte sich, den ewigen Naturgesetzen folgend, gegenseitig zu gefallen. Es war und wird gewiß immer das gleiche prickelnde Erlebnis bleiben, wenn zwei Herzen sich zu lieben beginnen. In meiner Jugend war man allerdings in der Regel vorsichtiger und distanzierter, trotzdem gab es auch zu unserer Zeit eine Menge uneheliche Kinder, denn die Geburtenregelung kannte man damals noch nicht. Das „Drum prüfe, wer sich ewig bindet, ob sich auch Herz zu Herzen findet!“ wurde früher jedenfalls noch ernster genommen als heute, wo es auf dem Lande nichts ungewöhnliches mehr ist, daß pompös geschlossene Ehe- und Lebensgemeinschaften schon nach kurzer Zeit wieder zerbrechen. Der alltägliche Medieneinfluß tut dazu bestimmt das Seinige.

Das Dorfleben im „Tausendjährigen Reich“

Das „Tausendjährige Reich“, so bezeichnete Adolf Hitler bei seiner Amtsübernahme am 30. Januar 1933 die von ihm und seinem braunen Gefolge eingeleitete Zeit. Es war aber jene an Länge gemessene Zeit, welche unserem Volk größten Aufschwung, aber auch den verheerendsten Niedergang bescherte. Ich stand 1933 im elften Lebensjahr und habe die Vorgeschichte noch miterlebt. Wenn unser ländlicher Raum zur Beobachtung wirtschaftlich und politischer Entwicklungen auch nicht mit dem von Ballungsräumen und Stadtgebieten zu vergleichen war, so zeigte das Tagesgeschehen doch recht deutlich, daß es auf allen Gebieten rapide abwärts ging.

Das Ansteigen der Arbeitslosigkeit konnte man an der Vielzahl der täglich vorsprechenden Bettler und Hausierer deutlich ablesen. Das Schwinden der Kaufkraft zeigte sich deutlich an den Preisen für Nahrungsmittel. So war zum Beispiel Butter so billig, daß manche Bauern dazu übergingen, ihre Mist- und Erntewagenachsen mit Butter zu schmieren, weil diese billiger war als gekaufte Wagenschmiere. Hatte der Bauer kein Geld, so waren auch die ländlichen Handwerker arbeitslos. Neubauten gab es nur noch da, wo ein Brand einen Besitz zerstörte. So gehörte es in den Jahren 1930 – 1932 schon zum Alltäglichen, daß viele Bauernhöfe abbrannten. Wenn die Brandstifter auch selten ermittelt wurden, so war es doch ein offenes Geheimnis, daß gerade Bauhandwerker und Ziegeleien größtes Interesse an sogenannten Brandleidern zeigten. Viele Bauernhöfe fielen in diesen Jahren unter den Hammer, weil sie die Zinsleistung nicht mehr erbringen konnten. Die Regierungen schleppten sich mit sogenannten Notverordnungen mühsam durch jene Jahre. Ständig wurden neue Steuern und Abgaben erfunden, die die Zahlungspflichtigen nicht mehr zahlen konnten oder wollten. So viel ich mich noch erinnern kann, ich glaube es war 1932, verweigerten alle Bauern die Zahlung einer neuen Steuer. So ging der Gerichtsvollzieher von Hof zu Hof und pfändete im Stall das Vieh. Es kam aber zu keinen Versteigerungen, da niemand ein Angebot abgab. Hier steckten ausnahmsweise auch die Viehhändler mit den Bauern unter einer Decke. Viele Höfe fielen in die Hände sogenannter Maklergesellschaften, welche man „Zertrümmerer“ nannte. Meist waren bei solchen Unternehmen Juden beteiligt. Obwohl Juden in unserem Raum sonst kaum auftauchten, warf die Beteiligung bei der Hofzertrümmerei doch ein ungünstiges Licht auf jene. So kam es auch, daß in diesen Jahren die Parteien wie Pilze aus dem Boden schossen, eine Wahl jagte die andere. Die Hausierer und Bettler brachten politische Parolen in die entlegensten Häuser. Alles war sich einig, daß es so nicht weitergehen könne, und man ahnte, es müsse etwas Gewaltiges geschehen.

Auf dem Land war die Mehrheit dem Bauernbund oder Zentrum zugeneigt. Die politische Meinung der Bevölkerung auf dem Lande war insgesamt nur ganz schwach ausgeprägt. Den Leuten steckte das königstreue Monarchiedenken noch zu sehr in den Knochen. In den Städten war die Not noch viel größer, auf dem Land gab's wenigstens keine Essensnot. So kamen 1931 und 1932 viele junge Burschen aus München zur sogenannten Landhilfe in unsere Gegend. Der Staat zahlte Sozialversicherung und einen Lohnzuschuß, die Bauern Taschengeld sowie Kost und Wohnung. In unserer Nachbarschaft wurden mehrere junge Städter untergebracht. Es gefiel ihnen sehr gut und herzliche Freundschaften entwickelten sich für viele Jahre.

Vor allem die Jahre ab 1930 waren von größter wirtschaftlicher und sozialer Not gezeichnet. Dies gab den besten Nährboden für Hitler und seine Anhänger. Den Begriff Nationalsozialismus kannten bei uns die wenigsten, obwohl Hitler auch da und dort auf dem Land seine Anhängerschaft hatte, diese wurden allerdings oft mit Kommunisten verwechselt. In manchen größeren Orten der Umgebung gab's bereits braune Kerngruppen. Man nannte sie SA-Sturmabteilung. Diese radelten oft in ihre Nachbardörfer, um Wahl- und Werbeveranstaltungen abzuhalten.

Zu uns nach Niedernkirchen kam nie eine „braune" Vertretung zu Wahlversammlungen. Dagegen war im Nachbardorf, der Hofmark Schönau, eine braune Kernzelle im Aufbau. An der Spitze stand ein nicht sehr qualifizierter Schneider, mit diesem war allerdings nicht viel Staat zu machen. Sowohl seine beruflichen als auch charakterlichen Qualitäten hatten nicht den besten Ruf.

Mit dem 30. Januar 1933 änderte sich auch bei uns die politische Situation recht schnell. Nachdem Feldmarschall von Hindenburg, der bei unserer Bevölkerung in hohem Ansehen stand, Hitler die alleinige Staatsgewalt übertragen hatte, war über Nacht ein anderes Klima eingetreten. Innerhalb weniger Monate verbesserten sich die Lebensbedingungen derart, daß selbst bisherige Gegner der Nazis zu überzeugten Befürwortern des neuen Regimes und seines Führers Adolf Hitler wurden.

Nachdem in unserem Dorf keine aktiven Nazis waren, gab's auch keine Repressalien. Aber es sprach sich sehr schnell herum, möglichst nicht in unsere Bezirksstadt Eggenfelden zu fahren, denn dort beherrscht, so hieß es, die SA das Straßenbild, und wer nicht mit „Heil Hitler" grüßt, wird mit Gummiknüppeln bedroht. Als erstes wurde die Tageszeitung auf das neue politische System umgestellt, vorbei war's nun mit der Pressefreiheit. Nachdem es bei uns nur ganz vereinzelt Rundfunkgeräte gab, galt als einzige Informationsquelle die Tageszeitung. Druck wurde auch von der Regierung auf die Lehrerschaft und somit auf die Jugend ausgeübt. Unser Lehrer ließ sich von der neuen Bewegung gleich hellauf begeistern und übertrug seine Euphorie auch auf uns Schulkinder. Er besaß damals schon ein Radiogerät, so war jeden Tag die erste Schulstunde Lagebericht über die neueste politische Entwicklung. Da Presse und Rundfunk unter strenger Zensur der Nazis standen, gab's da natürlich nur Positives zu berichten.

Der 1. Mai wurde zum Nationalfeiertag bestimmt. In unserem Dorf war an diesem Tag immer Kirchenpatrozinium, so kamen am Vormittag viele Leute zur Kirche. Da stellte unser Lehrer sein Radio am Dorfplatz auf, damit die Leute Gelegenheit hatten, nach dem Gottesdienst Hitlers Rede zum „Tag der Arbeit" aus dem Berliner Sportpalast anzuhören. Die Übertragungsqualität war allerdings so schlecht, daß man zwar das Temperament des Redners erahnen, aber nur wenig verstehen konnte. Unter größten Druck kamen nun unser Bürgermeister und seine Gemeinderäte. Ihnen wurde vom Stützpunktleiter in Schönau, dem der politische Bereich Niedernkirchen zugeteilt war, ein Ultimatum gestellt: entweder sie treten alle in die Partei ein, oder sie müssen abtreten. Bei letzterem gibt's einen komissarischen Bürgermeister, und diese Funktion übernimmt der Stützpunktleiter, so wurde es angeordnet. Es gab viele Beratungen und schlaflose Nächte. Ich erlebte diese Bedrängnis hautnah, da mein Vater schon zehn Jahre als Gemeinderat und Gemeindekassier tätig war. Der alte Dorfpfarrer Neuber meinte, es wäre besser, pro forma in die Partei einzutreten, als diesen „spinnerten" Stützpunktleiter als Bürgermeister vorgesetzt zu bekommen. So kam es bei uns zu den ersten „Parteimitläufern".

Ein Stützpunkt hatte bei uns in etwa die Größe wie eine heutige Großgemeinde. Der Stützpunktleiter war für die politische Durchsetzung des neuen Regimes bis ins letzte Haus verantwortlich und hatte von oben her jegliche Unterstützung. Er sorgte auch für die Bespitzelung der Bevölkerung, vor allem der Sonntagspredigten der Geistlichen, und mußte alles weitermelden. So kam es auch, daß eines Tages aus unserer Gemeinde zwei Männer von der Polizei abgeholt wurden. Es waren ein Maurer und Kleinlandwirt von Unterhausbach sowie ein lediger Bauer aus Oberhausbach. Beide bestellten die Tageszeitung ab, denn sie meinten, es stehe nur mehr lauter politischer „Krampf" in der Zeitung. Diese Äußerung geriet in falsche Ohren, und so kam es, daß beide in Eggenfelden hinter Gitter kamen. Dort wurde ihnen eröffnet, bei Wiederholung ähnlicher Äußerungen sei die nächste Station Dachau. Bald ging im Volksmund das Sprichwort um: „Lieber Herrgott, mach mich fromm, daß ich nicht nach Dachau komm!". Obwohl man eigentlich nie richtig erfuhr, was in Dachau passierte, war es ein gefürchteter Ort. Es hieß, die Leute kommen in Dachau in Schutzhaft, um sie wegen ihrer regimefeindlichen Einstellung vor dem Volkszorn zu schützen. Erst nach Kriegsende erfuhr man die wahre Wirklichkeit! Mißhandlungen und Folterungen grausamster Art waren an der Tagesordnung. Jedenfalls war von denen, die dort waren und wieder entlassen wurden, kein Sterbenswörtchen zu erfahren. Bei Androhung der Todesstrafe wurden die Häftlinge bei der Entlassung auf strengstes Schweigen vereidigt.

Welche Machtbefugnis ein Stützpunktleiter hatte, ging aus folgendem Vorfall hervor. In Pörstorf bei Assling gab's den Bauschenbauern Martin Schwebl. Seine gegnerische Einstellung zu den Nazis war ortsbekannt. Mehrmals wurde er von seinen Freunden schon gewarnt, nicht so laut zu denken. Es kam der Krieg, seine zwei Söhne sowie der Schwiegersohn mußten an die Front. Als ein Sohn einen Arm verlor und bald darauf der Schwiegersohn den Heldentod starb, machte der alte Schwebl seinem Zorn auf Hitler im Wirtshaus richtig Luft. Bald ließ ihn der Stützpunktleiter wissen, er solle sich die nächsten Tage zur Abholung ins KZ bereithalten. Dazu kam es aber nicht mehr. Als am nächsten Tag die Dienstboten aufs Feld gingen, meinte der Bauer, er werde in einer Viertelstunde nachkommen. Indes ging er ins Schlafzimmer und entzog sich der Verhaftung durch einen tödlichen Kopfschuß. Es gab im

Dorf eine große Aufregung. Als abends die Nachbarn zum Totenbeten im Trauerhaus versammelt waren, erschien ganz überraschend der Sohn auf Urlaub. Er war zwar bei der Beerdigung des Vaters noch dabei, wurde aber bald darauf auch ein Opfer des Krieges. Erzählt hat mir diese tragische Geschichte die spätere Bauschenbäuerin. Durch Radikalität und Totalität sicherte sich das System sein Bestandsrecht.

Bis zum Herbst 1933 war auch auf dem Land eine derartige Verbesserung der wirtschaftlichen Lage spürbar, daß man die autoritären Züge des neuen Systems übersah. Die Bettler und Hausiererplage wurde schlagartig abgestellt, das fahrende Volk wurde ab einem gewissen Stichtag seßhaft gemacht. So befanden sich in der Nachbargemeinde Schönau drei Familien mit Planenwagen am genannten Stichtag. Die Gemeinde mußte sie aufnehmen und ihnen Wohnungen zuweisen. Es waren zum Glück Familien, die sich recht schnell integrierten. Den Arbeitslosen wurde Arbeit zugewiesen oder man gab ihnen eine entsprechende Unterstützung. Für landwirtschaftliche Erzeugnisse gab es gesetzliche Festpreise. Die „maroden" Betriebe wurden umgeschuldet, das heißt, der Staat übernahm die Schulden zu tragbaren Tilgungsraten. In jeder Gemeinde wurde ein sogenannter Ortsbauernführer eingesetzt. Man suchte dazu öffentlich bekannte gute Wirtschafter aus, die auch das Ansehen ihrer Berufskollegen genossen. So zog sich das strenge Korsett staatlicher Lenkung bis ins entlegenste Haus.

Die für die politische Durchsetzung des Volkes Verantwortlichen waren also die Ortsgruppenleiter oder Stützpunktleiter. Man nannte sie die „Braunen Herrgotts". Es waren in der Regel sogenannte Altparteigenossen, die nun Narrenfreiheit genossen. Nun wußte auch unser zuständiger Ortsgruppenleiter vor lauter Stolz bald nicht mehr, wie er gehen und reden sollte. Es war ihm schon lange ein Dorn im Auge, daß sich in Niedernkirchen gar nichts organisieren ließ. Obwohl unser Lehrer für die neue Sache Feuer und Flamme war, bewährte sich der erzkonservative Pfarrer Neuber als zugkräftiger Bremser. Seines Geizes wegen nannten ihn die Leute den „Geldsorger". Trotzdem konnte er seine Schäflein vor allzu großer Euphorie für die Hitlersache bewahren.

Der Hauptdruck der neuen Bewegung lag auf den Schulen. Über die Lehrkräfte wollte man die Jugend gewinnen. Viele Lehrer bangten um ihren Arbeitsplatz und beugten sich dem neuen System. Allerdings ziemlich spät begann auch bei uns von der Schule aus das Organisieren. Am 30. November 1933 wurden Schulkinder, Jugendliche und Erwachsene vom Lehrer ins Schulhaus eingeladen. Es war ein Sonntagnachmittag und ein richtiges Herbstsauwetter. Schneeregen und Kälte war wohl auch der Grund, daß der Besuch nicht gerade überwältigend war. Überwiegend kamen die Schüler und Schülerinnen der vierten bis siebten Klassen, also die Kinder, die beim Lehrer in die Schule gingen. Von ihm waren wir ja auch bereits entsprechend vorpräpariert. Er wetterte, daß es eine Schande sei, daß sich trotz der großen wirtschaftlichen Besserung durch die Naziregierung in Niedernkirchen gar nichts auf die Beine stellen ließe. Dies sollte sich aber nun ändern. So kamen an jenem Sonntagnachmittag zwei stramme in Braun gekleidete Männer mit einem klapprigen alten Auto ins Dorf. Es waren Eggenfeldener, der eine war der Kreisleiter und der andere ein Lehrer. Sie hielten flammende Reden für Hitler und seine Sache. Sie meinten, man wäre es dem Führer schuldig, sich auch in Niedernkirchen zu organisieren. Der Ortslehrer hatte auch schon ein brauchbares Konzept erstellt. Demnach sollte für die zehn- bis 14jährigen eine Jungvolkgruppe beziehungsweise eine Jungschar bei den Mädchen, für die 14 – 18jährigen Burschen eine Hitlerjugendgruppe, sowie für die Männer ab 18 Jahren eine SA-Truppe gegründet werden.

Neun Monate Hitlerdiktatur machten den Beitritt nicht allzu schwer, zumal die Unorganisierten um diese Zeit sowieso schon als Menschen zweiter Klasse abgestempelt waren. Also wurde an Ort und Stelle eine Jungvolkgruppe, eine Mädchen-Jungschar, eine Hitlerjugendgruppe sowie eine SA-Truppe ins Leben gerufen. Der Lehrer bestimmte auch gleich die Führungskräfte. Die Schulbuben übernahm er selber, deutete aber gleich an, daß ich ihn ablösen müsse, weil auf ihn in Zukunft höhere Aufgaben zukommen. Die 14 – 18jährigen wurden dem Hebertsfeldner Sepp anvertraut. Der Sepp war beim Unterfeitshoferbauern als Stallbub, er kam aus Hebertsfelden und brachte den braunen Impfstoff bereits nach Niedernkirchen mit. Als Mädchengruppenführerin erklärte sich das „Schulfräulein" Hofbauer bereit. Diese war streng katholisch und hoffte, daß durch ihre Führung die Erziehung und Gesinnung der ihr Anvertrauten in brauchbaren Bahnen bleibt.

Bei der SA-Truppe sollte mein ältester Bruder Sepp die Führung übernehmen. Dem Pfarrer Neuber paßte es ganz und gar nicht, daß aus unserer streng katholischen Familie gleich zwei eine Führungsrolle übernehmen sollten, zudem war ich auch noch Ministrant und sein Meßdiener. Aber auch bei uns wurde die Suppe nicht so heiß gegessen wie gekocht. In Kürze gehörten fast alle Buben dem Jungvolk an, denn da war am Samstag immer was los. Die nicht Organisierten dagegen sollten samstags zur Schule gehen, was sich aber wegen der geringen Anzahl gar nicht mehr lohnte. Ich wurde, wie die anderen Führungskräfte, auch an vielen Wochenenden nach Eggenfelden ins Schulungszentrum geschickt. Neben politischen und organisatorischen Vorträgen lag der Schwerpunkt beim Sport. Hart wie Kruppstahl, zäh wie Büffelleder und flink wie Windhunde, so lautete die Parole, sollten wir werden. Auch auf vormilitärische Ausbildung, wie Schießen und Verhalten im Gelände, wurden wir gedrillt.

Unser Lehrer wurde alsbald Fähnleinführer, das heißt, er war für einen größeren Bereich zuständig. So wurde ich nun sein örtlicher Nachfolger. Natürlich sollten wir in seinem Bereich immer die Besten sein, dafür sorgte er aber auch, daß wir nirgends zu kurz kamen. In unserer Gruppe waren Buben, deren Eltern die braunschwarze Uniform nicht kaufen konnten oder wollten. So organisierte er eine Uniformspende in München für seine Hitlerbuben. An einem Samstag nachmittag sollten wir das Packl am Bahnhof in Hebertsfelden abholen. Wir erbettelten uns von unserem Dorfschmied und Mesner Georg Brunner das Pferd und einen kleinen Wagen dazu. Mit ein paar Buben, Roß und Wagen zogen wir also los zum sieben Kilometer entfernten Bahnhof Hebertsfelden. Dort angekommen, hieß es, die Kiste liege am Bahnhof in Eggenfelden. Also weitere sechs Kilometer nach Eggenfelden! Als wir die große Kiste sahen, traf uns schier der Schlag. Sie war so groß und schwer, daß wir Angst bekamen um Roß und Wagen. Auf ebener Strecke schaffte es unser Rößlein gerade noch, als wir aber an den steilen Luberger Berg kamen, mußten wir alle kräftig in die Speichen greifen. Aufgrund der Gewißheit, nun aller Uniformsorgen enthoben zu sein, nahmen wir Buben Schweiß und Anstrengung in Kauf. Das Pferdl und wir waren gleichermaßen erschöpft, als wir bei Einbruch der Dunkelheit Niedernkirchen erreichten.

Große Geländespiele mit den Nachbargruppen begeisterten uns natürlich hellauf. Die Wintersamstage verbrachten wir hauptsächlich im vier Kilometer entfernten Turnsaal Schönau. Der dortige Lehrer, ein Offizier des Ersten Weltkriegs, war ja unser Zugführer. Nun gehörten auch unsere Schulkämpfe mit den Heiligenberger Nachbarschülern der Vergangenheit an, denn auch diese waren ja jetzt auch in unserem Jungzug. Alle größeren Veranstaltungen nazistischer Art spielten sich im Stützpunktort Schönau ab. Da waren Hitlers Geburtstag 20. April, der 1. Mai, die Sportwettkämpfe und das Sonnwendfeuer im Juni, das Erntedankfest im Oktober und der 9. November solche Anlässe. Die Festreden hielt in der Regel unser Lehrer, weil die Schönauer, wie er meinte, dazu nicht fähig seien. Auf den Stützpunktleiter traf dies ja auch zu. Ein paarmal versuchte er sich ja auch als Festredner. Es hörte sich aber ganz fürchterlich an, und ein Lachen und Kichern ging durch unsere Reihen.

Welche Hoffnungen unser Lehrer in mich setzte, kam vielfältig zum Ausdruck, obwohl er mich in seiner derben Art nur „Gruaba Wigg – Dreckhund“ nannte. Aber das war für seine rustikale Art schon ein Kosename. So mußte ich als zwölfjähriger Dreikäsehoch immer das Kommando übernehmen, wenn wir Niedernkirchner zu einer Veranstaltung nach Schönau marschierten. Es war nicht nur die Jugend dabei, sondern auch die SA, also Männer über 18 Jahre, die Feuerwehr und der Kriegerbund. Der Lehrer befahl mich an die Spitze des Zuges, und ich mußte kommandieren: „Alles hört auf mein Kommando, im Gleichschritt, Marsch!“ Meine Eltern waren darüber sehr bestürzt, vor allem dann, als der Lehrer ihnen eröffnete, daß er mich für die sogenannte Adolf-Hitler-Schule, wo die Nazi-Kader herangebildet werden sollten, vorbereiten wolle. Mein Vater gab ihm unmißverständlich zu erkennen, daß ich als Hoferbe vorgesehen sei und er die Finger von mir lassen solle. So stand ich zwischen zwei verschiedenen Welten, der konservativen, bäuerlichen, christlichen und dem Nationalsozialismus.

Ein beeindruckendes Erlebnis war für mich die Teilnahme am Reichsparteitag 1935 in Nürnberg. Eben erst 13 geworden, eröffnete mir der Lehrer, ich solle den Jungbann Rottal beim Jugendtag des diesjährigen Parteitages vertreten. Diese Veranstaltung war für die 14 bis 18jährigen gedacht. Meinen Einwand, daß ich noch recht schmächtig und erst 13 Jahre sei, ließ er nicht gelten. Er meinte, was er befiehlt, hätte ich zu tun. Also ging's an einem sonnigen Septembertag gegen Abend per Bahn nach Passau. Alle Jugendtagteilnehmer des Gaues „Bayerische Ostmark“ trafen sich zur Übernachtung in der Jugendherberge Oberhaus. Am nächsten Morgen fuhren wir mit einem Sonderzug nach Nürnberg, in die Lagerstadt Langwasser. 80.000 Hitlerjungen aus dem ganzen Reichsgebiet bevölkerten diese riesige Zeltstadt.

Mir war bekannt, daß ein ehemaliger Niedernkirchner, der im Rheinland als Bäcker beschäftigt war, mit dem dortigen Jungbanner am Parteitag teilnehmen würde. Ich machte mich auf die Suche, bald hatte ich seine Gruppe und auch ihn gefunden. Während unseres freudigen Wiedersehensgespräches packte mich plötzlich einer von hinten mit der Bemerkung, so einen „Federgewichtler" können wir dringend gebrauchen. Schon lag ich in einer Zeltplane, die von kräftigen Burschenhänden unter „Ho-ruck" gespannt wurde. Ich flog völlig überrascht mehrere Meter in die Luft, weil ich aber beim Abschwung die sogenannte Igelstellung nicht beachtete, schlug mein Kinn aufs Knie und zwei meiner Zähne waren beim Teufel und somit auch die ganze Wiedersehensfreude.

Der nächste Tag also gehörte der Jugend. Der sternförmige Einmarsch der 80.000 Jugendlichen ins Stadion, begleitet von unzähligen Musikkapellen und Fanfarenzügen, war allein schon für so einen Bauernbuben wie mich ein eindrucksvolles Erlebnis. Reichsjugendführer Baldur von Schirach eröffnete mit markigen Worten den Jugendtag. Schon tönte es aus den Lautsprechern: „Der Führer kommt!" Der Badenweiler Marsch ertönte von den vielen Musikern, und unser Idol, stehend in der offenen Limousine, drehte seine Ehrenrunde, von donnernden Heilrufen begleitet. Aber das war erst der Anfang der Hypnose. Ohne längeres Zeremoniell ging Hilter ans Rednerpult und brachte in einer ohne Manuskript gehaltenen Rede die Begeisterung auf einen Siedepunkt. Hitler war ein ausgezeichneter Rhetoriker, der genau wußte, wie man sich durch richtige Nuancensetzung Beifall und Zustimmung sichert. Außer Franz Josef Strauß ist mir in meinem weiteren Leben ein ähnliches Rednergenie nicht mehr begegnet. Hitler stellte groß heraus, was in den zweieinhalb Jahren seiner Regierungszeit aus Deutschland geworden ist und daß die Zeit bei uns endlich vorbei sei, wo jeder gackern kann, wie es ihm beliebt. Wir seien bereits die Weltmacht Nummer eins, und voller Neid blicke alle Welt auf unsere Erfolge. Sein Stolz und seine große Hoffnung sei die Jugend. Mit unserer Hilfe, so seine Worte, werde er die Welt verändern, was ja zehn Jahre später buchstäblich geschehen ist. Aber wer von uns Jungen dachte auch nur entfernt daran, daß wir für die Wahnsinnsideen unseres damals noch geliebten Führers unsere Haut so jämmerlich zu Markte tragen müßten?

Die Worte Hitlers wirkten bei uns Jugendlichen wie eine Droge. Kein Wunder, daß wir auf dem Rückmarsch ins Lager begeistert sangen: „Wir werden weiter marschieren, bis alles in Scherben fällt, denn heute gehört uns Deutschland und morgen die ganze Welt." Dieser provokatorische Text hat aber die ganze Welt doch etwas erschreckt. Aufgrund diplomatischer Intervention mußten wir später singen: „Und heute da hört uns Deutschland und morgen die ganze Welt."

Hätten wir doch Hitlers „Mein Kampf" genauer gelesen, dann wären uns die Augen etwas früher aufgegangen. Hitlers zwei Hauptziele waren: die Eigenversorgung des Volkes mit selbsterzeugten Nahrungsmitteln. Die Proklamierung der Erzeugungsschlacht, das bedeutete: mehr erzeugen mit allen zur Verfügung stehenden Mitteln, das war die Devise auf dem Lande. Das zweite Ziel, die Wehrfähigmachung des Volkes, was ebenfalls intensivst betrieben wurde. Eine starke Wehrmacht sollte dem Fernziel dienen, der Ausdehnung nach Osten, denn wir seien eben ein Volk ohne Raum. Allen Volksgenossen einen vollen Magen, war zunächst das innenpolitische Ziel. Das Winterhilfswerk und vieles andere waren dazu brauchbare Hilfsmittel.

Zunächst galt das Augenmerk einer gut funktionierenden Landwirtschaft. Mit Ehrgeiz ist den Deutschen am besten beizukommen. So wurden fortschrittliche Bauern ausgezeichnet und den anderen als leuchtendes Beispiel dargestellt. Allerdings das zweite Ziel, daß die Wehrfähigmachung unseres entmilitarisierten Volkes innerhalb von vier Jahren soweit gedeihen konnte, daß Hitler den Kampf gegen die halbe Welt aufnahm, ist mir heute noch ein Rätsel. Der verlorene Erste Weltkrieg und seine verheerenden Folgen steckten den Leuten zwar noch in den Gliedern, doch fand eine Änderung dieses Zustands offene Ohren. Hier erwies sich der Hitlerismus als kluger Taktiker. Es galt zunächst die sogenannte geprellte Generation für die neuen Ziele zu gewinnen. So wurden bereits 1934 an allen Orten die ehemaligen Kriegsteilnehmer zu einer Ehrung eingeladen. Gastgeber war die Jugend. Von braunen Funktionären wurden alle Teilnehmer des Ersten Weltkrieges mit dem Kriegsverdienstkreuz ausgezeichnet. Da wurden aus den verschmähten Verbrechern plötzlich wieder Helden gemacht. Bei uns im Dorf war diese Ehrung an einem heißen Sonntagnachmittag im schattigen Wirtsgarten, und es gab Räusche wie noch nie. In gleicher Weise wurden auch die Mütter eingegarnt. An allen Orten wurden die Mütter mit sechs Kindern und mehr mit dem Mutterkreuz ausgezeichnet sowie der Muttertag eingeführt. Zur Anhebung der Geburtenrate gab's die Einführung des Kindergeldes sowie zugkräftige Parolen: „Die Zukunft ruht in guter Hand, wird Deutschland wieder Kinderland", so war es fast täglich in der Zeitung zu lesen.

So gewöhnte man durch solche Schmeicheleien die alte und junge Generation an das neue Regime. Es wuchsen plötzlich Häuser wie Pilze aus dem Boden, das war ebenfalls etwas ganz neues. In Pfarrkirchen entstand an der Eggenfeldener Straße eine respektable Arbeitersiedlung. Durch Zuschüsse und zinsgünstige Kredite konnten sich nun auch kleine Leute wieder ein eigenes Dach und Heim schaffen. Arbeitslose gab es bald nicht mehr. Der Autobahn- und Staatsbautenboom machte Arbeiter bald zur Mangelware. Geldfluß kam wieder unters Volk und ließ in Kürze die Wirtschaft erblühen. Die Notenbank druckte Scheine, für deren Wert keine Deckung mehr vorhanden war, das ist in einer Diktatur leicht zu verschleiern.

Ein bedeutendes Ereignis vom 30. Juni 1934 versetzte mich in Angst und Schrecken. Ich radelte mit meiner 14jährigen Schwester Resi an diesem herrlichen Sommersonntagnachmittag zu einer bekannten Familie nach Schöfbach, das drei Kilometer von uns entfernt war, um Kirschen zu holen. Der Sohn vom Nogler, so war der Hausname, radelte auf eine Halbe Bier ins nahe Dorf Zell. Es dauerte nicht lange, da kam er ganz aufgeregt wieder zurück, erzählte, daß eine Radiosondermeldung durchgegeben wurde, daß Hitler den Chef der SA Ernst Röhm und eine weitere Zahl hoher SA-Führer wegen eines Putschversuches verhaften ließ und daß Röhm bereits Selbstmord begangen hätte. Es wurde im Dorf erzählt, so der Alois weiter, daß die ganze SA in Alarmbereitschaft versetzt sei und eine Mordsschweinerei passieren könne. Blitzschnell verließen wir den Kirschbaum, und so schnell wie möglich radelten wir von Angst geplagt heimwärts. Die große „Schweinerei" blieb aus. Hitler hat, wie später bekannt wurde, nur einen Attentatsversuchs seitens Röhm vorgetäuscht, um sich einige unbequeme „Alte Kämpfer" vom Hals zu schaffen. Ab diesem Zeitpunkt hatte die braune Sturmabteilung ihre ehemalige Bedeutung verloren, und Hitler machte die Wehrmacht zu seinem gefügigen Günstling. Ich verweise hier auf das Buch Fritz Wiedemanns aus dem Jahr 1964: „Der Mann, der Feldherr werden wollte".

Fritz Wiedemann war Hitlers Vorgesetzter im Ersten Weltkrieg. Er kaufte sich in unserer Nachbargemeinde Neuhofen im Jahr 1922 einen Bauernhof, wurde Lehrer an der Landwirtschaftsschule in Pfarrkirchen und war Mitbegründer der dortigen Zentralmolkerei. Da die Molkerei bei der Machtübernahme Hitlers in erheblichen Finanzschwierigkeiten stand, wandte sich Wiedemann an seinen ehemaligen Gefreiten und Meldegänger, der nun Reichskanzler war, und bat um Hilfe. Diese erhielt er zwar nicht von Hitler, sondern durch einen ehemaligen Offizierskollegen. Hitler war aber über das

Wiedersehen so erfreut, daß er Wiedemann sofort einen Posten anbot. Dieser äußerte den Wunsch nach einem Offiziersposten. Da er dafür als schon zu alt befunden wurde, berief ihn Hitler zu seinem persönlichen Adjutanten. Am 1. Februar 1934 trat er seinen Dienst an und wurde mit der Partei-Nummer 3.600.000 in die Partei aufgenommen. Seine Stellung zog das Mißtrauen und auch Intrigen der Altparteigenossen nach sich. Er erlebte Hitler, sein persönliches und politisches Leben hautnah. Nachdem Hitlers Größenwahn und Machtgelüste dem persönlichen Adjutanten nicht verborgen bleiben konnten und dieser seinen Herrn auch auf die Folgen seines Tuns und seiner Absichten hinwies und ihn mehrmals zur Rede stellte, fiel er, wie viele andere, in Ungnade. Hitler beseitigte Wiedemann allerdings auf recht humane und diplomatische Weise, indem er ihn zum Jahresanfang 1939 als Generalkonsul nach San Franzisko schickte. Mit Wiedemann wurde auch noch der Reichsbankpräsident in die Wüste geschickt. Hjalmar Schacht wollte Hitlers wahnsinnigen Geldaufwand für Rüstung und Wehrmacht nicht mehr mitmachen, und so mußte er als oberster Geldverwalter abtreten. Bei einer kurzen, schroffen Verabschiedung ließ Hitler die beiden noch wissen, daß er Leute, die mit seiner Politik nicht einverstanden seien, in seiner Nähe nicht brauchen könne. Durch Wiedemann kam manches Systeminterne auch uns zu Ohren, vor allem, daß eine kriegerische Auseinandersetzung nicht unwahrscheinlich sei, da wirtschaftliche Schwierigkeiten Hitler in eine Sackgasse trieben.

Aber auf dem flachen Land lief alles recht reibungslos, und von einer finanzwirtschaftlichen Misere merkte der kleine Mann wenig, solange man sich nicht gegen das Regime auflehnte. Die Parteibonzen saßen nach fünf Jahren sehr sattelfest und waren mit solcher Macht ausgestattet, daß es den Volksspruch gab: „Der Hitler wär schon recht, aber die Hitler!"

Doch nochmal zurück zum Jahre 1935. Begeistert, wenn

auch mit zwei Zähnen weniger, kam ich vom Nürnberger Reichsparteitag zurück. Selbstverständlich mußte ich in der Schule ausführlich berichten, und meine Mitschüler und Mitschülerinnen hatten die Plage, das Erzählte in einem Aufsatz wiederzugeben. Meine Begeisterung hielt allerdings nicht lange an, denn nach den Sommerferien gab's bei uns einen Lehrerwechsel. Unser Lehrer wurde Schulleiter einer wesentlich größeren Schule im Nachbardorf und bei uns wurde der Junglehrer Hans Huber vorübergehend sein Nachfolger. Unsere schulischen Kenntnisse ließen sehr zu wünschen übrig und zu Ostern 1936 sollten wir aus der Volksschule entlassen werden. Außerdem wurde unser alter Pfarrer Neuber auf Grund seines Gesundheitszustandes von einem jungen Nachfolger abgelöst. Sowohl Lehrer- als auch Pfarrerwechsel waren für uns der reinste Glücksfall. Beide Nachfolger hatten ein besonderes Talent, uns in ihren Bann zu ziehen. Der junge Lehrer brachte unseren Lerneifer auf Vordermann und der Pfarrer Zimmerer war für uns auch ein zugkräftiger Magnet. Er war nicht ein aktiver und nörgelnder Nazigegner wie sein Vorgänger, verstand es aber, über den Glauben die Jugend zu begeistern. Ihm verdanke ich auch, daß ich zu einem festen religiösen Fundament fand. Der neue junge Seelsorger lud die jungen Leute, ganz egal ob organisiert oder nicht, zu Hoagarten in die Bauernstuben ein. Da wurde gesungen, getanzt, musiziert und Unterhaltungsspiele gemacht. Man hatte das Gefühl, in guten Händen zu sein. Mein Pflichtbewußtsein als Jugendführer siechte dahin. Ich wurde immer nachlässiger, so kam eines Tages ein Brief vom neuen Fähnleinführer. Er hatte die Funktion von unserem versetzten Lehrer übernommen. Er drohte mir eine disziplinarische Verfolgung an, falls ich meiner Jugendführerpflicht nicht besser nachkommen sollte. Zu Ostern 1936 gab ich bei der Schulentlassung auch die Jugendführertätigkeit ab.

Es gab allerdings bei unserer Jugendbewegung auch erheiternde Vorkommnisse. Da gab es beim 70. Geburtstag unseres Pfarrers Neuber schon einen Anlaß. Der Lehrer schrieb eine salbungsvolle Geburtstagsrede, die der Bürgermeister vorlesen sollte. So bewegte sich an jenem Abend ein braununiformierter Fackelzug zum Pfarrhaus, sehr zum Leidwesen des Jubilars. Er kam aber dann doch vors Haus, und so begann der Bürgermeister im Schein von vier Fackeln das Vorlesen der Rede. Weil ihn aber das Lesen recht „fuchste", glaubten die Fackelträger, er sehe nicht gut genug. Sie hielten also die Leuchtwerkzeuge so nahe ans Gesicht des Gemeindeoberhauptes, daß diesem ein paar Mal ein lautes: „Hoaß Sakra", entschlüpfte. Nach der erheiternden Prozedur ging's unter dem Kommando vom Hebertsfeldner Sepp, der inzwischen zum Mitterknecht aufgestiegen war, zum Dorfplatz zurück. Kommandogeben war allerdings nicht gerade dem Sepp seine Stärke. So kommandierte er also: „Hitlerjugend und Jungvolk links um!" Und zu den weiblichen Teilnehmerinnen gewandt: „Dirndln und Weibaleit, drahts enk aa um!", was wiederum großes Gelächter und Erheiterung auslöste. Nazigrößen entwickelten sich in unserem Dorf nicht, das mußten wir größeren Orten der Umgebung überlassen.

In den großen Ferien 1935 war ich mit mehreren Buben meiner Jungschar in einem Zeltlager im Unteren Rottal. Immer zu zehnt hausten wir in einem Rundzelt. Wir hatten einen ausgesprochenen Egoisten dabei. Der ging mir so auf die Leber, daß ich eines Nachts beschloß, ihm eins auszuwischen. So beschmierte ich neun Gesichter der Schlafenden, einschließlich mich selber, mit schwarzer Schuhcreme. Dem Egoisten seines ließ ich unberührt. Am Morgen gab's einen Mordskrawall, denn es konnte ja nur der Unbeschmierte der Übeltäter sein. Der bekam nun von seinen Kameraden eine tüchtige Abreibung. Anscheinend hat er den Sinn dieses Vorkommnisses kapiert, und von da an hat er sich auch als guter Kamerad benommen. Daß er später ein Rauchfangkehrermeister wurde, war damals noch nicht bekannt, so ist er also doch auch noch schwarz geworden.

Die Intensivierung und Ertragssteigerung in der Landwirtschaft war ein wesentlicher Bestandteil des sogenannten Dritten Reiches. So gab es im Winter auf allen Dörfern Aufklärungsversammlungen für die Landwirte. Sie dienten den oben genannten Zielen und standen unter dem Schlagwort: „Erzeugungsschlacht“. Ein gewisses Erzeugungsniveau wurde allen Betrieben zugemutet und diente in der Kriegs- und Nachkriegszeit als Grundlage für die auferlegte Ablieferungspflicht. Auch die bäuerliche Jugend wurde in den Erzeugungsschlachtprozeß eingebunden. Die Einführung des Berufswettkampfes erlebte ich in der Fortbildungsschule. Die Einführung der Wehrpflicht wurde von den ehemaligen Kriegsteilnehmern des Ersten Weltkrieges eher mit Zustimmung als Ablehnung aufgenommen, war es doch nun wieder möglich, dem aufgezwungenen Feindbild Frankreich die Zähne zu zeigen. Wir von den Jugendorganisationen, militärisch vorbereitet, waren von der neuen Wehrpflicht auch nicht überrascht. Viele, vor allem ältere Jahrgänge, meldeten sich freiwillig zu einer dreimonatigen Kurzausbildung aufgrund des amtlichen Versprechens, damit einer längeren Wehrpflicht enthoben zu sein. So stand bald eine große Menge sogenannter Reservisten zur Verfügung. Durch die Einführung der Wehrpflicht schmolzen in unserer 700köpfigen Gemeinde die Hitlerjugend und die SA-Truppe bald zu einem unbedeutenden Häuflein.

Auf dem Unterhaltungssektor tat sich sogar auf dem flachen Lande einiges. So wurden über eine mobile Gaufilmstelle an allen größeren Orten regelmäßig Filme gezeigt. Diese hatten in der Regel heimatbezogenen oder propagandistischen Charakter. Die Vorführungen fanden in den Tanzsälen der Dorfwirtshäuser statt. Vor allem wurde die Olympiade 1936, bei der die Deutschen den Löwenanteil an Medaillen einheimsten und welche zum Schaufenster des neuen Deutschland herausgeputzt war, über den Film bis ins letzte Dorf propagandistisch vermarktet.

Wenn heute vielfach behauptet wird, die Kirche habe tatenlos zugesehen, so muß ich dem als Zeitgenosse widersprechen. Der Kampf zwischen Kirche und Staat, vor allem vor Abschluß des sogenannten Reichskonkordats, war bis ins letzte Dorf spürbar. So wurde in mehreren Hirtenbriefen ziemlich scharf gegen das braune Regime und seine kirchenfeindliche Einstellung losgezogen. Fast alle Kirchen wurden bespitzelt, in der Absicht, eventuelle Kommentare oder Bemerkungen der Ortsgeistlichen an die Partei weiterzumelden. Vielen Priestern brachte dies eine Einlieferung ins KZ ein. Wir saßen bei der Lesung solcher mutiger Hirtenbriefe immer verängstigt und mäuschenstill in den Kirchenbänken.

Fünf Jahre hatte Hitler nur gebraucht, um seine Stärke beim Anschluß Österreichs zu demonstrieren. Durch unsere Grenznähe wurde ich auch hautnaher Zeuge. Es war auf beiden Seiten eine mitreißende Begeisterung, als am 12. März 1938 unsere Wehrmacht im nahen Simbach den Inn überschritt. Unser Nachbarort Eggenfelden glich einem Heerlager, und die Luftwaffe beherrschte den Luftraum über uns. Es waren witterungsbedingt herrliche Märztage, und wir waren mit dem Einebnen von Drainagegraben beschäftigt, da winkten wir mit unseren Werkzeugen den im Tiefflug daherbrausenden Jagdfliegern zu, was jene durch Schwankbewegungen ihrer Maschinen erwiderten. Als im Herbst des gleichen Jahres auch noch das Sudetenland einverleibt wurde und das Ausland dies alles hinnahm, glaubten auch bei uns die meisten an Hitlers Weltordnungsmission. Die Viermächtekonferenz in München mit entsprechendem Nichtangriffspakt tat das ihrige, Hitler als großen Friedensengel erscheinen zu lassen. Die Kriegsvorbereitung, die sich hinter den Kulissen abspielte, blieb allerdings dem kleinen Mann verborgen.

Als allerdings dann im November 1938 mit der sogenannten

Kristallnacht die Judenverfolgung und die Verhaftung und Abtransportierung der jüdischen Mitbürger und Mitbürgerinnen eingeleitet wurde, gab's bei der Bevölkerung sehr geteilte Meinungen. Aber die parteimäßige Durchorganisierung bis ins letzte Haus ließ einen öffentlichen Widerstand überhaupt nicht mehr aufkommen. Obwohl den Juden, die bei uns nur ganz vereinzelt als Viehhändler und Häusermakler auftraten, wenig Sympathie entgegengebracht wurde, fand man das Vorgehen gegen dieselben mit Verhaftung und Inhaftierung sehr niederträchtig. Mir ist auch nicht bekannt, daß in unserer Gegend von der Existenz sogenannter Vernichtungslager jemand bis Kriegsende etwas genaueres wußte. Erst als in den letzten Kriegstagen die sogenannten KZ-Trecks auf tierische Weise bei uns durchgetrieben wurden, kam die grausame Wahrheit an die Öffentlichkeit.

Nach dem mißglückten Attentatsversuch auf Hitler durch Georg Elser am 9. November 1939 im Münchner Bürgerbräukeller wurde der Glaube an Hitlers prophetische Sendung im Volk noch gefestigt. Großdeutschland – so hieß es – sei nun die stärkste Militärmacht der Welt und habe im Krieg von niemandem etwas zu befürchten. Eine Ausnahme davon waren die Gerüchte aus dem Nachbardorf Neuhofen, wo Hitlers früherer persönlicher Adjutant Fritz Wiedemann beheimatet war, der aber wegen Unstimmigkeiten mit seinem Chef abgeschoben worden war.

Im Krieg

Etwa ab Juni 1939 begann eine systematische Vorbereitung für den Polenkrieg. Wie sich später herausstellte, wurde der Volkstumskampf zwischen den Polen und den dort lebenden Deutschen vom deutschen Geheimdienst kräftig angeheizt. Aber wer wußte davon bei uns etwas? Wir sollten ja darauf vorbereitet werden, daß der Einmarsch der Deutschen in Polen notwendig und gerechtfertigt sei. Nachdem auch Rußland als historischer Erzfeind von Polen schon längst einen Grund für Besitznahme polnischen Territoriums suchte, schlossen Hitler und Stalin jenen verhängnisvollen Pakt, dessen Ziel bald offenkundig werden sollte. Die propagandistische Kriegsvorbereitung lief schließlich in den Augusttagen auf Hochtouren. Tägliche Schlagzeilen in den Zeitungen sowie Rundfunksondermeldungen sollten unser Volk darauf vorbereiten, daß die Deutschen in Polen so oder so von ihrer Bedrängnis befreit werden müssen. Der Wirt in unserem Dorf besaß bereits ein Radio, das wurde am Abend in den Sommergarten gestellt, damit die Stammtischbrüder die Sondermeldungen mit nach Hause nehmen konnten. Zwischen markigen Soldatenliedern kamen wohldosierte Sondermeldungen, die auch den Dümmsten vom bevorstehenden Kriegsausbruch überzeugen mußten. Bei unserem Wirt machte sich an diesen Augustabenden ein gutes Geschäft bemerkbar. Auch wir gerade aus der Berufsschule entlassenen Bürscherl saßen an diesen lauen Sommerabenden am Wirtstisch, um das Neueste zu erfahren. Es gelang auch vorzüglich, das polnische Feindbild in unsere Herzen zu pflanzen.

Die Dampfmaschine fuhr an diesen Tagen von Hof zu Hof. Die Ernte war unter Dach und Fach und der Drusch in vollem Gange. Einen Tag vor der Mobilmachung mußte ich zum Ederbauern als Dreschhelfer. Einzelne Familien hatten zuhause bereits einen Batterieempfänger und kamen in der Frühe schon mit den neuesten Nachrichten zum Dreschtag. Daraus war zu entnehmen, daß die allgemeine Mobilmachung jeden Moment zu erwarten war. Um Mitternacht war es dann soweit. Am 28. August gegen drei Uhr morgens weckte uns der Nachbar und Bürgermeister Watzinger in voller Aufregung mit der längst erwarteten Nachricht von der Mobilmachung. Nun ging es zu wie in einem Ameisenhaufen. Bis Tagesanbruch mußte der Gemeindediener alle benachrichtigen, die unmittelbar betroffen waren. So zogen in den Morgenstunden schon Kolonnen von Pferden zur Bezirksstadt Eggenfelden. Sie mußten zum Kriegsdienst abgeliefert werden. Unser alter „Rapp" war auch dabei. Zu allem Glück lahmte er seit ein paar Tagen, deshalb wurde er ausgemustert und durfte wieder in den heimatlichen Stall. Unsere Freude war groß, als Alois den treuen Helfer wieder heimbrachte.

Am ersten Mobilmachungstag wurde bei unserem Nachbarn Hamberger gedroschen. Der Dreschtag begann mit vollzähliger Mannschaft, bereits am Mittag fehlten fünf Mann, die sich laut Vorschrift am ersten Mobilmachungstag in ihrer Garnison melden mußten. Es fielen auch zwei Maschinisten aus, da sprang dann der Bauer selber ein. So bekamen wir gleich einen Vorgeschmack dessen, was nun die nächste Zeit alles mit sich bringen würde. Auf einen Schlag fehlten die besten Arbeitskräfte und die besten Zugtiere.

Für mich wurde der erste Mobilmachungstag gleich zur ehrenvollen Auszeichnung. Da ja der Dreschtag trotz Abzug von fünf Mannsbildern weitergehen mußte, wurde ich von der „Weiberleutarbeit" auf der Dreschbühne zum Rauswerfen des Getreides in den Stock beordert. Das Rauswerfen des Getreides vom Stock auf die Dreschwagen-Bühne sowie das Wegtragen der Körnersäcke gehörte beim Dampfdreschen zur höchsten männlichen Auszeichnung. So hat mich also der Kriegsbeginn, wie so manch anderen, vom Buben zum Mann befördert. Eigentlich hätte es mit meiner Beförderung beinahe nicht geklappt, denn als Außerwerfer fungierte der Wirtsknecht Michlbauern Sepp. Er war vom Jahrgang 1910 und gehörte als freiwillig Gedienter zur Reserve, und somit hätte er erst am zweiten Mobilmachungstag fort müssen. Er wollte aber auch gleich am ersten Tag die Gabel hinschmeißen. So bat ihn eine Dreschhelferin, die Schachtner Marie, ein außergewöhnlich sauberes und lustiges Weiberleut, doch wenigstens bis zum Abend zu bleiben. Der Sepp aber meinte gewitzt, nur wenn er die Nacht bei ihr schlafen dürfte, würde er sich's überlegen. Das ging aber selbst der Marie zu weit, und so verdrückte sich der Sepp schon nach dem Mittagessen, und ich übernahm seine Arbeit als „Außerwerfer".

Innerhalb weniger Tage war es in unserer Gegend recht leer geworden. Doch über die Notwendigkeit, daß dies im Ernstfall so sein müsse, ist ja die Bevölkerung gründlich vorbereitet gewesen. Es vergingen noch drei Tage bis zur erlösenden Sondermeldung, daß die Polen die deutsche Kriegserklärung angenommen haben und zurückschießen. Der Blitzkrieg von 18 Tagen sowie die Verbrüderung mit den Russen, die Polen von Osten her besetzten, lenkten vorerst von den militärischen Geschehnissen ab. Aber inzwischen hatten uns Frankreich und England den Krieg erklärt.

In den ersten Septembertagen 1939 half ich beim Nußbaumerbauern Grummetheuen. Dort mußte der Bauer als Reservist zum Pferdetransport, und die Bäuerin lag beim achten Kind im Wochenbett. Wir waren mit der Heuernte bereits fertig und personalmäßig noch nicht in Not. Also machte ich Kriegshilfe beim Nußbaumer, auch der Sternöderbauer half aus, er war Kleinbauer und Nachbar und bereits Radiobesitzer. Alles war gespannt, was er Neues zu berichten hatte, wenn er zum Helfen nach den Zwölf-Uhr-Nachrichten kam. Unsere Freude war immer groß, wenn er von neuen Erfolgen unserer Wehrmacht berichten konnte. Als dann nach 18 Tagen die polnische

Kapitulation durch das Läuten aller Kirchenglocken zur Mittagsstunde verkündet wurde, ahnten wohl die Wenigsten, welche Katastrophe eigentlich begonnen hatte. Ein Gefallener in der Gemeinde war angesichts des großen Sieges noch zu verschmerzen, glaubte man. Dem heißen Herbst folgte ein von Propaganda gespickter Winter. Der bezwungene Feind im Osten, ein starker Westwall sowie eine Luftüberlegenheit ließen uns in Siegesfreude schwelgen. Mit dem Tagesschlager: „Denn wir fahren gegen Engeland" wurden wir auf kommende Aktionen vorbereitet. Es kam für die Allgemeinheit überraschend, daß es im Frühsommer 1940 nach Frankreich und Norwegen ging und nicht nach England.

Das Jahr 1940 brachte für mein junges Leben ebenfalls größere Einschnitte. Da kam ich am 1. Februar für meinen elf Jahre älteren Bruder Sepp, der zum Kriegsdienst eingezogen wurde, an dessen Stelle zum Ederbauern als Roßknecht und Baumann. Es war für mich als 17-jährigen eine große Auszeichnung, daß ich nun als „Ochserer" von zu Haus zum „Baumann" aufstieg. Zudem war der Ederbauer in der ganzen Umgebung als stolzer Besitzer von rassigen Pferden bekannt. Es war für mich ein recht lehrreiches Jahr, denn er war auch für eine fast übertriebene Ordnungsliebe bekannt. Er selber war 36 Jahre alt, brauchte aber aufgrund seiner schlechten Füße eine Einberufung nicht mehr befürchten. Es wurde ein Wochenlohn von acht Reichsmark ausgehandelt, und weil mein Vater meinte, die Einzahlung in die Rentenversicherung würde mir nichts bringen, so bekam ich wöchentlich neun Reichsmark. Als Null-Tarifarbeiter zu Hause war ich nun mit einmal „steinreich". Nachdem ich für kleinere Leute der Umgebung oft noch Fuhrdienste machen mußte, gab's da und dort noch ein zusätzliches „Fuchzgerl" oder „Markl" als Trinkgeld.

Im April kam beim Ederbauern das fünfte Kind zur Welt. Der Bauer hatte mich für den Ernstfall schon gut vorbereitet. Er sagte nämlich zu mir: „dWeiberleut machen öahnanö Dummheiten meistens bei da Nacht!". So kam es auch! Eines Nachts weckte er mich um ein Uhr, ich sollte gleich den Zweiradler einspannen, währenddessen er sich anzog, um die Hebamme zu holen. Für ein rasches Einspannen vom Pferd „Maxl" in den Zweiradler habe ich aber vorher schon gründlich Unterricht bekommen, so war das eine Sache von ein paar Minuten. Das Einspannen hatte sich gelohnt, ein sauberes blondes Maderl wurde geboren.

Die Kriegsfolgen beim Ederbauern habe ich auf verschiedene Art und Weise miterlebt. Zum Bauernjahresbeginn, also zu Lichtmeß, ging's noch ganz normal zu. Ich war der Roßknecht, die Anna war bereits das vierte Jahr als Oberdirn und Schweizerin wieder im Dienst geblieben und der Mitterer Hiasl, ein Patenkind aus der Nachbarschaft, wurde als Stallbub eingestellt. Aber schon kurz nach Lichtmeß kriselte es. Die Obermagd Anna wurde unerträglich lästig, sie piesackte die hochschwangere Bäuerin bei jeder Gelegenheit und brachte diese oft zum Weinen. Der Grund war der, daß die Nannie ein Auge auf meinen Bruder Sepp hatte, was aber durch dessen Einberufung zum Kriegsdienst nun recht erfolglos schien. Es kam nun soweit, daß der Bauer kurz vor Ostern der Oberdirn das Dienstbotenbuch und den Laufpaß gab. Nun werkelten wir sechs Wochen mit Aushilfsmelkerinnen, denn richtige Dienstboten waren damals schon rar. Nach Ostern bot sich überraschend eine Zwanzigjährige an, mit dem Vorbehalt, daß sie schwanger sei und zur Erntezeit entbinden werde. Obwohl sie äußerst grantig und mürrisch war, wurde sie eingestellt; rein arbeitsmäßig kam diese auch trotz ihrer Schwangerschaft der Arbeit gut nach. Das Grantigsein kam auch davon, daß ihr Geliebter nicht greifbar war, wegen der Einberufung zum Kriegsdienst.

Im Mai 1940 kaufte der Bauer einen Batterieempfänger, und so konnten wir auf dem Hof das Neueste vom Frankreich- und

Norwegenfeldzug gut mitverfolgen. Nachdem die Magd Ende Juli entbinden sollte, sah sich der Bauer um eine Ersatzkraft um. Diese kam an einem sehr heißen Julinachmittag als achtzehnjährige polnische Fremdarbeiterin an. Sie war strohblond, mollig und klein, ihr Name war Erika. Als Warschauer Großstadtkind war ihr Auftreten sehr exklusiv und couragiert. Wir saßen gerade bei der Brotzeit, als der Gemeindediener sie ablieferte. Sie beherrschte die Situation sofort, und weil ich ihr als fast Gleichaltriger anscheinend am besten imponierte, fixierte und verwirrte mich die Erika derart, daß ich mit dem für den Oberknecht zuständigen Radischneiden ganz aus der Fassung kam. Kein richtiges Radiblattl wollte mir mehr gelingen. Erika merkte meine Nervosität und sagte gleich rotzfrech: „Warum du zittern? Ich nix tun dir!“ Es war der Freitag, am Samstag sagte sie zur Bäuerin in ihrer spärlichen deutschen Sprache: „Bäuere, morgen essen zehn, Scheiße elf, Straße zwölf!“ Das sollte heißen: Am Sonntag wünschte sie, um zehn Uhr zu essen, um elf Uhr wollte sie den Stall ausmisten, damit sie sich pünktlich um zwölf Uhr mit ihren Landsleuten zum Sonntagsspaziergang treffen könne.

Das Anlernen der bäuerlichen Arbeit lag ganz im Ermessen von „Klein-Erika“. Wenn sie zum Beispiel beim Heuwenden oder Zusammenrechen mit dem Handrechen nicht mehr wollte, setzte sie sich einfach in Streikstellung auf den Boden und war um nichts in der Welt mehr zum Weitermachen zu bewegen. Dennoch wurde sie eine recht gute und zuverlässige Magd und blieb bis Kriegsende beim Ederbauern. Während der Woche war sie ein richtiges „Dreckferkel“, aber am Sonntag eine geschminkte und gepuderte feine Dame. Sie liebte den Spaß, und so verstand es auch der Bauer als echter Spaßvogel, die Erika an Familie und Betrieb zu binden.

Im Jahre 1940 liefen auch die bäuerliche Ablieferungspflicht sowie die Lebensmittelrationierung schon auf vollen Touren. Weil aber der Ederbauer ein fortschrittlicher Wirtschafter war, kam er seinem Ablieferungssoll voll nach. Auch der Tisch war immer gut und reichlich gedeckt, denn auf gutes, nahrhaftes Essen hat er immer was gehalten. Den Sonntagskuchen gab's allerdings, wie überall, nur an kirchlichen Festtagen, ansonsten Sonntagabend Kaffee und trockenes, selbstgebackenes Brot. Während der Getreideernte bekamen wir als Helfer noch den Marcel, einen französischen Kriegsgefangenen. Er war etwa 35 Jahre alt und Familienvater und kam aus den Pyrenäen. Das Heimweh nach Frau und Kindern nagte schmerzlich an ihm. Die Bäuerin versuchte in ihrer gütigen Art, ihn zu trösten, was ihr auch meistens gelang. Die kriegsgefangenen Franzosen hatten beim Lehnerbauern im Dorf ihr Quartier und mußten jeden Abend dort zum Schlafen einpassieren. Es herrschte dort eine gute Lagergemeinschaft, auch ein heimlich erlegter Wildbraten war dort keine Seltenheit. Da mein Vater fünf Jahre in französischer Gefangenschaft gewesen war (1915 – 1920), fungierte er beim Eintreffen der Franzosen und auch weiterhin als Dolmetscher. Die kriegsgefangenen Franzosen waren überwiegend Landwirte. Das gute Verhältnis mit einzelnen deutschen Familien hält teilweise bis in unsere Gegenwart an. So begann europäische Freundschaft bei uns bereits während des Krieges zu wachsen.

Am 1. Dezember 1940 wurde mein zweiter Bruder Alois zu den Waffen gerufen, und ich mußte nun den Ederbauern wieder verlassen, um zu Hause die Rolle der älteren Brüder zu übernehmen. Ich habe in der Zeit beim Ederbauern viel Nützliches gelernt. Am wenigsten hab ich das Wasserschöpfen vermißt, denn das war dort eine Schwerstarbeit. Ich habe dort täglich fast zweimal eine Stunde mit dem hohen Schwengelbrunnen das gesamte benötigte Tageswasser aus dem recht tiefen Hausbrunnen gepumpt. Dies war eine den ganzen Körper erfassende Gymnastik. Zuhause konnte ich mir das Wasserpumpen mit dem in der Küche installierten Pendelpumper mit meinen Schwestern teilen.

Der Frankreichfeldzug forderte im Mai 1940 den ersten Gefallenen in unserer Verwandtschaft. Es war der Geiersberger Sepp, Lehrerssohn aus Taubenbach. Als Fallschirmjäger wurde er bei Dortrecht abgeschossen. Im Frühjahr 1941 fand sein Bruder Hans im Balkanfeldzug den Heldentod. Es gab dann noch viele Tote und Vermißte in unserer Verwandtschaft. Aber noch stand die ganze Propagandamaschine im Siegesfieber.

Die Landwirtschaft war neben der Rüstungsindustrie nun das wichtigste Glied der Volkswirtschaft. So wurde Anbau von Raps und Flachs für jeden Betrieb zur Pflicht. Die Unerfahrenheit mit den hier unbekannten Produkten brachte jedoch mehr Mißerfolg als Erfolg. Es wurden nun auch die Ablieferungskontingente erhöht.

Die schweren Luftangriffe auf Hamburg brachten nun auch die ersten Evakuierten in unsere Gegend. Es waren schulpflichtige Kinder. Zu uns kam ein äußerst liebes und aufgewecktes achtjähriges Mädel mit Namen Christa Hoffmann, das vor allem unserer kranken Mutter mit seiner gekonnten Schmuserei noch manch kleine Freude bereitete. Auch mir wuchs der kleine Sausewind recht ans Herz. Wenn wir abends nach Feierabend, so wie früher üblich, an den Sommerabenden auf der Hausbank saßen, hängte sie sich wie eine Zecke an meinen Hals und liebkoste mich stürmisch, denn ich war ihr heißgeliebter „Luggi Männi". Es gab viele schmerzliche Abschiedstränen, als sie ihre Mutter nach eineinhalb Jahren, im Spätsommer 1941, wieder nach Hamburg zurückholte. Als Gattin eines Zahnarztes hat sie uns nach dem Kriege noch mehrmals besucht. Sie hat sich auch all die Jahre ihre gefällige, nette Art erhalten.

Der Juni 1941 brachte den Krieg und damit die halbe Welt in die schwierigste Situation. Mit dem Einfall Hitlers in Rußland wurde die unheilvolle Wende eingeleitet. Von den Stationierungen der Truppen in Polen, Österreich und der Tschechei wußte man wohl durch die Heimaturlauber. Aber an einen

Einmarsch in Rußland dachte niemand. Es bestand ja ein Nichtangriffspakt mit Stalin. Diese Hypothek des Überfalls wird uns noch lange belasten, denn Hitler hat damit zum zweiten Mal den Nichtangriffspakt gebrochen. Wie ein Blitz aus heiterem Himmel traf es das In- und Ausland. Hitlers Wahnvorstellung vom Volk ohne Raum und der einzigen Ausdehnungsmöglichkeit nach Osten sollte nun Rechnung getragen werden. Daß die Russen genau so überrascht waren wie die übrige Welt, können alle am Einmarsch Beteiligten bestätigen. Es gab anfangs auf der Feindseite keinen Widerstand. Da wir selbst kein Radio besaßen, erfuhr ich vom Einmarsch der Deutschen in Rußland beim Sonntagsgottesdienst vom Ortspfarrer Zimmerer. Er sagte: „Ludwig, weißt das Neueste schon? Eine betrübliche Nachricht! Heute im Morgengrauen haben unsere Divisionen von Finnland bis zum Schwarzen Meer die russische Grenze überschritten. In den Nachrichten hieß es, es wird somit einem russischen Großangriff vorgebeugt." Das weiß heute jeder, daß dies eine große Lüge war. Welche Strapazen und Gewaltmärsche unsere Landser in den Monaten bis Wintereinbruch hinter sich zu bringen hatten, wurde mir später erst bewußt, als ich diese endlosen Strecken beim späteren Rückmarsch selber zu Fuß laufen mußte. Dem Siegesrausch in der Heimat folgte trotz laufender Erfolgsmeldungen ein lähmendes Unbehagen und man erinnerte sich plötzlich wieder an den Rußlandfeldzug Napoleons 1813, der mit einer schweren Niederlage für die Franzosen und ihre Verbündeten endete.

Um auf dem Laufenden zu bleiben, radelten wir Jugendlichen fast Sonntag für Sonntag ins Stadtkino nach Eggenfelden, um in der Wochenschau die neuesten Frontberichte auf der Leinwand zu verfolgen. Man sah allerdings nur siegesfrohe Deutsche und Massen von toten und gefangenen Russen. Die Frontbriefe der nächsten Angehörigen ergaben allerdings ein anderes Bild. Während Bruder Alois in Frankreich bei einer Besatzungseinheit Dienst tat, war Bruder Sepp mit einer Artillerie-Einheit in Rußland. In seinen Briefen berichtete er von der endlosen Weite und Fruchtbarkeit der Ukraine, durch welche ihr Feldzug führte. Das ganze Schlamassel der Ostfront wurde erst nach und nach bekannt, als man kurz vor Weihnachten in der Heimat eine großangelegte Winterbekleidungssammlung für unsere Soldaten an der Ostfront durchführte. Bis die Kleidungsstücke dort ankamen, wo sie helfen sollten, gab es allerdings schon hunderttausendfache Erfrierungen bei unseren Soldaten. Der russische Winter brachte die Wahnsinnsziele des großen Feldherrn Adolf Hitler ins Wanken.

Mutters Gesundheitszustand verschlechterte sich im Herbst zusehends. Zu einem besorgniserregenden Nervenleiden kamen noch krebsverdächtige Magenbeschwerden. So wurde sie im November bettlägerig und meine Schwester Resi übernahm die Haushaltsführung. Am 10. Dezember 1941 hörte ihr gutes Mutterherz auf zu schlagen. Nur 58 Jahre währte Mutters Erdenleben. Eine allzu schwere Last hatte sie auf Oberponzaun zu tragen. Neun Kindern schenkte sie das Leben, der Erste Weltkrieg mit fünf Jahren Betriebsführung ohne Gatten, der Verlust aller Ersparnisse durch Kriegsanleihen, die Inflation, schlechte Wirtschaftsjahre sowie der Beginn eines neuen Krieges, zu dem ihre drei Söhne zu den Waffen geholt wurden, war für die zierliche, schmächtige Frau einfach zu viel. Später wurde es offenkundig, daß ihr Ehebett über einer Wasserader stand, was ihrer Gesundheit vielleicht auch abträglich war. Mutter war sehr intelligent, konnte gut singen und wußte viele Kindermärchen und Auszählreime zu erzählen. Sie war eine äußerst gute Köchin, im praktischen Arbeiten sehr geschickt und von großer Energie und Ausdauer, gepaart mit großem Arbeitseifer. Sie verhätschelte keines ihrer sieben lebenden Kinder, obwohl ihre Mutterliebe und ihre Güte jedem stets spürbar waren. Nachträglich gesehen, wurde sie aber durch ihren viel zu frühen Tod davor bewahrt, den

Kriegstod ihrer beiden ältesten Söhne noch miterleben zu müssen.

Zum 15. April 1942 sollte ich eingezogen werden. Nachdem aber Mitte März die traurige Nachricht vom Heldentod des Bruders Alois kam und auch von Bruder Sepp seit längerem ein Lebenszeichen fehlte, wurde ich auf Ansuchen meines Vaters nochmals bis 1. November 1942 zurückgestellt. Alois war mit seiner Einheit als sogenannte Eingreifreserve von Frankreich nach Rußland verlegt worden. Wir bekamen vom 1. März noch einen Brief von ihm, daß sie einen russischen Durchbruch abriegeln sollten. Der erste Eindruck von Rußland stimme ihn sehr traurig. Beim Gegenangriff am 3. März 1942 mußte er, wenige Tage vor seinem 30. Geburtstag, sein junges Leben, wie es stets hieß, „für Führer, Volk und Vaterland" lassen. Als am Sonntag beim Gottesdienst der Ortspfarrer seinen Tod zusammen mit dem des Hinterburger Karl bekanntgab, erfaßte ihn lautes Schluchzen, und die ganze Kirchengemeinde weinte mit. Mein Bruder war als guter Ziehharmonikaspieler und geselliger Unterhalter allseits gesucht, geschätzt und beliebt. Nun rissen die Gefallenengottesdienste nicht mehr ab und vermehrten sich von Jahr zu Jahr. Auch die Zahl der Vermißten nahm zu.

Am l. November 1942 mußte ich dann nach Lindau am Bodensee einrücken. Ich teilte mit 14 Allgäuern das Zimmer, es waren durchwegs heitere Burschen, nur hatte ich anfangs Verständigungsschwierigkeiten, besonders der Dialekt einiger Vorarlberger wollte nicht in meine Ohren. Nach einigen Tagen waren die Dialektschwierigkeiten aber schon überwunden. Der Dienst war rauh und das war gut so, denn es stand uns noch Schlimmeres bevor. Bereits nach zweiwöchiger Ausbildung wurden wir verladen und erreichten nach zwei Wochen kurioser Bahnfahrt unseren endgültigen Ausbildungsort Novograd – Wolinst, in Weißrußland. Es war in der Nähe des heute weltbekannten Tschernobyl. Dort hatten die Russen

Ende der dreißiger Jahre ein großes Ausbildungszentrum errichtet. 35 große, zum Teil noch nicht fertige Kasernen glotzten in eine traurige, sumpfige Landschaft. Wir waren die ersten deutschen Rekruten, die dort einzogen. Die Russen hatten vor dem fluchtartigen Abzug 1941 noch alle Fensterscheiben eingeschlagen und die Räume mit Exkrementen beschmutzt. Also ging's erst ans Fenstervernageln und Dreckwegräumen. Hatten wir Lindau noch in einer sonnigen milden Herbstatmosphäre verlassen, so war unser neuer Standort bereits tief eingeschneit und eingefroren. Da auch die Wasserversorgung im Argen lag, wurden wir die erste Woche mit Schneewasser und Kartoffelbrot versorgt. Es entstand alsbald unter den Rekruten ein Zwist, weil die unter 22jährigen täglich 600 Gramm und die über 22jährigen nur 500 Gramm Brot als Tagesration erhielten. Wir waren in großen Sälen zu je 150 Mann untergebracht. Die „gute Verpflegung" wirkte sich natürlich auch auf die Raumluft aus. Diese hätte man oft schneiden können. Wegen außergewöhnlich schlechter Witterung fand die Ausbildung häufig in den großen Sälen statt. Es war immer ein großes Gedränge zwischen den Stockliegepritschen. Meinem um elf Jahre älteren Spezi Jakob Apfelböck aus Thannhöcking bei Landau wurde das bald zu dumm und er legte sich statt des Antretens in seine Klappe.

Eines Tages sagte er zu mir: „Laß doch den Hauptfeldwebel Fendt plärren und leg dich über mir in deine Flohkistn, bei dem Gedränge merkt doch keiner, wenn ein paar fehlen!" Ich meinte dann: „Wenn aber kontrolliert wird?" „Dann markieren wir krank", meinte drauf der Jackl. Also lagen wir im fast dunklen Raum auf unseren Pritschen, während der durch und durch „kasige" Hauptfeldwebel seine unfeinen Sprüche auf die Angetretenen los ließ. Es muß aber schon aufgefallen sein, daß mehrere die Jacklmethode ausübten, denn wir sahen wie der U.v.D. (Unteroffizier vom Dienst) mit der Taschenlampe durchging und die Betten ableuchtete. Beim Jackl angekommen, markierte dieser einen in den letzten Zügen liegenden Kranken. Er täuschte eine Kolik so gekonnt vor, daß es auch dem Kontrollierenden glaubwürdig erschien. Auf das schlechte Brot, meinte der Jackl, habe er nun schon mehrmals dieses Magenkrümmen gehabt. Bei mir klappte die Krankheitsvortäuschung mit Zahnschmerzen nicht so gekonnt. Also wurde ich vor angetretener Mannschaft dem Hauptfeldwebel vorgeführt. In dessen Herzen allerdings hatte ich anscheinend einen warmen Platz. Der Sanitäter mußte mir gleich ein Schmerzmittel geben, und am nächsten Tag wurde mir Innendienst als Küchenhelfer verordnet.

In diesem Zwiehael, wie der Ort zu Deutsch hieß, waren wir bis zum 26. Dezember, an dem Tag kamen wir ins nahe Owrutsch und wurden in eine kampffähige Einheit zur Partisanenbekämpfung im Briansker Wald zusammengestellt. Es waren drei Bataillone mit über eintausend Mann. Der Wald von Briansk war etwa 80 mal 120 Kilometer groß und wurde 1941 beim Vormarsch umgangen. Dorthin waren starke russische Einheiten geflüchtet und führten nun den Kampf von hinten, indem sie den Frontnachschub abschnürten, Bahnlinien sprengten und rückwärtige Einheiten überfielen. Also sollte der Wald von uns gesäubert werden. Alle verfügbaren Truppenteile, darunter Ausbildungseinheiten, Slowaken, Ungarn, Rumänen und andere, sollten den Wald umstellen, und die regulären Kampftruppen wurden zur Durchkämmung eingesetzt.

Ich wurde als Munitionsfahrer eingeteilt und sollte einen Einspänner fahren. Das Blechwagl stand schon bereit, nur das Russenpferdl fehlte noch. Also machten sich alle zum Fahrdienst eingeteilten Kameraden an einem sehr frostigen Wintermorgen auf den Marsch zur Pferdeabholung in ein etwa 30 Kilometer entferntes Dorf. In der endlosen, tiefverschneiten Winterlandschaft ging's im Eiltempo unserem Ziel entgegen. Plötzlich sah ich etwa 100 Meter vor uns neben der Straßenrinne einen übergroßen Landser stehen, beim Wasserlassen. Ich dachte bei mir, das ist ja grad einer wie der Sperrer Sepp. Der Sepp war mein Cousin und 13 Jahre älter als ich und schon vierfacher Familienvater. Ich wußte, daß er vor kurzem eingezogen worden war, aber nicht wohin. Beim Näherkommen stellte sich die Richtigkeit meiner Vermutung tatsächlich heraus. Er war von dem Zufall so gerührt, daß er einen Weinkrampf bekam. Unsere Wege trennten sich aber sofort wieder, da der Sepp zu einer anderen Einheit gehörte.

Wir wurden in dem für uns bestimmten Dorf, das wir gegen Abend erreichten, in verschiedene Russenhäuser verteilt und sollten bei russischen Familien übernachten. Das war meine erste Berührung mit russischen Menschen und der russischen Mentalität.

Ich hatte es äußerst gut mit einer Madka (Mutter) getroffen. Obwohl ich kein Wort Russisch verstand, klappte die Verständigung sofort. Bei meinem Eintreffen fing sie zu weinen und zu jammern an und klagte: „Woina nix dobre, pan kaputt." Das hieß: „Der Krieg ist nicht gut, die Männer sterben." Sie holte ein paar abgegriffene Fotos von ihren eingerückten Söhnen, drückte sie an die Brust, bekreuzte sich und küßte sie anschließend. Über diese mütterliche Szene kamen mir die Tränen, denn meine herzensgute Mutter war ja erst kurz vor Weihnachten 1941 verstorben. Als ich ihr Fotos von meinen Angehörigen sowie ein Sterbebild meiner Mutter zeigte, fing sie zu weinen an, drückte mich an sich, streichelte mein Gesicht und sagte: „Grasiwo pan, karascho pan", das heißt: „Schöner Mann, guter Mann". Sie kochte mir Eier mit Speck (Jeiki mit Maslo), und ich fühlte mich wie zu Hause. Beim Abschied am nächsten Morgen bekreuzigte sie mich immer wieder und entließ mich unter Tränen. Es war mein erster Einblick in die gemütsvolle, tief religiöse russische Volksseele. Dies sollte sich in den nächsten zwei Monaten noch oft wiederholen.

Wir brachten also die etwa 200 Russenpferdl, die die Bauern der Umgebung abliefern mußten, an unseren Standort zurück. Bereits am nächsten Tag zogen wir im Morgengrauen los. Es waren acht Wochen Marsch vorgesehen, um unser Endziel zu erreichen. Die Tagesmärsche betrugen immer etwa 30 Kilometer. Nach erreichtem Tagesziel kamen wir in Quartiere bei Russenfamilien, wo wir nach Übernachtung in deren Wohnstuben am nächsten Morgen wieder weiterzogen zum nächsten Ziel. So waren wir jeden Tag mit russischen Familien unter einem Dach, dadurch wurden meine Sprachkenntnisse so gut, daß ich mich über alles Notwendige verständigen konnte.

Obwohl wir in diesem Aufmarsch- und Besetzungsgebiet für die Zivilisten eine große Bedrängnis und Belastung waren, wurde uns Feindseligkeit nie offen gezeigt, ganz im Gegenteil bin ich auch heute noch der Meinung, daß sich die Zivilbevölkerung von uns Deutschen die Befreiung vom Stalinismus und den Roten Kommissaren erwartet hatte. Doch an Stelle derer traten die braunen „Goldfasane" (Hitlers Gebietskommissare), die auch bei der Wehrmacht in üblem Ruf standen. Ihre Arroganz zerstörte bei den Russen das Vertrauen, welches sie anfangs in die Deutschen gesetzt hatten.

Von all diesen Wochen gibt's auch manch Heiteres wie auch Rührseliges zu berichten. So kamen wir an einem frostigen Januarnachmittag zeitig in ein großes Straßendorf. Nach Zuweisung der Quartiere hieß es, es soll jeder seine Wäsche in Ordnung bringen. Ich kam mit drei weiteren Kameraden zu einer Russenfamilie. Da es in jedem Häusl nur einen Wohnraum gab, bildeten wir eine deutsch-russische Wohngemeinschaft. Die Häuser hatten alle Einheitsformat und in jedem Wohnraum gab es den mit Holz beheizten Backofen, der war oben eben und diente der ganzen Familie als Schlafplatz. Wir Landser schliefen auf Stroh auf dem Stubenboden. Nach der Versorgung meines Pferdes machte ich mich an das Flicken meiner völlig durchlöcherten Socken. Als ich gerade die Nadel und die auf Pappdeckel gewickelte „Gütermanns Stopfwolle“ zurechtgelegt hatte, riß sich draußen mein Pferdchen los. Also lief ich hinaus, um es einzufangen und besser anzubinden. Als ich wieder zurückkam, zeigte mir die 17jährige Nina, die mir vorher von der Ofenliegestatt herunter neugierig und nicht unfreundlich zugeschaut hatte, den fertig geflickten Socken. Aber oh Schreck, was hatte sie da zusammengemacht? Da Russen keine Socken trugen, sondern nur Fußlappen, war halt die Nina des Sockenstopfens nicht kundig. So flickte sie Pappdeckel samt Wolle einfach auf das Fersenloch. Mein lautes Lachen verwirrte sie zwar etwas, doch kapierte Nina schnell, wie man das richtig macht.

Welchen Stein ich bei ihr im Brett hatte, zeigte sich am nächsten Tag, als wir wieder weiterzogen. Sie ging an meiner Seite bis ans Dorfende, gab mir schnell noch ein inniges Busserl und rannte dann so schnell sie die Füße trugen in ihre Behausung zurück. Es war für ein Russenmädel ein äußerst riskantes Wagnis, mit dem Feind anzubandeln. Daß ich die russischen Frauen als sehr charaktervoll und zurückhaltend erlebt habe, möchte ich ausdrücklich erwähnen.

Am 20. Februar 1943 kamen wir endlich an dem für uns als Endstation bestimmten Dorf ins Quartier. Da sollten wir nun solange bleiben, bis das Gebiet durchkämmt war. Über Funk erfuhren wir von der Tragödie Stalingrads, was uns ziemlich deprimiert stimmte. Wir lagen in einem Sumpfgebiet, von dem nur bei starkem Frost wieder herauszukommen war, wie es hieß.

Nun lebten wir zwei Wochen lang, acht Landser und zwei russische Schwestern, in einem Russenhäusl zusammen. Die Tamara war 28 Jahre und ihre Schwester Halina 18 Jahre alt. Tamara hatte einen kleinen Iwan, dessen Vater gegen uns Soldat war. Im kleinen Wohnraum waren die zwei Schwestern, wir acht Deutsche, der kleine Junge, ein neugeborenes

Kälbchen sowie die für jedes Haus obligatorischen sechs Hühner mit Hahn untergebracht. Es gab also eine große Hausgemeinschaft. Wir wurden aber nicht wie Feinde, sondern wie Freunde behandelt. So wurde uns von den zwei Schwestern die Milch der Kälberkuh aufgedrängt, während das Kälbchen mit einem Milch-Wassergemisch vorlieb nehmen mußte. Ich konnte in diesen zwei Wochen mein Russisch soweit vervollständigen, daß ich später keine Verständigungsschwierigkeiten mehr befürchten mußte.

Mit dem einsetzenden Tauwetter begann unser Rückmarsch in Richtung Ausbildungsort, den wir dann so Ende April erreichten. Partisanengefechte mit Toten und Verwundeten auf beiden Seiten sowie Durchwaten eiskalter Überschwemmungsgebiete, teilweise bis in Brusthöhe im Wasser, gehörten zum Ausbildungsinhalt.

Die Bedeutung des Osterfestes, das für die Russen den Stellenwert wie das Weihnachtsfest für uns hat, erlebten wir in dem Doppelstädtchen Seradina-Buda. Dort bezogen wir in den Kartagen Quartier. In der Vorosterzeit 1943 proklamierte Stalin die Religionsfreiheit für sein Volk, das wirkte bei der tiefreligiösen russischen Bevölkerung sofort. Innerhalb weniger Tage wurde die als Getreidelager benützte Ortskirche für die Osterfeiertage hergerichtet. Obwohl Gottesdienste jahrzehntelang verboten waren, erlebten wir in diesen Kartagen eine volle Kirche, und die teils vierstimmigen Ostergesänge rissen Tag und Nacht nicht ab. Wie sehr Leib und Seele auch beim russischen Menschen zusammengehörten, durften wir ebenfalls beobachten. Es wurde gebacken, gebraten und gekocht, soweit es die spärlichen Vorräte erlaubten. Beim Feiern spielte auch der Schnaps eine große Rolle. Als wir am 30. April wieder in unsere Garnison einrückten, zeigte sich der russische Frühling von seiner schönsten Seite.

In den ersten Maitagen widerfuhr mir eine Auszeichnung. Ein Rittmeister suchte für eine Dienstreise nach Warschau zwei

Begleiter, dazu war auch ich auserkoren. Nach den Strapazen der letzten Monate war dies eine wohltuende Abwechslung. In einem offenen VW-Kübelwagen ging es hunderte von Kilometern durch russisches und polnisches Frühlingsland. Groß war allerdings unsere Überraschung, als wir ein vom Kriegslärm beherrschtes Warschau antrafen. Schwere Maschinengewehr- sowie Granatwerferabschüsse und Einschläge holten uns in die rauhe Wirklichkeit zurück. Der jüdische Ghettoaufstand hatte seinen Höhepunkt erreicht, und erbittert wurde auf beiden Seiten gekämpft. Dies jedenfalls verriet der Gefechtslärm. Wir waren in entsprechender Entfernung untergebracht, jedoch auch in Alarmbereitschaft.

Nach weiteren sechs Wochen ging es zurück in unsere Heimatgarnison Lindau – Kempten – Füssen. Es waren zwei Wochen herrliche Fahrt, durch sommerliches Land mit bevorstehendem Heimaturlaub. Am 6. Juli 1943 kam ich überraschend zu Hause an mit dem Urlaubsschein für vier Wochen in der Tasche. Ich kam gerade zur rechten Zeit, denn aufgrund wochenlanger Regenzeit warteten an diesem Tag sechs Fuder Altheu auf das Heimführen. Auf dem Hof waren noch mein 60jähriger Vater, drei Schwestern sowie ein etwas schwächlicher kriegsgefangener Franzose. Also legte ich mich gleich fest ins Zeug. Allerdings hatte ich abends die Hände vom ungewohnten Gabelstiel voller schmerzender Blasen.

Ein herrliches Gefühl jedenfalls, nun vier Wochen Heimatluft schnaufen zu dürfen. Aber es kam bald anders! Wir waren am 20. Juli gerade mit dem Einfahren von Gerste beschäftigt, als der Dorfpostbote in größter Erregung auf den Hof kam. Tags zuvor sollte er mir schon ein Telegramm zustellen, das aber in der Poststelle übersehen wurde. So sollte ich mich am 19. Juli bis 18 Uhr bei der Bahnhofskommandantur in München wegen Abstellung nach Rußland melden. Nun war aber bereits der 20. Juli Frühnachmittag. Händeringend bat mich der Postbote, mir für sein Versehen eine Ausrede einfallen zu lassen, damit er nicht zur Verantwortung gezogen würde, denn sowas fiel unter Wehrkraftzersetzung mit hohen Strafen. Es war zwei Uhr nachmittags, und um halb vier Uhr ging in Hebertsfelden der nächste Zug. Jetzt ging alles Hals über Kopf. Die gute Bäckermutter vom Dorf bat mich noch, ihren Sohn Karl nach München mitzunehmen, er hatte den Arbeitsdienst absolviert und mußte sich an diesem 20. Juli in München zum Wehrdienst stellen. Der Karl war ein „gewiefter" Kerl und der Schwarm vieler Mädchen, also mit seinen 18 Jahren schon ein richtiger Casanova. Aber das Einrücken zum Kriegsdienst brachte den Karl total aus dem Häuschen. Während wir die sieben Kilometer zum Bahnhof in größter Eile radelten, weinte er untröstlich. Ein ums anderemal jammerte er: „Wigg, werst es sehgn, i seg Niedernkircha nimma"! Es war für ihn auch tatsächlich der Abschied für immer.

In München kam ich gerade noch rechtzeitig an, vor Abfahrt meiner Einheit nach Osten. Es wurde eine lange und turbulente Fahrt. Soviel erfuhren wir jedenfalls, daß wir als Nachschub für die schwer angeschlagene 7. Division vorgesehen seien, welche in der Gegend von Jelna liegt. Mit einer der größten Materialschlachten des Rußlandfeldzuges hatten die Russen Mitte Juli versucht, eine endgültige Kriegswende zu ihren Gunsten zu entscheiden, was auch gelang. Um den 20. August kamen wir nach Gewaltmärschen bei 30 Grad Hitze und mit voller Kampfausrüstung am vorgesehenen Ziel an. Ich wurde mit weiteren 47 Mann dem Landshuter Regiment 62 zugeteilt, bei welchem auch mein gefallener Bruder Alois Dienst getan hatte. Nach einer Kurzausbildung als Feldfernsprecher, genannt Kabelfritz, ging es am 28. August morgens in Stellung. Wir gruben uns Löcher in die sandige Erde und warteten der Dinge, die da kommen sollten. Totenstille herrschte ringsum, und außer, daß wir in Erdlöchern saßen, deutete nichts auf ein Kriegsgebiet. Ich saß im Loch vom Kompanieführer, Leutnant Karl, ein blutjunger, sympathischer

Münchner. Meine Aufgabe war, für die Funktionsfähigkeit der am Boden liegenden Fernsprechleitung zum etwa ein Kilometer weiter rückwärts liegenden Bataillonsgefechtsstand zu sorgen.

Der Kompanieführer informierte mich über die schweren Kämpfe der letzten Wochen und daß wir hier nach kurzer Kampfpause einen weiteren Angriff der Russen zu erwarten hätten. Vor uns zog sich ein langer Hang nach oben, droben war Wald. Es ging gegen Abend, als mit einem Schlag heftiges Artilleriefeuer unseren Abschnitt behagelte. Natürlich wurde auch meine Leitung abgeschossen. Wie gelernt, wollte ich aus dem Loch zur Störungssuche, doch der Leutnant ließ mich nicht. „Die schießen dich ab wie einen Hasen", sagte er. Mit Einbruch der Dämmerung wurde es im Wald auf der Höhe lebendig. Heftiger Motorenlärm und viel Geschrei, was auf Besoffene schließen ließ, dröhnten von der Höhe in unsere Löcher. „Wir bekommen Besuch", meinte der Kompanieführer trocken, „und eine Sprechverbindung nach hinten wäre nicht übel". Also schwang ich mich mit Zange, Kabel und Spaten ausgerüstet aus dem Loch zur Störungssuche. „Bleib am Boden", befahlt mir der Leutnant, „damit dein Arsch warm bleibt". Der Motorenlärm und das Geschrei schwollen an. Ich hatte etwa die Hälfte der Strecke bewältigt und mehrere Störstellen ausgebessert, als sich auf dem Abschnitt unserer Kompanie 18 Panzer über den Höhenrücken schoben. Zu unserem Glück gelang es den fluchenden Kommissaren nicht, die Infanterie nachzutreiben. Im Nu waren die Schützenlöcher überrollt. Als Angriffsziel galt das rückwärtige Dorf mit den Gefechtszentralen. Ein Panzer rollte ganz in meiner Nähe. Blitzschnell schaufelte ich eine kleine Mulde und drückte mich fest an die Erde. Dabei machten mir die Geschoße unserer im Dorf stehenden Sturmgeschütze mehr zu schaffen als der russische T 34, an dem sie abprallten. Etwa eine Viertelstunde dauerte der Zauber, dann standen die 18 Ungetüme bewegungsunfähig im Gelände. Ich hantelte mich der Leitung entlang in mein Erdloch, und auch die Sprechverbindung funktionierte nun wieder. Es gab bei der Kompanie keine Verluste, denn die Schützen in den Löchern ließen sich überrollen und erledigten anschließend die flüchtenden Besatzungen der Panzer.

Es war nun wieder Friedhofstille, so glaubte man wenigstens, da passierte im Laufe der Nacht etwas Verhängnisvolles. Statt die Panzer unsererseits zu sprengen, wurden diese von der Feindseite bei Nacht mit Scharfschützen besetzt. Ein bevorstehender neuer Angriff meldete sich durch Motorengeräusch und viel Geschrei am nächsten Vormittag bereits wieder an. Punkt 12 Uhr ging der Zauber los. An der Nahtstelle zu unserem Nachbarregiment 61 gelang den Russen ein massiver Panzerdurchbruch. Die Stoßrichtung ließ unsere Einkesselung erkennen. So kam der Befehl zum sofortigen Absetzen. Nun gab es für die in den bewegungsunfähigen Panzern sitzenden Scharfschützen reiche Beute. „Laß deine Kabel liegen", befahl mir der Kompanieführer, „und schau, daß du deine Knochen heil zum Gefechtsstand bringst". Es wurde ein Rennen und Ringen mit dem Tod. Zwei meiner Fernsprechkameraden der Nachbarkompanien erlitten durch Rückenschüsse den Tod. Es waren mein Ausbilder Heinz Kleska aus Westfalen sowie mein Spezl Sepp Hans aus Vorarlberg. Sepp war ein Naturbursche und von Beruf Senner. Er hatte, wie ich, auch eine Fernsprech-Kurzausbildung und konnte den ersten Einsatz kaum erwarten, es sollte sein erster und letzter sein.

Die Gefallenen und Verwundeten blieben liegen, im Dorf traf ich einen aufgescheuchten und kopflosen Haufen Landser an. Niemand wußte so recht, in welche Richtung wir uns absetzen sollten, um uns des feindlichen Zangenangriffs zu entziehen. So war es bis Einbruch der Dunkelheit ein Katz- und Mausspiel mit den Russen. Über Funkspruch erfuhren wir am Abend, daß der russische Stoßkeil unsere zwei anderen

Regimenter samt Küche und Tross nach Norden abgedrängt hat. So waren wir von der Befehlszentrale und auch von unserer Verpflegungseinheit abgeschnitten. Es dauerte Tage, bis wir von einer Nachbareinheit verpflegt wurden. Bis dahin waren die Früchte des Landes wie Kürbisse, Maiskolben und Hirsekörner unsere Nahrung und alles andere, was uns so zwischen die Zähne kam. Dabei war es unerträglich heiß, der Durst war ärger als der Feind. Stundenlang dachte ich oft bloß an einen Schluck Wasser.

Es ging nun kämpfend und im Eilmarsch rückwärts. Aus einem kampfstarken Regiment von 300 Mann war nur noch eine Kampfeinheit übrig, die, einer preußischen Nachbareinheit unterstellt, von Tag zu Tag kleiner wurde. Durch die Verpflegung aus Feld und Wiese wurde ein chronischer Durchfall unser neuer Begleiter. „Scheißhaufen" wäre nun für uns die richtige Bezeichnung gewesen. Jede Nacht wurde die Front zurückgenommen, im Morgengrauen eingraben, am Abend absetzen. Bis zu 60 Kilometer liefen wir oft in einer Nacht rückwärts, das Feindziel war erkennbar. Die Russen wollten vor uns bei Kiew den Dnjepr erreichen und uns so einkesseln. Wir als zugeteilte Einheit bekamen die unehrenvolle Aufgabe, bei den nächtlichen Absetzbewegungen die Nachhut zu machen, das hieß, in den Löchern sitzen zu bleiben und durch Schießerei den Feind zu täuschen, während die Masse sich zurückbewegte. Dies bedeutete einen Zeitunterschied von zwei bis drei Stunden. Wir sollten aber trotzdem mit den anderen wieder unser Tagesziel erreichen, dabei mußte man aber des Durchfalls wegen beim Eilmarsch oft zehn bis zwanzigmal die Hose runterlassen, was sowieso meist schon zu spät war. Bis wir wieder an eine richtige Verpflegung angeschlossen wurden, waren unsere Mägen schon total verdorben. Die Russen wußten, daß wir zu einem massiven Gegenstoß nicht mehr in der Lage waren und hatten so mit uns ein leichtes Spiel. Oft genug mußten wir uns als versprengtes Häuflein bei den Zivilisten Rat holen, in welcher Richtung ein Herauskommen aus der mißlichen Lage am sichersten sei. Ich muß gestehen, mir wurde hier nie ein verkehrter Rat gegeben. Die Russen waren durchwegs ehrlich und sicher auch froh, uns Germansky wieder loszuwerden.

1943 gab es in der Ukraine eine recht gute Ernte, diese war in riesigen Schobern auf den endlos großen Feldern aufgeschichtet und wartete auf den Drusch. Mir als Landwirt tat das Herz weh, wenn ein sogenanntes Brandkommando beim Rückmarsch die Ernte noch in Brand steckte. Es galt eben dem Feind zu schaden, entfachte aber noch zusätzlich dessen Wut.

Viele entsetzliche Erlebnisse gab es in diesen drei Wochen Rückzug nach der ukrainischen Hauptstadt Kiew. Einmal wollten wir uns im Morgengrauen gerade in die Erde vergraben, wurden aber von einer starken russischen Einheit überfallen und unter lautem „Hurrää" in die Flucht geschlagen. Dabei erlitt ein uns tags zuvor zugeteilter blutjunger Offiziersanwärter einen Kniedurchschuß. Er hängte sich an meinen Hals, und ich zog ihn etwa zwei Kilometer bis zur nächsten Ortschaft. Die Russen hatten es anscheinend nur auf Gefangene abgesehen, ansonsten wäre es ein leichtes gewesen, uns alle abzuknallen. Unser Unteroffizier Salzberger aus Kollbach sowie viele weitere Kameraden gerieten dabei in Feindeshand. Je näher wir unserem Ziel, dem Dnjepr kamen, umso kleiner wurde unser Häuflein.

Am 23. September um Mitternacht sollte die Brücke bei Kiew gesprengt werden. Wir waren natürlich wieder als Nachhut eingeteilt und in einer großen, zum Teil abgebrannten Ortschaft, etwa 15 km östlich von Kiew untergebracht. In den wenigen noch heilen Häusern verbrachten wir einen ruhigen Tag, am Ortseingang übernahm eine Kampfgruppe die Ortssicherung. Wir hätten nun einen großen Abstand zum Feind, hieß es und mit einer Feindberührung sei nicht zu rechnen. So hatten die Ortssicherer ihre Klamotten ausgezogen und gewaschen und legten sich größtenteils pudelnackt in den Straßengraben. Gegen Abend kam urplötzlich eine feindliche Panzerkolonne, nahm die Ortssicherungsleute gefangen und umzingelte den Ort. Unter den Gefangenen befand sich auch der Haas Lenz aus Steinbach, einem Nachbarort von mir zuhause. Er hatte total wunde Füße, tags zuvor redete ich ihm noch zu, sich krank zu melden. Er aber meinte, morgen werden wir herausgelöst und einen Tag halt ich schon noch durch. Er gilt seit diesem 23. September 1943 als vermißt.

Gegen 18 Uhr, die Sonne ging gerade unter, umstellten die Panzer den Ort. Um 20 Uhr hätten wir uns absetzen dürfen, nun hieß es: „Rette sich wer kann!“ Ich traf beim Ausbruch noch den Wagner Luck vom Nachbardorf Bachham. Er als erfahrener und bewährter Frontkämpfer schrie mir noch zu: „Wigg, jetzt hat unser letztes Stünderl gschlagn!“ Aber es gab auch im Krieg Schutzengel. Die Panzer schossen nach uns, aber zum Glück mit keinen Spreng-, sondern mit Panzergranaten. Beim Zurücklaufen streifte eine Granate mein Hosenbein und blieb kurz vor mir im Sumpf stecken. Mich hat allerdings der Luftdruck beiseite geschleudert und die Hose hatte einen Brandfleck. Manchmal suchten wir sogar in den Erdlöchern der verängstigten Zivilisten Deckung, die das gleiche Schicksal ertragen mußten wie wir. Bei Einbruch der Dunkelheit beendeten die Panzer unsere Verfolgung und wir wunderten uns, daß von den ehemals 300 Mann unseres Regiments noch 62 den Dnjepr überschreiten konnten. Von den 48 Mann Nachersatz zu Kampfbeginn waren uns nur noch zwei übriggeblieben, der Felder Seppl aus Vorarlberg und ich. Daß sich zwischen unseren Truppen auch mehrere Russenpanzer über die Kiewbrücke schmuggelten, wurde erst offenkundig, als diese in der Innenstadt das Feuer eröffneten. Sie waren natürlich schnell außer Gefecht gesetzt.

Meinem Fernsprechtruppführer Xaver Schmidwenzl aus Kollbach hatte ich es zu verdanken, daß ich diese drei Wochen der Feuertaufe so gut überstanden hatte. Als Jahrgang 1916 wäre er bei Kriegsbeginn gerade vom aktiven Wehrdienst entlassen worden. Als Gedienter machte er den Krieg von Anfang an mit. Sein goldenes Verwundetenabzeichen trug der Xaverl auf Grund neunmaliger Verwundungen, doch für eine Entlassung hat's nie gereicht. Als erfahrener „Alter Hase“ wies er mich in die Kriegspraxis gut ein, er hatte geradezu einen guten Riecher für akute Gefahren und war für mich wie ein besorgter Vater. Dafür durfte er auch täglich meine zehn Verpflegungszigaretten mitrauchen. Bis vor die Tore Moskaus trugen ihn 1941 seine Füße. Mit der 7. Division erlebte er in der berüchtigten „Schweinemästerei“ den brutalen Winter 1941/42.

In den Jahren 1942 bis Juli 1943 erwies sich die Ostfront im Mittelabschnitt als ruhiger Kriegsschauplatz. Die deutschen Offensiven lagen im Südabschnitt. Das Ziel hieß Stalingrad sowie die Besetzung der Ölquellen, aber beides mißlang. Ab Juli 1943 verlagerte sich der russische Druck auf den Mittelabschnitt. Das Zurückdrängen der Deutschen über den Dnjepr sowie die Zurückeroberung Kiews und der Ukraine gelangen ebenfalls. Wir waren nun jedenfalls über den Fluß und in der ukrainischen Hauptstadt Kiew. Am Westufer des Dnjepr seien gut ausgebaute Stellungen, hieß es, und die müssen unter allen Umständen gehalten werden. Wir sollten nun jedenfalls eine Woche Ruhepause haben, es herrschte herrliches Wetter. Nun war unsere vordringlichste Arbeit, unsere verschmutzten Klamotten zu waschen und zu reinigen. Wir hatten dabei Glück, denn im Garten unseres Quartierhauses stand ein funktionsfähiger Waschkessel. Wie neugeboren fühlten wir uns nun in den frisch gewaschenen Kleidungsstücken.

Im Haus wohnte eine 28jährige Lehrerin mit guten Deutschkenntnissen. Unser Staffelführer, ebenfalls Lehrer aus der Gegend von Ebersberg, wurde ihr ständiger Zimmergast. Stundenlang klapperten die beiden auf dem Klavier bekannte und unbekannte Melodien. Wir hatten in ihr Zimmer keinen Zutritt.

Wurde es zur späten Nachtstunde dann endlich ruhig, so machten wir von nebenan unsere verdächtigen Bemerkungen. Der Staffelführer – er hieß mit Vornamen Toni – galt als recht nobler Bursche und als großer Feigling.

Wir Fernsprecher haben von bevorstehenden Feindüberraschungen meist schon im voraus gewußt, wenn aber der Toni mit der Ausrede aufkreuzte, er hätte im rückwärtigen Gebiet was Wichtiges zu erledigen, wußten wir mit Sicherheit, daß ein Schlamassel unmittelbar bevorstand. Er zeigte sich auch sehr verschnupft, als er mir eines Tages das E.K.II. anheften mußte. Zwei Kameraden und ich hatten am 10. September im Selmonskoye einen feindlichen Überfall zunichte gemacht und die Russen in die Flucht geschlagen. Der feine Herr Staffelführer befand sich da aber mal wieder im rückwärtigen Gebiet und so verpaßte er es, auch eine Auszeichnung zu erhalten!

Kiew ist eine herrliche Bergstadt, aber leider blieb uns nicht viel Zeit, sie zu bewundern. Zudem durften wir unser Quartier nicht verlassen. Mit der eisernen Front am Dnjepr war es allerdings nicht weit her. Die Russen landeten Ende September nördlich der Stadt mit starken Luftlandeeinheiten und bildeten westlich des Flusses einen starken Brückenkopf. Dem Gefechtslärm nach entging uns dies nicht, und so waren wir froh, am 1. Oktober per Bahn zum nächsten Rangierbahnhof Brest-Litowsk in Bewegung gesetzt zu werden. Von dort ging es Richtung Nordost, um wieder zu den zwei anderen Regimentern unserer Division zu stoßen. In guter Stimmung begannen wir die etwa 300 Kilometer lange Bahnreise. Angesichts der zahlreichen von Partisanen gesprengten Nachschubzüge neben den Geleisen, wurden wir allerdings recht nachdenklich.

Im Riesenbahnhof Brest-Litowsk sollten wir zwei Tage bleiben. Wir wurden von einem Hauptmann Punzmann geführt. Plötzlich gab es entlang unseres Zuges eine hektische Bewegung, ein Flüstern ging von Waggon zu Waggon: „Da hinten gibt's prima Rotwein!“ Alles machte sich mit Kochgeschirr und

Eimern an die köstliche Flüssigkeit. Ein paar Schnüffler hatten auf einem Verpflegungszug ein riesiges Faß mit bulgarischem Rotwein entdeckt, von dem wir uns reichlich bedienten. Unser Tun lief allerdings unter dem Delikt: „Kameradendiebstahl". Alsbald gab es die ersten Besoffenen, unter ihnen auch der Bursche des Hauptmanns Punzmann. Nun flog die herrliche Zecherei auf. Soweit wir noch aufrecht stehen konnten, wurde Strafexerzieren angeordnet. Wegen Abfahrt in Richtung neue Front fiel dies allerdings flach.

Ende der 1970er Jahre wurde ich einmal auf die Engelburg im Bayerischen Wald bei Tittling zu einer Dichterlesung geholt. Unter den aufmerksamen Zuhörern war auch jener Hauptmann Punzmann, der mit seiner Frau dort gerade Urlaub machte. Beim Kauf meiner Bücher bat er um Signierung. Als er mir seinen Namen nannte, meinte ich, ein Hauptmann Punzmann sei im Krieg mal mein Vorgesetzter gewesen. „Welches Regiment?" fragte er. „Zweiundsechzig", antwortete ich. „Das war ich", sagte er drauf. „Ist Ihnen vom guten Rotwein in Brest-Litowsk noch was bekannt?" wollte ich wissen. „Sehr wohl", meinte er, „aber ich durfte keinen probieren!" Er besuchte mich mit seiner sehr netten Frau kurz darauf auf dem Ponzaunerhof. Als ehemaliger Berufssoldat hatte er sich nach dem Krieg bei Einführung der Bundeswehr gemeldet und wurde beim Natostab ein Offizier von hohem Rang. Seiner Einladung ins Eigenheim am Gardasee bin ich allerdings bis dato noch nicht nachgekommen. Da kann man wirklich wieder einmal sagen: „Oh große Welt, wie bist du klein!".

Am Kirchweihsonntag 1943 kamen wir nach acht Wochen Trennung wieder zu unserer Division. Ein Sumpfgebiet sollte unsere neue Front werden. Über lange Knüppeldämme erreichten wir die sogenannte Bärenstellung. Ein gut klingender Name. Hier muß, so hieß es, die Stellung um jeden Preis gehalten werden. Wir nahmen an, daß das Sumpfgebiet für das Nachrücken des Feindes ein großes Hindernis wäre. Aber welche Fehleinschätzung! Bereits die zweite Nacht wurden wir von einem russischen Stoßtrupp überfallen, Tote gab es auf beiden Seiten.

Inzwischen baute sich in Rußland bei den deutschen Kriegsgefangenen unter Führung eines General von Seydlitz das sogenannte „Komitee Freies Deutschland" auf. Wer sich dem anschloß, bekam Verpflegungsvorteil. Wir nannten deren Mitglieder auch „Suppenkommunisten". Dieser Zusammenschluß wurde auch als moralische Waffe gegen uns eingesetzt. So wurden wir den ganzen Tag von Feindseite mit Lautsprechern berieselt: „Deutsche Kameraden, werft die Waffen weg, kommt zu uns, der Krieg ist für euch sowieso verloren". Anschließend erfolgte eine endlose Litanei russischer Fronterfolge aus letzter Zeit. So erfuhren wir die neueste Lage an allen Fronten. Diese Informationen bestärkten unsere moralische Kampfbereitschaft natürlich nicht besonders. Andererseits wußten wir, das Absetzen nach rückwärts bedeutete Fahnenflucht mit standrechtlicher Erschießung, das Überlaufen zum Russen Armut, Not, Hunger und Tod. Selbstverständlich war auch unsere Wehrpropaganda nicht untätig. In regelmäßigen Abständen wurden wir von Politoffizieren durch Vorträge oder Handzettel dahingehend bestärkt, daß eine vor der Vollendung stehende Geheimwaffe uns schon bald zum Endsieg verhelfen werde.

Den bevorstehenden Winter im Sumpfgebiet des Pripyet-Flusses zu verbringen, erschien nicht gerade ratsam. So buddelten wir uns in einem Wäldchen nördlich von Tschernobyl für den Winterkrieg in den Erdboden. Die russische Stellung lag teilweise nur einen Steinwurf entfernt.

Am 7. Dezember 1943 gab's wieder einmal einen richtigen Großkampftag. Schier pausenlos erfolgten gekoppelte Granatwerfer-Überfälle. Es waren Fünf-Zentimeter-Granaten, immer 30 bis 40 Stück gleichzeitig, auf ein kleines Gebiet konzentriert. Diese Geschoße hatten Aufschlagzünder, explodierten bereits bei Berührung mit Baumzweigen und lösten sich dann in hunderte von kleinen Splittern auf. Da unsere Sprechleitungen wieder einmal, wie immer an solchen Tagen, zerschossen wurden, hieß es bei Dunkelheitseinbruch: „Gruber, raus zum Leitungflicken!“ Wir bewohnten mit einem Funktrupp, ebenfalls drei Mann wie wir, gemeinsam einen Bunker. Da diese einen Funkspruch nicht herstellen konnten, stieg deren Truppführer Richard Dachs, ein Münchner, nur 1,60 Meter groß, aber ungemein tapfer und kameradschaftlich, mit mir aus dem Erdloch. Nur 150 Meter wäre unser Weg gewesen, aber wir kamen keine 100 Meter, als der „Segen“ von drüben kam und genau über uns niederging. Obwohl ich mich noch an einen Baumstamm drücken konnte, kamen die Splitter von allen Seiten wie Hagelkörner. An Gesicht, Bauch, Händen und Beinen verspürte ich rieselnde Wärme, jedoch zunächst keinen Schmerz. Der Richard lag reglos neben mir am Boden, ein weizenkorngroßer Splitter hatte seine Schläfe durchbohrt und sein junges Leben ausgelöscht. Auf einem Russenwagerl brachte man uns nach hinten, ich verwundet, neben mir der tote Kamerad. Irgendwo kam ich dann gegen Mitternacht in eine Verwundeten-Sammelstelle, wo es dann per Flugzeug ins Feldlazarett Baranowitsche an der Bahnlinie Brest – Litowsk – Minsk ging. Meine Verwundungen stellten sich überwiegend als Fleisch- beziehungsweise Hautwunden heraus und heilten schnell ab. Neun Wochen vergingen, bis ich wieder fronttauglich war. Zu meiner Überraschung besuchte mich mein ältester Bruder Sepp, er war daheim auf Fronturlaub gewesen und erfuhr dort, wo ich im Lazarett lag. Seine Rückfahrt führte durch diesen Ort, es sollte für uns beide ein letztes Wiedersehen sein. Im Juli 1944 wurde er als vermißt gemeldet. Ein Spätheimkehrer aus seiner Einheit bestätigte im Jahre 1952 an Eidesstatt seinen Tod am 22. Juli 1944 durch Brustschuß.

Obwohl mir ein Genesungsurlaub und Jahresurlaub zustanden, wollte ich vorerst wieder zu meiner Fronttruppe, um eine eventuelle Zuteilung zu einer anderen Einheit zu verhindern.

Nach schwieriger Fahrt kam ich dort an, aber oh weh! Meine Einheit wurde zwei Tage vorher als Eingreifreserve etwa 100 Kilometer nördlich verfrachtet, um einen russischen Angriff abzuwehren. So wurde ich mit dem Verpflegungsfahrzeug nachgeschickt. Über endlose Knüppeldämme ging es nach Norden. Als ich mich meldete, wurden gerade 16 Kreuze beschriftet für die Gefallenen des Vortages, darunter auch meinen Kameraden Apfelböck Jackl aus Landau. Für den Fall, daß die Front ruhig blieb, sollte in drei Tagen mein Urlaub beginnen. Der Kampf des Vortages bot ein Bild des Grauens. Hunderte von toten Russen lagen am Hang verstreut vor uns, viele davon bereits nackt, denn die umliegenden Zivilisten hatten in der Nacht noch ihre Uniformen geholt.

Nun, nach drei Tagen war es soweit! Ein herrliches Gefühl, drei Wochen Heimaturlaub! Zuhause erwarteten mich einige Überraschungen. Seit Sommer 1943 wurde Oberponzaun mit elektrischem Strom versorgt, und der Schäferhund „Arco“ hatte sich zu einem bissigen Hofwächter gemausert. Aufgrund winterlicher Fahrtverhältnisse kam ich bei heftigem Schneetreiben erst um Mitternacht zuhause an. Obwohl ich acht Monate abwesend gewesen war, bereitete mir der Hofhund eine nicht endenwollende Begrüßungszeremonie.

Die tragische Wende des Krieges konnte man nun auch schon an der Zahl der Gefallenen und Vermißten unseres kleinen Dorfes ablesen. Bei Kriegsende ergab dies folgendes Bild:

1939	1 Gefallener	
1940	keiner	
1941	4 Gefallene	
1942	5 Gefallene	3 Vermißte
1943	10 Gefallene	2 Vermißte
1944	9 Gefallene	7 Vermißte
1945	8 Gefallene	3 Vermißte

Der Blutzoll unserer 700 Seelen zählenden Pfarrei betrug also 37 Gefallene sowie 15 Vermißte.

Nach Urlaubsende erreichte ich am Ostersonntag 1944 wieder meine Einheit. Auf der Fahrt zur Front widerfuhr mir etwas ganz peinlich-originelles. Als ich in Urlaub gefahren war, gab mir unser Hauptfeldwebel Kroiss, ein Landshuter, für seine Frau verschiedene Sachen mit. Seine Frau wiederum hatte mich gebeten, bei der Rückfahrt Briefe und Päckchen für ihren Mann mitzunehmen, was dann auch geschah. Die Briefe verstaute ich in meiner schweinsledernen Brieftasche und steckte diese samt Wehrpaß und Reisepapiere in die Gesäßtasche. Auf der Fahrt durch Polen kam plötzlich die Feldpolizeit zur Kontrolle. Ich langte nach meiner Brieftasche, doch diese war weg. Nur durch den Beistand einiger Kameraden entging ich einer Verhaftung. Aufgrund dieser Aufregung wurde ich „kloreif“, doch was fand ich da vor? Eine zum Kotzen übervolle Abortschüssel. Nachdem ich einige Stunden vorher die gleiche Toilette benutzt hatte, kam mir der Verdacht: Vielleicht hatte ich dort meine Brieftasche verloren? Bei der nächsten Haltestelle besorgte ich mir einige Zeitungen sowie ein „Taststeckerl“. Schon bald schien sich mein Verdacht zu bestätigen. Nervös wühlte ich in der „Scheiße“, und siehe da, meine Brieftasche kam zum Vorschein. Diese hatte beim Verrichten der Notdurft am Morgen den unbemerkten Rutsch in die Kloschüssel getan. Die Reinigung war natürlich eine üble Sache. Auch die Briefe der Frau des Hauptfeldwebels hatten alles andere als einen Duft von Liebe. Trotzdem ist die Brieftasche heute noch in meinem Besitz und hat mich schon oft an jenes peinliche Vorkommnis erinnert.

Nach diesem Vorfall am Ostersonntag fand ich meine Einheit in einem Waldgebiet in den Pripjetsümpfen wieder. Da uns ein längerer Aufenthalt bevorzustehen schien, bauten wir uns richtige Erdbunker in die sandige Erde. Es folgte nun unsere ruhigste Frontzeit des Rußlandfeldzuges. Wir genossen das

Erwachen der Natur mit der reichhaltigen Pflanzen- und Vogelwelt eines Sumpfgebietes. In den Monaten April bis Juli gab es kaum Feindberührung. Dies aber änderte sich schlagartig um den 20. Juli 1944 herum. Am 22. Juli elf Uhr kam der sofortige Räumungs- und Abmarschbefehl. Daß mit dem Fehlschlagen des Hitlerattentats, in das auch mehrere Generäle der Ostfront verwickelt waren, plötzlich ein breiter Frontstreifen des Mittelabschnittes ohne Führung war, erfuhren wir erst Wochen später.

Gleich der erste Absetztag brachte unangenehme Überraschungen. Im Eilmarsch ging es den Pripjetfluß entlang mit dem Ziel, rasch die Flußstadt Pinsk zu erreichen. Eine kurze Marschpause benutzten fast alle zu einem FKK-Bad im Fluß. Unbemerkt blieb uns, daß bereits vor uns ein russisches Kanonenboot mit einem schwerbewaffneten Stoßtrupp diese Flußstelle passiert hatte. So erreichten wir gegen Abend die Brücke bei Pinsk. Der Brückenübergang gestaltete sich chaotisch, denn das schwergepanzerte feindliche Schiff hielt die Brücke unter Beschuß, aber wir mußten darüber. Wie durch ein Wunder klappte es fast ohne Verluste. Doch das dicke Ende kam erst. Ein feindlicher Stoßtrupp überraschte den braunen Gebietskommissar samt weiblichem Harem, angeblich acht Mädchen, in seiner Behausung. Wir sollten sie wieder befreien. Inzwischen aber waren so starke russische Einheiten angerückt, sodaß uns dies nicht mehr gelang. Dabei mußten wir empfindliche Verluste hinnehmen. Auch unser bester Scharfschütze Niederleitner, ein Österreicher, fand dabei den Tod. Ich mußte mit noch einem Kameraden eine Fernsprechleitung durch die Hauptstraße von Pinsk legen, diese stand aber unter schwerem „Ratsch-Bum-Beschuß“ (Ratsch-Bum war eine Kanone, bei der der Einschlag vor dem Abschuß zu hören war). Die Stein- und Schuttsplitter machten uns mehr zu schaffen als die Geschoße selbst. Zum Glück machte ein heftiges Gewitter mit starkem Regen der Kampfhandlung auf beiden Seiten ein Ende. Im Eiltempo ging es weiter, denn feindliche Panzerverbände waren bereits weit ins Hinterland vorgestoßen, was wir durch Leuchtraketen feststellen konnten.

Es kam nun eine turbulente Zeit. Die deutsche Ostfront war infolge der Vorkommnisse des 20. Juli zusammengebrochen und sollte erst wieder neu aufgebaut werden. Heftige Gefechte mit den Russen erschwerten unseren Rückzug erheblich. Man nannte in der Militärsprache solche Ereignisse beschönigend: „Frontverkürzung".

In den letzten Julitagen wurden wir vom Kampfgeschehen herausgelöst und sollten ein paar Ruhetage in einem rückwärtigen Dorf verleben. Dort hieß es: „Morgen kommt ein Friseur!" Ich stand also in den frühen Morgenstunden mit meiner schulterlangen Mähne an, wie zum „Schafscheren". Genau die Hälfte meiner Haare hatte der Friseur geschafft, als Alarm kam. Der Schnellste war nun der Friseur, er ließ mich halbgeschoren stehen und machte sich aus dem Staub. Daran tat er auch gut, denn eine riesige Panzerkolonne schob sich gegen unser Dorf. Im Nu gingen wir zum Gegenangriff über. Es sollte sich mal wieder bewahrheiten, daß im Krieg oft die unsinnigsten Dinge Erfolg haben können. Unter wildem Geschrei und Karabinerschießerei, denn wir hatten keine schweren Waffen zur Unterstützung, stürmten unsere Mannen, mit Hauptmann Pross an der Spitze, gegen die anrückenden Russen. Schon türmte die feindliche Infanterie, und auch die Panzer kehrten um. Dieses „Bravourstückchen" brachte unserem unerschrockenen Regimentskommandeur Pross das Ritterkreuz und der Stadt Brest-Litowsk einige Stunden mehr Zeit zur Räumung. Auf diesen Eisenbahnknotenpunkt war nämlich der feindliche Angriff angesetzt.

An jenem Tag zeigte sich mein Schutzengel wieder besonders aktiv. Nach dieser Angriffsabwehr buddelten wir uns wieder in die Erde. Unserer Nachrichtenstaffel wurde eine mit

Gebüsch bewachsene Mulde zugewiesen. Ich deckte mein Erdloch mit Ästen zu, der feindliche Beschuß ließ nicht lange auf sich warten. Wir wurden mit Granatwerfern behagelt. Genau auf mein Loch ging so ein „Liebesei“ nieder. Der Aufschlagzünder brachte an den Abdeckästen die Granate zur Explosion, und der reiche Splitterregen verteilte sich auf der Oberfläche. Total „bedeppert“ und mit rußigem Gesicht kam ich wieder einmal mit dem Schrecken davon, aber schon nach zwei Tagen widerfuhr mir ein ähnliches Wunder.

Es ging da bereits durch polnisches Gebiet. Wie es schien, wollte uns die Bevölkerung gerne rasch wieder los werden, sie zeigte aber noch größere Furcht vor dem alten Erzfeind, den nachrückenden Russen. Am 1. August 1944 sollten wir den Bugfluß überschreiten. Die Flüsse waren beim Rückmarsch die großen Schreckgespenster der Landser, denn allzuoft wurden die letzten Brücken voreilig gesprengt und die übliche Nachhut fiel in Feindeshand, und Nachhut waren wir an diesem 1. August wieder einmal. Pioniere kennzeichneten eine begehbare Flußstelle mit Stöcken. So schnürten wir Kleidung und Waffen zu einem Bündel, hielten es schützend über den Kopf und durchwateten den Bugfluß. Hier mußte die Stellung unter allen Umständen gehalten werden, hieß es!

Wir gruben uns provisorisch in die sandige Erde. Es war ein Sonntag und herrliches Wetter. Heftiger Gefechtslärm dröhnte weiter nördlich, aber bei uns herrschte noch Ruhe. So zog ich mein Soldatengebetbuch aus der Brusttasche und versuchte, nach langer Zeit wieder einmal mit meinem Herrgott zu reden. Vieles brannte mir auf der Seele. Warum marterten sich hier zwei Völker zu Tode, ohne sichtbaren Grund? Warum diese schrecklichen Blutopfer in der Heimat und an der Front? Wir kamen bei unserem Zwiegespräch zu keinem befriedigenden Ergebnis, aber ich wurde ganz ruhig und fast hoffnungsvoll. Man lebte als Frontsoldat sowieso nur von einer Stunde auf die andere. Dies bewahrheitete sich auch an diesem herrlichen

Sonntag wieder, denn gegen Abend schien die Hölle los zu sein. Feindliches Artilleriefeuer graste unsere Stellungen ab. Hoher Gefechtslärm ließ erkennen, daß den Russen nördlich von uns die Überquerung des Flusses geglückt war. Unsere am Boden verlegten Fernsprechleitungen waren abgeschossen, und wie gewöhnlich hieß es wieder: „Gruber, raus auf Störungssuche!“ Ich war der Jüngste und mich erwischte es meistens, aber heute sollte es tatsächlich mein großes Glück sein! Bei meiner Rückkehr fand ich eine tiefumgepflügte Erde vor. Eine sogenannte „Stalinorgel“ hatte ganze Arbeit geleistet, von meinem Erdloch war nichts mehr zu sehen. Mein aktiver Schutzengel hatte mich wieder einmal beschützt und bekam dafür von mir ein Sonderlob.

In den nächsten Tagen ging es nordwärts. In einem Dorf am Bug, den Namen hab ich vergessen, kamen wir zum Einsatz. Die Russen konnten in der Nacht einen Unterwassersteg über den Fluß legen und im Morgengrauen das Dorf erobern. Ein Gegenstoß unsererseits trieb zwar den Gegner aus dem Dorf, aber am Flußufer verteidigten sich die Russen verbissen und hartnäckig. Nun galt es die vielen Gefallenen der Feindseite, die in der prallen Augustsonne bald in Verwesung übergingen, zu beerdigen und zwar unter der Sole unserer Laufgräben. Dies war wegen Feindeinsicht nur in der Dämmerung möglich. Da ich als guter Schaufler bekannt war, erhielt ich am 15. August, also an meinem 22. Geburtstag, den Befehl, zehn Leichen zu verscharren. Trotz verbundenem Mund und Nase wurde mir so übel und ich mußte mich mehrmals übergeben. In den nächsten Tagen wurde der feindliche Druck so stark, daß wir das Dorf räumen mußten.

Jetzt, nach 50 Jahren, sind mir nur mehr die markantesten Kriegstage in Erinnerung. Ein solcher war zweifellos auch der 10. September 1944. Zur Rückzugssicherung hatten wir uns in einem langgezogenen Straßendorf eingenistet. Vor uns lag der Fluß Bug mit seinen sumpfigen Ufern. Plötzlich kam ganz unerwartet von hinten her ein massiver Panzerangriff mit nachfolgender Infanterie. Vor uns also der Fluß mit seinen sumpfigen Ufern, und hinter uns die Russen. Also Feind von vorn und von hinten. Als Fluchtweg blieb nur das Steilufer des Flusses. Am Ortsausgang traf ich noch den mir gut bekannten Oberfeldwebel Scherer mit seinem Melder. Seine 8. Kompanie hatte in der Eile den Acht-Zentimeter-Granatwerfer stehen lassen, darum wollte Scherer mit seinem Melder zurück, um den Werfer zu holen. Er bat mich, auf ihn zu warten. Da es wieder etwas ruhiger geworden war, schien mir das Warten nicht riskant. Der Oberfeldwebel sah allerdings bloß noch, wie sich die Russen bereits mit seinem Granatwerfer beschäftigten und mußte daher erfolglos umkehren. Nun machten wir uns zu dritt auf die Flucht ins Ungewisse. Da wir Fernsprecher meist ohne Waffe waren, gab mir der Oberfeldwebel eine von seinen zwei Maschinenpistolen. Ich wollte einen Probeschuß in die Luft jagen, mußte aber eine Ladehemmung feststellen. Sicher war Sand ins Ladeschloß gekommen. Es blieb aber keine Zeit zum Nachsehen. Die Russen hatten unseren Fluchtweg erspäht, und Panzer sowie Infanterie machten Jagd auf uns drei. Wir waren uns so nahe, daß keiner mit dem Leben davongekommen wäre, hätte der Feind dies gewollt. Aber an diesem Tag wollten die Russen anscheinend keine Leichen, sondern Gefangene. So sahen wir auch, daß in ihrem Gefolge ein LKW mit gefangenen Landsern einem ungewissen Schicksal entgegenfuhr.

Tiefe Schluchten flußwärts durchzogen das Gelände, diese mußten wir überwinden. Dabei hätte ich um ein Haar den Scherer erschossen. Er sprang vor mir in einen Hohlweg, ich hinterdrein. Beim Aufsprung löste sich aus meiner Maschinenpistole der gehemmte Schuß und er ging genau durch Scherers Schirmmütze, keinen Centimeter über seiner Schädeldecke. Wieviele Kameraden wohl durch ähnliche Unglückszufälle schon den Tod gefunden hatten? Wir erreichten dann doch einen kleine Vorsprung vor den Russen und kamen in eine abgebrannte Ortschaft. Dort verschnauften wir einen Augenblick in einem Keller. Zwölf Schwerverwundete, ein Arzt und zwei Sanitäter hatten hier auch Zuflucht gesucht. Wir machten sie auf die anrückenden Russen aufmerksam. Der Arzt meinte, die Verwundeten werden nicht im Stich gelassen. Nach einer Viertelstunde fiel die gesamte Kellerbelegschaft in Feindeshand. Beim Weiterlaufen in einem ehemaligen Schützengraben packte mich ein Schwerverwundeter am Hosenbein und schrie: „Kamerad, huif ma!“ Sein rechter Oberarm hing nur noch an der Haut und Blut quoll aus der Schlagader. Ich riß mein Verbandspäckchen auf und wollte den Arm abbinden, derweil er in meinen Armen starb. Ich nahm ihm schnell noch Soldbuch, Erkennungsmarke und ein paar Habseligkeiten ab und schickte diese nach Frontberuhigung seiner Frau. Er war Passauer und erst kurz verheiratet gewesen. Ein vorwurfsvoller Brief seiner tiefgetroffenen Gattin an mich war der Dank für den letzten Beistand, den ich dem Kameraden geleistet hatte. Aber auch dieser heiße 10. September fand seinen Abend. Unser Häuflein sammelte sich bis zum Einbruch der Dunkelheit sogar ganz unbeschadet und vollzählig. Den ganzen Tag bekamen wir keinerlei Verpflegung und nichts in den Magen. Das Verpflegungsfahrzeug flüchtete beim morgendlichen Überfall mit unserer Tagesration nach hinten. Dabei hatte unser Koch, der Krämer Luck, an diesem Tag Hausmacher-Preßsack für uns zurechtgemacht, der in einer Pappschachtel war. Ich gelangte abends als erster an die Menage. Beim Öffnen des Schachteldeckels begrüßte mich ein Schwarm von Fleischfliegen. Ungeachtet derer, schlang ich eine Scheibe der seltenen Köstlichkeit in mich hinein. Die anderen grauste es, und sie begnügten sich mit Brot und Tee. Binnen kurzer Zeit war ich sterbenskrank, zwei Tage wurde ich in diesem maladen Zustand auf einem Russenwagerl mitgefahren. Aber auch dies ging vorüber.

So kämpften wir uns östlich an Warschau vorbei in Richtung Danzig. Der Narewfluß, so hieß es, sollte dem Feind Parole bieten. Bis dahin gab es allerdings noch manche Schlappe einzustecken. Es war Ende September, da wurden wir einmal aus einer notdürftig errichteten Stellung verjagt. Unsere durch den Wald verlegte Fernsprechleitung blieb natürlich liegen. Nach Beruhigung der Lage meinte der Friesenegger Michl, ein Kamerad vom Ammersee, wir müßten unsere Kabelrollen wieder voll bringen, sonst würden wir als Infanteristen eingesetzt. So zogen wir beide los ins Niemandsland. Er ging im dichten Unterholz voraus, ich trug auf der Brust die Kabelrolle und spulte auf. Plötzlich verspürte ich am Kabel ein immer heftigeres Ziehen. Der Michl spähte ins Dickicht und sah, wie die Russen unter schwerbewaffnetem Begleitschutz von der anderen Seite aufspulten. Wir waren wie fast immer bei der Kabelarbeit waffenlos. Uns blieb also nichts anderes übrig, als das Kabel rasch abzuzwicken und dann schnell in unsere Stellung zurückzulaufen.

Recht deprimierend für uns wirkte dieser endlos scheinende Rückzug aus dem Kampfgebiet. Dabei wurden wir immer wieder mit einer kurz vor der Vollendung stehenden Wunderwaffe getröstet. Einmal sahen wir, wie zehn nagelneue deutsche Königstigerpanzer einen Angriff gegen den Feind fuhren. Am nächsten Tag wurden diese erst einen Tag im Einsatz stehenden Panzer gesprengt, wegen Treibstoffmangel, hieß es. Immer mehr wurde uns bewußt, was es mit dem sogenannten Endsieg auf sich hatte. Für uns Landser gab es trotzdem nur zwei Möglichkeiten, entweder zum Feind überzulaufen oder zu desertieren, mit der Folge einer Liquidierung. Wer war schon zu einer der beider Möglichkeiten bereit?

Es gingen Gerüchte um, die Front werde bis an die Weichsel zurückgenommen. Doch bis dahin war noch der Narewfluß zu überqueren. Am Westufer, so der Befehl, ist unsere Winterstellung unter allen Umständen zu halten. So geschah es in den ersten Oktobertagen 1944. Wir, der Bataillonsstab, gruben uns in einem Föhrenwäldchen an der gut ausgebauten Teerstraße nach Warschau – Danzig in die Erde. Die Zivilisten wurden, wie immer, weiter nach hinten evakuiert. Nur zwei Polenmädchen baten, bei uns bleiben zu dürfen, weil sie vor den Russen solche Angst hätten. Es waren zwei hübsche Mädchen, die aber gleich zu verstehen gaben, daß sie nicht unser Spielzeug werden wollten.

Tagelanger Regen machte jegliche Kampfhandlung unmöglich. Wir wußten aber, daß der erste Schönwettertag einen feindlichen Angriff erwarten ließ. Am 13. Oktober war es dann soweit. Punkt sechs Uhr morgens setzte ein pausenloses Artilleriefeuer ein, wie es gewöhnlich Angriffen vorausging. Als gegen acht Uhr die Sonne stieg, überquerten starke Panzerverbände den Fluß und stießen weit ins Hinterland vor. Unsere Einkesselung war erkennbar. Es kam alsbald der Befehl, die Stellung zu räumen, worauf die feindlichen Tiefflieger schon warteten. Sie hatten ein leichtes Spiel, denn eine Flugabwehr gab es längst nicht mehr. Wie beutegierige Geier kreisten sie im Tiefflug über dem Wald, aus dem wir ja herausmußten.

Ich verspürte in meinem Innern an diesem Tag eine außergewöhnliche Ruhe. Von meiner als Junglehrerin tätigen Schwester Maria bekam ich tags zuvor einen Brief mit der Nachricht, sie sei am 13. Oktober auf Seminar in Vilsbiburg und werde am Maria-Hilfberg die Gottesmutter um meine glückliche Heimkehr bitten. So störte es mich auch nicht weiter, daß meine fünf Bunkerkameraden sich bereits abgesetzt hatten. Das Verpflegungsfahrzeug brachte bei Nacht neben anderem auch einen Kanister mit Frischmilch. An dieser seit langem entbehrten Rarität stärkte ich mich noch für den bevorstehenden Tag. So war ich wohl der letzte, der aus dem Wald der dahinterliegenden Ortschaft zulief. Schon war ich entdeckt! Gerade erreichte ich das erste Haus, als der Flieger über mir ein eisernes „Grußpaket“ abwarf. Bisher zollte ich den russischen Fliegern wenig Respekt. Diesmal aber leisteten sie ganze Arbeit. Ich drückte mich noch an eine Hauswand, aber genau dorthin ging der Segen. Aus dem aufgerissenen Stiefel quoll Blut, aber ich verspürte keinen Schmerz. So lief ich im Dorf rückwärts. Jemand schrie mir zu: „Am letzten Haus ist ein Sammelplatz für Verwundete!“ Dort fand ich bereits eine größere Anzahl lädierter Landser vor.

Sogleich hielt ich Ausschau nach bekannten Gesichtern, konnte aber dabei nichts feststellen. Nur ein älterer Vollbärtiger mit verwildertem Gesicht erregte mein Aufsehen. Das pockennarbige Gesicht erinnerte mich an den Michlbauern Sepp, an dessen Stelle ich am ersten Mobilmachungstag das Außerwerfen des Getreides beim Dreschen auf dem Nachbarhof übernehmen durfte. Vom Sepp wußte man nur soviel, daß er sich mal mit einem Vorgesetzten angelegt und in eine Strafkompanie versetzt worden sei. Aber das lag meines Wissens schon lange zurück. Der Sepp war zwölf Jahre älter als ich und kam vor dem Krieg abends oft zu uns in den Hoagarten. Als großer Spaßvogel und ausgezeichneter Mundharmonikaspieler erfreute er sich größter Wertschätzung. Mir lernte er als Bub viele lustige Sprücherl. So machte ich also die Probe aufs Exempel. Ich begab mich in seine Nähe und sagte: „Bual, Rasselkinder Bande!“ Da hat’s ihn auch schon gerissen. „A Niedernkirchner!“ stieß er freudig aus. „Was bist denn für oana?“ kam seine Frage. Als ich mich als Ponzauner Wigg auswies, umarmte er mich, – und Tränen der Freude und Rührung liefen über sein struppiges Gesicht. Er trug, gleich mir, auch nur einen Stiefel und am anderen Haxen einen Notverband. Bei einer Pioniereinheit tat er in unserem Abschnitt Dienst, war bei Nacht in ein Schützenloch gefallen und hatte einen Bänderriß. „Mir zwö bleibma beianand“, sagte der Sepp, und dabei blieb’s auch. Mit Pferdefuhrwerken brachte man uns weit ins Hinterland zur Bahnverfrachtung. Dabei erfuhren wir noch, daß der feindliche Angriff gestoppt und die Russen wieder über den Fluß zurückgedrängt worden sind.

In der Nähe von Posen wurden wir ausgeladen. Schwarzacker hieß das Dorf. Im Schulhaus des fünf Kilometer entfernten Dörfchens Schafkirchen fanden wir Notaufnahme und wurden der Obhut eines Dr. Schmidt übergeben. Also wurden wir im deutsch-polnischen Westpreußen vorübergehend heimisch. Meine Operation wurde wegen dringenderer Fälle immer wieder zurückgestellt. Der leitende Arzt meinte, der Splitter sitzt im Knochen und kann vorerst nichts kaputt machen. Binnen einer Woche war die Wunde überheilt.

Mir gefiel die Hinauszögerung der Operation ganz gut, und das hatte seinen Grund. Um den 20. Oktober herum erschienen zwanzig Mädchen der Lehrerbildungsanstalt Posen zu einem Unterhaltungsabend für uns Verwundete. Eine nette Siebzehnjährige spielte gekonnt Schifferklavier. Da ich das meiste, was sie spielte, mitsingen konnte, waren wir bald das beherrschende Unterhaltungsduo. Sie entstammte einem Bauernhof, der etwa vier Kilomenter entfernt lag, und war auch Lehrerinnenanwärterin. Schon in den nächsten Tagen lud sie mich zu sich nach Hause ein. Das wiederum paßte dem Chefarzt Dr. Schmidt gar nicht. Er wartete vergeblich auf eine Einladung bei Kettlers, so war der Familienname, und gab seine Einwilligung für mich zum Hingehen nur widerwillig. Als schließlich ein Antrag an ihn kam, mich als Druschhelfer für Kettlers abzustellen, sah er gänzlich rot.

Vor Weihnachten mußte ich schließlich auf die „Schlachtbank“. Ein Bombensplitter in Fingergröße kam zum Vorschein. Am Heiligen Abend konnte ich allerdings schon wieder laufen, zur Freude von „Klein Irmchen“. So durfte ich am ersten Weihnachtsfeiertag wieder Gast der Kettlerfamilie sein. Es war eine äußerst sympathische und nette Familie. Ihre Vorfahren waren aus Hannover gekommen und hatten sich vor 150 Jahren dort angesiedelt. Der Vater war in der „Deutschen Bewegung“ tätig gewesen und wurde 1939 von fanatischen Polen ermordet. Die beiden Söhne machten Kriegsdienst, die Mutter mit der 20jährigen Tochter Heidi sowie zwei polnischen Knechten bewirtschaftete den 120 Morgen großen Hof. Irmchen, meine Verehrerin, wollte Lehrerin werden. An Silvester zog ich erneut den Neid des Dr. Schmidt auf mich, denn nicht er, sondern ich wurde wieder bei Kettlers eingeladen, und zwar zusammen mit Ernst Henneberg, einem Metzger aus Westfalen. Jener war soweit wieder „zusammengeflickt", daß er bei Bauern der Gegend Weihnachtshausschlachtungen machte, so auch bei Kettlers. Wegen der polnischen Widerständler hieß es, mußte alles um 10 Uhr zuhause sein. Zu Kettlers mußten wir etwa eine Stunde laufen. Also sollte um neun Uhr abends der Silvesterbesuch abgebrochen werden, aber die Kettler-Mädels wollten doch die Stunde der Jahreswende noch mit uns feiern. Was nun tun? Ernst meinte: „Sind wir Männer oder Scheißkerle?" Männer wollten wir sein, und so sind wir auch geblieben.

Gegen zwei Uhr kamen wir dann gutgelaunt an unserer Lazarett-Schule an. Es war alles abgesperrt, über ein Abortfenster gelangten wir schließlich ins Haus. Auf dem Gangtisch lag ein Zettel: „Gruber und Henneberg fehlen!" Also nächsten Morgen zum Chefarzt. Dieser teilte mir stimmgewaltig mit: „Gruber, bevor Sie mir auf schiefe Bahnen kommen, werde ich Sie entlassen!" In Wirklichkeit war seine Eifersucht der Grund für meine Entlassung aus dem Lazarett.

Am 5. Januar 1945 war es dann soweit, daß ich in Schwarzacker den Zug bestieg in Richtung Heimatgarnison. Diese lag in Füsssen im Allgäu. Irmgard begleitete mich zum Zug, weinte bittere Abschiedstränen, und ihre Küsse waren ehrlich und herzlich. Ich hatte noch gebeten, wieder an die Front zu meiner alten Einheit entlassen zu werden, denn wir waren ein verschworener Haufen. Der verschnupfte Chefarzt aber wollte mir auch hierbei ein Schnippchen schlagen, wie sich allerdings bald herausstellte, wieder zu meinem Glück. Kaum zuhause, kam die Sondermeldung, die Russen hatten auf breiter Front die Winteroffensive gestartet und konnten große Gebiete zurückerobern. Fünf Tage nach meiner Entlassung waren Schwarzacker und Schafkirchen in Feindeshand. Das Lazarett wurde fluchtartig geräumt. Auch die liebe Familie Kettler machte sich mit einem Pferdefuhrwerk und ein paar Habseligkeiten auf die Flucht westwärts. Ihre neue Heimat wurde nun wieder der Raum ihrer Vorfahren bei Hannover, wo beide Mädchen sich gut verheirateten. Anläßlich eines Urlaubs im Bayerischen Wald besuchte mich Irmgard im Juli 1969 mit Mann und Tochter in Niedernkirchen.

Meine Feldeinheit, die 7. Division, geriet in die Einkesselung und wurde nach Danzig abgedrängt. In Elbing kam die Einheit am 8. Mai in russische Gefangenschaft. Zwischen drei und vier Jahren verbrachten die Kameraden in der Nähe von Moskau und mußten dort ein elendes Hundedasein führen. Auch davor hat mich also mein Schutzengel – in Gestalt des Dr. Schmidt – bewahrt.

Nachdem die 7. Division München-Landshut als Eliteeinheit galt, kam der Befehl, ihre Genesenden in der Heimat zu einer neuen Kampfgruppe zusammenzufassen. Dazu sollte es allerdings nicht mehr kommen. Sowohl die Feinde im Osten als auch im Süden und Westen befanden sich bereits im Wettlauf um die Eroberung Berlins sowie der vermuteten Alpenfestung, welche es allerdings nie gegeben hat. Zunächst bekam ich also meinen Genesungs- und Jahresurlaub. Ab Anfang Februar sollten wir wieder in Füssen für neue Einsätze vorbereitet werden. Da gab es allerdings schon mehr Fliegeralarm als Ausbildung. Pausenlos flogen amerikanische Bombengeschwader im Einsatz gegen unsere Städte, wo die Bevölkerung in Angst und Schrecken lag und bei deren Zerstörung massenhaft den Tod fand.

In Landau an der Isar befand sich ein großes Heeresnachschublager, dorthin mußte ein Feldwebel unserer Ausbildungseinheit, um Ersatzteile zu holen. Er suchte dazu einen Begleitmann, und ich meldete mich in der Absicht, einen Abstecher in meine Heimat zu machen, was auch gelang. So fuhr ich mit der Nebenbahn von Landau nach Arnstorf, lieh mir dort ein Fahrrad aus und fuhr die 15 Kilometer heim. Es war der 18. Februar 1945 und ein wunderschöner Nachmittag, überall waren die Landwirte auf den Wiesen beim Misteinreiben. Dies wiederum nutzten Ami-Tieflieger zu Störeinsätzen. So wurde im nahen Bachham die Wagner Fanni, die mit dem Kuhgespann auf der Wiese war, angeschossen und lebensgefährlich verletzt. Also auch auf dem flachen Land war nun der Krieg schon allgegenwärtig.

Zuhause angekommen, hab ich am Abend noch ein Schwein geschlachtet, natürlich schwarz, damit für die nächste Zeit was zum Essen vorrätig war. Am nächsten Morgen ging es nach Füssen zurück, dort fungierte als Standortkommandeur ein älterer Major. Dieser gab eines Morgens bekannt, er werde jeden in Saaturlaub schicken, der von zuhause angefordert wird, denn er halte für die Zukunft das tägliche Brot für wichtiger als die Waffen. Also ließ ich mich von daheim anfordern, und so fuhr ich am 19. März 1945 heim. Tags zuvor wurden durch Fliegerangriffe die Städte Mühldorf und Landshut schwer zerstört, so wurden wir über Landshut geleitet, weil angeblich Mühldorf unpassierbar war. Im Landshuter Bahnhof sah es allerdings auch nicht viel besser aus. Ein ehemaliger Bahnbediensteter aus Landshut namens Böschl fuhr mit mir heim, der war erschüttert über die Verwüstung seines ehemaligen Arbeitsplatzes. Ich tastete mich durch die stockdunkle Stadt zum noch heilen Südbahnhof Achdorf. Von da ging ein Zug nach Neumarkt St. Veit – Eggenfelden – Passau. Wegen Überfüllung der Waggons fand ich mit noch einigen Fahrgästen in der Kabine des Lokführers Platz. Jener hatte durch den Luftangriff Frau und Kinder sowie die ganze Habe verloren. Pausenlos verfluchte er Hitler und seine braune Bande. Bei lebendigem Leib sollten sie alle verfaulen müssen, das war noch eine seiner mildesten Verwünschungen. Einige meinten noch, er solle nicht so laut schreien, denn wenn seine Worte in falsche Ohren kämen, sei sein Ende sicher. „Jeden, der mich anrührt, bring ich um," war seine erregte Antwort, und er schimpfte unbeirrt weiter auf die braunen Machthaber.

Bis zum 7. April sollte mein Saaturlaub dauern, und ich hoffte sehr, daß bis dahin die Kapitulation eintreten werde. Doch nichts dergleichen geschah. So meldete ich mich am 7. April 1945 bei der Bahnhofskommandantur München und wurde nach Fürstenried zu einer Kampfgruppe befohlen. Mehrere Tage hauste ich mit noch 30 weiteren Kameraden aus Genesungskompanien in einem demolierten Straßenbahnwagen. Eines Nachts wurden wir auf LKW verladen, Richtung Donau hieß es. Bei Tagesanbruch erspähten feindliche Jagdflieger unsere Transportkolonne und setzten zum Angriff an. Wir konnten uns gerade noch aus den Transportern retten, als auch schon sämtliche Fahrzeuge in Flammen aufgingen. In den Bauernscheunen der Umgebung fanden unsere 150 Mann zunächst Quartier. Die nahegelegene Donau und die am Nordufer stehenden Amis sollten uns die nächsten Tage beschäftigen.

Es war nun offenbar, daß das Kriegsgeschehen auch auf dem flachen Lande immer gegenwärtiger wurde. In den Städten war das Leben längst zur Hölle geworden. So geschehen am 30. November 1944, an einem Samstag, überflogen starke Bombergeschwader unsere Gegend. Meine Leute zuhause saßen gerade beim Essen um den Mittagstisch, als ein Bomber kehrt machte, im Tiefflug über unseren Hof brauste und in der Nähe des Nachbarhofes seine tödliche Fracht fallen ließ. Das Flugzeug hatte anscheinend einen Motorenschaden und entledigte sich seiner Bombenlast. Ein Teil der Stubendecke und mehrere Fenster hielten bei mir daheim dem Luftdruck nicht stand. Meine Angehörigen stürzten ins Freie und sahen, wie die Wiese vor dem Starznerhof ein rauchendes Trichterfeld war. Auf ein kleines Gebiet verteilten sich 16 Bombentrichter. Der Starznerbauer war mit dem Pferdefuhrwerk unterwegs, durch den Spektakel gingen die Pferde durch. Nachdem sie wieder eingefangen waren, gelang es ihm nicht, die Pferde in ihre Stallboxen zu bekommen. Es heißt ja, Tiere hätten eine Vorahnung. So war es auch, denn nach einer Stunde stürzte das Böhmische Gewölbe über den Pferdeboxen ein. Die Bombentrichter zogen viele Schaulustige an. Gegen drei Uhr nachmittags verließen die letzten den Schauplatz. Kurz darauf explodierte ein sogenannter Spätzünder. Wie durch ein Wunder kam kein Mensch zu Schaden.

Die Rüstungsfirma Messerschmitt betrieb in der Nähe von Eggenfelden ein Zweigwerk mit mehreren Lagerhallen. Diese sollten am 22. November 1944 Ziel eines Luftangriffs sein. Wie sich später herausstellte, verwechselte die amerikanische Luftwaffe dieses Ziel mit ähnlichen Bauernhöfen im zehn Kilometer entfernten Stadlthann bei Geratskirchen. 57 Bomben wurden über der Ortschaft abgeworfen, zwei Höfe wurden total zerstört. Dabei fanden zwei Kinder, sieben Frauen und ein Mann den Tod. Beim Thannerbauern lag an diesem 22. November die alte Dirn, die Lohner Lies, wieder einmal im Sterben, wie schon so oft. Sie sagte immer: „Mirkts ös enk, i ko net sterbn, wenns net a Himmöszoacha gibt.“ Da fiel genau in ihre Krankenkammer eine Bombe!

Die letzten Kriegstage wurden auf dem Oberponzaunerhof noch recht turbulent. Auf der Staatsstraße Vilshofen – Eggenfelden, die in Hofnähe vorbeiführt, war viel Bewegung. Die Belegschaft des Hofes wuchs nun von Tag zu Tag. Neben dem Vater, drei Schwestern und einem kriegsgefangenen Franzosen wurde eine Frau aus München mit drei kleinen Kindern sowie eine junge Frau aus Breslau und deren frühere Miethausbewohnerin, eine Frau Thiemann, ebenfalls Breslauerin, eingewiesen. Aus einem in der Nähe zur Auflösung gekommenen deutschen Lazarett-Transport hatten drei verwundete Soldaten Unterschlupf und vorläufige Bleibe gesucht.

Am 26. April, einem Samstag, trieben SS-Leute einen bis aufs Skelett abgemagerten Zug von KZ-Insassen auf der Straße von Arnstorf – Schönau in Richtung Eggenfelden. Meine 19jährige Schwester Maria praktizierte in Arnstorf als Junglehrerin und fuhr mit dem Fahrrad über Sonntag heim. Auf der Heimfahrt mußte sie den Elendszug passieren, sie kam weinend und mit einem schweren Schock zu Hause an. Sie erzählte, sie hätte gerade Furchtbares mitansehen müssen. Zahlreiche erschossene und erschlagene Häftlinge lägen neben der Straße. Beim Anwesen Meier war sie Zeugin, wie ein SS-Mann einen jungen Strafgefangenen, der nicht mehr gehen konnte, mit dem Gewehrkolben erschlug. Der Vater des Jungen wollte sich schützend vor seinen Sohn stellen und wurde von dem Unmenschen ebenfalls liquidiert.

Nach etwa fünf Kilometern, im Schmiedöderholz, kam der Elendszug zur Auflösung. Per Lautsprecher kam nämlich die Nachricht, daß der Krieg zu Ende sei. Es gab bei den Gefangenen eine Meuterei, die SS-Posten konnten trotz Wachhunden den Zug nicht mehr zusammenhalten. Die KZler suchten in den Gehöften der Umgebung Aufnahme und Unterschlupf. So kamen auch auf den Oberponzaunerhof zwei Polen und ein Tscheche. Ihr Deutsch reichte gut für eine Verständigung. Wie drei lebende Leichen sahen die total Verhungerten aus. Meine Schwester heizte gleich den Waschkessel, damit sie sich ordentlich waschen konnten, ihr Heißhunger war kaum zu stillen.

Als der gefangene Franzose vom Kriegsende hörte, lief er gleich auf den Dachboden und hängte weithin sichtbar ein weißes Tuch zum Fenster hinaus, denn nun müßten ja die Amerikaner auch gleich kommen, vermuteten alle. Statt der Amis kamen aber am nächsten Morgen SS-Leute mit Hunden auf den Hof. Der Traum vom Kriegsende war wieder vorbei. Einer Widerstandsgruppe war es am 26. April gelungen, den Gauleiter Wagner in München gefangenzunehmen und den Bayerischen Rundfunksender in München zu besetzen. Von dort her also hatte die Meldung vom Kriegsende gestammt. Innerhalb weniger Stunden wurden die Münchner Widerstandskämpfer liquidiert, und der Krieg ging weiter. So sollten die Wachposten ihre KZler auch bei uns im Rottal wieder zusammentreiben. Ein Häuflein hatten sie bereits aufgespürt, welches sie, von kläffenden Hunden bewacht, mit sich führten. Angesichts der weißen Fahne vor unserem Dachbodenfenster benahmen sich die SSler wie Besessene. Vater sagte, im Radio sei gestern das Kriegsende durchgesagt worden! Nun war aber erst der Teufel los. Er sei ein Vaterlandsverräter, hieß es, und wenn er nicht gleich die versteckten Häftlinge herausgebe, dann würden sie ihn sofort erschießen. Vater hielt ihnen entgegen, er sei im Ersten Weltkrieg fünf Jahre in Gefangenschaft gewesen und im gegenwärtigen Krieg sei einer der drei Söhne gefallen und einer vermißt und vom dritten fehle auch eine Nachricht. Da riß einer sein Gewehr herunter und legte auf Vater an. Meine zwei Schwestern Resi und Anni rissen Vater beiseite und schrien: „Ihr Unmenschen, wenn ihr euch nicht schämt, könnt ihr uns erschießen, den alten Vater aber laßt in Ruh!“ Die total verdatterten Häftlinge mußten augenblicklich die Zivilkleider mit der verdreckten und verlausten Häftlingskleidung tauschen und wurden unter vorgehaltenen Gewehren und mit Kolbenschlägen vom Hof hinausgetrieben. Durch diesen Zwischenfall erfuhren unsere Leute erstmals von den Konzentrationslagern und deren Brutalität. Diesen Heimatbericht entnehme ich den Lebensaufzeichnungen meiner älteren Schwester Resi.

Bei mir trug sich in jenen Tagen folgendes zu: Wir lagen also, nach dem Fliegerangriff auf unsere Transportfahrzeuge, im Raum Neufahrn – Ergoldsbach in Bauernscheunen auf Bereitschaft. Am 24. April kam plötzlich Abmarschbefehl nach Adldorf im Vilstal, wo amerikanische Fallschirmjäger abgesetzt worden sein sollen. Sie zu bekämpfen, wurden wir im Eilmarsch auf die 80 Kilometer lange Reise geschickt. Ich war als MG-Schütze eingeteilt und hatte also auch noch das schwere MG 42 zu tragen. Bei jeder Rastpause wurde uns eingehämmert, ja nicht abzuhauen, jeder Deserteur werde bei Ergreifung sofort erschossen, außerdem die Angehörigen zur Verantwortung gezogen. Mehrere von uns marschierten ja durch ihr Heimatland, so auch ich. In der Nähe von Dingolfing machten wir Mittagsrast und sahen, wie SS-Leute in einem Wehrertüchtigungslager die Schulbuben „stopselten". Es handelte sich um die Jahrgänge 1929/30, also 15jährige. Die Buben taten uns wirklich leid, wir konnten aber nichts dagegen unternehmen. Ein Wiener namens Paulick war in unserer Kompanie, auf der Brust trug er voller Stolz das Goldene Parteiabzeichen. Während des Marsches rieb uns der Paulick noch fanatische Endsiegparolen unter die Nase und war ob unseres höhnischen Gelächters darüber auf das Höchste erbost.

Etwa um Mitternacht erreichten wir den Bestimmungsort Adldorf. Zu unserem Ärgernis wußte niemand etwas von feindlichen Fallschirmjägern, also nur reine Schikane! So ging es weiter Richtung Plattling. Im Morgengrauen erreichten wir den Ort Penzling vor Plattling und fanden in einer Scheune Quartier. Unsere Funker stellten das Funkgerät auf Sender München und da kam am Vormittag des 26. April die freudige Sondermeldung: „Achtung – Achtung, hier spricht der Sender Freies München! Wir haben den Gauleiter Wagner sowie den Sender München in unsere Gewalt gebracht und bitten alle Soldaten, sofort die Kampfhandlungen einzustellen. Unsere Widerstandsgruppe wird sofort mit den Amerikanern über einen annehmbaren Frieden verhandeln." Zwischen bayerischer Musik wurde diese Sondermeldung laufend wiederholt. Diese Sondermeldung kam anscheinend auch den zuhause durchgeschleusten KZlern zu Ohren und löste deren Meuterei aus. Bei uns Soldaten kam große Freude auf. Unser Kompaniechef ließ uns antreten und sagte: „Kameraden, für uns als Münchner Einheit ist der Krieg zu Ende. Ihr habt selber gehört, was sich ereignet hat, bleiben wir zusammen und schließen uns der Widerstandsgruppe an“. Da bekam der Wiener Paulick einen Weinkrampf, er riß das Goldene Parteiabzeichen von der Brust und stampfte mit den Füßen drauf. Dies war allerdings noch verfrüht, denn bereits Mittag gab es einen schweren Dämpfer für unsere Jubelstimmung. In einer Sondermeldung wurde die Liquidierung der mutigen Widerständler sowie die wiederhergestellte braune Allmacht bekanntgegeben. Große Niedergeschlagenheit bemächtigte sich unser.

Der Donau entlang sollten drei Mann eine Fernsprechleitung querfeldein beim Morgengrauen verlegen. Ich wurde dazu als gelernter Fernsprecher abkommandiert. Als wir gegen Morgen völlig durchnäßt in unseren Standort Moos an der Donau zurückkamen, waren der Kompanieführer sowie die Zugführer stark angetrunken. Nun hatte ich aber die Nase voll!

Auf dem Anmarsch zu unserem neuen Standort in der Nacht vorher waren wir durch das Dorf Wallerfing gekommen. Ich war 1942 mit einem Alfons Grimm vom Moarbauern dieses Dorfes eingerückt, und wir waren bis zu dessen Verwundung gute Kameraden geblieben. Eine nächtliche Marschpause in Wallerfing benutzte ich nun dazu, den 82jährigen Vater sowie seine drei ledigen Töchter älteren Semesters ausfindig zu machen. Diese wollten mich gar nicht mehr fortlassen. Aber als eingeteilter MG-Schütze wäre meine Abwesenheit sofort aufgefallen. Ich versicherte ihnen aber, wenn es die Umstände erlaubten, würde ich wieder kommen. So machte ich mich an jenem Sonntagmorgen auf die Flucht, und gerade als es zu tagen anfing, erreichte ich den Moarhof. Ich bekam sofort Zivilkleidung und wurde im Wiedschuppen versteckt. Meine Dunkelhaft dauerte drei Tage.

Am 30. April besetzte noch eine SS-Einheit den Ort und errichtete Panzersperren, denn die Amerikaner wurden aus Richtung Deggendorf – Plattling erwartet. Ganz unerwartet setzten diese allerdings bei Vilshofen über die Donau, sodaß Wallerfing fluchtartig um drei Uhr morgens von den Besetzern verlassen wurde. Sofort kamen die Bauern mit Pferdegespannen und rissen die Straßenbarrikaden beiseite. Als der Tag erwachte, gab es im Süden Gefechtslärm, was vermuten ließ, daß die Amerikaner in Richtung Rottal vorstießen und unser Gebiet umgangen würde. Am Nachmittag erschien dann eine Transportkolonne von Negersoldaten mit einem ungarischen Juden als Dolmetscher. Sie schnappten sich den Wallerfinger Bürgermeister. Dieser mußte das Dorf ablaufen und alle anwesenden oder versteckten Soldaten zur sofortigen Meldung und Waffenablieferung auffordern. Ein ganz schönes Häuflein deutscher Landser kam so zusammen. Bei Schneeregenwetter sperrte man diese zunächst in einen Garten, von wo sie dann auf Amiwagen zum Weitertransport verladen wurden.

Beim Moarbauern waren zwei gefangene Franzosen als Arbeiter. Diese hatten mein Versteck schon mitbekommen. Weil man ihnen nicht trauen konnte, meldete ich mich als Zivilist beim jüdischen Dolmetscher. Ich konnte ihn auf Grund meiner großen Narbe am rechten Schienbein davon überzeugen, daß ich aus dem Lazarett in Regensburg komme. Er riet mir, nach Hause ins Rottal zu gehen, mich dabei nicht erwischen zu lassen und mich zu Haus bei der Besatzungsmacht zu melden. So blieb ich bis 10. Mai noch beim Moarbauern, die ob meiner Anwesenheit recht froh waren. Die Franzosen legten sofort die Arbeit nieder, und ich verrichtete an ihrer Stelle die Arbeit auf dem Hof. Am 10. Mai vor Tagesanbruch machte ich mich auf den Marsch vom Isar- ins Rottal. Unter Meidung aller Orte kam ich querfeldein gegen Abend wohlbehalten zu Hause an.

Daheim waren außer den schlesischen Flüchtlingen noch

zwei verwundete Soldaten von einem überraschten Verwundetentransport, ein Königsberger mit zerschossenem Ellenbogen sowie ein Breslauer mit Lungendurchschuß. Was sollten wir drei nun machen? Die gefangenen Franzosen sowie die polnischen Zivilarbeiter erhielten von den Amis Polizeigewalt, und die fingen alles zusammen, was nach deutschen Wehrmachtsangehörigen aussah. Ich hatte zwar nichts zu befürchten, so glaubte ich wenigsten, aber ich wollte auf Nummer sicher gehen.

Wir wußten, daß alle bei uns im Dorf Aufgegriffenen zum Postwirt nach Schönau gebracht wurden und von dort ins berüchtigte Rennbahngelände-Lager nach Pfarrkirchen kamen. Als Wachmannschaft in Schönau, soviel hatten wir erfahren, fungierten polnische Soldaten. Unser Breslauer Verwundeter behauptete, der polnischen Sprache kundig zu sein, und so machten wir uns auf den vier Kilometer langen Marsch und kamen unbeobachtet dort an. Die Polen zeigten sich, obwohl sie total betrunken waren, ob unserer Anrede in ihrer Muttersprache, freudig erregt. Sie rieten uns, nochmals heimzugehen, und uns reichlich mit „Fressalien“ und Waschzeug zu versorgen, denn die Zukunft für uns stünde nicht zum Besten. Sie gaben uns sogar ein Schriftstück mit Stempel, daß wir uns bei ihnen gemeldet hätten. Als wir nichtsahnend kurz vor zuhause im Burgerer-Wald waren, schauten wir plötzlich in zwei Pistolenmündungen. Aus dem dichten Unterholz kam ein Franzose auf uns zu, drückte uns die Pistolenläufe in den Rücken, und mit erhobenen Händen marschierten wir ihm voran dem Dorf zu. Im Franzosenlager angekommen, sagte der Lehnerbauer: „Du Depp, du damischer, wen bringst denn da daher?“

Das Lager der Franzosen war bereits das fünfte Jahr im alten Lehner-Stall untergebracht, und den Lehnerbauern nannte man nur den Franzosenvater. Dieser übereifrige Franzose, er kam erst vor kurzem ins Lager, hatte also seine Polizeiausübung in diesem Fall umsonst gemacht. Während er unterwegs war, kam die Nachricht, daß die Franzosen in einer Stunde zum Heimtransport abgeholt würden. So waren wir drei wieder frei und darüber froh, mehr aber noch die Franzosen, daß das fünfjährige Joch der Gefangenschaft mit diesem 12. Mai für sie ein Ende gefunden hatte. Nachdem abends im Radio die endgültige Kapitulation bekanntgegeben wurde, meldeten auch wir uns vorerst nicht mehr. Erst Ende Juni machten wir drei „Ponzauner Soldaten“ einen Radausflug ins Tanner Gefangenenlager, wo wir anstandslos die Entlassungspapiere bekamen.

Warum einen so langatmigen Kriegsbericht? Weil ich doch sehr hoffe, der letzte Oberponzauner zu sein, der noch Zeuge eines schrecklichen und sinnlosen Krieges sein mußte. – Kriege sind das schlechteste Mittel, Unstimmigkeiten unter Menschen zu lösen. Außer Tod, Not und Verwüstung wird kaum etwas Nützliches bewirkt. Darum ist es erste Pflicht aller Menschen, nach Möglichkeit beizutragen, daß Kriege verhindert werden.

Der Anfang – danach

Das Kriegsende brachte zwar europaweit Befreiung von Tod, Angst und Schrecken, doch nun hieß es mit dem hinterlassenen Scherbenhaufen fertig zu werden und eine lebenswerte Zukunft aufzubauen.

Die Sieger führten zunächst bei den Besiegten ein strenges Regiment. Dies begann bereits am Tage der Besetzung oder Eroberung eines Gebietes. Man bemächtigte sich zunächst der bestehenden Verwaltungsorgane, also Gemeinden, Bezirksämter sowie Bezirks- und Landesregierungen. Meine Heimat wurde, wie fast das ganze Gebiet zwischen Donau und Inn, am 1. und 2. Mai 1945 von den Amerikanern besetzt bzw. erobert. Zwar hielt sich bis auf ein paar Einzelfälle der Verlust an Menschenleben in Grenzen, jedoch gab es noch erheblichen Sachverschleiß. Jene SS-Einheit, die am 30. April das Gebiet an der Isar noch in Beschlag hatte, lieferte den unaufhaltsam vorrückenden Amerikanern noch mehrmals Widerstand, so an der B 20 südlich von Malgersdorf. Die Folge waren schwere Zerstörungen in der Hofmark Malgersdorf und im Ort Jägerndorf. 13 Häuser und Gehöfte wurden dort sinnlos zerstört. Das hochgelegene Dorf Falkenberg wurde wiederum als Rückzugsgefechtsort ausgewählt. Die traurige Bilanz eines kurzen Gefechtes war die Zerstörung von zehn Häusern und Gehöften in Falkenberg und Umgebung. Besonders schwer wurde die Pfarrkirche beschädigt. Falkenberg, Malgersdorf sowie Jägerndorf blieben zum Glück die einzigen Orte der näheren Umgebung, welche das Kriegsende noch schwer verwüstete. Den erlittenen Schaden mußten die Betroffenen selbst abtragen, denn es gab weder Staats- noch Brandversicherungsunterstützung.

Vielerlei Dinge trübten das Ende des Krieges. Eine Unzahl von Gefallenen, Vermißten und Verstümmelten sowie in

Kriegsgefangenschaft geratenen und damit einem ungewissen Schicksal ausgelieferten deutschen Soldaten war zu verzeichnen. Dazu kamen die Massen der Ostflüchtlinge, die mit ein paar Kilo Handgepäck ein neues Zuhause suchten. Angst und Schrecken verbreiteten teilweise auch die nun plötzlich freigewordenen Zwangsfremdarbeiter und Kriegsgefangenen sowie KZler, welche sich für jahrelange harte Fronarbeit und oft auch ungerechte Behandlung revanchierten.

Doch manchmal kam es auch anders. Ein Beweis dafür ist der Raubmord am 16. Mai 1947 auf dem Großkayer-Hof in unserer Nachbarschaft. Dort arbeitete während des Krieges der Pole Jureck als Zwangsfremdarbeiter. Mit 16 Jahren hatte er den Dienst angetreten, und der Familienanschluß hatte ihm sichtlich wohlgetan. Nach dem Krieg mußte er sich bei der sogenannten UNRRA-Stelle (UNRRA = United Nations Relief and Rehabilitation Administration) melden. Dies war eine internationale Hilfsorganisation, welche sich der nichtdeutschen Heimatlosen annahm. In beschlagnahmten Gaststätten der Kreisstädte hatten sie sich etabliert. Dort ging es ziemlich schlampig, oft auch kriminell zu. Die bayerische Erklärung für UNRRA hieß deshalb: „Uns nehmens rein radikal alles“. In ein solches Lager mußte auch der Pole Jureck, um mit den nötigen Papieren für die Heimreise ausgestattet zu werden. Er aber wollte lieber weiterhin als Arbeiter bei seinem Bauern im Rottal bleiben.

Nach der Rückkehr aus dem UNRRA-Lager bemerkte man jedoch eine Veränderung an ihm. Jahre später stellte sich heraus, daß er im Lager den Russen Newstrowsky sowie seinen Landsmann Pluwak kennengelernt hatte, welche ihn mit Spielschulden in ihre Abhängigkeit brachten. Beide waren früher bereits im KZ eingesessen, wegen krimineller Delikte. So drängten sie auch den Jureck immer wieder zur Begleichung seiner hohen Spielschulden und meinten, sie könnten das Geld auch bei seinem Dienstherrn abholen. Am 16. Mai 1947 sollte es soweit sein. Der Bauer hatte einen Ochsen verkauft, und der Pole vermutete das Ochsengeld im Schlafzimmer. An jenem Abend gab es auf dem Großkayer-Hof einen Kartenspielabend mit Burschen aus der Nachbarschaft. Jureck war nicht anwesend, erschien aber gegen 22 Uhr, machte einen nervösen Eindruck und wollte wissen, wie lange noch gekartelt werde. Etwa eine Stunde nach Spielende hörte der schon schlafende Bauer ein Geräusch und glaubte, im Stall sei was los. Er wollte nachschauen, stieß aber auf der Treppe mit den Räubern zusammen, die ihn mit einem Schuß niederstreckten. Auf seinen Hilferuf sprang die Bäuerin aus dem Bett und läutete die Hausglocke auf dem Dach. Fluchtartig und unerkannt verließen die Mörder den Hof. Bereits am nächsten Tag wurden die beiden von der Militärpolizei vernommen, jedoch mangels eines Beweises wieder freigelassen. Erst viele Jahre später gingen die Gangster der Interpol ins Netz und gestanden auch den Mord am Großkayerbauern Gotthilf Zelter am 16. Mai 1947.

Plünderungen und Raubüberfälle waren an der Tagesordnung und wurden von den Eroberern auch für einen gewissen Zeitraum straflos geduldet. Vor allem ehemalige kriegsgefangene Franzosen und polnische Fremdarbeiter erhielten das Recht, vorübergehend sogar Polizeigewalt ausüben zu dürfen. Es sollte aber auch nicht unerwähnt bleiben, daß viele von ihnen vor allem bei den Bauern einmal Familienanschluß gefunden hatten und sich nun schützend vor ihre bisherigen Arbeitgeber stellten, als Dank für gute Behandlung während des Krieges.

So fand ich also die Heimat am 10. Mai 1945, dem Tag meiner glücklichen Heimkehr, vor. Da es in unserer Gemeinde nur sogenannte Nazi-Mitläufer gab, blieb zunächst auch verwaltungsmäßig alles beim alten. Als erstes mußten wir bei der Nachbargemeinde Falkenberg Handdienste beim Wiederaufbau der zerstörten Häuser und Gehöfte leisten. Die Eingliederung der vielen Ostflüchtlinge, vor allem aus Schlesien, Ungarn und Rumänien, ging reibungsloser als erwartet vor sich. Zunächst drehte sich bei den Einheimischen wie bei den Flüchtlingen alles ums tägliche Brot, um ein Dach über dem Kopf und um das Allernotwendigste an Kleidung. Die Anzüge meiner zwei gefallenen Brüder fanden wieder gute Verwendung bei den zwei Verwundeten, welche bei uns Aufnahme gefunden hatten. Bald kamen auch die Männer unserer beiden Breslauer Flüchtlingsfrauen, die wir ebenfalls von Soldaten in Zivilisten verwandeln mußten. Für uns gab es hierbei einen Glücksfall in der Person der Stazner Ottilie. Sie war unsere junge Hausnäherin und konnte geschickt aus aller getragenen Kleidung etwas Neues machen. Aus unseren Uniformen schneiderte sie sogar ganz ansehnliche Trachtenanzüge.

Zu den Ehemännern der beiden Breslauerinnen kann ich noch bemerken, daß beide zur ziemlich gleichen Zeit in Oberponzaun auftauchten. Herr Thiemann, der Mann der älteren Frau, war scheu und ließ sich kaum sehen. Nach ein paar Tagen verschwand er auf Nimmerwiedersehen. Andere Flüchtlinge erzählten, er wäre Aufseher in einem KZ gewesen. Seinem brutalen Aussehen nach konnte man dies ohne weiteres annehmen. Der Mann der jüngeren Frau, ein Herr Foitzik, fand durch Vermittlung eines Juden, welchem er in schwerer Zeit beigestanden hatte, schnell Arbeit in München als gelernter Bürokaufmann.

Mein Vater fungierte schon seit 1923 als ehrenamtlicher Gemeindekassier und bekam nun eine Menge Arbeit, denn die Flüchtlingsbeihilfe mußte einmal monatlich vom Gemeindekassier ausbezahlt werden. In unserer 600 Personen zählenden Gemeinde gab es 240 Flüchtlinge. Der Vater holte das Geld dafür im Rucksack und mit dem Fahrrad vom Fürsorgeamt in der Kreisstadt Eggenfelden ab. Einmal stoppten ihn bei dieser Fahrt am Schmiedöder Holzberg zwei Ausländer und forderten ihn auf, ihnen das Fahrrad und den Rucksack zu geben. Er entzog sich der Beraubung mit einer Notlüge, indem er angab, ein Kurier der Militärregierung zu sein. Es kam zum Glück auch gerade ein Ami-Fahrzeug des Weges. Daraufhin ließen die Ausländer meinen Vater ungeschoren weiterfahren. Es war damals durch die vielen Ausländer, die sehr viele Rechte erhielten, überhaupt sehr gefährlich auf den Straßen.

An allen Bezirksämtern wurden als erstes sogenannte Spruchkammern zur Entnazifizierung errichtet. Unter Vorsitz der Militärregierung und dem Beisitz örtlicher Nazigegner wurden zunächst alle Bürgermeister, Gemeinderäte und Lehrkräfte sowie aktive und gewöhnliche Parteimitglieder abgeurteilt. In unserer Familie waren es der Vater als langjähriger Gemeinderat sowie meine 19jährige Schwester Maria, die aufgrund ihrer Ausbildung als Junglehrerin automatisch in die Partei eintreten mußte, die vor die Spruchkammer geladen wurden. Als sogenannte „Mitläufer" eingestuft, kamen beide mit je ein paar Hundert Reichsmark Geldstrafe davon. Mein Vater war darüber heilfroh, hat er doch damit zugleich den immer unangenehmer werdenden Posten als Gemeindekassier verloren. Die Schwester Maria, damals als Junglehrerin noch in Ausbildung stehend und fortwährend zwischen Aus- und Anstellung hin- und hergeschaukelt, entzog sich dieser Ungewißheit durch eine übereilte Heirat.

Natürlich mußte sich ein jeder der Fragebogenaktion unterziehen. An die 130 Fragen zur Person und deren Vergangenheit sowie über die Familie mußten eidesstattlich beantwortet werden. Wir Niedernkirchner mußten dazu zum Postwirt ins Nachbardorf Falkenberg. An zwei Nachmittagen des Frühsommers 1945 fuhren wir in Pferdewagenkolonnen dorthin, denn auch die Alten, Gehbehinderten und Kranken mußten erscheinen. Nach dem Spruchkammerurteil wurden kommissarisch ein neuer Bürgermeister sowie neue Gemeinderäte eingesetzt. Bestimmendes Forum war dafür die Militärregierung beim Landratsamt. Verwaltungsmäßig gab's nun in allen Gemeinden neue Köpfe. Die Rächer der Vergangenheit wurden überall recht aktiv. Wer jemanden aus der Nazizeit denunzieren konnte, hatte nun Vorteile zu erwarten. Es waren hierbei auch manche Leute zu übereifrig, was ja nur allzumenschlich ist. Mit besonderer Genugtuung nahm die Bevölkerung Anteil an der Verurteilung der Nazifunktionäre. Aus unserer Gegend kamen die meisten von ihnen nach Natternberg bei Deggendorf in ein Lager. Zwischen ein bis drei Jahre hatten die meisten von ihnen für ihre Herrschaftszeit während des Dritten Reiches abzubüßen.

Auf dem Lande ging die Normalisierung des Lebens viel schneller vonstatten als in den Städten, wo ganze Stadtteile in Schutt und Asche lagen. Dazu gab es eine empfindliche Knappheit an täglichen Bedarfsartikeln, vor allem an Lebensmitteln. Die sehr trockenen Jahre 1946, 1947 und 1948 verschlimmerten die Ernährungsversorgung auf das Äußerste. In diesen Jahren waren die Scheunen nur zur Hälfte gefüllt, sodaß viele dem immer wieder erhöhten Ablieferungssoll nicht nachkommen konnten. Polizeikontrollen nach versteckten Nahrungsmitteln auf den Höfen waren keine Seltenheit. Neben der Eigenversorgung sollte für die Verwandten und Bekannten in den Städten auch noch was abgezweigt werden. Außerdem waren notwendiges Werkzeug und Kleidung nur gegen Schmiere in Form von Lebensmitteln zu bekommen. Ich hätte einmal für eine dringende Reparatur im Stall fünf Zentner Zement benötigt. Wiederholt stand ich für eine Zuteilung beim Kreisbaumeister im Landratsamt Eggenfelden stundenlang Schlange. Der Ärmste konnte aber pro Woche oft nur einige Zentner vergeben.

Ich hatte erfahren, daß in Eggenfelden ein Baugeschäft „Schwarzware“, den Zentner für 100 Reichsmark zu vergeben hätte. Also machte ich dort einen Versuch. Der Unternehmer sagte mir dann: „Komm in der Nacht, damit's niemand merkt, denn ich möchte mir keine Bestrafung aufhalsen.“ Ich fuhr sodann mit dem Pferdewagen in der Dunkelheit dorthin. Da meinte der Mann, für 120 Reichsmark hätte er Abnehmer genug, wenn ich wolle, könnte ich fünf Zentner aufladen. Ich war über diese unreelle Methode so verärgert, daß ich wieder leer zurückfuhr. Die Hamsterer und Schwarzhändler hatten nun Hochsaison. Trotz strenger Kontrollen brachte es dieser zweifelhafte Berufszweig zu hoher Blüte. Auch verschiedene Bauern unterlagen diesen lukrativen Geldangeboten für Nahrungsmittel. Sie rafften Reichsmarkbeträge zusammen, die dann bei der Währungsumstellung im Juni 1948 wertlos wurden. Dem Haß und Neid vieler Städter auf die Bauern gaben diese schwarzen Schafe guten Nährboden.

Da ich in unserer Umgebung einer der wenigen war, welche die Heimat halbwegs heil wieder fanden, gab's natürlich Arbeit genug für mich. Die Kriegsarbeitskräfte, Fremdarbeiter und Kriegsgefangenen durften heim, sodaß männliche Vollarbeitskräfte rar waren. Zur Heu- und Getreideernte gab's für mich Überbeschäftigung. Wenn wir zuhause fertig waren, wurde ich anderen Betrieben zugeteilt, teils auch zur Waldarbeit. Zur Betreibung der Holzgas-Lastwagen mußten bereits im Frühsommer 1945 große Mengen Brennholz abgeliefert werden. Für die fristgerechte Ablieferung des Holzes setzte mich der kommissarische Bürgermeister bei verschiedenen Bauern als Waldarbeiter ein. Hochsaison hatte ich auch nach der Ernte beim Dampfdreschen als Getreideträger. Obwohl ich kaum mehr als 60 Kilo Eigengewicht hatte, schleppte ich tagelang die vollen Getreidesäcke vom Dreschwagen auf die Speicherböden. Erst die Einführung der Körnergebläse in den Jahren 1949/50 entlastete mich von dieser harten, aber ehrenvollen Arbeit. Daß meine Gelenke ob dieser Schwerstarbeit heute noch nicht schlechter sind, wundert mich selber. Aber mit zwanzig ist man noch nicht siebzig, und der gut überstandene Krieg ließ vieles leichter ertragen.

Auch in der Freizeit bestand gesellschaftlich ein großes

Nachholbedürfnis. Vor allem gab es eine große Nachfrage nach Zusammenkünften der Jugend mit Tanzgelegenheit. Bereits im Herbst 1945 kamen in unserer Gegend die abendlichen Hoagartentreffs junger Leute wieder stark in Mode. Die vielen Gefallenen, Vermißten und Gefangenen wurden durch die Jugend der Heimatvertriebenen mehr als aufgewogen. Die jugendliche Leichtlebigkeit ließ Stammesunterschiede und Not der Zeit bald vergessen. Viele dabei angebahnte Liebeleien führten zu Ehebündnissen, was der Rassenvermischung höchst förderlich war.

Viele Flüchtlinge hofften jahrelang auf eine Rückkehr in ihre liebe Heimat und arbeiteten bis dahin geduldig bei den zugewiesenen Bauern mit. So gab es selten Reibereien, was heute vielleicht schwieriger wäre. Durch die Wertlosigkeit des Geldes ging es auch mit der Selbständigmachung und Existenzgründung bei den Flüchtlingen kaum voran. Erst die neue Deutsche Mark im Juni 1948 leitete einen Neuanfang mit Aufschwung ein. Jeder Bundesbürger bekam nun 40 DM Kopfgeld, für welche man nach kurzer Zeit Waren kaufen konnte, die es vorher nicht mehr gegeben hatte.

Die westlichen Siegermächte hatten inzwischen auch erkannt, daß man die Deutschen nicht in Bausch und Bogen wegen der jüngsten Vergangenheit verdammen könne. Die ERP-Kredite ermöglichten neue Firmengründungen, was vor allem vielen Heimatvertriebenen Mut für einen Neuanfang des verlorenen Unternehmens gab. So entstanden in unserem Raum Industriebetriebe mit bisher bei uns unbekannten Fabrikationszweigen. Arbeiter gab's genügend, und die Kaufkraft wuchs langsam, aber stetig.

In unserer Gegend kam bereits 1946 das Hochzeithalten voll in Schwung. Auf vielen Höfen war es höchste Zeit für einen Neuanfang, denn allzuoft war der vorgesehene Hoferbe ein Opfer des Krieges geworden und eine Schwester mußte sich umsehen, einen Bauern auf den Hof zu bringen. Dabei konnte auch so manch junger heimatvertriebener Bursche eine neue Heimat finden. Auch meine älteste Schwester Resi heiratete im August 1946 in einen Hof ein, und im Februar 1947 heiratete meine Schwester Maria, die Junglehrerin, in eine größere Schneiderei mit Landwirtschaft ein. So wurde es auf unserem Hof wieder leerer.

Die beiden verwundeten Soldaten trennten sich ebenfalls von uns. Horst, der Königsberger, kam nach Murnau wegen seines zerschossenen Ellenbogens. Er ließ nie mehr was von sich hören. Gerhard, der Breslauer, arbeitete zunächst für ein Jahr beim Dorfschreiner, dessen Beruf er ja auch gelernt hatte. Als sich dann bei ihm der Splitter in der Lunge gefährlich bemerkbar machte, holten ihn seine Schwestern in die Gegend von Hannover ins Krankenhaus.

Der Wunsch unserer jungen Leute, die Theatertradition der Vorkriegszeit wieder aufleben zu lassen, bewog mich Anfang 1948, eine Theatergruppe aufzubauen. Genau am Währungsstichtag, es war der 20. Juni 1948, wollten wir zum erstenmal spielen. Wegen dieses markanten Tages fiel unser Beginnen buchstäblich ins Wasser, denn statt ins Theater eilte alles, die 40 DM Kopfgeld abzuholen.

Ins Wasser fiel der Beginn auch deswegen, weil an diesem Junisonntag der seit Monaten erwartete Regen kam. Es war Mitte Juni bereits alles von der sengenden Sonne und dem immerwährenden trockenen Wind rotbraun ausgedörrt. Die Wiesen waren kahl wie im Spätherbst, und das Getreide drohte auf dem Halm zu vertrocknen. Seit Ende Februar 1948 war kein nennenswerter Regen mehr gefallen. Die Natur, aber auch die Stimmung der Menschen, war auf dem Tiefpunkt. Der langersehnte Regen und das neue Geld ließen alles wieder aufblühen. Unsere mehr als „Bunter Abend" denn als Theater vorbereitete Veranstaltung mit 35 Mitwirkenden hatte am nächstfolgenden Sonntag Premiere. Sie wurde ein großer Erfolg. Bei 40 Pfennig Eintritt hatten wir über viele Wochenenden hinweg immer ein volles Haus, ja wir mußten sogar noch in den Nachbardörfern spielen.

Die Währungsreform kurbelte auch die Motorisierung in Stadt und Land an. Der Wunsch vieler war ein kleines Motorrad. Die Folge waren viele Unfälle an den Wochenenden, leider auch manchmal mit Todesfolge. Die Straßen befanden sich in äußerst schlechtem Zustand, Teerdecken gab es damals noch kaum. Ich selbst blieb beim Fahrrad, wenngleich das Motorrad schon Anfang der dreißiger Jahre auch auf dem Lande seine Freunde gefunden hatte. Es gab hauptsächlich die Marke „Ardie". Vor allem die Viehhändler fuhren schon vereinzelt mit kleinen Autos ins „Gäu". Bei den damaligen Autos herrschte die Marke „Hanomag" vor. Die jungen Leute sangen deshalb oft: „A jeder Händlerlackl fährt sein Hanomagl, aber unsereiner, der hat nix, ja is dös Lebn auf dera Welt a Gfix, denn unsereiner, der hat nix."

Mit der Wirtschaftsankurbelung in der Nazizeit wurden dann auch vereinzelt Bauern unserer Gegend schon Autobesitzer. DKW und Opel waren die beliebtesten Fabrikate. Recht zögernd fand der Traktor bei uns Eingang. In größeren Betrieben, aber auch da nur selten, stand ein „Lanz"-Ungetüm im Betrieb. Sowohl das Starten mit Vorglühkopf und Lötlampe als auch das überlaute polternde Geräusch war für den Fahrer eine Nervenprobe. Vor Kriegsbeginn standen neben Ochsen und Pferden in unserer Gegend auch noch ein paar kleine „Deutz" mit 12 PS sowie ein paar Dieselrösser als Zugkräfte zur Verfügung.

Als das erste normale Nachkriegsjahr darf man 1949 bezeichnen. Die Zwangswirtschaft mit den dazugehörigen Ernährungsämtern für die Zuteilung von Lebensmitteln, Kleidung, Brennmaterial sowie Kraftstoff wurde aufgelöst. Nur die Wohnungsämter blieben bestehen. Da unsere Schlesier im Mai nach München übersiedelten, bekamen wir ein älteres Rentnerehepaar aus dem Sudetenland zugewiesen. Obwohl diese einen eigenen Hausstand führten, gehörten sie recht bald zur Familie und machten sich durch viele kleine Hilfeleistungen in Haus und Hof zu guten Hausgeistern.

Daß im Rottaler Raum das Leben unter amerikanischer Administration erträglich verlief, ist dem glücklichen Umstand zuzuschreiben, daß sowohl in Eggenfelden als auch in Pfarrkirchen zwei Landräte eingesetzt waren, welche es verstanden, das Beste für die ihnen anvertraute Bevölkerung herauszuhandeln. In Pfarrkirchen war dies Baron Riederer von Paar aus Schönau und bei uns in Eggenfelden war es ein Sohn der Stadt, nämlich Franz Mehlstäubl, ein gelernter Volkswirt. So gab es keine gravierenden Schikanen seitens der Besatzer. Lediglich die in den Städten beschlagnahmten Häuser für die amerikanische Verwaltung, das Militär und die UNRRA wurden in einem meist recht heruntergewirtschafteten Zustand hinterlassen und mußten von den Besitzern entschädigungslos wieder instandgesetzt werden.

Es war auch nicht so, daß alles kommentarlos hingenommen wurde, was sich im täglichen Leben und auch politisch abspielte. Als mutiger Verfechter der ostbayerischen Interessen darf man Dr. Hans Kapfinger bezeichnen. Als einer der ersten in Ostbayern bewarb er sich um die Lizenz einer Zeitung. Er gründete die Passauer Neue Presse. Seine Leitartikel auf Seite eins waren wie Paukenschläge. Für sein furchtloses Eintreten für Wahrheit und Gerechtigkeit muß ihm die ostbayerische Bevölkerung noch hinüber in die Ewigkeit danken.

Mein zweites Leben

Unter einem zweiten Leben versteht man in der Regel, todkrank gewesen und wieder gesund geworden zu sein. Ich meine aber hier etwas anderes. Wenn man plötzlich und eigentlich ganz ungewollt in das Blickfeld der Öffentlichkeit rückt, also einen Nebenberuf bekommt, an den man nie gedacht hatte. Ich stand nahe der Fünfzig, als sich dies bei mir vollzog.

Wohl hatte ich mit dem Heranwachsen unserer Kinder öfter mal kleine Reimereien gemacht, so für Schulfeste, Fasching, Hochzeiten usw., auch für einige Nachbarskinder und für den Bekanntenkreis. Es waren in der Regel Eintagsfliegen, also nur für einen bestimmten Anlaß brauchbare Gedichte. Außerdem trat ich, aber auch nur einigemale, in unserem Dorf bei kleinen Festen vor die Öffentlichkeit. Dies jedenfalls genügte anscheinend, daß man sich im 25 Kilometer entfernten Markt Massing meiner erinnerte und mir die Moderation der Einweihungsfeierlichkeiten für das „Niederbayerische Bauernhofmuseum" im Jahr 1969 antrug. Mit Herzklopfen sagte ich zu.

Der Beginn meines Auftritts beim Festabend wurde dann auch gleich eine Blamage. Zurückführend auf mein Lampenfieber redete ich so schnell, daß im überfüllten Festzelt kaum etwas zu verstehen war. Ein Pfeifkonzert folgte. Das packte mich aber dann doch bei meiner Ehre und ich begann meine heiter gehaltene Reimrede nochmals von vorne – und nun stimmte es! Ich hätte ja nicht nur mich, sondern auch die Veranstalter blamiert. Immerhin war eine Menge respektabler Ehrengäste geladen. Tags darauf, beim Einweihungsakt, hatte ich schon wesentlich mehr Standfestigkeit. Mir wurde ein Rahmen vorgegeben, den ich nach Belieben füllen konnte. So entstanden meine ersten handfesten Verse und Gedichte über das Bauernhofmuseum. Unter anderen gratulierten mir nach dem Festakt drei Personen, die unbedingt ernst zu nehmen waren, nämlich der Bezirkstagspräsident Freiherr von Moreau sowie Annette Thoma, welche ich allerdings damals noch nicht kannte, ebenso gratulierte mir der Fanderl Wastl. Ich spürte auch, daß ich beim Publikum gut angekommen war.

Nach ein paar Tagen bahnte sich ein weiteres Ereignis an. Der Landesvater Ministerpräsident Dr. Alfons Goppel kam mit seiner Gattin zu einem Landkreisbesuch mit abschließendem Festabend in Massing. Ich sollte wieder moderieren und sagte auch zu. Eine mir freundlich gesinnte Presse tat fast des Guten zuviel, und so wurde ich gleichsam über Nacht aus meiner Einödhof-Einsamkeit an die Öffentlichkeit gehoben.

Nun begann das Übel. Da und dort sollte ich mitmachen und für bedeutende und unbedeutende Anlässe Texte schreiben, was ja wegen meines Hauptberufes als Landwirt fast nur bei Nacht oder an den Sonntagen geschehen konnte. Daß meine Texte auch lesbar wurden, muß ich meiner Frau verdanken. Sie entpuppte sich als perfekte Dialekt-Maschinenschreiberin. Ihr kam nun der frühere Besuch der Mittelschule sehr zugute. Da ich bis heute ein Rechtschreibphlegmatiker bin und meine Annemarie eine Rechtschreibfanatikerin ist, hatte sie mit meinem Geschreibsel oft ihre liebe Not. Sie war es auch immer, die oft zu scharf geratene Texte milderte und mir so manchen Verdruß ersparte.

Jedenfalls hatte ich mir nun ein unruhiges Leben aufgehalst. Bei einer Weihnachtsfeier im Massinger Museumsstüberl lernte ich auch meinen späteren Verleger Rudolf Vierlinger aus Simbach am Inn kennen, welcher mich dazu überredete, von mir ein Gedichtbändchen herausgeben zu dürfen. Er brauchte einige Überredungskunst, bis ich ein paar Jahre später erst zustimmte. Kurz vor Weihnachten 1974 schlug die Geburtsstunde meines ersten Gedichtbändchens „Herzhaft gsagt“. Zwei Jahre später bereits erschien die „Niederbayerische Weihnacht“. Ich wollte mir Weihnachten 1975 selbst eine eigene Freude machen mit der Darstellung des Weihnachtsereignisses in unserer Mundart-Sprache und Phantasie.

Inzwischen entwickelte sich im Raum Rottal-Inn auch die Volksmusikbewegung recht prächtig. Der damalige Landrat Ludwig Mayer zeigte sich ab 1972 als tatkräftiger Förderer, indem er einen landkreiseigenen Volksmusikpfleger anstellte. Mit Heinz Gratz wurde die Betreuung der Volksmusik- und Volkslied-Freunde in beste Hände gelegt. Er war es auch, der meinen, im speziellen niederbayerischen Vierzeilerrhythmus geschriebenen Weihnachtsliedern die gut gelungenen Melodien gab. „Bei uns dahoam" erschien 1979 und das Büchlein „Für Feste und Feiern in Niederbayern" erblickte 1982 das Erdenlicht. Schließlich folgte „Unter uns gsagt" 1987 und „Grüaß Gott beinand" 1990.

Seitdem führte mich die Reimerei auch schon weit über die Grenzen Niederbayerns hinaus. Prag und New York bekam ich aufgrund meiner Auftritte zu sehen. Man ist mit der Dialektsprache natürlich an einen gewissen Raum gebunden, und manches wirkt ins Hochdeutsche übersetzt lange nicht mehr so originell als im Dialekt. Trotzdem konnte ich auch in norddeutschen Gefilden mehrmals für Niederbayern und seine Mentalität wirksam werben.

Mein Nebenberuf brachte mir viele Bekanntschaften von Menschen verschiedenster Berufsgruppen ein. Vom einfachen Arbeiter bis zum Minister taucht in meiner Erinnerung so ziemlich alles auf. Manchen sonst recht streng und reserviert wirkenden Akademiker konnte ich in geselliger Runde oft als goldrichtigen, einfachen Bürger erleben. Einer Erbanlage darf ich es wohl verdanken, daß mir dabei die Gabe des Stegreif-Gstanzlsingens oft zugute kam. Laut mündlicher Überlieferung soll ein Onkel meiner Mutter diese Gabe vortrefflich besessen haben.

Daß ich auch ins Rundfunkgeschäft kam, so zum Beispiel die Sendung „Am Abend in der Stubn" mehrmals moderieren durfte, ist ebenfalls einem Zufall zuzuschreiben. Weniger gute Erfahrung mußte ich mit dem Fernsehen machen. Die Möglichkeit, manipuliert zu werden, ist dabei zu groß. Hier möchte ich alle Laien warnen, vorsichtig zu sein.

Nach zwei Jahrzehnten erfolgreichen Wirkens für die niederbayerische Heimat über die Muttersprache in Reim und Prosa darf ich abschließend doch sagen, auch das „Zweite Leben“ war lehrreich, lebenswert und interessant.

Meine ersten Gedichte anläßlich der Einweihung des Bauernhofmuseums Massing. (1969)

Da oide Hof

I hab dahoam an oidn Hof,
a Stockhaus mitra Gred.
Wenn i mei Sach so recht betracht,
is fast wia Schuasteröd.

I hab ois Bua no 's Ackern glernt
mit an hölzern Pfluag,
woaß aa no um an Wassertrunk
zur Sichlarndt vom Kruag.

Hab aa no gsegn an Drischlschlag
vom Vatern aufn Tend (Tenne)
und 's gmüatlö Zamsei in da Stubn
beim Ölliacht hab i kennt.

Da oide Hof is anders worn,
da Hof und seine Leit.
Jahrhundert oids is jetzt verflogn,
mia ham a neie Zeit.

A Unruah is heit in da Welt,
a Unruah ohne Rast.
Sie hat, wia alle andern Ständ,
a d'Bauern längst erfaßt.

A Hetz is in dö Höf heit drin,
heit dös und morgn dös sel;
und mia san aa scho wia d'Maschin
ohne Herz und Seel.

Drum möcht i allen „Gelts Good“ sagn
im Nam vom Bauernstand,
dö mitbaut ham in Schusteröd
mit Geist und Herz und Hand.

Daß mia no a Gedenkstadt ham,
wo ois im Wandl steht,
denn jeda Hof in unserm Land
war einst so a Schusteröd.

So gehn aa mia zum oidn Hof
und fuin ma uns dort woi
und dengan zruck und sagn ganz staad:
so war's bei uns amoi.

Schuasteröd

In Massing steht a oida Hof
mit Kunstsinn baut aus Hoiz,
der zoagt vom oidn Bauernlebn
und oidn Bauernstoiz.

Behäbig steht sei Wohnhaus da,
an Wucht hats gwiß koa Not,
dö oidn Balkn san vodeckt
von seine schöna Schrot (Balkon).

Für Vieh und Leit is drin gnua Platz,
daß net vergessn werd,
dö zwoa ham hoid drinnat im Haus
scho oiwei zammaghört.

Und jeds Gerät in Haus und Stoi,
ganz gleich an welcher Stell,
hat dort sein eigenes Gemüt
und aa sei eigne Seel.

An Schönheit steht da Stadl aa
dem Wohnhaus gwiß net nach
und was in seine Ösn liegt,
mit dem is deckt sei Dach.

A Schupfa mit an Troadbodn obm
und mit an oidn Schrot
und drunter voller Hoamlichkeit
is gsorgt für Trunk und Brot.

A Boafahaus (Backofenhaus) is aa dabei,
a Weiher schmückt sein Grund,
i woaß net obs da Herrgott selber
schöner hiestelln kunnt.

Da oide Hof sagt jedm wos,
sei Fried und Hoamlichkeit
is wia a Gschenk von gütiger Hand
an unsa hastige Zeit.

Für jedn steht sei Haustür off
und daß er recht lang steht,
dös wünsch ma hoid dem oidn Hof
in Massing – Schuasteröd!

Schluss

Somit möchte ich die heiter-besinnliche Beleuchtung meiner bisherigen Lebenszeit beschließen. Es wäre müßig, auf die großen wirtschaftlichen und gesellschaftlichen Veränderungen von Gegenwart und jüngster Vergangenheit einzugehen. Die meisten Leser erleben sie auf ihre Weise ja selber. Ein kurzes Urteil sei mir noch erlaubt: Obwohl wir in den letzten Jahrzehnten in fast allen Lebensbereichen einen kolossalen Aufschwung erleben durften, sei es nun ein höherer Lebensstandard für die meisten, Bildungsmöglichkeiten, Weltverbundenheit durch Medien verschiedenster Art, Mobilität durch Auto, Bahn und Flugzeug, Gesundheitsfürsorge und soziale Absicherung, bleibt doch die Frage, ob die Menschen heute glücklicher und zufriedener sind als in den schlechten Zeiten von früher. Wir Menschen der Gegenwart sind drauf und dran, den Bezug zu Natur und Übernatur und somit zu einer gottgewollten Weltordnung zu verspielen. Egoismus und Raffsucht sind Kinder unseres Wohlstandes. Daß sie uns eines Tages zusammen mit unserem Planeten auffressen, bleibt die große Gefahr der Zukunft.

Umschlagbild der Buchausgabe 1987

Vorwort des Ponzauner Wigg zu seinem Buch „Unter uns gsagt. Dalebt und dalust“ aus dem Jahr 1987

Das Erzählen von Erlebtem und Gehörtem war früher ein wichtiges Unterhaltungs- und Kommunikationsmittel. Heute, im Zeitalter von Funk und Fernsehen, wird das gewöhnlich den „großen Machern“ überlassen. Dabei hätte jeder Mensch eine Menge Erlebtes und Erhorchtes, das mitteilungswert wäre. In meiner Kindheit und Jugendzeit war das Erzählen noch das Unterhaltungsmittel Nummer Eins. In unserer schnellebigen Zeit landen Originale und Originelles sehr häufig im Ozean der Vergessenheit. Einiges aus der von mir erlebten Zeit soll in diesem Büchlein festgehalten und somit vor dem Vergessenwerden bewahrt bleiben. Danken möchte ich allen, die mir heitere Begebenheiten berichtet und auch die Namensnennung gestattet haben. Manche wollten anonym bleiben, und so darf ich um Verständnis für Namensänderungen bitten. Der Inhalt aller „Gschichtn“ ist jedenfalls echt und nicht erfunden. Somit bekommt das Büchlein authentischen Wert. Es möge für viele eine zum Schmunzeln oder auch Lachen anregende Lektüre werden. Dies wünscht der Verfasser.

Oberponzaun bei Eggenfelden
im Herbst 1987

Ludwig Gruber
– Ponzauner Wigg –

Was oan oiss passiern ko

Das wichtigste Ereignis in meinem Leben ist wohl der 15. August 1922 gewesen, denn da bin ich auf die Welt gekommen. Und ganz fürchterlich muß es zugegangen sein, selbiges Mal. Die Resl, eine Verwandte, welche damals bei uns Magd gewesen und dabei war und nun schon 85 Jahre alt ist, sagt, ein so schweres Unwetter wie damals hätte sie zeitlebens nicht mehr erlebt. Ein alter Gangkofner Bürger erzählte mir einmal, er könne sich an jenen Frauentag 1922 noch gut erinnern. Es war nämlich Markttag und der Wirbelsturm habe die Verkaufsstände samt der Ware in die Luft gewirbelt. Die meisten Verkäufer sind dabei auch um ihr Geld gekommen; denn soweit die Tageseinnahmen Geldscheine waren, nahm diese der gewaltige Sturm mit. Und gleich nach dem schweren Unwetter bin ich angekommen. Drum hat's auch immer geheißen, den Wiggerl hat der Sturm gebracht.

Ja, mit mir und jener verwandten Magd Resl ist das halt so eine Sach gewesen. Sie war genau 21 Jahre älter als ich, und weil sie im Kindesalter schon beide Eltern verlor, ist sie zu uns auf den Hof gekommen. Ich bin also gleich nach meiner Ankunft ihr Schutzbefohlener geworden. Wir haben früher auf dem Hof als Zugtiere sechs Ochsen gehabt. 1923 aber hat der Vater zwei Heisserl gekauft, zwei Pinzgauer Stuten sind's gewesen und Fanny und Liesl wurden sie getauft. Als zweijährige sind diese schon zum Zug abgerichtet worden. Im Frühjahr 1925 ist's gewesen, und ich war gerade 2 1/2 Jahre alt. Da hat der Vater zusammen mit der Resl Odl gefahren. Die zwei jungen Pferde wurden vor den Odltruhenwagen gespannt, und es ist recht gut gegangen. Die Resl bettelte den Vater, ob sie mich nicht beim Aus- und Heimfahren mitnehmen dürfte. Sie sind grad wieder mit einer Truhe am Hof weggefahren. Da fliegen ein paar Tauben auf und die übermütigen

Pferdl haben einen Schuß nach vorn gemacht. Dabei bin ich der Resi, welche auf dem Truhenwagen gesessen ist und mich auf dem Schoß gehabt hatte, vom Wagen gefallen, und das eisenbeschlagene Hinterrad der vollen Odltruhe ging mir über Brust und Hals. Wie leblos bin ich am Boden gelegen. Hergebeutelt haben sie mich darauf und mit kaltem Wasser überschüttet. Auch eine Fußwallfahrt zur Mutter Gottes nach Altötting hat der Vater versprochen. Und siehe da, ganz unbeschadet bin ich wieder zum Leben erwacht.

Ich muß etwa drei Jahre alt gewesen sein damals. Aber ich kann mich noch ganz genau erinnern.

Wir haben früher eine Herde Zuchtgänse gehabt und einen recht bösen Ganserer. Die Gänse sind zwar meistens eingesperrt gewesen. Wurden sie aber freigelassen, dann sind wir Kinder eingesperrt worden. So wars auch selbiges Mal. Aber irgendwie muß ich den Haustürriegel aufgebracht haben; denn plötzlich war ich vor dem Haus auf der Greed. Und da entdeckte mich auch gleich der Gänsepapa. Mit züngelndem Schnabel und ausgebreiteten Flügeln ist er auf mich zu, hat mich mit den mächtigen Schwingen zu Boden geschlagen und mit dem scharfen Schnabel mein Gesicht traktiert. Ich hab fürchterlich geschrien und genauso fürchterlich geblutet. Es ist dann auf mein Geschrei auch wer dazu gekommen, sonst wäre ich bestimmt das Opfer des bösen Ganserers geworden.

Recht denkwürdig ist auch mein erster Schultag verlaufen. Ich hab zum Schulanfang vom Dorfschneider mein erstes richtiges Anzügerl bekommen. Vorher hab ich nur sogenannte Misttürlhosen gehabt. Das waren Hoserl, wo man beim Häuslgehen hinten eine Klappe aufknöpfen mußte. Ich hab damals noch nach den Osterferien das Schulgehen angefangen. Es ist grad recht dreckig gewesen, weil es tagelang vorher geregnet hatte.

Vom Hof zur Straße waren etwa 300 Meter Wiesenweg. Auf halbem Weg war eine Vertiefung, welche sich bei Regenwetter immer in einen kleinen See verwandelte. Wir haben diese Stelle die „Sagererlogga“ genannt. Es ist ein schmaler Brettersteg darüber gelegen, und die Mutter sagte noch beim Betreten desselben: „Bua, schau auf, daßt mir net in Dregg einöfoist!“ Aber ich, in vorschulischer Freude, bin ausgerutscht und gestreckter Längs in Wasser und Dreck gelegen. Die Mutter ist verzweifelt gewesen; denn von oben bis unten war ich nun ein Dreckbatzen. Also sind wir wieder heim. Mich habens von oben bis unten gewaschen, und mit meiner alten Misttürlhosen hab ich das Schulgehen angefangen.

Sieben Jahre bin ich alt gewesen im ersten Schuljahr. Weil ich mit meinen zehn und elf Jahre älteren Brüdern sowie mit meinen vier Schwestern auch nicht viel anfangen hab können, suchte ich mir gleichaltrige Spielkameraden. Einer davon ist der Steinbeisser Hanserl aus Roith gewesen. Sechs ältere Schwestern hat er gehabt, der Hanserl. Aber die Steinbeisser-Mutter hat gesagt: „Und aus laß i net bis a Bua kimmt.“ Drum ist noch der Hanserl gekommen. Wir waren gleich alt. Am Weihnachtstag in der Kirche sagte er zu mir: „Kimmst heit nachmittag zum Spuin! Mir hat nämlich ‘s Christkindl a Büchs bracht mit oi Gummipfeil und a Scheibn dazua.“ Kaum mehr zum Mittagessen hab ich Zeit gehabt, und schon ist’s abgegangen nach Roith. Beim Steinbeisser habens vor dem Hoftürl den Misthaufen gehabt. Und, da ist bei meiner Ankunft der Hofhund Karo gestanden und hat an einer Nachgeburt von einem Kalb herumgebissen. Beim Steinbeisser habens nämlich ein Weihnachtskaibi bekommen. Der Karo ist unser guter Freund gewesen, und wir haben mit ihm unsere Späßchen gemacht. Besonders lustig war er immer, wenn wir ihm über den Rücken gestrichen haben und hinten beim kupierten Schwanz zusammenzwickten. Also hab ich’s auch heute so gemacht. Aber er zeigte keinerlei freudige Erregung. Anscheinend paßte es ihm nicht, daß er beim Verzehr des Weihnachtsbratens gestört wurde. Ich zwickte grad wieder hinten zusammen. Da springt er mich an, erwischt mich mit seinem scharfen Gebiß an der Nasenwurzel und zieht mir die Nasenhaut herunter. Es tat gar nicht einmal weh, aber geblutet hat es fürchterlich. Beim Steinbeisser habens mir mit Heftpflaster die Haut wieder hingepappt. Heimgegangen bin ich deswegen nicht. Außer einer Narbe, welche man heute noch greifen kann, ist's recht bald wieder verheilt.

Als Kinder haben wir auch schon in der Schulzeit unsere Hofarbeiten gehabt, und ich hab jeden Nachmittag der Mutter beim Schweinestallmisten helfen müssen. Dabei sind die Schweine in den abgeschlossenen Hofraum gelassen worden.

Eine Viecherei war es nach dem Ausmisten immer, die Schweine wieder in den Stall zu treiben. Bei den jungen ging's; aber die alten Muttersauen waren da ganz raffinierte Luder. Und so hielt mich wieder einmal eine zum Narren. Als unser Müller die Pferde aufgegeben hatte, weil er ein Lastauto bekam, kaufte ihm der Vater den schweren Brückenwagen ab. Im Sommer ist die Brücke abmontiert und durch sogenannte Heuleitern ersetzt worden. Die schwere Brücke lehnte also in der Wagenremise, und eine alte Loas hielt sich dahinter versteckt. Ich hab sie grad heraustreiben wollen, da wirft das alte Sauvieh die Brücke um, und ich bin darunter gelegen. Zum Glück lag ich unter den Tragbäumen; denn sonst hätt's mich wahrscheinlich erschlagen. Ich hab aus Leibeskräften geschrien, aber außer der Mutter und einem taubstummen Sattler, welcher gerade auf der Stör war, ist niemand auf dem Hof gewesen. Die Mutter erklärte dem „Stummerl" durch Zeichen, was passiert war. Dem „Stummen" sagte man nach, er habe Kraft wie zwei normale Mannsbilder. Er riß die Brücke auch ganz allein in die Höhe; aber ich habe mich zunächst trotz der Befreiung nicht rühren können. Als die Mutter dem Stummerl deutete, wie das passiert war, holte er einen Lederriemen und pflasterte die alte Sau entsprechend. Aus Genugtuung darüber haben auch meine Schmerzen schnell ein bisserl nachgelassen.

Elf Jahre bin ich kurz vorher geworden, und es war der letzte Ferientag der Sommerferien 1935. Am Montag sollte die Schule beginnen, und am Samstag vorher kam gegen Abend bei unserem Nachbarn, dem Unterstarzner Bauern, dessen Sohn Alois mein Spezl gewesen ist, ein verwandter Bub aus der Stadt. Er durfte die letzten zwei Ferientage noch bei seinen Verwandten auf einem Bauernhof verbringen. Es sollte noch lustig werden, und wir haben Samstag abends noch unseren Sonntagsplan festgelegt. Der Stadterer brachte zu unserem Vergnügen eine Stopselbüchse und mehrere Schachteln Pulverstopsel mit. Am Sonntag wollten wir also schon am Vormittag rumwergln. Alle drei sind wir schon in die Frühmesse gegangen, damit wir einen langen Spieltag gehabt hätten. Aber ich hab die Rechnung ohne meine Mutter gemacht.

„Unter der Vormittagskirchzeit bleibst du mir daheim“ sagte sie. „Ich hab viel Wäsch, und du mußt mir aufs Essenkochen aufpassen. Nach dem Mittagessen kannst du gehen.“ Ich war ganz schön sauer auf meine Mutter und hab lustlos deren Auftrag ausgeführt. Aber die strenge Vernunft meiner Mutter war mein Glück. Der Stadtbub und der Nachbarn-Alois haben schon am Vormittag umeinander geschossen. So haben sie auch einen Schuß durch ein Astloch am Anschlag der Scheune auf ein dahinter befindliches Wespennest abgefeuert. Zwei Wochen lang war schon ein alles austrocknender Ostwind gegangen, und so war alles strohdürr. Das Wespennest fing sofort Feuer und innerhalb einer Stunde sind die zwei stattlichen Starznerhöfe ein Raub der Flammen geworden. Wäre meine Mutter nicht so streng gewesen, so hätte auch ich zu den Brandstiftern gehört.

Die unverdienten Prügel

Eine Leidenschaft meiner Bubenjahre war das Basteln mit Holz. Hochsaison war immer in der Vorweihnachtszeit durch Fertigung von Weihnachtskrippen. Wir Schulbuben haben dabei gewetteifert. Einer, der mir dabei noch hoch überlegen war, ist der Woller Toni gewesen. Der Toni war ein sogenannter lediger Bub und ist deswegen bei seiner Großmutter, der Woller Hanni, in Niedernkirchen aufgewachsen. Die Hanni war eine äußerst resolute Person, und man hörte, daß sie den Tonerl mehr mit dem Eichenstock als mit guten Worten erzog. Der Toni wohnte im Dorf und ist deswegen in der Mittagsstundenpause immer zum Essen heimgegangen. Ich wohnte einen Kilometer außerhalb, darum rentierte sich das Heimlaufen nicht. So hat mir der Toni kurz vor Weihnachten wieder von seinen Bastlereien vorgeschwärmt, und ich beschloß eines Mittags, mit ihm heimzugehen, um mich an seinem Kripperl für eigene Werke zu ereifern. Natürlich haben wir etwas länger gebraucht zum Heimgehen und es war bereits 1/4 nach elf, als wir beim Wollerhaus ankamen. Der Toni sagte, ich sollte voraus gehen ins Haus und der Oma sagen, daß er gleich kommen würde. Er fütterte schnell noch die Kinihasen. Ich öffne also nichtsahnend die Haustüre. Da saust auch schon der Eichenstecken über meinen Schädel, daß mir Hören und Sehen vergeht. „Du Saubua, du elendiger" schreit die Hanni, „dia werd is pünktlö Hoamgeh scho no lerna." – An meinem Geschrei hat sie gleich ihren Fehlschlag gemerkt. Ich bin so schnell ich konnte wieder zurück zur Schule und hab mir meinen mit Striemen bedeckten Kopf gerieben. Ihren Ärger über das Mißgeschick hat die Hanni dann am Toni abreagiert und ihn mit dem Stock so traktiert, so daß er nach der Mittagspause striemenbedeckt und in Tränen aufgelöst in die Schule kam.

Ja, ja, die gute alte Zeit ist bei Gott nicht so gut gewesen, wie manche glauben.

Bauernkinder haben schon immer neben der Schule auch kleine Hof- und Feldarbeiten verrichten müssen. Ich bin damals in die 6. Klasse gegangen. Es war anfangs Juli und die Unseren haben Kleeheu heimgefahren. Ich hätte dabei nachrechen sollen. Im Backhaus, welches zugleich auch Wasch- und Schlachthaus gewesen ist, werkte an jenem Nachmittag der Binder Simmerl. Er war auf der Stör da und flickte die Fässer und Zuber. Der Simmerl ist ein kleines, flinkes Manderl gewesen und schon um die 70 rum. Der Backraum war noch ziemlich neu und fast vier Meter hoch. Doch von den drei Gewölbeteilen hat einer einen großen Riß gehabt. Die Ursache war eine abgesenkte Grundmauer. Ich bin genau unter dem Rißgewölbe gestanden und hab dem flinken Binder, welcher auf der anderen Seite des Raumes grad einen Reifen auf ein Faß getrieben hat, bewundert. Der Simmerl unterhielt sich mit mir, und so hab ich meinen Auftrag zum Nachrechen auf dem Feld fast vergessen. „Bua“, sagte er, „derfst as an Vadan sogn, da mit dem Gwölb, da derf er wos doa, sonst gibt's no amoi a Malheur.“

Ich hab, auf meinen Rechen gestützt, zum Gewölb geschaut, und der Simmerl hat fleißig gehämmert. Da tut's einen fürchterlichen Plumpserer, und ich bin unter den kopfgroßen Steinbrocken gelegen. Der ganze Kopf war abgeschürft und am Bauch hab ich ein Loch gehabt. Die anderen haben den Schnalzer gehört, sind um Hilfe heimgelaufen und haben mich dann unter den Trümmern herausgezogen. Die Mutter hat die Hände über dem Kopf zusammengeschlagen und gejammert: „O mei Bua, wos muaß denn no oiss üba di kemma!“ Der Vater aber sagte recht streng: „Dös is die Strafe Gottes, weilst net mitganga bist zum Nachrechan.“

Zu Ostern 1937 bin ich aus der Volksschule gekommen und hab meinen ersten Anzug bekommen, graugrün Salz- und

Pfeffermuster. Im Mai hat in Zell ein guter Bekannter geheiratet, und ich hab mit meinem großen Bruder das erste Mal zum Tanzen mitgehen dürfen. Es war eine lustige Hochzeit, und es gefiel mir recht gut. Als wir gegen Mitternacht heimgehen wollten, ist ein schweres Gewitter über dem Dorf gestanden und es regnete wolkenbruchartig. Also ist's mit dem Heimgehen schon recht spät geworden. Als wir den Wirtshof verließen, mußten wir über den Dorfgraben, welcher sich in einen reißenden Sturzbach verwandelt hatte. Und da ist's mir passiert. In der Dunkelheit hab ich den Übergang verfehlt und bin kopfüber auf die Kante eines ausgeschwemmten Betonrohres gefallen. Dem Betonrohr hat's zwar gar nichts ausgemacht, wohl aber meinem Kopf. Ich ließ mir nichts anmerken, hab aber schon gespürt, daß es unaufhörlich warm über mein Gesicht rieselte. Sechs Kilometer haben wir zu Fuß heimgehen müssen. Als wir dann daheim Licht machten, sah ich aus wie ein Bild des Grauens. Über dem Auge eine Mords-Schramme. Aber das war das wenigste. Mein schöner neuer Anzug ist von oben bis unten eine Blutkruste gewesen, und meine Schwester Resi mußte ihre ganzen textilpflegerischen Fähigkeiten aufwenden, bis sie ihn wieder sauber brachte.

Am Pfingstmontag hab ich das Tanzengehen gleich wieder probiert. Im nicht weit entfernten Unterhausbach ist Schützenball gewesen, und mein ältester Bruder Sepp war Schützenmeister. Selbstverständlich hab ich auch das Tanzen riskiert, und zwar mit der Schuster Rosi. Sie war auch aus meiner Klasse und als gute Tänzerin bekannt. Ich hab bei ihr um einen Tanz angehalten und auch keinen Korb bekommen. Damals gab's bei den Bällen keinen Eintritt, sondern das sogenannte „Halb-ab-Geld“. Die Musikanten haben ein paar Stückeln gespielt und dann ihr „Hoibab“ geschrien. Dann sind sie durch die Tanzpaare und haben von jedem Mannsbild ein Zehnerl kassiert. Aber meine Tänzerin hat schon gewußt, wie man das macht. Sie zog mich schnell in eine Ecke und flüsterte mir zu: „Werst do net so blöd sei und zoin, hast ja eh koa Gejd", womit sie auch ziemlich recht gehabt hat. Nach dem Kassieren gab's noch zwei bis drei Stückln drauf, und dann kam die nächste Tour. Ich hab nach dieser Schwindelei ein so schlechtes Gewissen gehabt, daß ich mir an diesem Abend nicht mehr tanzen getraut hab.

Mein erstes Räuscherl

Neun Jahre bin ich alt gewesen und in die dritte Volksschulklasse gegangen. Es ist ein schöner Herbsttag gewesen selbigesmal und grad das richtige Wetter für eine Treibjagd, und eine solche ist angesetzt gewesen. Gar nicht mehr richtig sitzen haben wir Buben in der Schule können, als schon in den frühen Vormittagsstunden im Holz hinterm Dorf, keine zweihundert Meter vom Schulhaus entfernt, fröhlicher Jagdlärm zum Hören gewesen ist. In der Zehne-Pause hat der Bäcker Sepp, Sohn des Bäckermeisters und Jagdpächters vom Dorf, ganz aufgeregt gefragt: „Wer geht nach da Schui mit zum Durchtreiben?“ Ich hab mich sofort gemeldet. „A bisserl kloa bist scho no“, hat der Pepp gemeint. Er nahm mich aber doch mit.

Mit Hurra und größter Begeisterung sind wir der inzwischen schon ziemlich weit vom Dorf entfernten Jagdgesellschaft nachgelaufen. Im Moarholz in Holzham haben wir uns unter die erwachsenen Treiber geschmuggelt. Das Moarholz war als Fasanenparadies bekannt, und es hat auch selbigesmal, wie immer, eine gute „Strecke“ gegeben. Angesichts einer so erfolgreichen Jagd hat es der Schneiderbauern Luck auch nicht verwinden können, dem Jagdgeschehen fern zu bleiben. Der Luck ist ein sogenannter Feiertagsschüler gewesen und war etwa 14 Jahre alt. Sein Vater, der Schneiderbauern Karl, ebenfalls ein Jäger, hat dem Luck, der zu gern Durchtreiben mitgegangen wäre, aber keine Erlaubnis gegeben. Er befahl ihm, daheim zu bleiben und mit dem Kuhgespann Mist zu fahren. Wie aber der Luck im nicht allzu fernen Moarholz den Jagdlärm hörte, konnte er nicht mehr widerstehen. Er band das Kuhgespann an einen Baum und rannte mit hochgekrempelter Hose und mistverschmierten Haxen barfuß in den Holzschuhen dem nahen Moarholz zu, um wenigstens einen Trieb miterleben zu dürfen.

Der Trieb in einem dichten Unterholz bewegte sich grad dem Ende zu, als dem Huberbauern vom Schlottham, welcher am Waldrand mit schußbereiter Flinte im Anschlag gesessen ist, ein Schuß losging. Gleich darauf hat man im Jungholz einen jämmerlichen Aufschrei gehört. Der Schuß traf ausgerechnet den Schneiderbauern Luck in den Bauch. Es gab eine große Aufregung, und alle schulpflichtigen Buben sind sofort heimgestaubt worden. Natürlich auch ich mit meinem Anführer, dem Bäcker Pepp. Der Pepp ist deswegen stocksauer gewesen. Aber trotz seiner Maulerei gab's auch für den Jägersohn keine Ausnahme. „Wißts wos“, sagte der Pepp beim Heimgehen, „jez kaufma uns beim Rinna-Wirt z' Burg a Krugl voi Bia und schwoama den ganzen Ärga obö!“ Es ist sogar ein Freibier geworden; denn der Pepp hat's bezahlt. Wie gsagt, warm ist's gewesen am selbigen Tag und derhitzt waren wir auch alle. So haben wir die großbauchige 5-Liter-Krugl schnell leer gehabt. Ich bin dabei nicht zu kurz gekommen und das ist mein Verhängnis geworden. Einen knappen Kilometer hab ich bloß heim gehabt; aber ich habe geglaubt, es seien fünfe. Schwindelig und hundsübel hab ich schließlich Ponzaun erreicht. Die Mutter ist schon ganz erzürnt gewesen, weil ich so spät von der Schule heimkomme. Es waren nämlich ihre drei Schwestern mit Roß und Wagi da, um Birnen zum Dörren abzuholen. Einen großen Korb haben sie dabei gehabt, und diesen hätte ich vollklauben sollen. Aber bei der Bückerei ist mir erst richtig übel geworden. Hinten und vorn ist's losgegangen und zum Sterben schlecht ist mir gewesen. „Die Grippe muß ich erwischt haben“, habe ich drauflos gelogen; denn wenn's mein Vater erfahren hätte, daß ich mit neun Jahren schon bei der Treibjagd mitgelaufen bin, dann hätt's was gegeben, was noch schlimmer gewesen wäre, wie mein erstes Räuscherl.

Der Aprilscherz

Es ist anfangs der fünfziger Jahre gewesen und ein herrlicher 1. Aprilmorgen. Daran habe ich allerdings gar nicht gedacht gehabt, sollte jedoch bald daran erinnert werden. Es ist etwa 8 Uhr früh gewesen und wir sind nach der Stallarbeit grad bei der Morgensuppe gesessen, als ein nagelneues Motorradl zum Hoftürl reinfährt. Es ist der staatlich angestellte Hühnerstalldesinfekteur Vitus Erber aus Eggenfelden gewesen. Der Vitus hat alle Hühnerhalter regelmäßig aufsuchen, Ställe und Hühner nach Parasiten untersuchen und wenn nötig auch behandeln müssen. Dies aber tat der Vitus nicht ohne vorherige Aufklärung der Hühnerhalter. Mit einem gerade zu „professionellen Vortrag“ hat er dabei seines Amtes gewaltet. Viele Leute haben den Vitus irrtümlicher Weise zu den eher etwas naiven Typen gezählt. Ganz zu Unrecht, denn der hat's faustdick hinter den Ohren gehabt. Wie gesagt, wir sind grad bei der Morgensuppe gesessen und der Vitus ist mit auf dem Rücken verschränkten Händen in der Küche auf- und abgegangen, um uns mit der Gefährlichkeit der Hühnerstallparasiten bekannt zu machen. Daß ich ihn dabei immer wieder unterbrochen und mit meinen ketzerischen Fragen aus dem Konzept bringen wollte, hat er mir dann auch spontan heimgezahlt. Er ist nämlich während des Vortrags plötzlich zum Fenster gelaufen und hat geschrien: „Aus is, Baua, da draußen san oam d' Ross auskemma!“

Damals ist noch fast alles mit Pferden, Ochsen und Kühen gefahren worden, und da bei unserem Hof eine vielbefahrene Straße vorbei ging, ist so etwas öfter mal passiert. Meine Hilfsbereitschaft hat der Vitus mit seinem Geschrei so angeregt, daß ich gar nicht mehr zum Fenster hinausgeschaut habe, um mich vom Unheil zu überzeugen. Also hab ich den Löffel weggeworfen und bin so schnell wie möglich auf die Straße, denn ich hätte ja die durchgegangenen Rösser einfangen wollen. Aber da ist weit und breit nichts zum Hören und Sehen gewesen. Wie ich nun so dastehe und nach allen Seiten spekuliere, schreit der Vitus zum Fenster heraus: „Ha, Baua, segst leicht nix? I moan, es san aa koanö Rösser gwen, sondern da Aprui-Ochs."

„Malefizschlawiner windiger", denk i mir, und da seh ich im Hof dem Vitus sein naglneues Motorradl stehen mit dem Veterinärskistl hinten drauf. Weil wir an dem Tag Kartoffel setzen wollten, ist schon ein beladener Wagen auf dem Hof gestanden. Hab ich also einen kernigen Erdapfel genommen und dem Vitus in den Motorradauspuff gesteckt; denn ich wollte ihm nichts schuldig bleiben. Wie ich dann wieder in die Küche gekommen bin, hat sich der Vitus genüßlich die Hände gerieben und gesagt: „Gell, Baua, da hab i di aba schö dro kriagt." „O mei", hab i gsagt, „Vitus, Du bist hoid a obdrahta Bazö! Dei Gschäft mit Läus und Flöh muaß doch wos eibringa, weilst a so a rassigs Motorradl fahrst", hab i weitergefrozzelt. „Gell", hat er gsagt, „da schaust. Und wos dös für an schöna Schlag hat, und wegspringa duad's, no net oamoi hot's mi tratzt." „Vitus", hob i gsagt, „da gehma glei aussö, dös möcht i segn." Er ist ganz eifrig vorausgelaufen und hat gleich den Starter getreten. Aber, o weh! Außer ein paar jämmerlichen Husterern tat sich gar nichts. Ganz nervös ist er geworden, der Vitus: denn ein ums anderemal hat sein Startversuch den gleichen Mißerfolg gehabt. Als ihm dann der Schwitz schon übers Gesicht gelaufen ist, erbarmte er mir und ich hab gesagt: „Vitus, setz di aufö, i schiab di a Stückl, vielleicht springt dei Karrn dann o!" Aber außer ein paar Pfugizern am Auspuff nützte auch mein Anschieben nichts. „Vitus", hab ich gsagt: „I ko nimma, mir geht d' Luft aus." Und ich hab ihm noch eingeredet, daß er bei dem Motorradkauf ganz schön hereingelegt worden ist. Er hat es aber nicht glauben wollen und immer wieder probiert. Den Starter getreten, dann wieder laufend geschoben, soweit ich ihm in Richtung Hausbach hab nachsehen können. Mit lauter Startversuchen ist der Kartoffel im Auspuff warm geworden und geschrumpft und konnte dadurch den Weg ins Freie finden. Gegen Abend ist der Vitus auf dem Heimweg wieder aufgekreuzt und hat recht scheinheilig gefragt: „No, Baua, wos host denn nachat heit oiss gmacht?“ „Erdöpfö gsetzt hama“, hab i gsagt! „Sans da ebba um oan zweng worn?“, fragt er scheinheilig weiter und zieht mit einem boshaften Zahner seinen Auspuffkartoffel aus der Joppentasche. Ja, ja, der Vitus hat's faustdick hinter den Ohren gehabt.

Der arme Adelige

Nur ganz schwach ist er noch in meiner Erinnerung, derselbige Adelige namens von Schmuck. Mehrmals ist er mit unserem Onkel, dem Dorfschullehrer Josef Geiersberger aus Taubenbach, zu uns gekommen. Ein kreuzlustiger Mann ist er gewesen, der Adelige aus dem Inntal, und von Beruf ein Beamter der Bahn. Was uns Kindern neben seinen Späßchen aber an ihm am meisten imponierte, ist seine kurze, speckige Lederhose gewesen. In unserem Dorf und der Nachbarschaft gab's nämlich derartiges damals noch nicht und über den engeren Heimatkreis sind unsere Kindheitserfahrungen ja noch nicht hinausgekommen. So ist er wieder einmal mit unserem Onkel in den großen Ferien vom Inn- zum Rottal herübergeradelt. Wir sind ihm gleich zugelaufen; denn er hat so temperamentvoll Hoppe-Reiter mit uns gemacht. Auch durften wir uns seine prächtige Talerkette, welche vor seinem stattlichen Wamperl hing, um unseren Hals hängen. Uns Kinder hat das recht lustig gestimmt. Nur die etwa sechsjährige Schwester Resi schaute den Gast mißtrauisch von der Seite an und meinte: „Gell, Herr von Schmuck, bist gwiß a recht a arma Mo, weilst dir koa längere Hosn net hast kaufa könna!"

Ostereier betteln

Daß es um die Osterzeit schon immer eine Menge Volksbräuche gab, ist ja bekannt. Einer davon war, wenigstens in unserer Gegend, das Oarbettln der Burschen am Ostermontag abends, und zwar ist das am Kammerfenster der Mädchen passiert. Je mehr Burschen zu einem Mädchen kamen, um so größer war die Ehre. Hatte aber ein Mädchen aus Geiz oder irgend einem anderen Grund einem Burschen beim Ostereierbetteln einen Korb gegeben, hatte sich das unter den Burschen schnell herumgesprochen, und die Retourkutsche kam für diejenige auf dem Tanzboden und zwar dergestalt, daß sie keinen Tänzer bekam. Nun, der Krieg brachte, wie so vieles, auch das Ostereierbetteln ziemlich zum Erliegen. Aber nach dem Krieg haben wir's wieder aufleben lassen. Viele Flüchtlingsburschen waren ja nach Kriegsende bei den Bauern hier im Dienst und somit unsere Freunde geworden. Als sie von diesem alten Osterbrauch hörten, waren sie so begeistert, daß wir am Ostermontag 1947 bei Einbruch der Dunkelheit losgezogen sind. Genau neun sind uns gewesen und alle per Fahrrad. Ich bin mit der Leiter vorausgefahren. Schön mondhell war's, und wir sind in allerbester Stimmung gewesen. Ob die Mädchen wohl daran gedacht haben, daß Oarbettler kommen könnten?

Daß das Brauchtumsbewußtsein durch den Krieg gelitten hatte, haben wir gleich an der ersten Station erlebt. Die 17-jährige Tochter des Hauses ist nicht wenig erschrocken, als es am Fenster klopfte und zwei Burschen ihr Bettelverserl vorbrachten. Wir sind nämlich übereingekommen, daß immer gleich zwei hinaufsteigen, damit's schneller geht. „O mei", hat die Frieda gejammert, „auf dös hob i gar net denkt, daß zu mir wer ins Oarbettln kimmt." Aber sie ist nicht ungern aufgestanden, ist nach unten gegangen und hat aus der Speis zwei gefärbte

Eier geholt. Als dann im Abstand von fünf Minuten wieder zwei anklopften, und noch mal zwei, und wieder zwei, da hat sie die Nase mit dem alten Osterbrauch ziemlich voll gehabt. Auch sind ihr die gefärbten Eier ausgegangen, und statt der gefärbten hat's beim vierten Paar bloß noch rohe Eier gegeben. Ich bin als letzter raufgestiegen und hab gesagt: „Frieda, tröst di, es wird scho leichta, i bin bloß no alloa da." Sie hat mir zwar Vorhaltungen gemacht, weil wir sie mit diesem massiven Überfall so blamiert hätten. Ich, als nächster Nachbar, meinte sie, hätte ihr schon einen Deuterer geben können, dann hätte sie sich gerichtet mit den gefärbten Eiern. „Frieda", hab ich gsagt, „denk dir nix, es is ja bloß zwengs da Gaudö". Meinetwegen ist sie auch noch ein fünftes Mal nach unten gegangen, und ich hab mein rohes Ei und sie das obligatorische Busserl gekriegt.

Zwecks der Gaudi bin ich bei einem anderen Nachbarn auch zu einer etwas tolpatschigen Dirn hinaufgestiegen, und ich glaub, die hat von allen Mädchen die größte Freud ghabt über einen Oarbettler. Sie dachte auch an den alten Brauch; denn auf meine Frage, wie viele Eier sie hergerichtet hätte, sagte sie: „Wennst es daratst, nachat griagst as alle zehne!" „Ja mei", hab i gsagt, „kunst scho glei a so a zehne hergricht ham." „O mei", sagte drauf die Kathl, „bist du oba a daradada Deifi!"

Kravotisch ist's dann auch beim Zulehner Bauern hergegangen. Entgegen dem üblichen Brauch ist da nämlich die Weiberleitkammer auf der Hof-Innenseite gewesen. Das Hoftor war geschlossen, und der als unbezwingbar bekannte Hofhund Tiras hat sich benommen, als wollt er uns samt Haut und Haar fressen. „Den kringma scho", meinte der Feitzhofer Xaver. Er wußte auch, wie man das Hoftor von außen aufriegeln kann. „Also", hat er kommandiert, „auf Kommando eins, zwei, drei" - Hoftor auf und mit Hurra hinter der quergelegten Leiter auf den Tiras los. Der Hund ist zwar zunächst mit einem jämmerlichen Kausserer auch gelaufen, aber der letzte der neun Burschen war noch kaum richtig auf der Leiter, da ist das Hundsviech schon wieder da gewesen und hat sich wie narrisch benommen. Durch den Spektakel ist der Bauer, der Zulehner Hans, aufgewacht. Wir sind gerade alle neune auf dem Schrout gestanden, da reißt der Hans die Tür auf und kommt im Hemd und mit einem feststehenden Messer in der Hand mit dem Schrei „I stich enk o!“ auf uns zugestürzt. „Hans“, hama gsagt, „mach koan Krampf, es san bloß d' Oarbettler da!“ „O mei“, hat er gsagt, „auf dös hab i wirklö nimmer dengt, daß heit d'Ostamoada-Nocht is!“ Drauf ist er herunter gegangen und hat seinen zuverlässigen Hofwächter angehängt.

Es ist schon auf Mitternacht gegangen, als wir zum Riemerbauern gekommen sind. Der Xaverl hat gewußt, daß die drei jungen Flüchtlingsmäderl, welche mit ihren Eltern beim Riemer gewohnt haben, recht neugierig sind. „Wenn sich am Fenster der Haustochter was rührt“, sagte er, „nochat kemman gleich dö drei Köpf beim Fensta außa, daß ja nix übasegn.“ Also hat der Feitzhofer Xaverl gsagt: „I geh voraus und wenn i pfeif, nachat steigts ös bei da Nandi aufö, oba hübsch laut.“ Er ist also vorausgeschlichen. Beim Riemerbauern habens hinter dem Haus zwei Häusln gehabt. Das Backofenhäusl und das Häusl mit Herz. Der Xaverl nahm also den an einer langen Stange befestigten Backwisch vom Backofenhäusl, hat ihn in die Grube vom Häusl mit Herz getaucht und kurz gepfiffen! Wir sind drauf lautstark bei der Haustochter hinaufgeleiterlt, da öffnete sich auch schon das Nachbarfenster und drei neugierige Mädchenköpfe haben sich herausgeschoben. Auf diesen Augenblick hat der Xaverl gewartet. Mit dem hochparfümierten Backwisch ist er über die drei Köpfe gefahren, daß sie zwei Wochen danach noch gestunken haben.

Noch viel ist passiert in derselbigen Ostermontag-Nacht. Eier haben wir so viele bekommen, daß wir uns mit dem Schneuztüchl unten die Hosenbeine zugebunden haben, damit wir alle

Ostergaben auch einschieben haben können. Und eine lange Nacht ist's geworden selbiges Mal. Als ich mit meiner Leiter auf der Achsel dem Ponzauner Hof zugefahren bin, hat's im nahen Niedernkirchen gerade den Tag angeläutet.

Geweihte Originale

Mit den Dorfpfarrern macht man als Landbub in der Regel schon recht frühzeitig Bekanntschaft. Es ist ja bis heute noch der Brauch, daß der Ortsgeistliche, soweit überhaupt noch vorhanden, wenigstens ein bis zweimal im Jahr durch seine Pfarrei geht oder fährt und alle Familien und Häuser besucht. Im Frühjahr zur sogenannten Seelenbeschreibung, wozu man früher auch Beichtzettelsammlung gesagt hat. Dabei verglich der geistliche Herr die beichtfähigen Hausbewohner mit den vorgelegten Beichtzetteln der letzten Osterbeichte. Mein Vater erzählte, daß er nach dem Ersten Weltkrieg einen Knecht namens Otto Saller gehabt hat. Der Otto hat's allerdings mit dem Glauben und Kirchengehen nicht allzu genau genommen. Er konnte selbigesmal, als der Geistliche kam, auch keinen Osterbeichtzettel vorlegen. Bei den Franziskanern in Eggenfelden habe er gebeichtet, sagte er. Aber den Beichtzettel müsse er irgendwo verlegt haben. Darauf wollte der Ortspfarrer, Hüttner hat er geheißen, partout die Knechtkammer durchstöbern. Das ist sogar meinem Vater, welcher sonst eine recht pfarrerfreundliche Einstellung hatte, zuviel gewesen. „Es wird schon stimmen", meinte er, „daß der Otto seiner österlichen Christenpflicht nachgekommen ist." Ich glaub es allerdings nicht ganz, denn ich hab den Otto noch in guter Erinnerung. Er ist schon ein älteres Mannsbild gewesen, ohne richtige Heimat und mußte sich von Kindesbeinen an sein Brot bei fremden Leuten verdienen. Ein guter und zuverlässiger Knecht ist er gewesen, der Otto, aber das Leben formte ihn zu einem rauhen Burschen. Er fluchte oft fürchterlich und lernte uns Kindern oft gottlose Sprücherl. Einmal am Nikolausabend wollte er uns Kindern unbedingt ein Vaterunser für den Nikolaus eintrichtern. Es hat geheißen: „Vater unser, der du bist, da Voada fahrt a Fadl Mist, d'Muada hängt sö hinten o, da

Voada fahrt davo." Wir Kinder haben zum Weinen angefangen, weil wir gemerkt haben, daß dies kein richtiges Nikolaussprücherl sein kann. Zum Glück ist die Mutter dazwischen gekommen und verbot ihm, uns weiter solche Dummheiten zu lernen.

Einer der ersten geistlichen Herren meiner Erinnerung ist der Frater Pirmin vom Eggenfeldner Franziskanerkloster gewesen. Im Jahre 1899 ist er in Pfreimd in der Oberpfalz geboren und 1920 in den Franziskanerorden eingetreten. Er hat 1923 seine Profeß abgelegt und ist 1925 dem Eggenfeldner Kloster als Pförtner, Arbeits- und Bettelbruder zugeteilt worden. Letzteres ist dann auch über 50 Jahre seine Haupt- und Lieblingsbeschäftigung gewesen. Wenn es das Wetter und die Umstände ein bisserl erlaubt haben, ist er zwischen Inn- und Donautal von Hof zu Hof betteln gegangen für sein Eggenfeldner Kloster und für den Orden der Franziskaner. Beim Betteln hat er nur Getreide genommen. So bin ich bei meinen ersten Denkanfängen mit diesem Witzbold schon in Berührung gekommen. Wenn er als Klosterbettler bei der Tür rein ist, war seine erste Frage: „Muoda, wia geht's mit dö Kinda?" Die Antwort der Mutter war ehrlich, wenn sie sagte: „O mei Pirmin, foign derns hoid oft net und raufa aa oi Tag a paar moi mitanand!" „Hama glei," sagte der Pirmin drauf, „wenns ihr net foign derts, nachat nimm i d'Muada einfach mit!" Drauf nahm er seinen Kuttenstrick, das sogenannte Zingulum, warf's der Mutter um den Leib und zog sie zur Stuben- und Haustür hinaus. Wir Kinder haben dann immer fürchterlich geschrien und den Pirmin angebettelt, daß wir bestimmt folgen und nimmer raufen werden, wenn er uns die Mutter wieder freiläßt.

Er ist jetzt schon näher bei neunzig als bei achtzig Jahren, aber die Schelmereien freuen ihn bis auf den heutigen Tag. Früher hat er immer bei den Bettelgängen den Simonsöder Ludwig dabeigehabt. Der mußte mit dem Fahrradl das Getreide zusammenfahren und bei verschiedenen Bauern ablegen, welche es dann zu einer Mühle oder ins Kloster gebracht haben. Vom Gesammelten sind dann an der Klosterpforte die Armen und Bettler gefüttert worden oder mit dem dafür erlösten Geld hat der Orden seine caritativen Aufgaben getätigt. Mit der aufkommenden Motorisierung ist's beim Pirmin auch ein bisserl schneller gegangen mit der Bettlerei. An die 70 Personen hat er auf seiner Liste gehabt, welche ihn gern einmal einen Tag zum Betteln rumgefahren haben.

So ein Betteltag mit dem Pirmin ist ein volkskundliches Erlebnis gewesen; denn kaum einer hat Land und Leute besser gekannt als er. Ich hab ihn auch einmal gefahren in der Gegend von Triftern. Beim Wimmer in Haselbach haben wir so um 9 Uhr Vormittag die Bettlerei angefangen. Sagt er zu mir auf der Hinfahrt: „No, da werd sich d'Wimmer Lisal gfrein, wenn i ihr heit für ihrn Hausgang dös versprochne Spinnradl mitbring." Beim Wimmer habens nämlich „Urlaub auf dem Bauernhof" betrieben und wollten schon lange ein altes Spinnradl im Hausgang aufstellen. Als wir hinkamen, haben uns die Wimmerischen schon erwartet. „Pirmin, host mei Spinnradl dabei?" hat die Wimmerin gleich gefragt. „Ja, selbstverständlich," sagte er, „wos da Pirmin verspricht, dös hoidt er aa." Ich hab aber kein Spinnradl gesehen und mir denkt: „Ja, schau den Spitzbuam o, lüagn duad der wia drugt." Aber da langt er auch schon in die innere Kuttentasche und zieht eine Fotokarte mit einem alten Spinnradl heraus. Mit den Worten: „So Lisal, jetz host dei Spinnradl", hat er's der Wimmerin gegeben. Nach einer guten Brotzeit zum Anfang, denn aufs Essen hat der Pirmin was gehalten, sind wir über Steinberg und Ecking auf Gschaid zu. In Steinberg sind wir in ein Haus gekommen, das war ganz neu gebaut. Die Hausleut, zwei Alte, zwei Junge und zwei Kinder sind grad beim Mittagessen gesessen. Der Pirmin hat gleich einen Diskurs angefangen. „Ja, da schau her", sagt er, „a neis Haus habts baut, ja da habts mir ja s'letzte Jahr no gar nix gsagt davo." Er hat nämlich die Leute nach allem Möglichen und Unmöglichen ausgefragt; denn seine Neugierde war grenzenlos. Als wir wieder heraußen waren, sagte er zu mir: „Host as gsegn, wos gessn ham? Kraut und Erdäpfö. Da pfeifat i auf a neis Haus, wenn i nachat bloß no Kraut und Erdäpfö essen müassat."

Manche Leute haben uns das gebettelte Getreide selber gebracht, bei anderen wieder hab ich mit müssen auf den Getreideboden. Er wußte bei jedem Haus schon vorher, wieviel wir bekommen würden. Oft hat er mich, wenn wir in ein Gehöft rein sind, gefragt: „Wia vui kost denn trogn? Weilst nämlich bei dem Bauan so vui kriagst, wiast trogn konnst." Bei manchen Höfen sind wir vorbeigefahren, und wenn ich dann gefragt hab: „Pirmin, warum gehma denn da net einö?" dann sagte er höchstens:„Dö hom selba nix" oder „Dös san rechte Hungerleider", womit er die Geizigen gemeint hat.

An einen Hof sind wir gekommen, ein schöner Vierseithof war's und ganz zugebaut. Sagt er zu mir: „Aufpaßn, dö ham an scharfn Hund!" Er klopfte mit dem Fuß ans Hoftürl, und weil sich nichts rührte, meinte er: „Anscheinend ist da Hund heit im Haus drin, weil er no net kaugözt hot!" Sind wir also in den Hof rein und haben an der Haustür geklopft. Da hörte man drinnen gleich eine krächzende Stimme. „Wer is denn draußt?" „Aha", hat er mir mit einem komischen Lacherer zugeflüstert, „is da bös Hund heit drinat." Da geht die Haustür auf und eine Alte mit einem Hirntüchl, der man's ansieht, daß sie sich selber net mag, steht unter der Tür. „Ja", sagt sie, „da schau her, s'Bettlluada vo Eggenfeldn is do! Bist ja eh erst do gwen, wos mechst denn scho wieda?" Aber darauf ist der Pirmin schon gefaßt gewesen. „Wos", sagt er, „erst dogwen, ja wia kimmst ma denn du für? Üba a Jahr is scho her, daß ma uns sletzte Moi gsegn ham. I muaß ja wieda amoi nochschaun bei dir, sonst bist mir am End no beleidigt." Er machte seine Späßlein, und die Alte hat gepulvert wie ein bissiger Hund. Sie ist aber dann doch gegangen und mit einem Schüsserl voll Weizen wieder gekommen, welcher so lausig war, daß unsere Hühner damit sicher keine Freude gehabt hätten. Der Pirmin hat sich überschwänglich bedankt, und die Alte schlug schimpfend die Haustüre zu. Als wir aus dem Hof waren, sagte er zu mir: „So, jetz hostn gsegn, den bissigen Hund! Ich glaub, dö is an Deifö a no zschlecht, sonst hätt ers gwiß scho ghoid, denn lang gnua hätts gwiß scho umananda grantlt auf dera Erden."

Mittag gegessen haben wir beim Bräu Hans in Gschaid. Für die Bestellung des Essens und der Zwischenbrotzeiten hat der Pirmin immer schon telefonisch im voraus gesorgt. So hab ich auch schon gewußt, daß es beim Bräu ein Entenbratl mit Reiberknödl gibt. Es schmeckte wunderbar. Recht viele Mittagsgäste sinds an dem Tag nicht gewesen beim Bräu Hans. Ein paar Dauerstammtischler und ein älteres Lehrerfräulein der damaligen Einklaß-Schule von Gschaid. Mit dem Fräulein ist schnell ein Gespräch in Gang gekommen, und sie wollte wissen, wo wir her sind und was uns hierher führt. Als der Pirmin sagt, daß wir für den Franziskanerorden Getreide betteln, zieht sie auch schon den Geldbeutel aus der Handtasche und gibt dem Pirmin einen Fünfzigmarkschein mit der Entschuldigung, sie habe zwar kein Getreide zu verschenken, aber die armen Franziskaner würden sicher ausnahmsweise auch mit dem Geld vorlieb nehmen. Natürlich hat sich der Pirmin charmant und komplimentreich bedankt. Nachdem wir das Wirtshaus wohlgestärkt und mit einem herzlichen „Vergelt's Gott" verlassen hatten, sagte er zu mir: „Gell da schaust, srichtige Gwand muaß ma ohabn, nachat kimmt sGeld ganz von selba!"

Wir haben einen richtigen Glückstag gehabt, selbiges Mal. Aber um manche Höfe hat er auch einen weiten Bogen gemacht. Auf meine Frage nach dem Warum, sagte er: „Ja mei, da hat mei Schmuserei net recht hinghaut", denn ein bisserl Heiratsschmuserei hat der Pirmin nebenbei auch noch betrieben.

Bereits um zwei Uhr nachmittags hatten wir das erhoffte Soll beisammen gehabt. Der Pirmin hat nämlich für jede Route eine Liste vom letztjährigen Ertrag dabei gehabt, und drum hat er gesagt: „So für heit is Feierabend. Mir hama unsa Sach beinander." Beim Biermeier Hans in Reitzing gab's noch eine ergiebige Abschlußbrotzeit, dabei erfragte der Pirmin noch die ganzen Neuigkeiten der Umgebung. Beim Leutausfragen hat er Fähigkeiten gehabt wie ein Klatschblattlreporter.

Auf der Heimfahrt sind wir noch zur Wirtin nach Godlsham. Dort wollte er noch wissen, was es am nächsten Mittag, wenn er mit seinem Begleiter zum Essen kommt, Gutes gibt. Gegen 1/2 6 Uhr abends sind wir dann in Eggenfelden wieder angekommen. „So", sagte er, „jetz gehma no zum Essbaumer Wirt, da gibt's no a Abschlußmasserl und a guade Brotzeit." Ich aber hab zum Stallarbeiten heim müssen und wollte deswegen den Pirmin gleich zum Kloster bringen. Er aber ließ mich vor dem Kloster anhalten, stieg aus und sagte: „Ja, wennst scho net mit mir einkehrn magst, nachat leg i mi beim Kaltenecker Sepp no a Stünderl aufs Kanapee; denn woaßt, jetz is im Kloster a ganze Stund zum Beten. Schließlich geh i den ganzen Tag bettln, daß net dahungern, da könnans nachat sChorgebet doch scho ohne meina macha!"

Der Kommando-Pfarrer

Ich hab ihn nicht mehr gekannt, aber er hat mich getauft, der Pfarrer Karl Huber. Von 1916 bis 1924 ist er Seelsorger der Expositur Niedernkirchen gewesen. Er war bis zu seiner Verwundung im 1. Weltkrieg Offizier, drum ist's auch in der Kirche bei ihm noch militärisch zugegangen. Es ist oft mehr Zirkus wie Gottesdienst gewesen. Nicht selten sind die Leute in ihrer Andacht aufgeschreckt worden, wenn er zum Chor hinauf donnerte „Halt!" und gleich darauf wieder im scharfen Offizierston: „Weiterspielen!" Ganz außer Rand und Band war er immer, wenn seine Lieblinge, die Schäferhunde, verschwunden waren, was ja öfter der Fall gewesen ist. Die sieben Schulklassen haben dann die umliegenden Wälder und Fluren durchstöbern müssen, und die Köchin hat Hundstage gehabt, bis seine Lieblinge wieder da waren.

Sein Nachfolger ist der Pfarrer Georg Neuber geworden. Er war ein Bäckerssohn aus der nördlichen Oberpfalz. Ein Trumm Mannsbild ist er gewesen und auf seinem mächtigen Korpus saß ein mondähnlicher, kugelrunder Kopf mit einer stets blitzblank geputzten Glatze. Fünf Jahre hab ich bei ihm ministriert. Er ist streng und geizig gewesen. Weil's halt bei uns Ministranten mit den lateinischen Meßgebeten immer wieder haperte, bestellte er uns eines Nachmittags ins Pfarrhaus zum Nachhilfeunterricht. Aber es ist nichts draus geworden. Als wir nämlich grad an der Zugglocke vor der Haustür läuten wollten, ist drinnen ein Mordsdonnerwetter losgegangen. Er hat nämlich seine spindeldürre Köchin, die Frein Theres, dabei erwischt, wie sie sich ein Butterbrot genehmigte. Er kanzelte seine Nichte deswegen so gewaltig ab, daß uns jeglicher Appetit auf lateinische Nachhilfe vergangen ist. Oft ist er am Sonntagnachmittag mit dem Radl an unserem Hof vorbeigefahren zum Schafkopfen ins Wirtshaus nach Wilhelmshöhe. Er hat ein ganz altes Fahrradl gehabt und beim Radln immer Ledergamaschen getragen, damit ihm die Fahrradkette die Hose nicht erwischte. Wenn wir ihn kommen sahen, schickte uns die Mutter immer hinaus zum „Gelobt sei Jesus Christus" sagen. Aber nur wenn er zum Wirtshaus hingefahren ist, denn beim Heimfahren war das eine gefährliche Sache. Gewann er beim Schafkopfen, dann war er gut aufgelegt, hatte er aber verloren, dann ist der Teufel los gewesen. Wir haben schon gewußt, wenn er das Radl bergauf im Laufschritt schiebt, dann habens ihn beim Kartln wieder ins Gras beißen lassen. Gefürchtet sind seine Steckerlstrafen gewesen. Zweimal hab ichs selber probieren dürfen. Er hat absolut nicht geduldet, daß während der Schulmesse auf dem Dorfplatz irgendein Lärm gewesen ist.

Da bin ich halt auch wieder einmal in die Schulmesse zu spät gekommen. Das wollte ich ausnützen, um mir einen langgehegten Wunsch zu erfüllen. Fast alle Buben haben zu jener Zeit eine Korkstopselbüchse gehabt. Ich habe schon wochenlang mit mir gekämpft, ob ich mir diesen Luxus leisten könnte. Das Geld hab ich mir mühsam zusammengespart. Also bin ich zum Dorfkramer gegangen und hab mir die Büchs samt einer Schachtel voll Stöpseln gekauft. Man hat die pulvergefüllten Stöpseln wie beim Vorderlader in den Büchsenlauf gesteckt und abgedrückt. Es krachte fürchterlich, und ein Feuerstrahl war auch noch zu sehen. Natürlich hab ich die neue Errungenschaft auch gleich ausprobiert. Damit's aber unter der Meß nicht so kracht, hab ich den Büchsenlauf in das Zollrohr vom Geländer zum Wirtshausaufgang gesteckt und so meine Probeschüsse gemacht. Es gab schon auch noch ganz schöne Rumser und der Rauch- und Pulverdampf hat am anderen Rohrende noch gewaltige Spuren meiner Schießversuche gezeigt. Nach der Messe begann die Schule. 1. Stunde Religion. Kaum war das Eingangsgebet ausgesprochen, kam auch schon die verhängnisvolle Frage: „Wer hat heut während der Messe auf dem Dorfplatz geschossen?“ Ein paar Dirndl haben mich natürlich schadenfrohen Herzens auch gleich verraten. „Da Wigg is gwen!“ Ich hab grad noch gesehen, wie der Pfarrer einen feuerroten Kopf bekam und als Zeichen höchster Erregung ist ihm auf seinem Riesenschädel die Stirnader fingerdick angeschwollen. „Auweh“, hab ich mir bloß noch gedacht. „Du hast es ja nötig“, hat der geistliche Herr, welcher bei mir als Ministrant auch noch mein Vize-Brotherr gewesen ist, gebrüllt. Drauf ist alles recht schnell gegangen. Er reißt den Kathederdeckel auf, nimmt das größte seiner spanischen Steckerl heraus, legt mich übers Knie und gibt mir für jeden Schuß einen saftigen Hieb auf meinen zaundürren Hintern. „So, und deinem Vater werd ich’s auch noch sagen, was du unter der Schulmesse treibst.“ – Weil nun der Vater eine recht pfarrerhörige Ader gehabt hat, belohnte er die sechs Schüsse seines Wiggerl ebenfalls noch mit reichlichen Prügelstrafen. Dadurch ist bei mir die Freude über die so lange gewünschte Stopselbüchse recht klein geworden.

Noch einmal hab ich vom Pfarrer Neuber vier saftige Tatzen auf die Hand bekommen, aber diesmal in Gemeinschaft fast aller Buben der vier Oberklassen. Darum waren diese Steckerlstrafen auch wesentlich leichter zu verkraften. Hergegangen ist es damals so. Die Buben der Schule Niedernkirchen, also die unsrigen, sind mit den Buben der Nachbarschule Heiligenberg schon immer im Kriegszustand gestanden. Es gab gelegentlich kurze Friedenszeiten, welche nie von langer Dauer waren. Zur Austragung der oft recht heftigen Nahkämpfe war die einstündige Mittagspause am geeignetsten. Diese einstündige Mittagspause hat es zu meiner Volksschulzeit zwischen den großen Ferien und Ostern gegeben. An schönen Herbsttagen sind wir die drei Kilometer nach Heiligenberg querfeldein über die leeren Felder gelaufen, und das war nötig, wenn wir den Hin- und Rückweg einschließlich Raufen in einer Stunde erledigen wollten.

Also war wieder einmal nach wochenlangem Geplänkel ein Großkampftag vereinbart worden. Die Heiligenberger sind uns mit Verstärkung einiger Feiertagsschüler auf halbem Weg entgegengekommen. Die Mehrzahl war mit langen Gerten und die Hauptkampflinie mit Lederriemen bewaffnet. So sind wir mit Hurra wie die Wilden aufeinander losgegangen. Heiligenberg war bloß eine Einklaß-Schule und zahlenmäßig unserer zweiklassigen unterlegen. Das hat sich auf unsere Kampfstärke günstig ausgewirkt. So haben wir die Heiligenberger auch diesmal wieder in die Flucht geschlagen und bis vor deren Schultür verfolgt. Dem Glücklichen schlägt keine Stunde, heißt's, und drum hat von uns auch keiner mehr gemerkt, daß die Mittagspausenzeit vorüber ist. Plötzlich hörten wir von unserer Dorfkirche das Zwölfuhrläuten, und wir waren noch drei Kilometer von unserer Schule entfernt. Nun ging's aber im Laufschritt und mit schlechtem Gewissen heimwärts. Aber es hat nichts mehr genützt. Zu unserem Pech war von zwölf bis ein Uhr Religion beim Pfarrer Neuber, welcher uns streng verboten hatte, mit den Heiligenbergern zu raufen. So war die Schultür bei unserer Ankunft bereits zugesperrt. Zu je fünf wurden wir vom Seelenhirten eingelassen und auch gleich abgeurteilt. Vier saftige Tatzen auf die Hand eines jeden Kriegsteilnehmers. Die Urteilsvollstreckung dauerte genau bis ein Uhr. Beim Pfarrer Neuber war es bestimmt die anstrengendste Religionsstunde seiner Niedernkirchner Zeit, bei mir aber eine bleibende Erinnerung bis zum heutigen Tag.

Kurz vor Ende meiner Ministrantenzeit im Jahre 1935 ist noch folgendes passiert:

Es ist ein schwüler Sommersonntag-Vormittag gewesen. Sogar in der sonst kühlen Dorfkirche hatte eine beängstigende Hitze die Kirchenbesucher erfaßt. Auch der gutding zwei Zentner schwere Pfarrer Neuber wischte sich ein- ums anderemal sein schweißbedecktes Gesicht. Es ist schon dem Gottesdienstende entgegengegangen. Ich hab ministriert und meine Gedanken schon außerhalb des kirchlichen Gemäuers gehabt. Da sehe ich zu meinem Entsetzen, wie der mächtige Körper des Pfarrers über den Stufen des Altares zu schwanken beginnt. Bis ich den Mesner drauf aufmerksam hab machen können, tat's einen Tuscherer, und der Pfarrer Neuber ist gestreckterlängs mit dem Hinterkopf auf dem harten Kirchenpflaster gelegen. Wie ein Mehlsack ist er umgefallen. Das Blut ist im hohen Bogen gespritzt, denn beim Aufschlag auf das Pflaster ist ihm eine Kopfader geplatzt. Es hat eine Riesenaufregung gegeben beim Kirchenvolk, und alles ist zum Helfen gelaufen. Es ist aber dann doch nicht so schlimm gewesen, wie's fürs erste aussah. Für den Pfarrer Neuber aber war es ein Grund, in den Austrag zu gehen und zwar nach Altötting, wo er mit seiner neugierigen Köchin Frein Theres den Lebensabend verbrachte bis zum seligen Ende.

Hart auf hart

Wenn von geweihten Originalen die Rede ist, dann soll auch der H. H. Franz Muggenthaler, langjähriger Pfarrer von Neuhofen, nicht unerwähnt bleiben. In den vierziger und fünfziger Jahren hat er dort sein geistliches Regiment geführt. Aus dem Bayerischen Wald ist er gewesen und hatte auch einen waldlerischen Dickschädel. Von ihm galt das Sprichwort: „Ich kenne die Meinen, und die Meinen kennen mich." Vor allem die Neuhofner Dorfbuben haben ihn gekannt und auch das, worauf er besonderen Wert legte. Dazu gehörte, daß ihn die Kinder, welche ihm auf der Straße begegnet sind, mit einem Kniebeugerl und einem respektvollen „Gelobt sei Jesus Christus" begrüßt haben. Weil aber die Neuhofner Dorfbuben von der zunehmenden Schwerhörigkeit ihres Seelenhirten wußten, haben sie mit dem oft spazierengehenden Geistlichen ihre Späßchen getrieben. Aus respektvoller Entfernung haben sie ihr Kniebeugerl gemacht und dem schwerhörigen Pfarrer Muggenthaler halblaut zugerufen: „Grüaß dö Good, Pflambene", worauf selbiger sein markiges „In alle Ewigkeit Amen" erwiderte.

Der Pfarrer Muggenthaler hat auch eine fast unnachahmliche Art gehabt, bei Hochzeiten oder sonstigen Feiern in den Wirtshäusern gepfefferte Ansprachen zu halten. Es war ergötzlich, wie treffsicher er dabei seine boshafte Munition verschoß. Er ist ein Trumm Mannsbild von gutding zwei Zentnern gewesen, und genau so gewichtig war seine Dickköpfigkeit. Vor allem im kirchlichen Bereich mußte alles nach seinem Kopf gehen. So verkündete er eines Sonntags, daß ab sofort keine Kinder mehr auf der Empore geduldet werden. Das ist von seinen Schäflein auch befolgt worden, aber Ausnahmefälle gibt's halt überall.

Ein Ausnahmefall ist sicher auch gewesen, daß der Stützenbauer Anton schnell seinen Buben, den Hanserl, mit sich auf die Empore genommen hat, und der Grund dafür war folgender. Der Hanserl ist schon oftmals in der Kirche umgefallen. Das sind Erscheinungen, mit denen Kinder in den Entwicklungsjahren des öfteren zu tun haben. Dem Buben war das recht zuwider und er wollte schon gar nicht mehr recht in die Kirche gehen. Beim Stützenbauern aber war es schon noch der Brauch, daß die Kinder wenigstens am Sonntag ihren Kirchenbesuch gemacht haben. So hat der Vater den Buben auf die Empore genommen, damit er gleich zur Stelle wäre, wenn dem Hanserl übel würde. Der Gottesdienst war fast zur Hälfte vorbei, als der Pfarrer sein „Dominus vobiscum" zum Chor hinaufsang, und da hat's ihm einen Ruck gegeben; denn er sah den Stützenbauern Hanserl neben seinem Vater im Kirchenstuhl sitzen. Noch ehe der Chor sein „Et cum Spiritu tuo" erwidern konnte, hat der Geistliche Herr schon hinaufgedonnert: „Da Bua muaß oba!" Aber der Stützenbauer, ebenfalls ein Tremel Mannsbild und für seine Willensstärke und sein Durchsetzungsvermögen bekannt, schrie von der Empore herunter: „Da Bua bleibt herobn." Im Moment verwandelte sich der friedliche Kirchenraum in einen spannungsgeladenen Kriegsschauplatz. „Wenn da Bua net sofort aba kimmt, nachat mach i nimma weida!" hat der Pfarrer hinaufgepulvert. „Nachat laßt as bleim", war dem Stützenbauer seine Antwort. Schon haben sich unter den Kirchenbesuchern zwei Parteien gebildet – die Pfarrerischen und die Stützischen. Aber keiner von den zwei Kontrahenten wollte nachgeben. Da ist der Pfarrer zum Angriff übergegangen. Er hat das große Meßbuch gepackt und ist mit zornadergeschwollenem Kopf auf die Empore gestürmt. Wie er aber vor seinem Kontrahenten steht und dessen Kampfbereitschaft sieht, war er sich seines Sieges anscheinend doch nicht mehr so ganz sicher. Statt, wie erwartet, mit dem Evangelienbuch dreinzuschlagen, sagt er zum Hanserl: „Auf da Stell gehst mir aba!" Aber genau so trotzig antwortete der Stützenbauer: „Da Bua bleibt herobm!" – „Daherin schaff i o", hat der Pfarrer wieder geschrien. „Und i zoi mein Kirchastui, und in dem Stui dua i, wos i mog.“ Wie der Pfarrer gesehen hat, daß er nichts ausrichten könne, ist er stockgiftig in die Sakristei, setzte sich auf einen Stuhl und bockte. Im Kirchenvolk ist nun eine lautstarke Unterhaltung aufgekommen, und niemand wußte, wie's weitergehen soll. Da nahm der Stützenbauer seinen Buben und hat mit denen, welche auf seiner Seite gestanden sind, die Kirche verlassen. Erst daraufhin hat der Pfarrer Muggenthaler, der im Sinne des Wortes seine Muggen gehabt hat, die Messe zu Ende gelesen.

Der unzuverlässige Heimweiser

Ein Original ist er jedenfalls auch gewesen, derselbige Pfarrer Bauer aus Thanndorf. Mitte der zwanziger Jahre ist er verstorben; aber so manches lustige Stückl ist bis heute in der Erinnerung seiner Schäflein geblieben. Besonders gern hat derselbige Pfarrer Bauer halt das Bier mögen. Aber er hat es nicht in Thanndorf getrunken, denn er wollte sich von seinen Schäflein nicht zuschauen lassen, wieviel Masserl er braucht, bis das Maß voll ist, und meistens war es übervoll. Also ist er Samstag für Samstag über den Höhenzug gegangen nach Obergrafendorf ins Kollbachtal, um dort seinen großen Durst zu stillen. Begleitet hat ihn dabei immer der Dackel Wastl. Und auf seinen Wastl konnte er sich auch stets verlassen, der Geistliche Herr. Er brachte ihn jedenfalls immer pünktlich zur Sonntags-Frühmesse heim nach Thanndorf, bis auf ein einziges Mal. Da ist aber auch nicht der Wastl dran schuld gewesen, sondern eine liebesbedürftige läufige Hündin in Mariakirchen. Die hat nämlich den Hundepapa so in der Nasn gekitzelt, daß er seinen Geistlichen Herrn an der Leine statt nach Thanndorf ins entgegengesetzte Mariakirchen gezogen hat. „Ja, ja, a Kreiz is mit dera Hundsliab", sagte der Pfarrer, als er beim Taganläuten statt in Thanndorf im entgegengesetzten Mariakirchen gewesen ist.

Der Schlapperamok von Falkenberg

Ortspfarrer von Falkenberg ist er gewesen, von 1933 bis 1957, Siegmund Raith hat er geheißen und ist bei seinem Amtsantritt grad 50 Jahr alt gewesen. Er war geborener Oberpfälzer und löste in Falkenberg den alten Dekan Wanninger ab. Derselbe hat an die drei Zentner gewogen und den Beinamen „der lebendige Entenfriedhof“ gehabt. Falkenberg war damals noch ein Ökonomie-Pfarrhof, und das war für den neuen Pfarrer gerade das Rechte. Er war grad so ein guter Bauer wie Pfarrer, und ein hitziges Temperament hat er außerdem auch noch gehabt. Auch sonst war er mit allen Eigenschaften ausgerüstet, die einen Landpfarrer als volkstümlich ausgezeichnet haben. Kartenspiel und Eisstockschießen, Wirtshausgehen und Schnupfen, heftige Zornausbrüche und Feilschen um jeden Pfennig beim Viehhandeln haben dem Pfarrer Raith jene Volkstümlichkeit verliehen, die man braucht, um auch über den Tod hinaus im Gedächtnis einer Gemeinde zu bleiben. Wie gesagt, giftig werden hat er schnell können; denn der Volksmund sagt ja, kleine Haferl laufen schnell über. Weil es sich für einen Gottesdiener aber doch nicht schickt, beim „Narrischwerden“ auch noch hellauf zu fluchen, hat der Pfarrer Raith statt „Sakrament“ immer „Schlapperamok“ gesagt, und darum ist er unter diesem Spitznamen auch weit und breit bekannt gewesen. Er war ein nimmermüder Werkler. Kirche, Schule und Landwirtschaft sind sein Tageswerk gewesen. Wenn er abends nicht zum Schafkopfen gegangen ist, so ist er oft halbe Nächte über den alten Pfarrbüchern gesessen und hat die Ahnengeschichte seiner Pfarrangehörigen erforscht. So sind alle, welche ihn darum ersucht haben, zu einer Familienchronik gekommen. Viele lustige Anekdoten sind mit der Falkenberger Amtszeit des Schlapperamok verbunden.

Besonders hitzig konnte er beim Schafkopfen werden, besonders wenn er verspielte und das hat er trotz bester Karten halt oft müssen. So sind sie wieder einmal überm Schafkopfen gesessen, und immer hat der Geistliche Herr zahlen müssen. Da schaut er zufällig unter den Tisch und sieht, wie der Schlottnerbauer von Schöfbach die anderen Mitspieler mit den Füßen dirigiert. Mit einem giftigen „Schlapperamok" ist er aufgesprungen und hat mit einem Stuhl auf den Übeltäter eingeschlagen. Der Schlottnerbauer hat sich mit einem jämmerlichen Aufschrei unter den Tisch fallen lassen und hat herausgeschrien: „Dös mirgst da, dös kost di a schöns Gejd, dös zoag i o, weil i mir dös net gfoin laß." Weil die anderen Mitspieler natürlich auch zum Schlottnerbauer geholfen haben, ist der Schlapperamok ganz kleinlaut geworden. Er hätts net so gemeint, und außerdem habens ihn beim Kartenspuin ja ausgschmiert, verteidigte sich der Pfarrer. „Dös muaßt bei da Vohandlung erst beweisn", hat der Schlottnerbauer drauf gsagt, „und a Vohandlung wird dös oiwei, weil i di ozoag wegen Körperverletzung." Das ist aber dem Schlapperamok doch zu viel gewesen, und er bettelte, sie sollen das doch an Ort und Stelle unter sich ausmachen. „Eiso", sagte der Schlottnerbauer, „von mir aus. Aba du muaßt mi untam Tisch aussaziagn und wieda a so aufn Stui hiesetzn, wia i vorher dort gsessn bi." Der Schlottner ist aber um einen guten Kopf größer gewesen wie der Pfarrer, und so hat's jener, obwohl ihm bald der Schweiß über seinen kugelrunden Kopf gelaufen ist, nicht halbwegs geschafft. Als der Pfarrer schon ganz erledigt war, meinte der immer noch unter dem Tisch liegende Schlottnerbauer: „Jetz wennst di hiekniast und mi vor alle Leit um Vozeihung bittst, nachat sama wieda guat." So schnell ist er auf den Knien gewesen, der Schlapperamok, daß die Umstehenden kaum mit dem Schauen mitgekommen sind. Nach des Pfarrers innigster Bitte um Verzeihung habens miteinander geschnupft, und die Sache ist erledigt gewesen.

Eine besondere Freude hat dem Schlapperamok im Winter auch das Eisstockschießen gemacht. Auf der Eisbahn wenn er gewesen ist, hat er alles andere vergessen. So war an einem Winternachmittag Frauenbeichte angesagt. Aber schon lange ist sEisstockschießen nicht mehr so gut gegangen wie selbiges Mal. Also vergaß halt der Seelenhirte im Eissporteifer ganz auf das Beichtsitzen. Da kam der Mesner auf die Eisbahn und sagte: „Herr Pfarrer, dWeiberleit waarn zum Beichten da!“ „Jessas“, sagte der Schlapperamok, „da hob i jetz pfeilgrad drauf vogessn. Geh weida Mesner, schicks wieda hoam. Wer woaß, obs Eisschiaßn morgn no so guad geht, und außerdem ham dWeiberleit eh oiwei eahnan gleichn Schmatz!“

Von den ehemals gutding 100 Tagwerk sind bei seinem Amtsantritt noch etwa 30 Tagwerk Pfarreigentum gewesen, und mit denen hat er seine Freude gehabt. Ein paar Ochsen haben die Gespannsarbeit gemacht. Als Knecht hatte der Pfarrer während und nach dem Krieg den Polen Stanislaus, genannt der Stani. Nachdem auch der Stani einer von der gachen Art war, hat’s zwischen Herrn und Knecht oft ganz schön gekracht. Wenn der Schlapperamok seinen Polakn schimpfte, hat jener zurückgewettert: „Schrei net a so, du heiliger Stier!“

Da hat der Stani einmal in der Ötz geackert. Die Ötz ist ein recht lehmiges Hangfeld gewesen. Teils waren die Ochsen schuld, teils der Hang und der schlechte Boden, so daß es den Stani beim Ackern elendig fuchste. Eine Sauarbeit ist das gewesen, und der Stani hat geflucht wie ein Landsknecht. Da ist der Pfarrer dazu gekommen, hat das gehört und den Stani wegen der Flucherei zur Rede gestellt. Jener warf dem Herrn das Leitseil vor die Füße und schrie: „Da ackerst selba, du heiliga Stier!“ Beim Pfarrer ist’s aber auch nicht besser gegangen, und nach kurzer Probe sagte er zum Knecht: „Stani, acker du wieda, du derfst wenigstens scheltn! (fluchen)“

Freude hat dem Schlapperamok auch das Schweinemästen gemacht. Weil ihm aber der Ferkel-Zukauf immer zu teuer gewesen ist, hat er die Schweine zum Verkauf immer recht schwergefüttert. So unter drei Zentner verkaufte er selten eine.

So sagte er wieder einmal zum Metzger Luck, er hätte ein schlachtreifes Schweindl zum Verkaufen. Der Luck ist gekommen, und beide haben sich auf den Pfundpreis geeinigt. Also mußte die Sau auf die Waage. Weil die Waage vom Pfarrer kaputt war, habens das Schwein auf die Posthalter-Waage getrieben. „Dös ko net stimma", meinte der Pfarrer, „dö Sau muaß doch schwaara sei! Paß auf, Luck! Jetz treibmas zum Schmied Friedl abö, vielleicht hat der a bessanö Waag." Also habens die Sau zum Schmied Friedl getrieben. Weil aber die Sau auf dem Weg dorthin ein paarmal mußte, hatts beim Schmied gute zehn Pfund weniger gewogen als beim Posthalter. Das ist dem Geistlichen auch wieder nicht recht gewesen, und er hat treuherzig gemeint: „Also, Luck, dö Sau konnst habm, aba gelten muaß dös Gwicht vom Posthalter!"

In den Nachkriegsjahren haben die Falkenberger auch einen Fußballverein gegründet. Der Pfarrer hatte damals einen jungen ungarischen Kaplan, welcher ein exzellenter Fußballer war und den Verein mitbegründete. Dadurch ist auch der Schlapperamok noch ein begeisterter Anhänger des runden Leders geworden. Wenn es ihm irgendwie möglich war, ist er Gast der Spiele gewesen, und wehe dem Schiedsrichter, der gegen die Falkenberger Mannschaft pfiff. Mehrmals ist der hitzige Seelenhirte am Schiedsrichter mit Regenschirm oder Hackelstecken handgreiflich geworden; denn auf seine Falkenberger Fußballer ließ er nichts kommen.

Als 73-jähriger ist er nach Münchnerau bei Landshut in den Ruhestand gegangen. Aber den 80. Geburtstag und sein Goldenes Priesterjubiläum hat der Schlapperamok in Falkenberg gefeiert. Er ist auch Ehrenbürger der Gemeinde Falkenberg gewesen. 83 Jahre ist er alt geworden und seinem letzten Wunsch gemäß auch auf dem Falkenberger Friedhof zur letzten Ruhe gebettet worden. Weil er aber ein Original gewesen ist, darum erinnern sich die Falkenberger immer noch gerne an ihren Schlapperamok.

Ein Witzbold Gottes

Daß bei Geistlichen Originalen nicht bloß der Verstorbenen, sondern auch eines Lebenden gedacht sei, möge man dem Schreiber wohl zugestehen. Sicher besteht auch Verständnis dafür, daß jener Witzbold Gottes ungenannt bleiben soll. In den ersten Nachkriegsjahren hat dieser in Passau seine Priesterweihe empfangen und in einer Pfarrei derselben Diözese seine erste Kaplanstelle angetreten. Man darf dieselbe als seine erste Kreuzwegstation bezeichnen. Gegen Abend erreichte er, mit einem alten Fahrrad ausgerüstet, seinen ersten Wirkungsort. Als er mit einem bescheidenen Packerl Habseligkeiten am Pfarrhof läutete, empfing ihn eine resolute Pfarrersköchin nicht gerade herzlich. Statt einem freundlichen „Grüaß Good“ hieß es: „So, bist endlö da! Da drin steht dei Essn, und an da zwoatn Tür üba da Stiagn is dei Kamma! Um hoibö achtö muaßt an Sterberosnkranz betn und morgn an Jüngling eigrabn. Da Herr Pfarra is heit Vormittag scho weggfahrn nach Frankreich in Urlaub.“ So stand der junge Gottesknecht da wie ein begossener Pudel und erahnte Schlimmes. Besonders bedrückte ihn, daß er als erste Amtshandlung gleich einen Jüngling begraben sollte. Weil er kein bayrischer Landsmann war, konnte er ja nicht wissen, daß Jünglinge, gleich welchen Alters, bei uns unverheiratete Mannspersonen sind. So plagte er sich in einer schlaflosen Nacht damit, was er am Grab eines Jünglings wohl an tröstenden Worten von sich geben soll. Umso erleichterter war er am nächsten Tag, als er erfuhr, daß der Jüngling 78 Jahre alt und unverheiratet verstorben sei.

Der junge Priester lebte sich alsbald ein und mußte, weil der Pfarrer noch 30 Tagwerk Ökonomie betrieb, zusammen mit der Köchin auch landwirtschaftliche Arbeiten verrichten. Da die Köchin jede Gelegenheit nützte, ihm in unchristlicher

Nächstenliebe das Leben sauer zu machen, waren seine Rachegefühle bald genau so unchristlich. Vor allem beim Heuaufladen gab es dazu Gelegenheit, es der frommen Köchin heimzuzahlen. Die Köchin stand auf dem Wagen zum Richten. Er schob ihr beim Heuaufladen die Heubauschen immer schön brav ins Gesicht. Einmal hatten sie ein großes Heufuder geladen und mußten es auf einem ausgefahrenen Hohlweg nach Hause führen. Der Pfarrer führte das Roß und befahl den beiden, links und rechts mit der Gabel dafür zu sorgen, daß die Fuhre nicht umfällt. Also stemmte sich die Köchin auf der einen und der Kaplan auf der andren Seite gegen das Heufuder. Als sich die gefährliche Fracht aufgrund der schlechten Straße auf die Seite der Köchin neigte, gab der Kaplan seinem schwachen Herzen einen Stoß und der Gabel den entsprechenden Schub, und die schreiende Köchin konnte grad noch zur Seite springen, sonst wäre sie unter der Fuhre begraben worden. Daß der wortgewaltige Pfarrherr auch noch eine saftige Strafpredigt auf die Haushälterin losließ, war für den jungen Gottesknecht eine Genugtuung für viele von ihr erlittene Demütigungen.

Die Tüchtigkeit des jungen Gottesknechtes trug alsbald ihre Früchte. Eine Pfarrstelle wurde ihm übertragen, welche er bis heute noch innehat. Es war kein leichter Anfang, denn seine Vorgänger waren ältere Herren und die Dickköpfigkeit mancher Schäflein umliegend bekannt. Seine Witzigkeit kam ihm zwar sehr zugute, doch manche Unsitte im Kirchenraum wurde hartnäckig verteidigt. So war es alter Brauch, daß die Männerbänke vorne leer waren, weil die meisten Herrn der Schöpfung an der hinteren Kirchenmauer lehnten. Trotz aller freundlichen Einladungen gelang es dem jungen Pfarrer nicht, die „Wandheiligen" nach vorne zu locken. Eines Sonntags verkündete er, daß er Verständnis habe, wenn Männer mit übelriechenden Schweißfüßen nicht gerne nach vorne gehen. Darum würde er vorschlagen, daß ab nächsten Sonntag alle

Burschen und Männer mit Schweißfüßen hinten an der Mauer bleiben, die übrigen aber vorne Platz nehmen. Am nächsten Sonntag war vorne voll und hinten leer.

Einmal machte der Pfarrer Beichtaushilfe in einem größeren Nachbarort. Sein Mesner wußte das nicht und fuhr mit seiner Frau per Fahrrad zur Osterbeichte an jenen Ort. Nach langem Schlangestehen vor dem Beichtstuhl kam der Mesner endlich an die Reihe. Beim Eintritt in den Beichtstuhl streifte sein Blick den sitzenden Beichtvater, und er erkannte seinen Herrn. Schnell drehte er sich um, packte seine Frau am Arm und sagte: „Oidö, geh ma auf dö andre Seitn, da herent sitzt da unsarö."

Im Laufe der Jahre bekamen viele Pfarrkinder die Schelmereien des Seelenhirten zu verspüren. So war in den Jahren, als das Auto noch eine Rarität gewesen ist, bei einem jungen Bauern seiner Pfarrei die Taufe des ersten Kindes. Zum Taufmahl auf dem Hof war auch der Herr Pfarrer eingeladen. Er kam mit einem VW Käferl. Der junge Vater, welcher noch kein Auto hatte, aber grad beim Führerscheinmachen war, bat den Geistlichen, ihm doch schnell das Auto zu leihen, denn er wolle noch eine Tante aus der Nachbarschaft zum Taufschmaus holen. Selbstverständlich wurde die Bitte gewährt. Nach ein paar Tagen kam ein Brief an den jungen Vater von der zuständigen Polizeiinspektion. Da stand schwarz auf weiß, daß er am soundsovielten um jene Uhrzeit auf der Straße von seinem Hof zum Anwesen soundso mit einem Auto gesehen wurde. Angegeben waren auch der Fahrzeugtyp sowie die Autonummer. Eine Nachprüfung habe ergeben, daß er nicht im Besitz eines Führerscheines sei. In den nächsten Tagen werde ihm eine entsprechende Geldstrafe zugestellt. Außerdem sei ihm, falls er beabsichtige, in nächster Zeit den Führerschein zu machen, derselbe für drei Jahre gesperrt. Der Empfänger war wie vom Blitz getroffen und wollte sofort auf die Polizeistation zum Rechtfertigen. Vorsichtshalber hatte der Witzbold Gottes den

Vater des Betroffenen in seine Schelmerei eingeweiht. Der Vater bewog den Sohn, die Sache noch ein paar Tage zu bedenken. Bis dahin klärte sich dann der Fall auf.

Beim vierten Kind bekam jener Vater einen Brief vom zuständigen Landratsamt. Darin war zu lesen, daß ab sofort alle Eltern bei der Geburt des vierten Kindes ein Geschenkpaket des Landkreises in Empfang nehmen dürfen. Der Adressat werde gebeten, sein ihm zustehendes Paket innerhalb von drei Tagen auf Zimmer 17 im Landratsamt abzuholen. Diesmal ging allerdings der Schuß nach hinten los. Der schlaue Vater ging zum Pfarrer und übergab ihm den Brief mit der Bitte, ihm doch bei nächster Gelegenheit das Paket vom Landratsamt abzuholen, wo er doch jede Woche ein paar Mal in die Stadt komme.

Vieles wäre von jenem Witzbold Gottes noch zu berichten, und es wäre zu wünschen, daß ihm noch viele Schelmereien gelingen.

GEWUSST WIE

In der sogenannten „Guten Alten Zeit“ ist bei Gott auch nicht alles in Ordnung gewesen, ja nicht einmal die Ordnung in der Kirche. Da haben wir in Niedernkirchen einen neuen Seelsorger bekommen. Eduard Adlhoch hat er geheißen. Was schon seinen Vorgänger gestört hatte, das störte auch ihn. Und das Störende war, daß bei den Sonntagsgottesdiensten die Burschen auf den beiden Empore-Treppen saßen, wie die Hühner auf der Stange, obwohl auf der Empore genügend Platz gewesen wäre. Erst hat er's im guten Ton probiert, doch es nützte nichts. Und im Ernst und Zorn war schon gleich gar nichts zum Ausrichten. Genau vom Frühjahr bis zum Herbst hat er gebraucht, der Pfarrer Adlhoch, bis er die Stiegenhocker vertreiben konnte. Aber zwei ganz Hartnäckige sind halt immer noch auf den Treppenstufen gesessen, so auch am Kirchweihsonntag. „Heute am hohen Kirchweihfest“, sagte der Pfarrer, „möchte ich statt der Predigt einmal die Kunstwerke unserer Kirche erklären.“ Am Hochaltar fing er an, die Seitenaltäre und Deckengemälde, die Wandheiligen und sonstigen Kleinode folgten, und wir staunten über die Kunstwerke unserer Kirche. „Und nun“, sagte der Geistliche mit erhobener Stimme, „nun kommen wir erst noch auf das Wertvollste. Es sind die zwölf Apostelbilder auf der Emporenbrüstung.“ Alles drehte die Köpfe nach hinten, um die Kleinode richtig zu betrachten. „Eigentlich“, sagte der Pfarrer, „hätten wir ja 14 Apostel. Aber zwei davon haben nicht mehr Platz gehabt auf der Brüstung, darum sitzen sie hinten auf der Emporestiege.“ Alle Köpfe haben sich lachend nach hinten gedreht zu den zwei Stiegenhockern. Diese sind aufgestanden und mit hochrotem Kopf nach oben gegangen: Von da ab war's vorbei bei uns in Niedernkirchen mit den Stiegenhockern.

Franz Stössl, ein Lehrer-Original

Genau 30 Jahre ist er alt gewesen, der Herr Lehrer Franz Stössl, als er im Jahre 1932 von Massing zu uns nach Niedernkirchen gekommen ist. Er ist bei uns Leiter der zweiklassigen Volksschule geworden. Die drei unteren Klassen hatte ein Fräulein zu betreuen, und die vier oberen Klassen sind sein Revier geworden.

Ein Tremel Mannsbild ist er gewesen, von gutding zwei Zentner, und seine kracherte Art hat genau zu seiner Leibesfülle gepaßt. Genau das Gegenteil war dagegen seine Frau, klein und zierlich und von einer überfeinen Art. Äußerlich haben die beiden zusammengepaßt wie Feuer und Wasser. Bloß in einem waren sie beide von gleichem Interesse, nämlich was Gesang und Musik betraf. Der Franz ist ja ein musikalisches Genie gewesen. Er hatte bereits in Massing einige Operetten inszeniert und auch bei uns gleich im ersten Winter seines Hierseins den „Freischütz" aufgeführt. Mit den bescheidenen Mitteln und Kräften eines kleinen Dorfes ist es eine großartige Sache geworden.

So war es nicht verwunderlich, daß der Gesangsunterricht auch in der Schule seine große Stärke gewesen ist. Sein vierstimmiger Dorfschulchor hätte sich mit jeder Stadtschule messen können. Geschichte war auch noch ein Lieblingsfach vom Lehrer Stössl. Alle übrigen Fächer dagegen hätte er am liebsten zum Teufel gewunschen. Besonders leicht reizbar ist er beim Rechnen gewesen. Nicht selten sind bei uns die Rechenstunden etwa so verlaufen:

Eine kurze, dürftige Erklärung mit anschließendem Ausfragen. Haben wir's dann nicht gleich kapiert, so ist bei ihm schon die Sicherung durchgebrannt. Nach einer heftigen Schimpfkanonade, bei der alle möglichen und unmöglichen Schimpf- und Spottnamen gefallen sind, ist er zum Katheder gerannt. Dort ist ein Quadratdezimeter Blechwürfel gestanden. In demselben waren genau 1000 Quadratzentimeter Holzwürfelchen. Diesen Blechkasten hat er in seine Riesenpratzen genommen und auf uns Kinder im Klassensaal geworfen. Getroffen hat er uns allerdings nur ein einziges Mal. Denn, wenn er stockgiftig zum Katheder gerannt ist, sind wir schon unter die Schulbänke in volle Deckung gegangen. Nach dem Wurf hat er jedesmal fluchtartig den Schulsaal verlassen und dabei die Tür zugefeuert, daß man den Knall noch hundert Meter vom Schulhaus entfernt hören konnte. Das war für uns Kinder dann das Entwarnungssignal. Wir haben schnell alle Holzwürfel eingesammelt, in den Behälter gerichtet und anschließend auf und unter den Bänken Fangmandl gespielt; denn unter einer halben Stunde ist der Herr Lehrer selten zurückgekommen. Meistens ist er ins nahe Wirtshaus zum Brotzeitmachen gegangen; denn aufs leibliche Wohl war er stets bedacht.

Einmal schloß er am Wirtshaustisch eine Freßwette ab, und zwar ging es darum, daß er in einer Viertelstunde eine ausgewachsene Gans im gebratenen Zustand vertilgt. Weil er aber dreimal je fünf Minuten auf einen ganzen Tag verteilt brauchte, wollten seine Gegenwetter nicht zahlen. Doch die Drohung mit einer Anzeige hat dann die Streithähne wieder versöhnt. Nachtragend ist er nicht gewesen, der Lehrer Stössl.

Ich bin sein Laufbursch gewesen. Wenn er nach verrauchtem Zorn wieder in die Klasse gekommen ist, war meistens sein erstes Wort: „Gruaba Wigg, Dreghund (das war nämlich sein Kosename für mich), geh zum Krama um a Schachtal Zuban!" Von der Sorte Zuban rauchte er täglich einige Schachterl. Natürlich hab ich's immer aufschreiben lassen müssen, denn Geld hat der Franz selten gehabt.

Mein erstes Jahr bei ihm war in der 4. Klasse. Da ist wieder einmal Geschichtsunterricht gewesen für 5., 6. und 7. Klasse. Dabei setzte er sich am Beginn der 5. Klasse immer auf eine

Bank, so daß wir Viertklaßler hinter seinem Rücken gesessen sind. Eine Fleißaufgabe hätten wir machen sollen. Wir wußten aber, daß der Franz beim Geschichtsunterricht vor lauter Eifer nicht mehr merkt, was hinter seinem Rücken passiert. So haben wir Buben auch schnell unsere Steinschleudern unter den Bänken hervorgezogen und uns gegenseitig mit Erbsen beschossen. Aber das wurde auch bald langweilig. Im Übermut habe ich meine Steinschleuder gespannt und den Kopf des Herrn Lehrers anvisiert. Eigentlich wollte ich ja gar nicht abdrücken, aber der Moar Luck und der Schreiner Lenz haben mich gefrotzelt: „Duterer, hast ja eh net Schneid, daßt auf an Lehrer sein Kopf schiaßt." Das hat mich so bei der Ehre gepackt, daß ich den Schuß riskierte. Meine Absicht, daß ich sowieso nichts treffen würde, erfüllte sich leider nicht; denn ich erwischte sein rechtes Ohrwaschl. Er drehte sich daraufhin so schnell um, daß ich mein Unglückswerkzeug gar nicht mehr unter der Bank verschwinden lassen konnte. Und da hat er auch schon gebrüllt: „Gruaber Wigg, Dreghund, her zu mia!" Ich war auf Schlimmes gefaßt, aber es ist noch schlimmer gekommen. Mit seinen Riesenpratzen packte er meine mageren Wangen und hob mich mehrmals in die Höhe. Als Zugabe gab's noch eine Portion seiner gefürchteten Kopfnüsse. Gereert (geweint) hab ich deswegen nicht, aber an den Wangen einen solchen Muskelkater bekommen, daß ich mehrere Tag den Mund nicht mehr gscheid aufmachen hab können.

Mit dem zu meiner Schulzeit noch üblichen Tatzensteckerl hat der Lehrer Stössl selten gestraft. Er bändigte uns mit anderen Methoden. Meistens traf eine Strafe ja sowieso die ganze Klasse. Recht gefürchtet war bei uns Gradstehen mit nach vorne ausgestreckten Armen. Erst wenn allgemeines Weheklagen den Schulsaal erfüllte, gab's Begnadigung.

Wie schon erwähnt, genau das Gegenteil seiner kracherten Art war sine zierliche Frau Anni. Sie war auch immer auf eine übertriebene Höflichkeit bedacht. Nachdem das Lehrerwohnhaus gleich neben der Schule stand, ist Frau Lehrer oft in der Pause aufgekreuzt, hat einen künstlichen Nießerer gemacht, worauf wir sagen mußten: „Zum Genießen Ihrer Schönheit, Frau Lehrer“. Sie sagte darauf: „Danke für die Höflichkeit“, und wir wieder darauf: „Das war unsere Pflicht und Schuldigkeit“. So wollte die überspannte feine Frau Lehrer uns Landkindern Anstandskultur beibringen. Allerdings außer einem hintergründigen Grinsen hat ihre Anstandsmethode bei uns wenig Tiefenwirkung gehabt.

In den großen Ferien 1935 ist der Lehrer Stössl nach Hebertsfelden verzogen und ist dort Leiter einer wesentlich größeren Dorfschule geworden. Uns war hundsübel; denn außer Singen und Geschichte waren unsere schulischen Errungenschaften, dank seiner schlampigen Lehrmethoden, äußerst dürftig. Ein halbes Jahr ist uns bis zur Volksschulentlassung zu Ostern 1936 noch geblieben zum Lernen.

Aber wir haben das Glück gehabt, einen Lehrer zu bekommen, welcher uns in einem halben Jahr mehr beibrachte als der Stössl Franz in fast vier Jahren. Er ist nicht recht glücklich geworden bei uns in Niederbayern, der geborene Franke Franz Stössl. Von seinen zwei Söhnen starb einer mit sechs Jahren und der zweite mit 32. Er selbst erreichte auch bloß ein Alter von 58 Jahren. Ein schweres Asthmaleiden machte seine letzten Lebensjahre zu einer Erdenqual. So ist die ganze Familie ausgestorben und lebt nur noch in der Erinnerung seiner ehemaligen Schüler und Schülerinnen weiter. Die Bezeichnung „Lehreroriginal“ verdient der Stössl Franz jedenfalls auch noch weit über seinen Tod hinaus.

Das alte Schulhaus brennt

Eigentlich hat sie ja nicht mehr ganz gestimmt, die Bezeichnung „Altes Schulhaus“ ; denn es ist schon längere Zeit bloß noch Lehrerwohnung gewesen. Aber urkundlich ist festgehalten, daß in besagtem Haus, das ursprünglich das sogenannte Mesneranwesen gewesen ist, 1778 der Wanderlehrergesell Max Binder mit 36 Werktags- und zehn Sonntagsschülern bei uns in Niedernkirchen einen freiwilligen Schulbetrieb eröffnete. Er heiratete dann wegen der spärlichen Einkünfte die einzige Tochter des Mesners. Die Ehe blieb kinderlos. Darum schenkte er bei seinem Ableben das Anwesen der Pfarrgemeinde. So ist es Ortsschulhaus geblieben. Das Haus war wurmstichig und das Mauerwerk feucht. So haben alle Lehrer, die darin gewohnt haben, nicht gerade ihre Wohnfreuden gehabt.

Nach den großen Ferien 1935 haben wir einen neuen Schulleiter bekommen, einen überreifen Junggesellen aus München. Er hat auch eine äußerst hübsche Braut gehabt, welche ihn öfter besuchte. Bloß in die Lehrerwohnung ist sie nicht gegangen, sondern hat immer beim Wirt Quartier bezogen. Im Lehrerhaus waren nämlich neben dem ledigen Lehrer auch noch allerhand andere Lebewesen zu Hause. In den vielen Fugen und Ritzen haben sich verschiedene Viecherl breit gemacht. Neben Schwaben und Wanzen waren es vor allem die fliegenden Ameisen, welche das Wohnklima störten. Und vor diesen lästigen Viecherln hat das hübsche Fräulein aus München einen heiligen Respekt gehabt. So war guter Rat teuer; denn an eine Heirat war unter diesen Umständen schon gleich gar nicht zu denken. Weil aber der recht kleinen Schulgemeinde das Geld zum Neubau einer Lehrerwohnung fehlte, ist der überreife ledige Lehrer in einer argen Zwickmühle gewesen. Aber am 30. April 1936 sollte es eine Wende geben.

Ein Tag war's, so schön wie im Mai. Schwülwarme Luft ist über der Landschaft gelegen, und am Horizont waren Gewitterwolken sichtbar. Den ledigen Herrn Schulleiter hat das Wetter anscheinend beängstigt; denn er begab sich vorsichtshalber in die Nachbarschaft. Böse Zungen haben gar behauptet, daß der Herr Lehrer auch die wertvollsten Sachen vorsichtshalber in Sicherheit brachte. Als dann tatsächlich im fernen Westen Blitze zuckten und Donnerrollen zu hören war, da hat der verängstigte Schullehrer durchs Nachbarküchenfenster bloß noch einen Schauer auf sein altes Lehrerwohnhaus gehabt. Ich bin als 14-jähriger mit meinen Schwestern beim Distelstechen auf dem Acker gewesen, als gegen Mitte des Nachmittags die große Glocke im Dorf Feuer läutete. Und da ist auch schon eine fette Rauchwolke pfeilgerade gegen den Himmel gestiegen. Im Dorf ist gleich darauf ein Mordslärm angebrochen. Die Mannsbilder haben die Handpumpfeuerspritze zum nahen Enzingerweiher geschoben und nach kurzer Zeit das angrenzende Schulhaus bespritzt. Ich bin auch so schnell wie möglich ins Dorf gelaufen und hab dort eine recht fröhliche Lösch- und Zuschauermenge angetroffen. Als große Sensation ist die Lindener Feuerwehr mit einem Opel Blitz und einer tragbaren Motorspritze angerückt. „Dö wern ja do net dös oide Graffö löschen woin", hat man die Leute frotzeln gehört. Denn der Lindener Wehr mit ihrem bewährten Maschinisten, dem Ferliner Bauern Alois Haas, ist ein respektvoller Ruf vorausgegangen. Aber an diesem Tag paßte einfach alles zusammen. Nicht ums Verrecken ist nämlich die Motorspritze angesprungen. Der Maschinist kämpfte in Hemd und Hose mit schweißtriefendem Gesicht mit den Tücken der Technik.

Das alte Gebäude samt seinen Parasiten war nun schon bis auf die Grundmauern niedergebrannt. Nur der Kamin ist noch aufrecht dagestanden und hat der Feuersglut getrotzt. Grad als unser Feuerwehrhauptmann, der Schneiderbauern Karl, nach einem Hornsignal das markige Kommando: „Mit den Geräten zurück!“ gegeben hatte, ist die Lindener Motorspritze angesprungen und gab dem wankenden Kamin den Garaus, zum Gaudium von uns Buben. „Schad um dö schönö Schwaben-, Wanzen- und Ameisenzucht“, haben die Leute gesagt. Inzwischen haben die Schönauer Gendarmen die ersten Ermittlungen durchgeführt und auch den ledigen Herrn Lehrer vernommen. Der konnte sich aber außer dem weit im Westen stehenden Gewitter keine Erklärung geben. „Möchst as net glauben“, sagte der als Dorforiginal bekannte alte Schreiner, „möchst as net glauben, daß jez da Blitz a scho a Fernzündung zambringa muaß!“ Den Murauer Xaverl, einen im Gemeindehaus untergebrachten Gelegenheitsarbeiter haben die nächsten Tage dann die Gendarmen noch fest traktiert. Er war nämlich mehrere Tage vor dem Brand im Schuppen des Lehrerhauses mit dem Sägen von Schulholz beschäftigt. Aber justament, auch das ist schon so weit zurückgelegen, daß unmöglich noch seine Zigarettenasche brandstiftend hätte sein können. So ist als Brandursache bloß noch der Fernblitz übrig geblieben, auch wenn niemand so recht dran glauben wollte.

Aber sein Gutes hat er doch gehabt, der selbige Wunderblitz. Weil sich nämlich herausstellte, daß die Brandstelle eigentlich Pfarrgrund sei, schaltete der damalige junge Ortspfarrer Josef Zimmerer recht schnell. Er erwirkte beim Regensburger Ordinariat auf der Brandstelle den Neubau eines kirchennahen Pfarrhauses. Auch der brandgeschädigte und obdachlose Lehrer warf seine ganze Schreib- und Redekunst in die Waagschale, um den Neubau eines Lehrerwohnhauses mit Gemeindekanzlei zu verwirklichen. Bis Jahresende waren, dank der fleißigen Mitarbeit der Pfarr- und Gemeindeangehörigen, beide Häuser bezugsfertig. Auch der Verheiratung des Schulleiters ist nun, dank einer neuen parasitenfreien Wohnung, nichts mehr im Wege gestanden, und das alles wegen einem wundertätigen Fernblitz.

Der verfressne Postbot

Das sind halt noch Zeiten gewesen, als die Landpostboten per Fuß oder Fahrrad ihre strapazierlichen Postgänge machen mußten. Meistens waren sie noch aufgepackt wie Tragesel, und wenn so eine Runde oft 20, 30 Kilometer lang war, dann hat der Magen ganz schön geknurrt. Kein Wunder, daß die meist freundlich gereichten Stärkungen dankend angenommen wurden. Vor allem die Jungpostler haben bei ihren Botengängen oft einen Mords-Kohldampf bekommen. So war's auch selbiges Mal beim Bachhuber Anton, welcher eigentlich besser unter dem Spitznamen „Donsch" bekannt war. Neunzehn Jahre ist er jung gewesen und ein temperamentvoller und allseits gern gesehener Postler. Aber an jenem Tag war er schon ziemlich am Ende seiner beschwerlichen Runde, und niemand dachte an seinen Hunger. Kein Wunder, daß er auf dem Luhberger Hof, wo eine äußerst freigiebige Bäuerin regierte, die Sache diplomatisch anpackte. Als er die Post zur Küchentür reinsteckte, sagte er recht danschig: „Grüaß dö Good, Nanö! Herrschaftseitn, schmeckt's bei dir herin heit guad." „Ja mei", hats gsagt, „Küachön bacha hab i grad, magst eba oan?" „Ja freilö", sagt der Donsch drauf, „heit hab i eh scho an sauban Hunga beinand." „No", hat die Nanni gsagt, „nachat sitz dö a bissal nieda und probier meinö Küachön." Sie schob ihm die gegupfte Schüssel voll Krapfen vor die Nase und meinte: „Mach ma koanö langa Pflanz. Kost glei von da Schüssl außanehma. I muaß schnell ins Hoiz abögeh, weil da unsre Leit drunten san bei da Arbat und anscheinend dHausglockn net ghört ham, daß zum Essn waar." Also ist der Anton mit seinem Heißhunger und der Schüssel voll Gebackenem allein gewesen. Grad gschmeckt hat's ihm, und alle paar Beißer ist wieder ein Küachl weniger in der Schüssl gewesen. Weil er sich auf dem Luhberger Hof schon immer recht heimisch gfühlt hat, öffnete er auch noch das Glas eingeweckte Kirschen, welches auf der Anricht gestanden ist. Nun stimmte die Mischung wirklich. Immer wieder ein paar Löffel voll Kirschenbrüh zur Verdauungsförderung hinter den Krapfen her, und kein Mensch störte ihn dabei, denn die Nanni ist ziemlich lange ausgeblieben. Und so aß und aß er, bis auf einmal die Schüssel leer gewesen ist. Justament in dem Augenblick geht die Nanni zur Küchentür rein und fragt: „No, Alois, ham dir meine Küachön gschmeckt?" „O mei, Nanni", sagt der Donsch treuherzig, „guad is da gar koa Ausdruck nimma für deinö Küachön!" Drauf sagt d'Nannö: „Jetz san unsrö Leit aa da zum Essn, hoffentlich hab i vui gnua hergricht." Wie sie aber die leere Schüssel sah, sagte sie scherzhaft: „Na, der Postbot is a Schlankl, hat der mir pfeilgrad meine Küachön vosteckt." Jetzt ist dem Donsch erst bewußt geworden, wieviel er gegessen hatte, und er sagte treuherzig: „O mei, Nanni, dö hab i oisant zamgessn." „Geh Postbot", sagt die Nanni, „du mechst mi bloß foppn. Sag, wo hast as den hiegramt?" „Ja, oisant in mein Ranzn einö", meinte der Donsch drauf, „dö san so vui guad gwen, daß is gar nimma gspannt hab, wias mit öahna dahieganga is." „Dös gibts ja gar net", meint die Nanni, „is a solchanö Schüssl voi gwen." „Leider gibt's dös do", sagt der Donsch kleinlaut, und wie er aufstehen will, merkt er tatsächlich, daß dort, wo erst ein knurrender Magen war, jetzt ein übervoller Ranzen gewesen ist. „Macht nix", sagt die Nanni, „d'Hauptsach is, wenns dir gschmeckt ham." Sie hat dann für die Holzknecht schnell eine Portion Pfannenkuchen gemacht, so sind auch diese noch richtig abgefüttert worden. Der Donsch aber war so voll gefressen, daß er nicht mehr aufs Radl gekommen ist, sondern dieses die restliche Strecke bis Linden hat schieben müssen.

Die schlaue Theres

Theres Stummer hat sie sich geschrieben, aber im Volksmund war sie überall bloß die „Stummer Ress". Ihr Personenstand war ledig, und ein Original war sie allzumal, die Ress. Ihr Dauerproblem war eine nach ihrer Meinung zu kleine Wohnung im Markt Gangkofen. So war sie hartnäckiger Dauergast beim damaligen Landrat, Ludwig Ostermeier. „Und kemma dua i solang zu dir", sagte die Ress, „bist ma a größanö Wohnung zuabringst." „O mei, Ress", zog sich der Herr Landrat immer aus der Schlinge, „i dua ja eh wos i ko. Aba i find hoid a nix passats." Im Landratsamt amüsierte man sich jedes Mal über ihren Aufzug und ihre originellen Redensarten. Immer war sie mit drei Handtaschen ausgerüstet, welche um den Hals hingen und über ihrem übergroßen Busen baumelten. So kam sie wieder einmal zum Landrat und stellte ein Ultimatum. „Eiso, jetz paß auf", sagte sie. „Boidst ma bis in oana Wocha koa größanö Wohnung net zurabringst, nochat fahr i in Landtag und beschwer mi üba di!" „Ress", sagte der Landrat, „dös duast!" Daß der Landrat auch „Ress" zu ihr sagte, das wurmte sie schon narrisch.

Tatsächlich fuhr die Therese nach München und verschaffte sich Zutritt zum Landtag. Der erste, welcher ihr in die Hände lief, war der wohlbekannte Minister Hundhammer. Wortgewaltig trug sie ihr Wohnungsproblem vor, und der Minister versprach, sich der Sache schnell anzunehmen, noch dazu, wo der Landrat Ostermeier, welcher die Ress, wie sie meinte, bloß zum Narren hielt, kein Schwarzer, sondern ein Bayernparteiler war. Aber weil die Ress nun schon im Landtagsgebäude war, wollte sie gleich Nägel mit Köpfen machen. So stöberte sie auch noch die Fraktion der Bayernpartei auf und beschwerte sich über ihren weißblauen Landrat. „Und daß ös glei wißts", sagte die Ress, „und dös müaßts öahm aa schreibn, an Ostermeier Ludwig, wenn er no oamoi Ress zu mir sagt, noachat sag i zu öahm a bloß no Luggi!"

Fröhliches Alter

Daß hohes Alter nicht unbedingt Mühe und Gebrechen bedeuten muß, hab ich oftmals erfahren. Es ist ergötzlich, mit wie viel Humor alte Leute oft ihre hohen Jahre noch würzen. An seinem 90. Geburtstag hab ich meinen Nachbarn, den alten Mornthaler Bauern Xaver Baumgartner besucht. Kein Wort des Jammerns und Klagens war zu hören, sondern lauter lustige Geschichten aus neun Jahrzehnten seines Lebens. Beim Auseinandergehen meinte er kaltschnäuzig: „Wenn's den saublödn Brauch mit dem Sterben net boid amoi obschaffan, nachat werö hoid aa amoi dabei sei!"

Der Neumayer Adolf, Schlossermeister aus Eggenfelden, hat seinen Neunzigsten gefeiert. Er ist mit einem alten Fahrradl als Wandersgesell in jungen Jahren nach Eggenfelden gekommen und hat es durch Fleiß und Können zu einem renommierten Schlossergeschäft gebracht. So war die Vollendung des Neunzigsten ein gebührender Anlaß zum Feiern. Auch der noch jugendliche Zeitungsredakteur Franz Mitterer war dabei, um eine Geburtstagsreportage zu schreiben. Beim Verabschieden vom Jubilar meinte er: „Gell, Herr Neumayer, derns auf öahna Gsundheit schaun, damit mir an Hunderter a wieder mitanand feiern könnan." Da sagte der Neunzigjährige zum 30 Jahre jüngeren Redakteur trocken: „Boidst as du dalebst scho!"

Eine Neunzigjährige ist sie geworden, die alte Schnall-Mutter aus Holzham. Ein unendlich karges Leben teilte sie mit ihren Eltern. Im Kindesalter wurde sie vom Bayerischen Wald in unsere Gegend verschlagen. Sie heiratete in Holzham in das Schnall-Anwesen ein und war, so lange ich sie kannte, ein fröhlicher Mensch. Zu ihrem Neunzigsten kam ich auch als Gratulant und fragte nach ihrem Befinden. „O mei", sagte sie und deutete auf die Herzgegend. „Da drinn geht's oft hübsch laut zua." „Dagegen", meinte ich, „könnte man aber schon was machen." „Ja, ja", sagte sie, „sDirndl bringt ma eh oiwei ebs hoam vom Dokta." (sDirndl war allerdings auch schon 65 Jahre). Da frag ich: „Nimmst dös leicht net ei?" Da sagt sie: „Dö Flascherl stell i allesamt aufs Küchenbüffee!" „Ja", frag ich weiter, „warum nimmst denn dö Tropfan net?" „Woaßt", sagt sie, „i mecht hoid amoi an natürlichen Doud sterm!"

Weil ich für den Frauenbund Neuhofen auch öfter mal kleine Reimereien machen mußte, bin ich einmal zum Frauenbund-Fasching eingeladen worden. Alle waren sie als fesche Mädchen maskiert, und zwischen zwei falschen Blondinen mit langen Zöpfen und falschem Busen durfte ich Platz nehmen. Ich hab mit meiner rechten Nachbarin gleich einen Diskurs angefangen, daß sie eine besonders Rassige sei und ganz nach meinem Guster wäre. Ich wollte ihr Alter wissen, und sie ließ mich raten. Ich fing wohlweislich weit unten an, und sie war erheitert über meine Komplimente. Als ich bei Achtzig dann immer noch, wie sie sagte, weit weg war, meinte ich: „Dann kannst bloß die Schafflhuberin sein." Sie hatte nämlich vor kurzem den Neunziger vollendet. Ich machte ihr Komplimente wegen ihrer Vitalität, und sie freute sich darüber. „Na", sag ich, „wia duast jetz eigentlich, daßt so oid wirst?" Da sagte sie: „Da hab i mein eigns Rezept. Jeds Jahr an mein Geburtstag laß i in der Kircha a Meß lesn und dabei wird mitn Herrgott ghandlt. Und mechst as net glaubn", sagte sie, „jedsmoi handlt i öahm wieda a Jahrl oba."

Mit 80 Jahren hat sie sich noch als Schriftstellerin entpuppt, die Maria Probsteder aus Griesbach. Ihre Wiege stand auf einem Bauernhof in Sankt Salvator bei Griesbach. Sie verbrachte die Jugend auf dem elterlichen Hof und wurde später ein Postfräulein; denn das Schreiben hat ihr schon immer Freude gemacht. Ein Fräulein im Sinne des Wortes ist sie auch geblieben; denn die Marie hat keinen mögen. Eine reiche Lebenserfahrung und viele Reiseeindrücke von fernen Ländern haben sie bewogen, ihre alten Tage noch damit zu bereichern, daß sie durch das Niederschreiben des Erlebten einen kurzweiligen Austrag verlebt. „Niederbayerische Geschichten“ nennen sich ihre gutgelungenen Lebenserinnerungen. Sie war schon weit im Achtziger, als ich sie einmal in Griesbach aufstöberte. Die äußerst lebenslustige und temperamentvolle Rottalerin setzte mich in Verblüffung. Wie ein Wasserfall sprudelten ihre Erzählungen. Was sie denn so treibe? wollte ich wissen. „O mei“, sagte sie, „allaweil saugnädö. Zum Schofkopfa geh i am Stammtisch, lesen und schreiben duari und nebenbei no a bisserl roasen.“ Ob sie nicht bei einem Altenclub sei, wollte ich wissen. „Geh“, sagt sie, „wos dad i denn bei denö. Dö möchten allaweil vom Kranksei schmatzen und do ko i net mitredn, weil mir nix feid.“ Glückliches Alter kann man da nur sagen.

Die Hunds-Resl

Sie ist nicht mehr die Jüngste gewesen, die Resl, und war viele Jahre beim Glatzöderbauern Dirn. Mit Schönheitsreizen ist sie gerade nicht gesegnet gewesen, die Resl, drum hat sich wohl auch kein Mannsbild an ihr verschaut. Aber die Resl hat statt der Schönheit andere Qualitäten gehabt. Fleiß und Zuverlässigkeit haben sie zu einer hochgeschätzten Bauerndirn gemacht. Nebenbei ist die Resl für die Kinder ihrer Dienstherren der reinste Schutzengel gewesen. Eine ganz besondere Freundschaft aber hat sie mit dem Hund des Glatzöderbauern verbunden und er ist ihr stets auf Schritt und Tritt nachgegangen. Nicht selten bekam der Karo mittags beim Essen der Resl ihr Fleisch und sie begnügte sich mit Suppe und Knödeln. An einem strengen Dreschtag ist's gewesen. Die Dampfmaschine war beim Glatzöderbauern und die Resl ist im Ohmloch gestanden. Das heißt, sie hat mit einer Kirm die Spreu wegtragen müssen. Eine Arbeit also, wo man selten ein schweißfreies Fleckerl am Körper hatte. Zur verdienten Mittagspause sinds grad beim Essen um den großen Tisch gesessen, so an die 15 Drescherleut und die drei Maschinisten. Der Karo ist natürlich wie immer neben der Resl auf dem Fußboden gelegen. Und da sind halt bei der Resl vom Schwitzen und Hetzen bei der Arbeit im Ohmloch plötzlich die Innereien rebellisch geworden. Ein Winderl nach dem andern hat seinen Weg in die Freiheit gesucht. Wenn man's auch nicht hörte, weil sich die Resl fest an die Bank drückte, so hat man's doch gerochen.

Und das war wieder das rechte fürn Schiessl Toni. Der Toni war ein Nachbar vom Glatzöderbauern und für sein lustiges und loses Mundwerk umliegend bekannt. Während nun die Resl mit ihren starken Winden kämpfte, hat der Toni ein ums andre mal gesagt: „Herrschaftsseiten, der bluads Hundsdeifö mit seim abscheulichen Gstank. Dös is ja scho boid nimma zum Aushalten! Da ganze Appetit kunnt oam glei vogeh mit dem Hundsviech mit dem gstungan.“ Und weil der Toni gar nicht mehr aufhörte, auf den stinkenden Hund zu schimpfen, ist es der Resl doch zu dumm geworden und sie hat gesagt: „Und jeds moi müaßats da Hund sei, wenns i bi!“

Der Onkel Ludwig

Onkel Ludwig, so haben ihn unsere Kinder immer genannt, den Ludwig Miller aus Eggenfelden. Eigentlich ist er ein Cousin meiner Frau gewesen und Jahrgang 1922. Als ein Sechs-Monats-Kind erblickte er das Licht dieser Erde und sein Geburtsgewicht war weit unter normal. Aber Dank seiner umsichtigen Mutter und mehr noch seiner unverheirateten Haustante Leni, welche als gelernte Kinderschwester den kleinen Ludwiggerl hochpäppelte, wurde aus ihm ein Tremel Mannsbild.

Zeitlebens hatte der Onkel Ludwig mit Übergewicht zu kämpfen, was schließlich auch mit Schuld an seinem allzu frühen Tode war. Er war aber nicht nur belastet mit Leibesfülle, sondern hatte auch beachtliches geistiges Übergewicht. Als Gymnasiast von Metten und Sankt Stefan in Augsburg erhielt sein geistiges Potential jenen Schliff, der ihn unter seinesgleichen weit hinausragen ließ. Nebenbei zeichnete ihn eine verblüffende Volkstümlichkeit aus. Als Kreis-, Stadt- und Kirchenrat hatten sein geschätztes Wort und sein Rat stets Gewicht. Sein Mut, seine Wahrheits- und Gerechtigkeitsliebe führten ihm viele Freunde zu. So besuchte er auch einmal einen guten Freund im Krankenhaus. Es war sehr warm in dessen Krankenzimmer, und alsbald verbreitete sich ein derartiger Gestank, daß es der Besucher vorzog, den Besuchten schnell wieder zu verlassen. Zu Hause angekommen, fragte das Hauspersonal, warum er schon wieder zurück sei. „Ach“, sagte er, „im Krankenzimmer war schon ein direkter Totengeruch!“ Er hätte es nicht mehr aushalten können. Das Sonderbare sei, daß ihn der Gestank nicht mehr loslasse. Als nun das Personal seines Feinkostladens und Weinlokals an ihm Geruchsproben vornahm, mußten sie seine Behauptung bestätigen. Aber sie kamen der Ursache auch bald auf den Grund. Der Ludwig hatte vor mehreren Wochen eine Schachtel Romadur-Käse gekauft, in die Manteltasche gesteckt und darauf vergessen. In der Wärme des Krankenzimmers begann der Käse zu laufen, und der damit verbundene Gestank war die Ursache dessen, was der Ludwig als Leichengeruch des Freundes hielt.

Gut Essen war eine seiner heiligsten Handlungen. Wie oft nahm er sich eisernes Fasten vor und verfiel dann immer wieder in die Fessel der Fresserei. Er ist oft zu einem Blitzbesuch, begleitet von seinen Hunden Bubu und Asta, zu uns gekommen. Sein erster Gang war meistens in die Speis. Es war eine Freude, ihm beim Essen zuzuschauen. Besonders die kräftige Bauernkost war für ihn eine Leibspeise und oft hat er gesagt: „O mei. Dös wenn meine Leit dahoam wieda segn daadn, wirö heit wieda sündigen dua.“ Als Geschäftsmann hatte der Ludwig auch viele gastronomische Verpflichtungen. Da kam er wieder einmal in ein besseres Lokal und bestellte ein Schnitzel. „Aber nicht nach Art des Hauses“, betonte er. Die Bedienung fragte, wie er das meine. „Art des Hauses“, sagte der Lulo, sei bekanntlich: „Viel Silber und wenig Fleisch!“

Seiner ehrlichen Art wegen hatte der Ludwig auch das Vertrauen vieler Freunde. So erzählte ihm ein älterer Freund, welcher in hoher politischer Position war, daß er nun das Bundesverdienstkreuz erhalten werde. Darauf sagte der Ludwig: „Ja, ja, Jesus trug das große Kreuz, Du trägst nun das kleine. Jesus trug es unverdient, genau wie Du das Deine!“

Der bestrafte Sprüchmacher
oder
Der geweihte Rossdieb

Ein ganzes Buch könnte man schreiben über die Schelmenstückl des Ökonomiepfarrers Lang.

Unterdietfurt a. d. Rott war viele Jahre seine Wirkungsstätte. Man konnte bei ihm nie recht sagen, was er lieber tat, seine anvertrauten Schäflein als Seelenhirte betreuen oder Bauer sein auf dem großen Ökonomiepfarrhof. Sein Herz gehörte vor allem den Pferden, mit denen er allzu gern schacherte. So war er auch im weiten Umkreis als Schlitzohr und Roßhändler bekannt. Da ist er wieder einmal im Roßgäu gewesen, in der Gegend von Simbach bei Landau, und sein Baamer (1. Roßknecht) hat ihn begleitet. Auf dem nächtlichen Heimweg sinds beim Postwirt in Malgersdorf noch auf eine Brotzeit eingekehrt. Und da war am Stammtisch ein Großbauer der Umgebung, welcher mords Sprüch machte mit seinem scharfen Hofhund. „Wenn der Hund ablossn is", sagte er, „kimmt koa Mensch mehr lebendö davo, wenn a eibrecha daad!" Das reizte den Pfarrer Lang und er frotzelte: „Und wenn i bei deim ablossna Hund a Roß vom Stoi außa bring und daher weis, ghörts ma nochat?" „Nachat gherts da!" sagte der Sprüchmacher drauf.

Der Pfarrer und sein Begleiter verabschiedeten sich und taten, als ob sie heimradln wollten. Indes kaufte der Pfarrer in der Wirtsküche einen Kranz Knackwürst und ein Pfund Leberkäs und machte sich auf den Weg zum Hof des Sprüchmachers. Die appetitlichen Mitbringsel brachten den sich wie wild gebärdenden Hofwächter bald zur Räson. Schnell war das Hoftürl aufgeriegelt und den Pferden eingefüttert, damit deren Gewieher niemand im Haus aufweckte. Die beiden Gauner zäumten das schönste Roß im Stall auf, banden die Hufe mit alten Säcken ein, damit es beim Rausweisen kein Geklapper gab, und ab ging's zum Postwirt in Malgersdorf. Den Sprüchmacher traf fast der Schlag, als der Pfarrer das entführte Roß eigenhändig in die Gaststube führte. „Da muaß dir da Deifö ghoifa ham", schrie er den Pfarrer an! „Na, na", meinte der Pfarrer recht trocken, „mir hat er net ghoifa, da Deifö, aba, i moa, dir hat er sMaul a weng zweit aufgmacht!"

Der Flurumgang

Weltliches und religiöses Brauchtum ist auch heute auf dem Lande noch recht lebendig. Zum religiösen Brauchtum gehören die Wallfahrten und Bittgänge. Ein markanter Bittgang ist z.B. auch heute noch der Schauerfreitag, also der Tag nach Christi Himmelfahrt. Erst ist in der Kirche das sogenannte Schaueramt und anschließend der Flurumgang mit den vier Evangelienstationen. Am Schauerfreitag ist bei uns auch noch der Brauch, daß jede Familie, wenn irgendwie möglich, sich am Umgang beteiligt.

Es fällt meistens in die schönste Jahreszeit, so Mitte bis Ende Mai, wo alles schon im schönsten Blühen und Wachsen ist. Es wird zwar während der ganzen Prozession laut gebetet, aber ebenso genau werden die Felder und Fluren links und rechts des Weges gemustert. Je nach Aussehen und Zustand der Kulturen werden halt dann die Schlüsse auf seinen Besitzer gezogen.

So haben wir auch wieder einmal am Schauerfreitag durch die Fluren der Pfarrei gebetet. Auf einmal geht ein Raunen und Gelächter durch die Reihen der frommen Pilger. Auf der rechten Wegseite ist nämlich ein Acker gewesen, auf dem mehr Unkraut als Getreidepflanzen zu sehen waren. Er hat einem Landwirt gehört, der zugeheiratet hatte und welcher sich im Wirtshaus bei anderen Bauern oft als Gscheitmeier aufspielte. Anscheinend wollte sich einer der Bauern revanchieren und stellte dem Gscheitmeier eine große Tafel in das Unkrautfeld. Ein einziges Wort ist bloß draufgestanden, das die Leute zum Lachen brachte, und das Wort hat geheißen: *„Saatgutvermehrung“*

Oft ist's am Schauerfreitag schon recht heiß gewesen, und man war froh, wenn man die Runde hinter sich hatte. Wir haben vier verschiedene Umgänge, den Ost-, Süd-, West- und

Nordumgang. Selbigesmal haben wir den letzteren gehabt. Heiß ist es gewesen und schon auf Mittag zu gegangen. Beim Hausmanninger Hof ist das letzte Evangelium gewesen und von dort waren es noch eineinhalb Kilometer ins Dorf. Wir haben damals den Pfarrer Xaver Aufschläger gehabt, den wir immer bloß den „Xaverl“ genannt haben. Der „Xaverl“ liest also das letzte Evangelium und hebt anschließend schwungvoll die Monstranz zum Segen. Und da ist's ihm passiert. Während er die Arme mit dem Allerheiligsten hochhebt, reißen ihm die Hosenträger und er merkt, wie sich die Hose aus dem Staub machen will. Schnell erwischt er sie noch mit den Ellbögen und preßt diese krampfhaft an die Oberschenkel. Weil er aber die Monstranz nicht auslassen und die Hose nicht verlieren wollte, machte er beim Gang bis zum Dorf eine Figur wie einer, der das „Häusl“ nimmer erwischen konnte.

Niederbayerische Grammatik

Als Mach-Alles ist der Schönhofner Alois weit und breit bekannt gewesen. Mit Vorliebe machelt der Alois Blech- und Eisensachen. Kein Wunder, daß er auch Freunde seinesgleichen gehabt hat. Einer seiner Machler-Freunde war der Graf Albrecht von Deym aus Schönau. Wie nun der Alois hörte, daß sein adeliger Machlerfreund eine Gräfin aus Tirol heiraten möchte, hat ihn die Neugierde ganz und gar gepackt. Also hat sich der Alois kurz nach der Hochzeit zum Adelssitz seines adeligen Freundes begeben und ist wie ein Kater ums Haus geschlichen. Und siehe da, Glück hat er gehabt, der Alois. Die neue Frau Gräfin war ja von Jugend an gewohnt, überall selber mit Hand anzulegen. So war sie mit aufgekrempelten Ärmeln grad dabei, den gräflichen Garten zu bestellen. Der Alois also drückt sich an den Gartenzaun, beobachtet die werkelnde Frau Gräfin eine Weile und stellt dann die Frage: „He, du, bist du Sie?" Als „Sie" wird nämlich im Niederbayerischen auch heute noch oft die Frau des Hauses bezeichnet, und das „Du" ist sowieso eine niederbayerische Obligation. Also, da soll sich dann ein Nichteingeweihter noch auskennen mit unserer niederbayerischen Grammatik!

Der neue Radio

Einen neuen Radio kaufte sie sich, das Fräulein Zenzi; denn wenn man schon sowieso sonst nix hat, wie jeden Tag zur Arbeit gehen, dann muß das schon noch drin sein. Bloß hat der neue Radio einen großen Fehler, meinte das Fräulein Zenzi, ein schon etwas älteres Semester von einem Mädchen. Er ist nämlich nicht ums Verrecken gegangen. Doch schlau wie die Weiberleut sind, wußte sich das Zenzerl gleich einen Rat. Gegen Mittag kommt jeden Tag der Postbote, und zwar der mit dem Wuschelbart und den langen Haaren, welcher ihr eh recht gut gefallen tät, und dem wird sie also ihren Wehdam erzählen. Also hat sie an der Haustür schon gewartet, bis er gekommen ist. „Oh mei, Postbot", fing sie zum Jammern an, „wos i heit für a Kreiz hob. Hobi mir an neua Radio kauft und jetz geht er net." „Ja", sagt der Postbot, „dös is natürlich ebs bleds! Den muaßt hoid wieda zruckgebn, wenn er net geht." „Na, dös mag i net", hat das Zenzerl gmeint, weil er ihr sovui guad gfoin dad. Der Postbot soi doch mit ihr in dStubn geh und schaun, ob ern net richtn ko. Sie hörte das Benzen nicht auf, bis sich der Postbote erweichen ließ und mit ihr ins Haus ging. Er schraubt an der Skala ein bisserl umeinander und siehe da, der Radio spielt, wies besser gar nicht gehen könnte. Sagt der Postbot: „Wos jammerst denn, der geht ja eh ganz guat!" „Ja, bei dir geht er", sagt die Zenzi, „oba bei mir is er bestimmt net ganga!" „Hostn übahaupt eingschalt ghabt", fragte der Postbote weiter. „Ja, eigschalt habön scho um fünfö in da Früah, bevor i in dArbat furt bi." „O mei", sagt der Postbote, „um fünfö wern hoid dö Rundfunkleit no net aufgwen sei!" „Jo, jo", sagt sZenzerl treuherzig, „aufgwen müassens scho sei, weil wirö eigschalt hab, hot glei sLiacht brennt bei dö Radioleit!"

Lustige Musikanten-Stückln

Daß Musikanten und Sänger vor allem, wenn es sich um volkstümliche handelt, auch der Lumperei im guten Sinne zugetan sind, ist eine erwiesene Tatsache, und so manche lustige und hinterfotzige Stückln sind da schon passiert. Einer, der manches Schelmenstückl auf dem Kerbholz hat, ist der Forster Ludwig. Eigentlich schreibt er sich Hausmanninger und ist ein Wirtssohn aus Schlottham. Er ist durch Einheirat auf dem Forsterhof unser Nachbar geworden und heißt, seitdem er bei uns ist, im Volksmund „der Forster Ludwig". Den Neunziger hat er vor kurzem gefeiert, aber an manches Lumpenstückl erinnert er sich heute noch gut. Der Heimatort des Ludwig gehört zur Hofmark Schönau. In Schönau hat's immer schon Blasmusikanten gegeben. Recht bekannt und beliebt waren dort die Seiberten-Musiker. Sie sind weitum als gute Musikanten bekannt gewesen, aber ebenso bekannt als gute Schnupfer. Besonders gefreut haben sie sich, wenn ihnen auf dem Tanzboden jemand eine Pris anbot, und das hat der Hausmanninger Ludwig des öfteren getan. Einmal stach ihn der Hafer, und er vermischte den Schnupftabak mit Niespulver. Auf einer Hochzeit bot er den Musikanten seine Sondermischung an. Die Folge ist katastrophal gewesen, denn statt einer zünftigen Hochzeitsmusik, gab's bloß noch ein Nieskonzert.

Ein richtiges Musikantenurviech ist auch der Wieslhuber Ludwig aus Hebertsfelden gewesen. Er hat oft mitgespielt, wenn in Niedernkirchen ein „Alter Krieger" beerdigt worden ist. Der Forster Ludwig sang im Kirchenchor, und wenn die zwei Spaßvögel zusammengekommen sind, hat einer den anderen hereinzulegen versucht. Das ist dem Wieslhuber Ludwig auch ein paarmal geglückt. Aber bei einer Beerdigung zahlte es ihm sein Spezl, der Forster Ludwig, auf originelle Weise heim.

Chor und Musik sind bei einer Beerdigung meistens in Handreichweite entfernt. So ist's auch selbesmal gewesen. Also, der Forster Ludwig ist beim Chor und der Wieslhuber Ludwig bei den Musikanten gewesen. Während die Musikanten gerade einen feierlichen Choral blasen, tritt der Forster Ludwig hinter seinen Musi-Spezl und sagt dem aus vollen Backen blasenden Ludwig Wieslhuber staad ins Ohr: „Ja schaamst di denn gar net, du oida Saubär, hast ja sHosentürl zallerweitigst offat!" Da hat's den Wieslhuber wie vom Blitz getroffen gerissen. Mit einem schaurigen Ton läßt er seine Trompete sinken und greift ans Hosentürl. Aber das ist ganz sittsam zugewesen. Nach einem halblauten: „Oids Rindviech, kunndst aa scho boid gscheida wern", blies er wieder weiter, als ob gar nichts gewesen wäre.

Da ist der Forster Ludwig kurz nach dem letzten Krieg einmal zu seinem Nachbarn, dem Forstlehner Bauern, gegangen. Kurz vor dem Nachbarhof begegnet ihm der Stockner Franz. Der Franz ist ein Forstlehner-Sohn gewesen und hat auf der Nachbarschaft bei der Stockner-Marie eingeheiratet. Er ist gut verheiratet gewesen, der Franz. Weil er aber am heimatlichen Elternhaus gehangen ist, hat er fast täglich dort einen Kurzbesuch gemacht, und so war es auch heute. Der Franz ist ein recht braves Manderl gewesen und immer gut aufgelegt. „Wo gehst denn hi?", fragt er den Forster Ludwig. „O mei", fängt der Forster zum Jammern an, „denk dir's no grad, mit dir soid i geh!" „Wos mit mir? Ja warum denn dös?" „O mei Franz, i trau mir's ja kaum sagn. Mir is ja eh sovui zwieda. Stell dir vor, mi hams gestan ois Hilfspolizisten eigsetzt, und da soi i heit bei dir glei a Hausdurchsuchung macha." „Wos – du bei mir – ja warum denn dös ?" „Ja mei Franz, highängt bist worn, daßt wuidast, und da muaß i jetz dein Fleischkübö durchsuacha!" Wie vom Schlag getroffen stottert jetzt der Franz: „Wos, i wuidan! Ja wos für a Depp ko denn dös behaupten?" Mit einer Erregung, die dem Franz fast die Rede verschlägt, und am ganzen Körper zitternd, geht er dem angeblich frischgebackenen Hilfspolizisten Forster Ludwig ins Haus voran und schreit was er kann: „Marö, deng dir no grad, wos heit los is!“ Die bestürzte Marie sieht die beiden im Hausgang, und der Forster Ludwig öffnet gerade die Speistür und geht schnurstracks auf die Fleischkübel los. Weil er aber doch Angst bekommt, daß den Franz vor Aufregung der Schlag treffen könnte, hat er halt das Lachen angefangen und die beiden über den üblen Scherz aufgeklärt. Aber da ist der Stockner Franz erst richtig narrisch geworden, weil ihn der Nachbar so hereingelegt hatte. Es hat dann sehr lange gedauert, bis er dem Forster Ludwig diesen Scherz wieder verziehen hat.

Der Vieh- und der Leutdoktor

Gangkofen ist ein schöner Marktflecken im niederbayerischen Binatal, und die Gangkofner brauchen keine Angst haben, daß ihre Daseinsvorsorge zu kurz kommen tät. Es gibt nämlich im Markt alles, was man so zum Leben braucht. So gibt's auch einen Leutdoktor und einen Viehdoktor. Sie sind gute Freunde gewesen, die beiden. Aber einmal sind beide in geselliger Runde in einen hitzigen Dischkurs gekommen. „Du hast es ja schö", meinte der Vieh- zum Leitdoktor. „Du kost dLeit fragn, wos öahna weh duad! Aber i? Meine Rindviecher und Säu und Rössa kennan nix sogn! I muaß oiwei selba draufkemma, wos feid." „O mei", sagt der Leutdoktor drauf, „wos da scho is! De Viecha san schließlich a koane Leit! Dene gibst a Puiverl, dös wo nix vodirben ko, und wenn's net bessa wird drauf, nachad ordnest die Notschlachtung o! I kenn eure Gschichten scho." So streiten beide hin und her und jeder glaubte, den schwersten Stand zu haben. Da wird der Viehdoktor eines Tages krank und sein Spetzl, der Leutdoktor, wird geholt. „Franz", sagt dieser, „wo feids dir denn?" Auf diese Frage macht der Viehdoktor ein jämmerliches – Muh. Der Leutdoktor lacht und sagt: „Franz, hast mi leicht net vostanden? I hob di doch gfragt, wos dir weh duat!" Und wieder macht der Franz sein jämmerliches – Muh. Zum drittenmal fragt der Leut- den Viehdoktor nach seinen Beschwerden. „Wennst mas net sagst", meint dieser, „wos di zwickt, nachat werd i dir schlecht helfa könna!" Doch der Viehdoktor bleibt auch nach der dritten Frage bei seinem jämmerlichen Muh. Da geht dem Leutdoktor ein Licht auf und er sagt: „Also liaba Spezi, du kriagst jetz a Puiverl, und wenn's bis morgen net bessa wird, werd i a Notschlachtung anordnen."

Die Moritaten des Feitshofer Xaverl

Daß die früheren Zeiten reicher an „Originalen“ gewesen sind als die heutigen, ist ja allgemein bekannt. Aber da und dort gibt's die Witzbolde und Schlankln auch heute noch. Ganz sicher darf man den Feitshofer Xaver dazu rechnen. Er ist ja nicht bloß als Rosserer und Tauberer im weiten Umkreis bekannt, sondern auch wegen seiner Schelmenstückln. Ein paar davon sind's sicher wert, daß sie der Nachwelt erhalten bleiben.

Ein sogenannter Nachtmensch ist er ja in jungen Jahren schon gewesen, der Xaverl, und drum sind viele seiner Lumpenstückl auch bei Nacht passiert. Kurz nach dem letzten Krieg ist es gewesen, in einer warmen Sommer-Samstag-Nacht. Ein Häuferl Burschen haben sich getroffen bei ihm auf dem Oberfeitshofer Hof. Weil's eine so schöne Nacht gewesen ist, war's halt viel zu schade zum Schlafen. Da ist dem Xaverl eingefallen, daß ja heute ein strenger Heutag gewesen ist und deswegen fast auf jedem Hof einige Fuder Heu auf das Abladen warten. So haben sich die Burschen unter Xaverls Führung aufgemacht zum Heuabladen. Beim Bauern in Burg haben sie angefangen. Drei Fuder sind in der Durchfahrt und vor dem Hof gestanden. Wenn sich zehn Burschen unter so einen Heuwagen stemmen, ist der schnell umgeworfen. In wenigen Minuten sind die drei Fuder dann auch mit Schlagseite am Boden gelegen. Beim Bacherbauern hat zwei Fuder das gleiche Schicksal ereilt. Bei seinem Nachbarn, dem Unterfeitshofer, sind's wieder drei Fuder gewesen, die umgelegt worden sind. Damit jeder Verdacht von ihm abgelenkt worden ist, haben am eigenen Hof auch noch zwei Fuhren dran glauben müssen. „Saxeradie“, hat der Unterfeitshofer-Bauer geschimpft, als er die Bescherung sah. „Jetz wenn net beim Nachbarn Xaverl zwoa Fadln liegen dadn, nachat dad i pfeilgrad sogn, dös ist wieda a Xaverl Stückl gwen.“

Noch in der Nachkriegszeit ist bei uns der Brauch gewesen, daß zum Frühstück eine Schüssel voll Suppen in die Mitte des Tisches gestellt worden ist. Die Mannsbilder, soweit vorhanden, haben einbrocken müssen, und dann ist der Inhalt der Schüssel von den Essern ausgelöffelt worden.

Zur Heuerntezeit war's, und wir sind bei der Morgensuppe gesessen. Wie ich als erster grad den ersten Löffel voll Suppe in den Mund geschoben habe, verspür ich an den Mundwinkeln ein plötzliches Brennen und gleich drauf ist mir auch schon das Blut heruntergelaufen. Das gleiche ist anschließend auch bei meinen Schwestern der Fall gewesen. Nun haben wir erst gesehen, daß unsere Löffel am Rande fast unmerklich sägblattartig eingefeilt gewesen sind. Jetzt ist uns aber auch klar geworden, warum schon am Vorabend die Messer so schlecht geschnitten haben. Der Xaverl hatte nämlich bemerkt, daß wir weit vom Hof entfernt beim Heuen sind. Diese Gelegenheit benützte er, um mit seinem Spezl, dem Großwieser Erich, beim Balkon einzusteigen und mit den Messern unsere Löffel zu zahnen.

Ein anderes Mal deckte er uns bei Nacht den Kamin zu. 1947 ist das gewesen und anfangs März. Viel Schnee ist noch gelegen und eine helle Mondnacht war's, da haben sich die jungen Leute der Umgebung zum Mondschein-Skifahren getroffen. Der Xaverl hat mir seine Brettln geliehen, weil er angeblich schon so müd gewesen ist, und sagte, er lege sich in unserer Stube ein bisserl aufs Kanapee zum Ausrasten. Daß ich mir mit seinen Brettln bei einem Sturz nach dem Schanzensprung im verharschtem Schnee eine Gesichtshälfte total abgeschürft habe, sei bloß am Rande erwähnt. Aber gar so müd ist der Xaverl anscheinend gar nicht gewesen, wie er gesagt hatte. Er nützte das Alleinsein auf unserem Hof nämlich dazu aus, aufs Hausdach zu steigen und den Kamin zuzustopfen.

Nun ist aber in jener Nach bei uns im Stall noch ein besonderes Ereignis gewesen. Etwa um 3 Uhr früh hat eine Stute gefohlt. Vater und ich haben Geburtshilfe geleistet, und gegen 4 Uhr war alles erledigt. „Heizen wir in der Wohnstube ein", meinte der Vater, „und legen uns noch bis zum Aufstehen aufs Kanapee, denn das Bettgehen ist es sowieso kaum mehr wert!" Das Anheizen allerdings ist eine schwierige Sache geworden, denn der Ofen hat ganz entgegen seiner üblichen Manieren überhaupt nicht gezogen. Im Ofenloch war's mehr ein Räuchern als Brennen. Nach etwa einer Stunde hat's dann im oberen Stock bei den Flüchtlingen einen Mords-Spektakel gegeben. Hustend und nach Atem ringend haben wir lautes Rufen und den Angstschrei „Feuer, bei uns brennt's" gehört. Beim Nachschauen haben wir festgestellt, daß aus dem Rauchrohr überm Ofen ausströmender Rauch und Qualm den Aufenthalt im Zimmer unmöglich machten. Nun ist mir aber ein Dämmern gekommen, wo doch der Xaverl auf dem Hof gewesen war, und mein Verdacht hat sich bestätigt. Als ich nämlich beim Morgengrauen zum Hausdach blickte, sah ich im Schnee schon Fußspuren, welche von der Dachrinne zum Kamin führten. Das weitere klärte sich dann schnell auf. Es dauerte auch nicht lange, bis der Xaverl ans Küchenfenster klopfte und recht scheinheilig gefragt hat, ob doch bei dem nebligen Wetter unser Küchenofen den richtigen Zug hätte.

Am besten aber legte er uns mit dem berüchtigten Hasenessen aufs Kreuz. Im Februar 1947 hat eine meiner vier Schwestern geheiratet. Da ist der Xaverl auf die Idee gekommen, ein Abschiedsessen zu arrangieren und zwar ein Hasenessen. Er bringt die Hasen und den selbstgebrannten Kornschnaps und lädt auch die Auserwählten dazu ein, hat er angekündigt. Hasen waren in den ersten Nachkriegsjahren ja auch auf dem Land noch eine Rarität. An einem Dienstag war die Hochzeit anberaumt, und am Freitag vorher sollte die Henkersmahlzeit stattfinden. Am Donnerstag zur mitternächtlichen Stunde, denn der Xaverl ist immer schon ein Nachtmensch gewesen, ist er mit den drei Hasen aufgekreuzt. Das

Fell war schon abgezogen, ohne Füße und Köpfe und leicht angefroren von der natürlichen Kälte, so hat der Xaverl seine Hasen abgeliefert. Meine Schwester Anni ist damals unsere Hausköchin gewesen. Sie nahm die drei Viecherl mit größtem Mißtrauen entgegen, denn beim Xaverl mußte man immer mit allen möglichen Überraschungen rechnen. „Zwö", hat er gesagt, „san jungö, da machst an Bratn, und oana is scho a oida Hos, von dem machst a Ragout. Morgn auf d'Nacht kemma. I bring no a paar Flaschen selmbrenntn Schnaps mit!" Denn das Schwarzschnapsbrennen hat der Xaverl auch beherrscht. Meine Schwester hat sich vorsichtshalber noch einen Hasenexperten geholt und dem die drei Viecherl gezeigt, ob's nicht doch etwa Katzen sein könnten. „Ah woher", hat der gsagt, „i kenn doch a Katz von am Hosn ausanand, aa wenns nackat san." Also ist's am Freitagabend zum Hasenessen gewesen. Der Xaverl ist auf dNacht rechtzeitig aufgekreuzt mit ein paar Flaschen „Schwarzbrennten" und einem Dutzend Leute. Der „Hochprozentige" brachte uns dann schon vor dem Essen so in Stimmung, daß wir die echten von den falschen Hasen sowieso nicht mehr auseinandergekannt hätten. Pikant waren sie zugerichtet von meiner Schwester Anni, die drei Hasen. Zuerst gab's das Ragout, und der Xaverl wollte sich mit allerlei Ausreden vom Essen drücken. Aber mein Schwager, der Koyer Toni, hat dem Xaverl einen randvollen Teller hingeschoben und gemeint: „Waar nochat doch scho oiahand, wenn da edle Spender zkurz kemma dad."

Aber noch viel besser als das Voressen hat uns dann erst das Bratl geschmeckt. Bloß der Xaverl wollte sich mit vorgetäuschten Magenschmerzen ums Essen drücken. „Da Deifö sois hoin", hat er gesagt, „akrat heit, wos so ebs Guads gebm dad, is mir so sauschlecht, daß i am liaban speibm dad!" Wir haben uns vom Xaverl seiner Appetitlosigkeit nicht stören lassen und haben ihn als edlen Spender und die Schwester Anni als Superköchin ein ums andre mal hochleben lassen. Als wir die

Teller abgeräumt gehabt haben, ist auch dem Xaverl wieder viel besser geworden. So hat er gsagt: „Und jetz kriagn alle, dö wo gessn ham, no an extra Tanz." Mit der Ziach hat er selber zum Tanz aufgespielt, aber mitten unterm Tanz abgebrochen und nach einem kräftigen Räusperer zog er drei Katzenschwänze aus seiner inwendigen Joppentasche.

Ein paar Tage später brachte dann der Postbote noch ein Packerl. Absender: Ernährungsamt Eggenfelden ist drauf gestanden. Dieses Amt tätigte damals die Markenzuteilung für die wichtigsten Ernährungsgüter. Im Schachterl war ein Katzenschwanz und ein Begleitschreiben mit dem Vermerk, daß bei der letzten Fleischzuteilung eine Kleinigkeit vergessen worden ist.

Die Moritaten des Xaverl ließen sich seitenweise fortsetzen, ich aber möchte es für diesmal mit der Gschicht vom Aprilschicken bewenden lassen. Recht aktiv ist der Xaverl immer schon am 1. April gewesen. Weil aber die Leute seiner Umgebung mit den Jahren schon vorsichtig geworden sind, was den Xaverl und den 1. April betroffen hat, so dachte er sich einen neuen zugkräftigen Gag aus, und sogar mich erwischte er damit. An einem 1. April läutet sTelefon. Ich heb ab, und am anderen Ende gibt sich eine respektvolle Stimme als OBAG Hauptstelle Landshut aus. Bei der letzten Stromablesung, so erfahre ich, wäre ihnen ein peinlicher Fehler unterlaufen, der sich unangenehm auf die Stromgeldrechnung auswirken werde. Es werde ersucht, den jetzigen Zählerstand abzulesen und telefonisch durchzugeben. Selbstverständlich bin ich mit Bleistift und Zettel gleich gelaufen, denn wer möchte schon mehr Stromgeld zahlen als unbedingt nötig. Nach der Zahlendurchgabe kommt vom anderen Leitungsende eine überschwengliche Bedankung und nach einem boshaften Lacherer die Aufklärung: „Auweh, Aprui-Ochs, jetz hat's dö aa dawischt. Da Feitshofer Xav bedangt sö!"

Der Boxer Fredl

Der Spitzname „Boxer“ ist ihm noch aus der Schulzeit geblieben, dem Stöger Fredl. Nicht, daß er besonders boxtechnische Talente gehabt hätte, aber sein Äußerliches hätte jedem Boxer Ehre gemacht. Zwei feste Haxen, die eine gute Standfestigkeit verkündeten, einen kompakten Korpus und in den Armen mehr Flachsen wie Knochen. Wie gsagt, ein richtiger Boxertyp, und darum wird dem Fredl der Spitzname „Boxer“ auch bleiben. Er ist inzwischen längst verheiratet, auch schon mehrfacher Vater und hat sich in meiner Nachbarschaft ein Haus mit Garten gekauft. Wir sind einmal beim Wirt im Dorf beim Kirta nebeneinander gesessen. Ich hab einen Giggerl gegessen und die Knochen auf dem linken Tellerrand abgelegt, derweil ich mich mit meinem rechten Nachbarn unterhielt. Ich hab noch an meinem Giggerl rumgefieselt und wollte grad wieder ein Knöcherl ablegen. Da muß ich feststellen, daß die Boandln alle weg sind. Ich schau unterm Tisch, seh aber weder einen Hund noch eine Katze. Der Fredl zu meiner Linken fragt recht scheinheilig, ob ich was suchen tät. „Ja“, sag ich, „mein Häuferl Giggerlboandl ist weg.“ „Werd hoid a Katz da gwen sei“, meinte er treuherzig. Ich leg die letzten Knöcherl vom Giggerl auf den Tellerrand, und bis die Bedienung abräumt, sind die letzten Boandln auch wieder verschwunden. „Ja“, sag ich, „dös geht aba doch nimma mit rechten Dingen zua!“ „Werd hoid nomoi a Katz da gwen sei“, meint der Fredl und reißt sein Maul auf wie ein Nilpferd. Da seh ich zwischen seinen elfenbeinblitzenden Kauwerkzeugen noch ein paar Giggerlknochen liegen. „Kennst dö aus?“ hat er gsagt. „Du werst doch net“, hab i gmeint. „Freili werd i“, hat er gsagt. „Wo mir doch dö Boandln des Liabste san vom ganzn Giggerl.“

Der Blindrasierer

Daß sich die Menschen auch im technisch noch unterentwickelten Zeitalter der Vergangenheit zu helfen wußten, das hat der alte Nußbaumer-Bauer des öfteren bewiesen. Mein Vater selig wußte von ihm noch allerhand sinnige Sprücherl zu erzählen. In der zweiten Hälfte des vorigen Jahrhunderts hat er gelebt, und als Beleuchtung gab's damals den Kienspan und die Petroleumfunsel. Aber der alte Nußbaumer brauchte beides nicht, wenn er sich bei Nacht rasierte. Drei bis vier Knechte hat er immer auf dem Hof gehabt, derselbige Großbauer. Ist der Vorgeher, also der erste Knecht, einmal so um Mitternacht heimgekommen und hat in der stockfinsteren Wohnstuben nach einem Haken zum Joppenaufhängen getastet, da schreit auf einmal der Bauer: „So paß a bißl auf, daßt mi net orennst, i bi grod untam Rasiern!"

Am Krankenbett

Der alte Gfüllner Vater von Geiereck hat das gesegnete Alter von 82 Jahren erreicht. Aber jetzt liegt er im Krankenhaus zu Wasserburg und kämpft mit dem „Boandlkramer“. Als eine der letzten, die ihn besuchen, taucht ganz unerwartet noch seine zwei Jahre ältere Schwester Helene aus Traunstein im Sterbezimmer auf. Als der schon im Sterben Liegende die Schwester Helene sieht, ist er hocherfreut, und mit letzter Anstrengung sagt er zu ihr: „Ja Helen, is ma dös a Freid, daßt zu mir kimmst, dös werd i dir meiner Lebtag net vogessn! Und daßt as glei woaßt! Den schönan Kranz, den's gibt, kauf i dir, boidst a moi stirbst!“ Bald drauf schlug dem Gfüllner Vater sein letztes Stünderl. Der schönste Kranz aber, der auf seinem Grabhügel lag, war von seiner Schwester Helene aus Traunstein.

Daß alte Leute oft noch einen bewundernswerten Humor haben, ist bekannt. Da lag einmal ein Nachbar von mir, der alte Mornthaler Bauer, mit Herzgeschichten im Krankenhaus. Er war bereits in der Mitte zwischen achtzig und neunzig Jahren und meinte: „A bisserl an Haban (Hafer) brauch i hoid wieda, nochat bag is scho no a Zeitl!“ Er hat, während ich dies niederschreibe, den Neunziger schon in der Reißn. Also besuchte ihn damals im Krankenhaus auch der Großwieserbauer, dessen Ehefrau Susi im Niedernkirchner Kirchenchor singt. Nach allerhand lustigen Redensarten verabschiedet sich der Großwieser vom alten Mornthaler und meint: „Also, jetz wünsch i dir, daßt boid wieda hoamkimmst, und mei Frau, dSusi, werd di aa no bsuacha.“ „Is recht“, sagt der Kranke, „i bedang mi fürn Bsuach und sagst as deiner Susi, aufs Requiemsinga braucht sie sö für dös moi bei mir no net gfrein!“

Derselbige Mornthalerbauer hat früher immer einen Stall voller Rösser gehabt. Er ist auf einem großen Hof mit gutding 20 Rössern aufgewachsen und als junger Bursche selber auf den Rennbahnen mit den Trabern seines Vaters gefahren. Seit er 1927 bei unserem Nachbarn einheiratete, ist auch immer ein gutes Waglroß in seinem Stall gestanden. So ist er an einem Allerseelentag wieder einmal mit seiner Bäuerin zu deren Eltern aufs Grab nach Eggenfelden gefahren. Die Koppenmüller Zenz, Witwe und gemeindebekanntes Original, hat ebenfalls das Grab ihres verstorbenen Mannes im zehn Kilometer entfernten Eggenfelden besuchen wollen. So fragte sie beim Mornthalerbauern an, ob sie mitfahren könnte. Selbstverständlich gab's beim Mornthaler Xaver kein Nein. Nach der Rückkehr steigt die Zenz vom Wagl und sagt zu den gutding 20 Jahr jüngeren Mornthalerleuten: „Eiso, nachat sag eich recht fleißö Gelts Good fürs Mitnehma, und wenz amoi sterbts, nochat bet i enk scho an Vadaunsa."

Der freche Kutscher

Siebzehn Jahre ist er noch jung gewesen, der spätere Mornthalerbauer, und mit zahlreichen Geschwistern auf dem 300 Tagwerk großen Hof in Oberrohrbach aufgewachsen. Da ist eines Tages der Expositus von Unterrohrbach zu seinem Vater gekommen mit der Bitte, ob er ihn nicht mit dem Rennwagerl nach Landau in die Firmung fahren könnte. Der Vater hat aber an diesem Tag eine Roßhandelschaft vorgehabt und deswegen mit diesem ehrenvollen Auftrag seinen 17-jährigen Xaverl beauftragt. Zwei der schnellsten Rösser hat er bekommen und ist schön flott mit dem Unterrohrbacher Exposi über Haberskirchen nach Reisbach und die Vilstalstraße nach Mettenhausen heruntergefahren. Plötzlich haben sie hinter sich einen scharfen Pfiff gehört. „Auweh, Bua", sagt der Exposi, „fahr no glei auf dSeitn! Dös is da Dekan Lang vo Reischba, der hat umliegend dö schnellan Rössa und ko an jeden überhoin." Aber der Xaverl wollte es drauf ankommen lassen und hat die Straße nicht gleich geräumt. Jetzt hat der Dekan das Pfeifen nicht aufgehört, bis der geistliche Herr eindringlichst zum Xaverl sagte, daß sein geistlicher Vorgesetzter das nicht duldet, wenn ihm einer den Weg versperrt, und außerdem mit dem seine Rösser könne sowieso im weiten Umkreis keiner mithalten. Also ist der Xaverl halt doch auf die Seite gefahren, und die Gala-Kutsche des Herrn Dekan ist vorbeigesaust. Fürchterlich gestunken hat's dem jungen Kutscher deswegen, und er ist seinem „Voraus" fest auf den Fersen geblieben.

Nach einem langen Firmtag nach entsprechender Einkehr ist's am Abend wieder zum Heimfahren geworden. Der Xaverl hat in seiner Einstell grad angeschirrt, als der Dekan mit seinem Protzengespann schon heimwärts kutschierte. Schön gemächlich ging's wieder dem Vilstal zu. Der Xaverl aber hat seinen Rössern die Zügel gelassen und mit der Peitsche nachgeholfen, daß sich der Exposi schon mit beiden Händen einhalten mußte, um nicht vom Wagl zu kugeln. Als sie die Vilstalstraße erreichten, sind sie dem Herrn Dekan schon fest auf den Fersen gewesen. „So", hat der Xaverl zum Exposi gsagt: „Jetz pfeifst!" „Um Gottes Willen", meinte dieser, „Bua, wos glaubst, wos da los waar? An Dekan hat no koana hiegfahrn." Doch der Xaverl ließ nicht locker, bis der Herr Expositus seinen geistlichen Vorgesetzten angepfiffen hat. Dieser schaute mit einem giftigen Blick auf seine Verfolger, und weil er die Straße nicht freigeben wollte, pfiff der Xaverl selber. Im selben Augenblick hat er das Gespann des Dekan auch schon überholt gehabt. Wutentbrannt fuchtelte der Dekan mit den Händen zwar noch auf den unverschämten Überholer, aber der Xaverl hat bloß recht schadenfroh gegrinst. „Gell, Herr Expositus", sagte er, „dem hob is zoagt!" Am nächsten Tag ist der Dekan aber auch schon auf den Baumgartner Hof gekommen und wollte die zwei Rösser kaufen; denn so eine Blamage, hat er gemeint, sei ihm im ganzen Leben noch nicht passiert.

Das Kropfmittel

Weit und breit ist er bekannt gewesen, der Buchner Xaverl aus Schönau. Er hat auch viele Gschäfterln ghabt. Neben dem Landwirt ist er auch noch Mesner, Hochzeitslader und Leichenbeschauer gewesen. Kein Wunder also, daß der Xaverl viel mit den Wirtshäusern und somit auch mit dem Bier in Berührung gekommen ist. Nicht selten ist er darum auch mit einem kleinen oder größeren Dampferl zu Hause angekommen.

So ist's halt auch wieder einmal passiert, daß er mit Schlagseite sein Schlafzimmer aufsuchte, und da ist ihm noch eingefallen, daß er ja heut noch gar nicht eingenommen hat gegen den inneren Kropf. Der Xaver war nämlich schon jahrelang mit der Schnauferei geplagt, und Schuld daran war ein innerer Kropf. Wenn er fleißig einnimmt, meinte der Doktor Zierl aus Arnstorf, dann könnte man eine Operation hinauszögern. Vorm Operieren hat der Xaverl einen teuflischen Respekt gehabt. Also greift der Xaverl zu nachtspäter Stunde noch zum Medizinflascherl auf dem Nachttischl. Bis zum letzten Tropfen hat er's ausgeleert; denn der Durst plagte ihn halt schon wieder. Auf dem Nachttischl sind aber zwei Flascherl gestanden, das Kropfmittel und die Leichenbeschau-Tinktur, und ausgerechnet jene leerte er aus Versehen bis zum letzten Tropfen. Gemerkt hat er's gleich, aber es ist schon zu spät gewesen. Ein fürchterliches Brennen machte seine Zunge und den Schlund gefühllos. Er fing zum Schreien an: „Wei, Wei, schneij steh auf, i hob ebs Dumms gmacht, jetz muaß i sterbm." Die vom Schlaf aufgeschreckte Buchnerin holte gleich den Doktor und den Sanka. Binnen kurzer Zeit habens dem Xaverl im Arnstorfer Krankenhaus den Magen ausgepumpt. Aber das ist ganz und gar umsonst gewesen. Anscheinend hat der Kropf die Flüssigkeit abgefangen und ist daran zugrunde gegangen. Von da an hat nämlich der Xaverl wieder richtig durchschnaufen können und hat keinerlei Beschwerden mehr gehabt. Und da soll noch einer behaupten, daß ein Rausch nicht auch sein Gutes haben kann.

Die Frau Doktor

Die Frau Doktor, gemeint ist damit die Wimberger Marie, die einzige Tochter der Gutsbesitzerseheleute Josef und Cäcilie Niedermeier auf dem Wimberger Gutshof bei Neuhofen. Bei uns gibt's Orte mit Grafen und Baronen, aber gewöhnliche Bauern, welche den Titel Gutsbesitzer getragen haben, sind mir kaum bekannt. Jedenfalls gehörten zum Wimbergerhof seit eh und je gutding 200 Tagwerk Grund. Die Hälfte davon ist Wald und war viele Jahre auch der Grund, daß auf dem Wimbergerhof die Ausübung der Eigenjagd erlaubt war. Das war schon ein Privileg, das außer bei Grafen und Baronen eine Seltenheit gewesen ist. Unser Oberponzaunerhof war bis zum Jahre 1492 in Grundeigenschaft vom Gut Wimberg und ist am 18. 8. des gleichen Jahres an die Grafen von Tattenbeck zu Unterhauspach verschachert worden.

Also auf diesem Wimberger Gut regierte zu meiner Kinderzeit der Josef Niedermeier mit seiner Frau Cäcilie. Die Ehe ist bloß mit einer Tochter gesegnet gewesen. Diese hieß Maria und wurde im Jahre 1899 geboren. Die Eltern waren angesehene Leute. Er, ein großer stattlicher Mann mit gepflegtem Schnurrbart und die Cäcilie, eine revierische, aber doch eher herrische Bäuerin. Situiert sind die Niedermeierischen auch nicht schlecht gewesen, und die zahlreichen Dienstboten haben sich auf dem Wimbergerhof meistens lange gehalten. Bloß aus dem Maral hätte halt was besonderes werden sollen. Die Bildungsmöglichkeiten auf dem Lande sind ja damals noch recht dürftig gewesen, doch das Maral hat schon in die Töchterschule nach Burghausen dürfen für ein paar Jahre und auch Klavierunterricht bekam sie bei einem Privatlehrer. Auch hat sie keine sogenannten Dienstbotenarbeiten verrichten dürfen. Wie gesagt, die Eltern wollten mit Gewalt, daß aus dem Maral ein feines Fräulein wird und auch einmal einen feinen

Schwiegersohn, womöglich einen Herrn Doktor, ins Haus bringen möge. Leider haben dem Maral die natürlichen Anlagen für ein feines Fräulein ganz und gar gefehlt, sie war nicht bloß vom Äußeren her etwas korpulent gebaut, auch ihr Wesen verriet eine grundsolide bäuerliche Herkunft.

Als sie in den zwanziger Jahren war und in vollster Blüte stand, hätte mancher Bauernsohn der Umgebung gern um ihre Hand angehalten. Aber die Eltern haben das immer zu verhindern gewußt; denn das Maral ist schon zu etwas Besserem geboren, haben sie gemeint. So sind die Jahre vergangen, und aus dem Maral ist eine überständige Marie geworden. Ich kann mich noch erinnern, wie die Bauern der Umgebung oft gespottet haben: „Dö Wimberga Marie werd no amoi froh sei müssn, wenns a Bauanknecht heiratn mog." Aber wo ein Wille, da ist auch ein Weg. Und siehe da, man schrieb das Jahr 1933 und die Marie stand grad im vierunddreißigsten Jahr ihres Lebens, als es plötzlich hieß: „Im Mai is die Wimberger-Hochzeit". „Die Marie", so wurde erzählt, „hat jetz einen Münchner Hochzeiter und ein Doktor ist dieser noch dazu." Die Heiratsschmuser hatten da schnelle Arbeit geleistet und alles ist schon neugierig auf die Hochzeit gewesen. Ich war damals Ministrant und wir Buben haben schon unsere Hochrechnungen angestellt, wieviele Zehnerl oder gar Markln uns diese „Hochzeit des Jahres" mit vielen feinen Münchner Hochzeitsgästen beim sogenannten Aufhalten nach der kirchlichen Trauung einbringen würde. Gar nicht mehr erwarten haben wir diesen Tag können.

Endlich ist's dann soweit gewesen. Ein Dienstag war's und ein Maientag wie aus dem Bilderbuch. Wagl um Wagl mit Hochzeitsgästen von der Brautseite her sind ins Dörferl gerollt. Die Braut, natürlich ganz in Weiß, habens mit einer festlichen Kutsche gebracht. Der beste Hochzeitslader weit und breit, nämlich der Hausruckinger Albert aus Pfarrkirchen, ist mit Zylinder, schwarzem Frack und weißen Handschuhen zwischen Kirche und Wirtshaus hin- und hergefetzt, wie ein gehetzter Jagdhund. Alles ist in größter Erregung gewesen, weil vom Herrn Dr. Hochzeiter und seinem Anhang noch immer nichts zu sehen gewesen ist. Uns Buben ist aber nicht entgangen, wie der alte Pfarrer Neuber sich mit dem Mesner unterhielt und seine spitzen Bemerkungen machte. Und der Pfarrer Neuber hat einen gesunden Sinn für die Wirklichkeit gehabt und sich in seinen Voraussagen selten getäuscht.

Endlich und noch grad rechtzeitig sinds dann eingetroffen, der Herr Dr. Bräutigam mit Gefolge. Er in einem herrischen Privatauto und die Hochzeitsgäste mit einem Omnibus. Es ist nicht mehr viel Zeit gewesen zum Beschauen vor der Trauungszeremonie; denn schon hat der Prograder das Kommando übernommen und mit schmetternder Blasmusik ist's vom Wirtshaus zur Kirche gegangen. Aber, welches Brautpaar war da an der Spitze des Zuges zu sehen? Die Braut, groß und kräftig von Natur, eher etwas vierschrötig wirkend und Er, ein kleiner Wamperling mit einem fetten Kopf, auf dem ein etwas zu kleiner Zylinderhut gesessen hatte. Mit einem noblen Zwicker auf der Nase machte der Dr. Hochzeiter einen besseren Eindruck. Dieser bessere Eindruck ist bei uns Ministranten allerdings gleich nach der Kirche beim Teufel gewesen. Als wir nämlich beim Auszug der Hochzeitsgesellschaft aus der Kirche wie üblich mit dem Zyngulum die Gäste zur Abgabe eines kleinen Ministrantentrinkgeldes ermuntert haben, hat sich der Hochzeiter über diese landesübliche Ungehörigkeit mokiert und weder er noch seine feinen Münchner Hochzeitsgäste haben uns auch nur einen roten Pfennig in den Teller gelegt. Es ist uns auch nicht entgangen, wie der Pfarrer Neuber zum Mesner sagte: „No, Mesner, wos sagst denn zu dem Paarl? I moan, dö Marie waar mit jedn Bauernknecht bessa dro gwen ois wia mit dem Münchna Dokta!“

Im Wirtshaus ist's natürlich groß hergegangen mit dem Essen und Trinken; denn der Wimberger Gutshof hat das schon ausgehalten. Es ist damals so üblich gewesen, wenn im Mai eine Hochzeit war, dann ist abends für das Brautpaar und die Hochzeitsgäste eine Maiandacht gehalten worden. So war's auch bei der Wimberger Hochzeit. Aber statt dem Brautpaar ist die Marie allein gekommen, weil nämlich der Hochzeiter mit seinem städtischen Anhang schon in einer derart weinseligen Stimmung war, daß sie absolut nicht mehr in den kirchlichen Raum gepaßt hätten. Es ist auch erzählt worden, daß der Hochzeiter ohne Braut mit seiner Verwandtschaft wieder nach München zurückgefahren ist und auf Kosten des Wimbergerhofes, ebenfalls mit den nächsten Verwandten, aber ohne die Marie, eine Hochzeitsreise nach Italien gemacht hätte.

Am weiteren Leben der Wimberger Marie hat sich nicht viel geändert, außer daß sie nicht mehr die Maria Niedermeier, sondern die Frau Doktor Wimmer gewesen ist. Von diesem Titel hat die Marie bis zu ihrem plötzlichen Tod im Jahre 1969 auch gezehrt. Von ihrem angetrauten Ehemann hat man nicht mehr viel gehört und gesehen. Die Eltern sind weggestorben. Der gute Hölzlwimmer Sepp, ein Nachbarssohn, welcher schon als Stallbub auf den Wimbergerhof gekommen ist, hat dann 45 Jahre hergehalten und den Betrieb geführt. Nach Maries Tod mußte er sogar noch mit der Erbengemeinschaft um den sauer verdienten Lohn streiten, welchen ihm die Marie nicht ausbezahlt hatte. Jeder aber, der mit der Besitzerin Marie ein Geschäft machen wollte, sei es ein Viehhändler, Lagerhauserer oder Handwerker gewesen und die Marie nicht mit Frau Doktor Wimmer anredete, mußte unverrichteter Dinge wieder abziehen; denn schließlich hatte sie ja einen Herrn Doktor geheiratet.

Die Schuleinschreibung

In der Grundschule in Malgersdorf ist Schuleinschreibung fürs erste Grundschuljahr gewesen. Auch der kleine Sepperl von Holzham war dabei in Begleitung seiner Mutter. Als sie den Schulsaal, in dem die Einschreibung stattfand, betreten, grüßt der Sepperl den Herrn Lehrer gleich ganz kuraschiert mit einem lauten: „Grüaß Good, Herr Lehrer!" Der Lehrer sagt hocherfreut: „Ja, Buabal kennst mi leicht scho?" „Ja freili", sagt drauf der Sepperl. „Mei Freind, der Robert, hat ma scho oft von dir wos erzejd!" Der Lehrer fragte neugierig weiter: „Ja was sagt er denn dann von mir, dei Freind, der Robert?" Drauf der Sepperl: „Er sagt, daßt a recht a bleda Hund bist." Die zu Tode erschrockene Mutter wollte sich gleich rechtfertigen, hat aber mit ihrer Entschuldigung die Sache erst noch richtig verschlimmert. Sie sagte nämlich: „Dengans Eahna nixö, Herr Lehrer! Wissns eh, daß hoaßt: dKinda und dNarrn sagn meistens dWahrheit."

Wia echt

Beim Lehrer Franz Stössl bin ich in die Oberklasse gegangen. Er ist ein musischer Mensch gewesen, und alles war ihm anscheinend lieber als das Schulehalten. Eine Seltenheit war es damals noch, einen größeren Ausflug zu machen. Beim Franz allerdings war so etwas möglich. 1934 sind wir nach München gefahren mit einem Lastwagen, welcher sonst die Milch und den Rahm zur Molkerei fuhr. Das Auto war oben mit einer Plane abgedeckt, und als Sitze haben quergelegte Bretter gedient. Aber besser schlecht gefahren als gut gelaufen. Wenn das Auto mit den Kindern nicht voll geworden ist, haben auch noch Erwachsene mitfahren dürfen, und so ist auch die Kramer Resl dabei gewesen. Sie war ein Weibsbild mit etlichen zwanzig Jahren und schon immer recht umweltinteressiert. Wir haben in München das Funkhaus, das Armeemuseum, den Tierpark und auch die Feldherrnhalle besichtigt. Dort sind zwei SS-Männer mit präsentiertem Gewehr gestanden. Ihre Bewegungslosigkeit hatte die Resl stutzig gemacht. Erst betrachtete sie die beiden Posten von allen Seiten, und dann hat sie mit der Betastung angefangen. Die Hose, die Joppe und auch noch das Gesicht gestreichelt. Ganz erstaunt sagte sie: „Man mechts gar net glauben, daß ma ebs a so nochömacha ko. Dö zwö san ja wirklö wia echt."

Unter uns gsagt

Motorradlfreundliche Leut hat's auch vor dem letzten Krieg auf dem Land schon eine ganze Menge gegeben. Auch der Hinterwimmer Otto ist einer von denen gewesen. Leider hat er seinen schweren „Ardie" während des Krieges abliefern müssen. Aber gleich nach dem Krieg schaute er sich um und konnte auch wieder ein Vehikel einschachern. Gegen eine entsprechende Portion Gselchtes ist der Otto wieder stolzer Motorradbesitzer geworden. Allerdings haben ihn „gute Freunderl" wegen sogenannter Schwarzmarktgeschäfte hingehängt, und es ist zu einer Verhandlung gekommen.

Aber der Otto als Landwirt hat einen rechtmäßigen Schlachtschein für eine Sau vorlegen können und was er mit dem Fleisch seiner zustehenden Hausschlachtung mache, sei ja schließlich seine ureigene Sache. Also, nach Aufnahme des Tatbestandes zog sich das Gericht zur Beratung zurück, und einem Freispruch wär nichts mehr im Wege gestanden, wenn nicht, ja, wenn nicht der Angeklagte zu ehrlich gewesen wäre. Während nämlich das Hohe Gericht den Freispruch fixierte, erzählte der Otto einem Hilfspolizisten, welcher als Dauerbrotzeitmacher beim Hinterwimmer das volle Vertrauen des Hauses genoß, unter vorgehaltener Hand: ,,Gell, da schaust, dö ham mir nix macha könna wegn dem Gselchten fürs Motorradl; denn mit dem schwarzn Fleisch von ana rechtmäßig abgstochan Sau ko ma schließlich macha wos ma mog. Aba unta uns gsagt, dös brauchan ja dö da drin net wissn, daß i mit da rechtmassigen aa no glei a schwarze Sau abgstocha hob." Diese vertrauliche Eröffnung hat den Gendarm anscheinend sogleich an seinen Diensteid erinnert, und vergessen waren die vielen billigen und eigentlich für ihn verbotenen Brotzeiten beim Hinterwimmer. Er hinterbrachte die vertrauliche Mitteilung sofort dem Hohen Gericht. Die Folge fürn Otto war, statt des erwarteten Freispruchs, eine saftige Geldstrafe wegen Schwarzschlachtung und Schwarzhandel, und sein geliebtes Motorradl ist auch gleich beschlagnahmt worden. Und das alles bloß wegen dem „Unter uns gsagt“!

O MEI

Als es nach dem Krieg bei uns für die Bauern wieder die erste Kunstdünger-Zuteilung gab, lag der Haken daran, daß auch die Kuh- und Ochsenbauern mit ihrem Fuhrwerk zehn Kilometer auf rauher Kiesstraße nach Eggenfelden fahren mußten, um denselben abzuholen. Das Lagerhaus bekam nämlich für die Hauszustellung keinen Sprit. Unser Lagerhausvertreter ist damals der Burner Hans gewesen, und der Hans war mein Firmgöd. Also ist er zu mir gekommen und hat gemeint, wenn der Kunstdüngerzug die Zuteilung für Niedernkirchen und Umgebung in unser leerstehendes Göppel-Haus lagern dürfte, dann hätten die Leute nicht weit zum Abholen. So ist's dann auch geschehen.

An einem Dienstag ist Verteilung gewesen. Als erster ist schon um 6 Uhr früh der bekannte Frühaufsteher, der Hinteröder Jackl, mit seinem Kuhgespann aufgekreuzt. Aber wie er ausgeschaut hat, der Jackl! Bloß mit Hemd und Hose bekleidet. Letztere war bis über die Knie aufgekrempelt, mit Holzschuhen an den nackerten Füßen, welche bis zu den Knien so voll Kuhdreck gewesen sind, daß man fast keine Haut mehr sehen konnte. Ganz erstaunt fragte ihn der Burner Hans: „O mei Jackl, wia schaust denn du aus, wos hast denn leicht heit scho oiss gmacht?" Drauf der Jackl: „Heit no nix, aba gestan hab i Mist gfahrn!"

Der Lehner Alois

Zwischen Sulzbach- und Kollbachtal ist er wohl bekannt gewesen und sogar noch weit darüber hinaus, der Lehner Alois aus Oberradlsbach. Er hat zwar ein Bauernsachl gehabt, aber gelebt hat er hauptsächlich vom Handeln und Schachern. Es gab kaum einen Gegenstand, den der Lehner Alois nicht hätt auftreiben können. Besonders in der Nachkriegszeit ist der Alois ein gefragter Mann gewesen. Mit den Gendarmen hat der Alois auch viel zu tun gehabt, denn mit den Gesetzesgrenzen nahm er's nie allzugenau.

Ist wieder einmal ein Verhandlungstermin beim Amtsgericht Eggenfelden angesetzt gewesen, und ein Gendarm aus Johanniskirchen hätte den Alois vorführen sollen. Damals sind die Landpolizisten noch mit dem Radl gefahren. Also kommt ein Gendarm zum Alois und sagt: „So, Alois, jetz holst dei Fahrradl, nachat fahrma mitanand in dVohandlung nach Eggenfelden.“ „Ja“, sagt der Alois, „wos foid denn dir net ei, 25 Kilometer mitm Radl schinden, wo i doch a brauchbars Motorradl in da Schupfa drin hob.“ Dem Gendarm hat dieser Vorschlag gleich ganz gut gefallen. Der Alois holte vom hintersten Winkel eines Schuppens das alte Vehikel. „Bloß oan Hakn hat's“, meinte der Alois zum Polizisten. „I hob nämlich koa Battrie! Du muaßt mi also wegschiabm, und wenn's lauft, nachat hupfst hinten schnell aufö!“ Der Gendarm war mit diesem Vorschlag seines Klienten gleich einverstanden und schob an wie ein Stier. Der alte Karren ist plötzlich angesprungen, der Alois gab Gas und der Gendarm stand da, allein auf weiter Flur. Fluchend schwang er sich aufs Radl und strampelte die 25 Kilometer nach Eggenfelden. Dort war aber vom Alois weit und breit nichts zu sehen. Mit einem mords Zorn im Bauch ist er die 25 Kilometer wieder zurückgeradelt. Wie er zum Alois hinkommt, sitzt der seelenruhig in der Stuben und macht gerade Brotzeit. „Warum bist mir denn davongfahrn?" schreit der Polizist den Alois an. „Ja mei", sagt der Alois, „i hab mir denkt, du sitzt hinten drauf. Wia i di zEggenfeldn net drom ghabt hob, hob i mir denkt, auweh Alois, den werdst volorn habm, bin i eiso zruck und hob di gsuacht, aba net gfunden. Wo bist denn eigentlich glegn dö ganze Zeit?"

Ein Motorfahrzeug hat der Alois ja immer gehabt, aber nie einen Führerschein. Das haben die Gendarmen eines Tages spitz bekommen. Wie der Alois wieder einmal mit dem Motorrad nach Arnstorf gefahren ist, haben die Gendarmen schon am Straßenrand gelauert. Auf freier Strecke wollten sie ihn anhalten zum Kontrollieren. Aber der Alois hat Gas gegeben, und die zwei Polizisten haben grad noch zur Seite springen können, sonst hätts der Alois auch noch überfahren. Also sind sie ihm mit den Fahrrädern nachgefahren nach Arnstorf. Sie haben schon gewußt, in welchem Wirtshaus der Alois anzutreffen ist. „Warum hast net anghalten?" haben sie ihn vorwurfsvoll gefragt. Drauf der Alois recht scheinheilig. „Ja mei, hob i mir denkt, dö zwö mechtn gwiß mitfahrn, aba i ko bloß oan auflegn, nachat is mir da andre beleidigt. Aba an beleidigten Schandarm hob i gar net gern, drum bin i glei schnej weidagfahrn."

Habens einmal Hausdurchsuchung machen müssen, die Gendarmen, beim Alois. In einem Heuboden sollte angeblich etwas Verdächtiges versteckt gewesen sein. Die Gendarmen haben also, weil es recht warm war, ihre Mäntel ausgezogen und über das Stiegengeländer gehängt. Drauf sind sie über die Stiege auf den Heuboden gestiegen. Der Alois aber hat herunten gewartet. Unter der Stiege ist ein Hühnernest mit Eiern gewesen. Der Alois nahm also schnell die Eier aus dem Nest und steckte sie in die Taschen der aufgehängten Gendarmmäntel. Als die Polizisten vom Heuboden herunterkommen, fragt sie der Alois recht scheinheilig: „No, habts nachat ebs gfundn?" Die Gendarmen mußten natürlich verneinen. „Aba d'Oar habts ma vom Nest außa gstoin", schreit der Alois ganz bös. Als die Gendarmen diese Verdächtigung mit Entrüstung zurückweisen, haut der Alois mit der Handfläche auf die Manteltasche, daß der Eidotter oben herausspritzt. „Leigna dats ös aa no", schreit der Alois ganz bös. „Da hört se aba bei mir da Gmüashandl auf!"

Auch der Landrat Ostermeier vom damaligen Altlandkreis Eggenfelden hat den Alois gut gekannt. In Thanndorf war einmal Bürgerversammlung, und der Landrat Ostermeier ist auch anwesend gewesen. Der Alois, den die Gemeindepolitik nicht besonders interessierte, ist in einem Nebenzimmer gewesen. Als der Landrat in der Pause aufs Klo geht, sieht er den Alois allein im Nebenzimmer sitzen. In seiner Leutseligkeit sagt er gleich: „Ja, der Alois is aa da! Alois, wia gehts dir denn?" „O mei, Ludwig", sagt der Alois, „schlecht gehts ma, sauschlecht sogar." „Ko i dir wos helfa", fragt der Landrat. „Ja freilö kunst ma helfa", erwiderte der Alois. „A Maß Bier und a Brotzeit dad i hoid ganz notwende braucha." „Wos dad denn dös kostn?" fragt ihn der Landrat. „So an dö fünf Markl", meint der Alois „dadn glanga!" Der Landrat Ostermeier zieht sogleich seine Geldbörse und muß zu seinem Bedauern feststellen, daß bloß noch drei Mark Kleingeld drin sind. Diese gibt er also dem Alois und dieser meint: „Macht nix, Ludwig, zoist amoi drei Markl o, und dös andre bleibst ma schuidö, bis ma uns wieda treffan."

Die Trompetenbrotzeit

Echt wahr ists auf jedenfall, die Gschicht, weil ers mir selber erzählte, der Soukop Wenzel aus Arnstorf. Aus dem Böhmerwald hat's ihn zu uns verschlagen, und das böhmische Musikantenblut hat der Wenz im reichsten Maße in die Wiege gelegt bekommen. So ist es kein Wunder, daß er in Arnstorf eine Musikkapelle und eine Bläsergruppe gründete. Auch bei der Arnstorfer Stubnmusi ist er nicht bloß ein zuverlässiger Bassist, sondern er hat für diese Musikgruppe schon viele Stückln geschrieben und komponiert. Auch sonst hilft der Wenz landauf, landab bei allen möglichen Veranstaltungen als Spezialist auf dem Tenorhorn aus.

Wieder einmal haben sie irgendwo eine Hochzeit gespielt. Weil's so gut gegangen ist, hat der Wirt den Musikanten zum Schluß noch eine Brotzeit spendiert. Der Wenz aber konnte dieselbe nimmer essen, hats also ins Papier gewickelt, und weil er beim Hinaustragen ins Auto so viel Zeugs zum Tragen gehabt hatte, die Brotzeit einfach ins Tenorhorn gesteckt. Dort ist diese nach unten gerutscht und war aus den Augen und halt auch aus dem Sinn.

Nach gutding zwei Wochen ist der alte Linnertshuber-Bauer verstorben, und weil er ein Krieger war, ist auch die Musikkapelle dabei gewesen. Damals gab es in Niedernkirchen noch kein Leichenhaus, darum ist die Leich auf dem Linnertshuber-Hof abgeholt worden. Neben dem Pfarrer und dem Chor ist auch die Musikkapelle dort gewesen. Der Wenz hat seit der Hochzeit sein Tenorhorn nicht mehr benutzt gehabt. Wie sie nun vor der Haustür stehen, wo der Tote grad herausgetragen wird, sagt der Wieser Sepp, ein Musikantenspezl vom Wenzl, zu diesem. „I woaß net, was mi da a so ostinkt?" Jetzt haben's auch die anderen in die Nase gekriegt; aber die Ursache hat keiner gefunden. Wie sie nun zum Blasen anheben, bringt der Wenz aus dem Tenorhörndl keinen Ton heraus. Weil er aber einen guten Blasbalg hatte, der Wenz, hat's dann doch noch alles durchgerissen. Eine blaue Staubwolke, die einen Gestank verbreitete wie eine frisch ausgeleerte Abortgrube, hatte den Wenz wieder an seine vergessene Brotzeit erinnert.

Weil wir schon beim Wenz sind, muß ich auch noch die Gschicht erzählen, wie er einmal mit einem Rehbock gerauft hat. Der Soukup Wenz ist nämlich nicht bloß Wirt und Musikant, er ist auch noch ein leidenschaftlicher Jäger. So war er auch einmal zur Treibjagd beim Grafen Deym eingeladen. Im Stockahausener Wald ist grad ein Trieb zu Ende gegangen. Der Wenz ist mit dem Gewehr im Anschlag auf einem Waldweg im Unterholz gestanden. Da springt ein Rehbock aus dem Dickicht und pfeilgrad auf den Wenzl zu. Der ist so erschrokken, daß er bloß noch sein Gewehr quer vor sich hielt, um den Rehbock abzuwehren. Der Bock aber, ebenfalls aufs Höchste erregt, hat sich beim Ansprung mit dem Geweih im Gewehrriemen so verhängt, daß es zwischen beiden zu einem regelrechten Zweikampf gekommen ist. Der Wenzl ließ die Büchs nicht mehr aus der Hand, weil ja der Bock sonst mit dieser das Weite gesucht hätte. Teils am Boden liegend, teils stehend, haben die zwei miteinander gerauft, bis sich der Bock durch einen glücklichen Zufall doch wieder befreien hat können. „Jetz, da legst dö nieda", sagte der Wenz verdutzt. „Hätt mir der Bockdeifö pfeilgrad mei Büchs nehma mögn."

Der Unfall

In Eggenfelden erzählt man sich folgende Geschichte: Der letzte Landrat des 1972 der Gebietsreform zum Opfer gefallenen Landkreises Eggenfelden ist der Ostermeier Ludwig gewesen. Ein guter Regent war er, der Ludwig, und als eingefleischter Bayernparteiler halt auch noch ein bayerischer Patriot. Daß ein bayerischer Patriot auch zu allen Neuerungen der Zeit eine konservative Einstellung hat, versteht sich ganz von selber. So hat der Ostermeier Ludwig unter anderem auch immer schon etwas gehabt gegen die motorisierte Schnellfahrerei. Er ist ja selber noch mit dem Fahrradl, einem kleinen Motorradl und später mit einem VW-Käfer ins Fahrgeschäft des zwanzigsten Jahrhunderts eingestiegen.

Wie er dann später, nicht zuletzt aufgrund seiner Redegewandtheit, – was ihm auch den Spitznamen „Schmatzlucki" eingebracht hat, – Landrat von Eggenfelden geworden ist, da ist er natürlich auch mit einem Sternschlitten und Chauffeur aufgekreuzt. Sinds wieder einmal nach München an dRegierung gefahren, er und sein Chauffeur. Bis Altötting ist's ganz normal gegangen. Aber dann auf der B 12 ist der Teufel los gewesen, und der Ludwig ist mit dem Schimpfen nicht mehr fertig geworden.

Ein ums andre Mal hat er zum Chauffeur gesagt: „Ja schau no grad, wias wieda spinnan dö Deppn. Jetz fahr ma eh scho hundert, und da müassns uns aa no übahoin." Und nicht bloß Personenautos haben den Herrn Landrat überholt, sondern sogar noch Lastkraftwagen. So hat der Ludwig an Mühldorf, Ampfing und Haag vorbeigeschimpft. Auf einmal sehen die zwei vor sich eine Unfallstelle. Der Landrat läßt anhalten und schauen, ob nicht etwa ein Wagen seines Landkreises mitverwickelt ist. Und richtig! Da sehen sie auch schon einen demolierten Wagen mit dem Kennzeichen EG. Sie steigen aus und sehen am Straßenrand einen leblosen Mann liegen. Beim Näherhinschauen sagt der Landrat Ostermeier: „Ja, dös is doch da Meia Schorsch", und er schreit den Leblosen an: „Schorsch, bist tot?" Da richtet sich der Angesprochene ein bisserl auf und meint: „Na, tot net, aba bewußtlos!"

Der Freitagsgiggerl

Daß ein Junggesellenleben nicht absolut trostlos sein muß, ist vielfach bewiesen. Vor allem sind Junggesellen in der Erforschung von genüßlichen Hobbys oft die reinsten Spezialisten. Besonders begehrt sind in der Regel die Gaumen- und Magenfreuden. So ist's anscheinend auch beim hochgeschätzten und beliebten Sologänger Wolfgang Lippeck aus Postmünster. Von Beruf Einzelhandelskaufmann, ist sein einschichtiges Leben eher kurz- als langweilig. Chorgesang, Theaterspiel und Reisen verleihen dem Wolfgang jenen Schwung, der den Ehemännern durch Frauen und Familienpflichten zuteil wird. Aber auch die Gaumenfreuden sind dem Wolfgang sein Lieblingskind, und hierin habens ihm besonders die Grillgiggerl angetan.

Schon längere Zeit hat er besonders saftige Giggerl im Kühlschrank gelagert mit der Absicht, seinen ebenfalls stockledigen Freund Franz Stadlthanner, genannt der Schmiedseder Franzi, seines Zeichens Domkapellmeister von Pfarrkirchen, zu einem Schlemmeressen einzuladen. Immer wieder ist was dazwischen gekommen. Aber an einem Freitag sagt der Wolfgang: „Aba heit pack mas, bevor mir dö Giggerl aa no stingat wern!“ Der Franz als kirchlicher Angestellter hat zwar Bedenken gehabt wegen dem Freitagsgebot, aber der Wolfgang meinte, dafür könnte man ja ein anderes Opfer bringen, z. B. weiterhin ledig bleiben. Also is aufganga.

Der Wolfgang hat für die knusprig gegrillten Giggerl mit grünem Salat gesorgt, und der Franz ist pünktlich zum Essen erschienen. Wie sie grad dabei sind, die appetitliche Mahlzeit in Angriff zu nehmen, läutet's an der Haustüre. „Herrgottsaxndie“, hat der Wolferl geschimpft. „Wer mecht uns denn da scho wieda drausbringa?“ Da hören beide auch schon die wohlbekannte Stimme des Dorfpfarrers Gahbauer, wie er seinem Dackel, der's schon gar nicht erwarten kann, bis die Haustür aufgesperrt wird, zuredet: „Laß dir no grod Zeit, narrischer Kambö. Du kimmst glei eine zum Wolfgang und werst scho wieda a guads Bröggerl dawischn." Der Wolfgang, dem die häuslichen Möglichkeiten wohlbekannt gewesen sind, hat schnell seinen Teller mit dem Giggerl in der nahen Küche verschwinden lassen. Der Franz aber schaute zu langsam, und als der Pfarrer die Stubentürklinke drückte, läßt er schnell noch den Grillgiggerl unter der Bank verschwinden. Mit Unschuldsgesichtern und einem freundlichen „Grüaß Good, Herr Pfarrer" ist der so unpassend erschienene Gast von den beiden Junggesellen begrüßt worden. Jener entschuldigte sich auch gleich, daß er ja beim Essen nicht hätte stören wollen, noch dazu, wo der Hausherr auch noch einen Freund zum Essen eingeladen hätte. „Ja mei", sagt der Wolfgang scheinheilig, „Herr Pfarra, segns ös eh, daß mir zwoa grad a Fastnkur machan und heit unsan Salattag ham. Ho i mir denkt, richst fürn Franz aa glei o, damit er dahoam net lang umanandakaka braucht!" Indeß die drei so reden, ist dem rumschnüffelnden Dackel der Giggerl unter der Bank in die Nasn gekommen. Wie ein Narrischer hat er zum Wedeln und Bellen angefangen, und obwohl der Franz den Giggerl unter der Bank mit den Haxen noch tapfer verteidigte, ist es dem Dackel gelungen, denselben zu erwischen. Mit einem behaglichen Knurren hat er ihn in die Stubenmitte gezogen und auch sofort mit der Zerlegung begonnen. Die zwei ertappten Freitagssünder sind indessen mit hochrotem Kopf vor ihrem Salatteller gesessen und haben auf die Strafpredigt des sonst recht strengen Geistlichen Herrn gewartet. Der hat aber gelacht und gesagt: „O mei Dackl, hast du heit wieda a Glück ghabt, a so a guads Bröggerl hättst net amoi dahoam bei da Frein Rosa griagt, weil im Pfarrhaus heit strenga Fasttag ist."

Die ehrlichen Watschn

Von einer schönen Kinderzeit ist nicht viel zu spüren gewesen, beim späteren Metzgermeister, Gastwirt und Viehhändler Albert Siglmüller aus Unterhöft. In Eggenfelden wurde er geboren. Seine Eltern haben eine Gastwirtschaft gehabt, und recht bald war das Häuferl Kinder auf fünf Stück angewachsen. Die Eltern haben also alle Hände voll zu tun gehabt, um die große Familie zu ernähren. Doch viel zu früh ist der Vater von einem tödlich endenden Schlaganfall überrascht worden. Es heißt ja: „Ein Unglück kommt selten allein!" An jenem Tag, als der kleine Albert seine Erstkommunion gehabt hat, ist die Mutter bei einem Pferdewagerlunglück so schwer verletzt worden, daß sie bald darauf gestorben ist.

So sind die drei Buben und zwei Mäderln zu Verwandten und Bekannten in Kost und Wohnung gekommen und haben schon frühzeitig schauen müssen, auf eigenen Füßen zu stehen. So ist's auch beim Albert gewesen. Schon in der Volksschulzeit hat er beim bekannten Pferdehändler, dem Hofauer Franzl, den Stallbuben gemacht. Dort mußte er ausmisten und füttern. Manchmal durfte er mit dem Franzl auch mitfahren zum Roßhandeln, und wenn's nicht gerade rechte Luder gewesen sind, die Rösser, welche sein Chef gekauft hatte, hats der kleine Albert auch schon heimführen dürfen.

War er wieder einmal grad mit dem Ausmisten beschäftigt, der kleine Albert, da ist ein Bauer in den Stall gekommen, der ein Roß gebraucht hätte. Schnell hat er sich auch ein passendes herausgesucht und den Franzl gefragt, wo das Roß herstammen tät. „O mei", sagt der Franzl „dös hama da von da Arnstorfer Seitn uma!" Doch der Albert mit seiner kindlichen Ehrlichkeit mischte sich ein und sagte: „Aba, Chef, dös stimmt ja gar net, den hob i ja selba vom Moar in da Leitn bei Wurmannsquick hoamgweist!" Da hat's auch schon getuscht, und der Franzl hat dem kleinen Albert eine Trumm Watschn gegeben, daß derselbe unter den Füßen der Pferde gelegen ist. „Daß dir's merkst, du Saubua, du elendiger", hat der Franzl geschrien, „wo dRösser her san, dös woaß bloß i alloa und sonst gar neamd."

Eine ehrliche Auskunft

Das Prozessieren war früher eine landübliche Unsitte. Die Advokaten haben sich darüber gefreut, denn sie hatten ja auch leben wollen. Hat einmal ein Eggenfeldener Rechtsanwalt zu unserem Dorfpfarrer Neuber, mit dem er gut befreundet gewesen ist, gesagt: „Was is denn bei enk draussen los? De Arbat is recht weng bei mir, kunst ma net a weng a Prozessiererei eifadln in deina Pfarrei?“ In diesem Fall ging die Freundschaft sogar dem alten Pfarrer Neuber zu weit. Aber, es hat sich immer wieder was gefunden. Vor allem waren es Fahrtrechte, die den Advokaten reiche Pfründe einbrachten.

Da waren auch zwei Nachbarn, ein größerer und ein kleine rer Bauer. Und weil sich der kleinere auch einen Bulldog gekauft hat, ist der größere wepsig geworden. „Ois wennst du net mit deim Kuahgspann dei bissal Glump macha konnst“, hat er gemeint, der Größere, „und außerdem wenn dö i net laß, nochat kannst mit deina neia Errungenschaft net amoi auf dStraßn außöfahrn.“

Da hat es aber der Kleinere schon ganz genau wissen wollen, und es ist zum Prozessieren gekommen. Weil sie beide zahlungskräftig gewesen sind, ist das für die Rechtsanwälte eine recht ergiebige Sache geworden. Viele Prozesse mit Ortsbesichtigungen haben sich über Jahre dahingezogen. Das Erfolgspegel neigte sich immer mehr dem Kleinlandwirt zu. Der größere Bauer sah seine Erfolglosigkeit schließlich auch ein und bat seinen Rechtsvertreter, bei der nächsten Verhandlung so oder so den Prozeß zu Ende zu führen.

So war wieder zum soundsovielten Male ein Gerichtstermin, und die Sache stand 99 zu 1 für den Kleinbauern. Aber der Advokat des Größeren fand nochmals ein Haar in der Suppe, so daß es wieder zu keinem Ende kam. Entrüstet fragte nach der Verhandlung jener seinen Rechtsbeistand: „Ja, warum hast denn da jetz no moi wos findn müssen, daß wieda net gar worn is?“ Darauf jener: „Weil dös mei Gschäft is!“ Giftig fragt der Bauer weiter: „Wia lang soidt dös nochat no a so weida geh?“ Darauf der Advokat: „Solang wiast du mi zoist!“

Die sechs Haglbuchernen

Wenn man von Haglbuchernen erzählen will, muß man wohl vorher erklären, was das Wort bedeutet. Es wird bei uns im Zusammenhang mit einem Mannsbild verwendet, weist also einen Menschen männlichen Geschlechts aus. Derselbe zeigt eine besondere Härte im Geben und Nehmen, ist hartnäckig, kratzbürstig, gschert und büffelhaft. In der nachfolgenden Geschichte ist gleich von sechs dieser Sorte die Rede. Erzählt hat mir die Geschichte ein ehemaliger Kriegskamerad, nämlich der Apfelböck Jackl aus Thannhöcking bei Landau an der Isar.

In seiner Gemeinde also war ein sogenannter Häuslmo, was soviel bedeutet wie Kleinlandwirt. Dieser hatte sechs Buben aus besonderem Holz, also Haglbucherne. Die Buche ist ja bekanntlich ein Hartholz, und wenn dieselbe auch noch recht astig ist, dann ist es eben eine hagelbucherne Buche. Schon äußerlich haben die sechs Brüder eine robuste Bauweise gehabt, und genauso kernig war ihr Wesen. Das Anwesen der Buben war in einer waldumgrenzten Gegend und recht abgelegen. So hat sich dort auch allerlei abgespielt, was der Umwelt verborgen blieb.

Verborgen geblieben ist auch mehrere Wochen der Tod ihres Vaters. Obwohl eines ganz natürlichen Todes verstorben, haben die Buben dies als ihr Geheimnis behalten. Damals gab's auf dem Lande ja noch keine Leichenhäuser. Man hat die Verstorbenen bis zum Beerdigungstag zuhause aufgebahrt, was im Sommer oft wegen der Hitze eine unangenehme Sache war wegen des unvermeidlichen Totengeruchs, welcher meist das ganze Haus durchzog. Es war auch damals Sommerzeit gewesen, und der tote Vater strömte recht unästhetische Düfte aus. Die haglbuchernen Sechs haben den Tod des Vaters wochenlang verschwiegen. Nur durch einen Zufall wurde der Vorfall beim Häuslmo aufgedeckt und die Beerdigung anberaumt. Als nun am Beerdigungstag der Pfarrer, der Chor und die Trauergemeinde ins Haus kamen, um den Verstorbenen abzuholen, war alles entsetzt über den üblen Geruch. Die Leute hielten sich die Nasen zu, und überall wurde geflüstert und getuschelt. Da mischten sich die Buben unter die Trauergemeinde und verkündeten lauthals: „Ja, wos habts denn, da hätts vor zwoa Wochan kemma soin, da hat a erst gstunga!"

Eine Zeitlang haben „die Sechs" ohne die verstorbenen Eltern auf dem Anwesen gewerkt. Da ist ihnen der Gedanke gekommen, daß eigentlich das Anwesen ein uraltes Graffel sei, um das nicht schad drum wäre, wenn's abbrennen tät. So haben sie eines Abends bei Anbrechen der Dunkelheit Feuer gelegt. Damit aber die eventuell löschende Feuerwehr auch noch ihr Fett abbekommen sollte, haben die sechs Malefizschlawiner vorher noch den Inhalt der Abortgrube auf die Wiese vorm Haus geschüttet. Der Vater vom Apfelböck Jackl ist selbiges Mal Bürgermeister gewesen. Er hat auch der Feuerwehr geholfen, die Schläuche auszulegen und nach dem Brand wieder aufzurollen. Aber wie hat er mit seinen Helfern ausgesehen? Von unten bis oben voller Scheiße. Sie waren schon aus einem besonderen Holz, die sechs Haglbuchernen, und haben es faustdick hinter den Ohren gehabt.

Beerdigung

Als in einem größeren Ort unserer Umgebung ein ehemaliger Kriegsteilnehmer zur letzten Ruhe getragen wurde, ist natürlich auch der Krieger- und Veteranenverein mit Musik am Grab gewesen. Nach dem kirchlichen Zeremoniell tritt der Vorstand des Vereins ans Grab. In so einer Stunde innerer Erregung kann es schon vorkommen, daß auch einem gstandenen Mannsbild einmal Worte entschlüpfen, die selbst in todernsten Augenblicken die Gesichter der Trauernden zum Grinsen bringen. So ist es auch selbiges Mal gewesen. Nach ehrenden Worten für den verstorbenen Kameraden sagte nämlich der Vorstand: „Und als letzten Gruß lege ich dir, lieber Kamerad, im Namen des Kranzes diesen Verein nieder.“

Der Müller Wastl

Wastl hat er geheißen, derselbe Mühlbursch in der Mühle zu Oberdietfurt. Er ist, obwohl nicht mehr der Jüngste, immer noch ledig gewesen, und er war im ganzen Umkreis als Original bekannt. Gearbeitet hat er wie ein Wilder, wenn er drangewesen ist. Aber wehe, er ist drausgekommen von der Arbeit.

Einmal ist er, wie schon so oft, zum Wirt gegangen. Drei Tage vor Neujahr ist's gewesen, selbiges Mal. Eine eiserne Natur hat er gehabt, der Wastl, und darum ist er trotz der Kälte barfuß in den Pantoffeln auf eine halbe Bier in die „Einkehr" gegangen. Aber es sind viele Halbe geworden beim Wirt. Volle drei Tage dauerte die Einkehr. Der Wastl hat die Wirtshausbank als Schlafstelle hergenommen, und wenn er einen Rausch ausgeschlafen gehabt hatte, dann trank er sich einen neuen an. Am dritten Tag war's dann plötzlich so weit, daß in der nahen Dorfkirche zur Frühmesse geläutet wurde. Der Wastl ist aufgesprungen, hat noch ein paar Flascherl Bier in den Hosensack gesteckt und ist mit einem Fetzenrausch und barfuß in die Kirche und auf die Empore hinauf. Nachdem er dort noch eine Halbe geleert hatte, ist er eingeschlafen. Wie nun der Pfarrer bei seiner Neujahrs-Predigt den schlafenden Wastl auf der Empore sah, hat er mit Donnerstimme verkündet: „Und wieder ist einer unter euch, der am ersten Tag des Jahres sein Seelenheil verschläft!"

Da ist der Wastl aufgesprungen, und weil er im Halbschlaf und Vollrausch geglaubt hat, er sei in der Wirtsstube, plärrte er von der Empore herunter: „Wos für a Hanswurst schreit denn da herin a so? Nimma amoi im Wirtshaus hat ma heitzutogs sei Ruah!" Da ist aber dann gleich der Mesner auf die Empore hinauf und holte den Wastl herunter. Es ist auch höchste Zeit gewesen; denn sie waren noch kaum bei der Kirchentür draußen, da tat's beim Wastl einen Platscherer, und am üblen Geruch konnte man merken, was passiert war.

Der Geist

Die Geistergeschichten haben früher eine große Rolle gespielt, und in der Erfindung derselben hat es wahre Meister gegeben.

Zu der Zeit, als der Heuwieser Pepp noch Postwirt von Falkenberg gewesen ist, hat da auch wieder einmal ein Vertreter übernachtet. Er hat sich an den Tisch der abendlichen Stammkunden gesetzt und mords Sprüch gerissen. Da ist er aber bei den Falkenbergern grad recht angekommen. So gewitzte Burschen wie der Heuwieser Pepp, der Denk Xaverl und der Bauern Franz haben den Vertreter mit seiner prahlerischen Schneid ganz schön in die Mangel genommen. „Es ist nichts Neues“, haben sie gemeint, „daß der Teufel persönlich zu vorgerückter Stunde beim Postwirt zum Fenster hereinschaut und einen Bägezer tut.“ Beim Postwirt war nämlich, wie früher fast in allen Gasthöfen zwischen Hausgang und Gaststube, ein sogenanntes Schankloch mit Schiebefenster. Die Leute, welche die sogenannte Gassenmaß abholten, haben an einer Ziehglocke geläutet und sind durch das Schiebefenster bedient worden. „Und durch dieses Schiebefenster“, so haben die drei Falkenberger dem fremden Übernachter weisgemacht, „hat oft schon zu später Stunde der Teufel hereingeschaut.“ Und bei der späten Stunde sind sie ja bereits zusammengesessen selbiges Mal. So etwas einmal zu erleben, hat der Vertreter gemeint, wäre das Ereignis seines Lebens, und er würde dem Teufel schon das Laufen beibringen. Grad überstützt hat er sich in der Sprüchmacherei und dabei gar nicht gemerkt, daß der Postwirt schon längere Zeit abwesend war. Dieser aber ist hinaus und hat ein paar Burschen aus der Nachbarschaft zum „Geistern“ angerichtet.

Sie holten den Geißbock vom Posthalter, haben an der Schenke geläutet, das Fenster aufgestoßen und den Geißbock gezwickt. Dieser, bereits mit Kopf und Vorderfüßen im Schankloch stehend, hat darauf einen greußlichen Meckerer getan. Mit einem „Jesus, Maria hilf!“ ist der Vertreter unter den Tisch und hat sich nicht mehr heraus getraut. Als die anderen Zechbrüder ein spöttisches Gelächter angefangen haben, hat ihnen der Vertreter unterm Tisch Vorhaltungen gemacht und gemeint, daß man nichts Gewisses halt doch nicht weiß. Und jetzt, wo er den Teufel persönlich kennengelernt hat, habe er vor diesem in Zukunft einen sakrischen Respekt!

Die Geisterstund

Also, mein Nachbar Fredl ist nicht bloß Feuerwehrkommandant, denn davon kann man ja nicht leben, sondern hauptberuflich ein recht geschickter Lastkraftwagen-Mechaniker, der auch manchmal bei Nacht von seiner Firma aus den Federn geholt wird. So war es wieder einmal, weil nämlich ein Schwammerl-Fernlastzug eine Panne gehabt hat. Die Firma schickte den Fredl mitten in der Nacht mit dem Kranwagen an die Unfallstelle, und er hat den schweren Brummer wieder flott gemacht. Als Trinkgeld bekam er noch ein Kistl voll Champignons mit nach Hause. Es ist schon gegen Morgen gewesen, wie der Fredl daheim angekommen ist. Die Augendeckel sind ihm schon allerweil zugefallen; aber einen Hunger hat er gehabt wie ein Wolf und einen Gusto auf Schwammerl dazu. Also hat er gleich das Kocherln angefangen, bloß fand er ums Verrecken kein Salz. Weil er aber im Sommer ein bekannter Fischgriller ist, fiel ihm ein, daß in der Garage sein Grillzeug samt dem Salzkübel steht. Er hat damals noch im alten Pfarrhof in Niedernkirchen gewohnt und im Pfarrstadl war auch noch der längst außer Dienst gesetzte Leichenwagen untergestellt und an dem mußte er vorbei, um zu seinem Grillsalz zu kommen. Er schiebt sich also im Dunklen zwischen Mauer und Leichenwagen durch, da merkte er, wie ihn von hinten her wer festhält. Zu Tode erschrocken ist der schlaftrunkene Fredl plötzlich wieder hellwach. Er dreht sich um, da packt ihn von der anderen Seite wer. Er möchte laut um Hilfe schreien, bringt aber keinen Ton heraus. Mit fiebrigen Knien steht er da und tastet mit den Händen um sich. Da merkt er, daß sich seine Hosenträger an einem Haken des Leichenwagens eingehängt hatten, der sonst dazu bestimmt war, die Trauerkränze aufzuhängen. Die Geisterstund war zwar geklärt, aber der Appetit auf Schwammerl war dem Fredl auch vergangen.

Das Missverständnis

Leider haben wir ihn bloß ein gutes Jahr gehabt, den Pfarrer Georg Aichinger aus Achslach im Bayerischen Wald. Als Bauernsohn eines großen Waldlerhofes hat er sich in unserer ländlichen Pfarrei wohlgefühlt und bei uns war er geschätzt und beliebt. In den Jahren 1954/55 war er in Niedernkirchen. Wir zwei haben uns schnell zu einer Freundschaft gefunden, und so wollte ich ihn einmal abends im Pfarrhof zu einer Veranstaltung abholen. Obwohl in der Küche das Licht brannte, hat sich auf mein wiederholtes Läuten niemand gemeldet. So klopfte ich ans Küchenfenster und hörte auch gleich die Stimme des geistlichen Freundes. „Na so was, bin i pfeilgrad aufm Haferl droben eigschlafa!“ Auf mein helles Gelächter hin, klärte sich aber die Haferlsitzerei gleich auf. In der Achslacher Gegend sagt man nämlich zum Wasserschiff im Herd „Haferl“, und weil's ein naßkalter Novemberabend war, hat sich der Seelenhirte aufs „Grandl“, so sagt man bei uns, gesetzt und ist eingeschlafen. Und ich hab natürlich gleich an ein Nachthaferl gedacht.

Der Versprecher

Geistliche Schauspiele an den kirchlichen Festtagen sind im 19. Jahrhundert und auch noch anfangs des 20. Jahrhunderts in unserer Gegend eine beliebte Volksunterhaltung gewesen. Massenweise ist das Kirchenvolk zusammengeströmt und hat sich mitgefreut oder bei Trauerspielen auch mitgelitten. So ist an einem Passionssonntag in Arnstorf die Leidensgeschichte Jesu in der Kirche aufgeführt worden. Allerdings war der Christusdarsteller nach der Kreuzigung so erregt, daß er statt: „Es ist vollbracht“ sagte, „Es ist prachtvoll“, worauf die trauernden Zuschauer in ein befreiendes Gelächter ausbrachen.

Der Jagdschein

Wer heute in den Genuß des Jagdscheines kommen will, muß sich einer langen und strapaziösen Vorbereitung mit anschließend strenger Prüfung unterziehen. Um wieviel einfacher ist das doch in früheren Zeiten gewesen. Wer Zeit und Geld hatte und die Lust des Waidmanns verspürte, ist aufs Bezirksamt gegangen und konnte sich dort den Jagdschein kaufen. So kam in der Vorkriegszeit der Bürgermeister von Nöham, der alte Grobmerbauer, zum Bezirksamtmann nach Pfarrkirchen und tat ihm kund, daß er einen Jagdschein erwerben wolle. Der wegen seiner spitzen Zunge bekannte und gefürchtete Bezirksamtmann Steger setzte dem Herrn Bürgermeister die Folgen eines solchen Ansinnens auseinander. „Geh, Herr Bürgermeister", sagt er, „wos öahna auf dö oidn Tag net no oiss eifalln dad! Bedengans doch, sJagn kost vui Gejd und Zeit und an Haufa Kinda homs a dahoam, da kennans öahna Gejd aa anders obringa. Und, außerdem, da Jünga sans ja aa grod nimma!" Aber diese gutgemeinten Worte haben beim alten Grobmerbauern keine Wirkung gehabt. „Herr Bezirksamtmann", sagt dieser ganz bedächtig und mit einem bestimmten Unterton, „mi glußt's hoid jetz amoi aufs Jagern!" Weil aber der Grobmerbauer für seine langsame Sprechweise bekannt gewesen ist, hat der Herr Bezirksamtmann mit boshafter Zunge geantwortet: „Herr Bürgermeister, wenn Sie so langsam schiaßn, wias schmatzn, nachat treffans sowieso nix!" „Macht nix, Herr Bezirksamtmann", sagt drauf der alte Grobner: „sTreffa is eh net so wichtö, dHauptsach is, boid's kracht."

Der Schneiderdegen von Schernberg

Etwa zehn Kilometer nördlich des Rottalstädtchens Eggenfelden liegt auf dem höchsten Punkt seiner Umgebung die Ortschaft Schernberg. Der Ortsname dürfte von Scharren oder Scheeren kommen. Der Ort besteht aus zwei mittelgroßen bäuerlichen Höfen.

Schernberg hat auch eine historische Bedeutung; denn in unmittelbarer Nähe befindet sich eine keltische Kultstätte aus vorchristlicher Zeit, deren ursprünglicher Zustand noch gut erkennbar ist. Auf einem der Höfe lebt das Geschlecht der Kaltenberger, deren Ursprung bis etwa 1600 zurückreicht. Um die Mitte des 19. Jahrhunderts sind diesem Geschlecht neun Kinder und zwar acht Buben und ein Mädchen entsprossen. Ein Sohn heiratete nach Unterrohrbach. Er rettete durch seine Nachkommen den Namen und das Geschlecht der Kaltenberger vor dem Aussterben; denn die übrigen acht Geschwister sind ledig geblieben auf dem elterlichen Schernberger Hof. Die Nanni führte den Haushalt und der Simmerl war der Betriebsleiter. Von ihm ist überliefert, daß er zum Rasieren nie einen Spiegel nahm, sondern daß ihm der Wasserspiegel im großen Grand vor der Haustür genügte. Einem weiteren Bruder ist zeit seines Lebens kein Bart gewachsen. Die sieben ledigen Brüder sind also zusammen mit der Schwester auf dem Hof geblieben und haben von dort aus die verschiedensten Berufe ausgeübt. So ist einer Korbflechter und Holzschuhmacher, ein anderer Schreiner und einer ist Störschneider gewesen. An letzteren erinnert noch ein gut erhaltener Degen, ein sogenannter Schneiderdegen. Es ist ein etwa ein Meter langes Gerät, zweischneidig mit Knauf und steckt in einer handgefertigten Scheid aus dünnen Brettchen. Auf der einen Seite der Scheid war ein Zentimetermaß und auf der anderen das Ellenmaß angezeichnet.

Die Scheide diente also auch zum Zerlegen und Ausmessen des Stoffes. Das gleiche darf man aber auch vom Degen selber annehmen. Daß dieser aber auch als Waffe seinen Dienst getan hat, beweist folgender Vorfall.

Wenn besagter Schneider auf die Stör ging, dann baumelte an seinem Bauchgurt immer der Degen. So war es auch am Nikolaustag 1860, als er in aller Herrgottsfrüh in die etwa drei Kilometer entfernte Ortschaft Bachham auf die Stör ging. Dabei mußte er auf halbem Wege die Ortschaft Schlottham durchqueren. Dort werkte auf dem heutigen „Schneiderhof" ein Witzbold, welcher mit dem Schernberger Schneiderlein gern seine Späßchen trieb, und er wußte auch, daß das tapfere Schneiderlein samt Werkzeug und Degen spät abends beim Heimgehen wieder vorbeikommen mußte. Da der Schneiderbauer aber am selbigen Tage eine schwarzscheckige Kuh notschlachten hat müssen, kam er auf die Idee, sich die Kuhhaut samt Kopf und Hörner überzuziehen; so hat er sich beim heutigen Fink-Anwesen auf die Straße gehockt und dem heimwärts trottenden Schneider den Weg versperrt. Aber in der Erwartung, daß der sonst als furchtsam bekannte Schneider die Flucht ergreifen würde, hatte er sich arg getäuscht. Der Schneider riß nämlich bei seinem Anblick den Degen aus der Scheide und schrie: „Boidst da Deifö bist, nachat hoist mi! Boidst as aba net bist, nachat geht's dir schlecht!" Darauf hat der Teufel seine Kuhhaut weggeworfen und um Gnade gewinselt.

Erzählt hat mir die Geschichte sein Urenkel, der „Schernberger Sepp", dessen Vater in Unterrohrbach geboren und von den ledigen Onkeln den väterlichen Stammhof geerbt hatte. Er erzählte mir auch, daß damals, als die Großtante, die Nanni, welche ihren sieben Brüdern den Haushalt führte, gestorben ist, es bei der Leich einen turbulenten Zwischenfall gegeben hat. Es ist ein schöner Märzentag gewesen, wie sie die Tote beim Hof hinausgetragen haben. Früher sind ja die Verstorbenen bis zum Beerdigungstag im Haus aufgebahrt worden. Wie sie also mit der Leich (so werden bei uns die Verstorbenen heute noch genannt) zum Hof hinausziehen, ist noch einem alten Brauch Genüge getan worden, nämlich, daß die Bienenstöcke am Schrout über der Haustür geschüttelt worden sind. Einem alten Volksaberglauben zufolge sollte dies verhindern, daß bald wieder jemand aus dem Hause verstirbt. Vielleicht ist die Schüttelei ein bisserl kräftig erfolgt oder die warme Märzensonne ist dran schuld gewesen, jedenfalls wird berichtet, daß sich die Bienen gleich aufgescheuchten Hornissen auf den Trauerzug gestürzt haben und dieser fluchtartig samt der Leich, welche getragen worden ist, dem etwa vier Kilometer entfernten Pfarrdorf Falkenberg zurannte.

Anhang

Zur Biographie vom Ponzauner Wigg

15. August 1922:
Ludwig Gruber, der „Ponzauner Wigg", wird geboren auf dem Bauernhof seiner Eltern Alois und Maria Gruber, dem Ponzauner-Hof in Oberponzaun (Gde. Niedernkirchen), als sechstes Kind. Die Hofstätte selbst wird in der Chronik bereits 1436 erwähnt, bis zum Jahre 1592 zurück lassen sich die Ponzauner lückenlos nachweisen.

Ostern 1929 bis Ostern 1936:
Wigg besucht die Volksschule in Niedernkirchen, ist ab der 2. Klasse Ministrant, macht als echter Lausbub viele Streiche und freut sich an seinen Steckenpferden. – Mitarbeit auf dem elterlichen Hof. – 1935 bei der HJ (= Hitler-Jugend).

1936-1942:
Arbeit auf dem elterlichen Hof, zunächst als Stallbub und Ochserer, dann als Knecht und Baumann. Die karge Freizeit wird bei Gesang, Musik und Tanz, auch zu Hause, verbracht. Erste mundart-dichterische Gehversuche.

1942-1945:
Kriegsdienst an der Ostfront, mit zweimaliger schwerer Verwundung. Am 10. Mai 1945 Rückkehr auf den Hof in Oberponzaun.

1945 ff:
Neben der Bauernarbeit sehr intensive Mitarbeit am Wiederaufbau Bayerns, u. a. als Gemeinderat, stv. Bürgermeister, Schöffe, Jagdbeirat, Obmann des Bauernverbands, Geschäfts-

führer des Mobiliarversicherungsvereins, Organisator des Leonhardi-Umritts.

1949:
Übernahme des elterlichen Hofes.

1950:
Eheschließung mit der Bauerntochter Annemarie Miller aus Schönbach bei Falkenberg; vier Kinder: Florian, Christiane, Wolfgang und Ludwig.

1969:
Bei der Einweihung des Bauernhof-Museums in Massing beteiligt sich der Wigg als Moderator und Rezitator. Schon in den Jahren zuvor war er aber immer wieder als Verslmacher, Festredner und Prograder im gesamten Rottal und auch weit darüber hinaus im Einsatz, auch in Funk und Fernsehen. Ab 1969 aber zählt der Wigg sein „zweites Leben" als Rezitator und dann auch als Autor. Alle seine Bücher erschienen im Verlag von Rudolf Vierlinger in Simbach am Inn.

1974:
Sein 1. Buch „Herzhaft gsagt" erscheint.

1976:
2. Buch: „Niederbayerische Weihnacht"

1979:
3. Buch: „Bei uns dahoam"

1982:
4. Buch: „Für Feste und Feiern in Niederbayern"

1987:
5. Buch: „Unter uns gsagt. Dalebt und dalust“

1990:
6. Buch: „Grüaß Gott beinand“

1994:
7. Buch: „Bauernbrot“

10. Dezember 2005:
Der Ponzauner Wigg stirbt auf seinem Hof nach kurzer Krankheit, 83 Jahre alt. Am 13.12. wird er in einer großen und schönen „Leich“ auf dem Friedhof von Niedernkirchen zu Grabe getragen.

Hinweise zu Textgestalt und Abbildungen

- Die Seiten 11 bis 201 dieser Neuausgabe sind entnommen aus:
  Ponzauner Wigg: Bauernbrot. Kindheits- und Jugenderinnerungen in Prosa. Zeit und Jahr im Reim. Simbach am Inn, Verlag Rudolf Vierlinger, 1. Auflage 1994 (2. Auflage 1997, 3. Auflage 2003). – Die Gedichte aus der Abteilung „Zeit und Jahr im Reim" im Buch „Bauernbrot (1994) wurden nicht aufgenommen, ebenso nicht das Nachwort des Verlegers Rudolf Vierlinger.
- Die Seiten 203 bis 321 dieser Neuausgabe sind entnommen aus:
  Unter uns gsagt. Dalebt und dalust vom Ponzauner Wigg. Simbach am Inn, Verlag Rudolf Vierlinger, 1. Auflage 1987 (3. Auflage 1998). – Die Geschichte „Das Arnstorfer Christkindl" aus dem Buch „Unter uns gsagt" (1987) wurde nicht aufgenommen, es ist im Band „Weihnachtln duad's in Niederbayern" (Edition Töpfl Tiefenbach 2007 und 2008) auf Seite 87 enthalten.
- Die Texte folgen den oben genannten Textvorlagen. Offensichtliche Druck- und Schreibfehler bzw. missverständliche Passagen wurden stillschweigend korrigiert. Die Rechtschreibung der Texte hält sich an die Originalausgaben, d. h. sie folgt der Rechtschreibreform aus dem Jahre 1902.
- Die Fotographie auf Seite 2 vom Ponzauner Wigg stammt aus dem Jahr 1995 und wurde von Frau Christiane Kasper zur Verfügung gestellt. – Die Illustrationen auf Seite 10 und Seite 202 sind Reproduktionen der Buch-Umschläge 1987 und 1994. – Für das Foto des Herrn Landrats (Seite 5) ist dem Landratsamt Rottal-Inn zu danken.

Zum Herausgeber

Hans Göttler, geboren am 03. Mai 1953 in Simbach am Inn und dort aufgewachsen als Weißbräu-, Gastwirts- und Kracherlmacherssohn; Abitur am Tassilogymnasium Simbach am Inn 1972; Studium für das Lehramt an Gymnasien (Deutsch, Sozialkunde, Geschichte) in München; Promotion 1979 zum Dr. phil. mit einer Arbeit über den Schweizer Pfarrerdichter Jeremias Gotthelf; Schuldienst 1978-1983 in Pfarrkirchen, Simbach, Weilheim und Pocking; 1983 Versetzung an die Universität Passau; seit 1998 Akademischer Direktor im Fachbereich Germanistik (Deutsch-Didaktik); seit 1981 verheiratet; drei Kinder. Seit 2005 Mitglied der „Münchner Turmschreiber"; 2011 „Minister der Innereien" beim „Verein zur Förderung des Ansehens der Blut- und Leberwürste" e. V. Bad Höhenstadt (Markt Fürstenzell); 2013 Präsident des Vereins „Karl Klostermann – Dichter des Böhmerwaldes e. V.".

Publikationen im Bereich „Bairische Literatur":

- Emerenz Meier, Gesammelte Werke. 2 Bände. Grafenau: Morsak, 1991; überarbeitete und korrigierte Zweitauflage 2012.
- Katharina Koch, Der große Dom. Gedichte und gesammelte Schriften. Grafenau: Morsak, 1993. (vergriffen)
- „Zwischen Donau und Inn... Dort liegt die Heimat, von der ich rede." Wilhelm Diess liest seine Erzählungen aus Niederbayern. Passau: Symicon, 1994. (CD)
- Kultur und Geschichte als Heimat. Simbach am Inn: Vierlinger, 1995.
- Wilhelm Diess, Leben und Werk. Grafenau: Morsak, 1996. (vergriffen)
- Maria Mayer, Am Heimatbrunnen – Aus meinem Kinderland. Erinnerungen an Hauzenberg und Leizesberg. Tiefenbach:

Töpfl, 1997. – 2., erweiterte und überarbeitete Auflage: Tiefenbach, Töpfl, 2008.

- „... Liebe zur Heimat und Wissen um sie...“ Max Peinkofer spricht: „Die Maidult in Passau“ und andere seiner Mundartdichtungen. Passau: Symicon, 1998. (CD)
- Wilhelm Diess, Ein eigener Mensch, Ausgewählte Geschichten. Tiefenbach: Töpfl, 2000. (4. Aufl. 2007)
- Wilhelm Diess, Madeleine Winkelholzerin, Ausgewählte Geschichten. Tiefenbach: Töpfl, 2003.
- Spurensuche nach Papst Damasus II. in Pildenau am Inn: Geschichte und Legende des 1. Pontifex Maximus aus Altbayern. Tiefenbach: Töpfl, 2005.
- Wugg Retzer und sein Buch „Der Stier von Pocking“. Tiefenbach: Töpfl, 2005. (2. Aufl. 2007) [nicht mehr erhältlich!]
- Hans Göttler liest: Weihnachtsgeschichten aus dem Passauer Land. 2006. (Inzwischen neu erschienen unter dem Titel: Hans Göttler liest: Weihnachtsgeschichten aus Niederbayern. Tiefenbach: Töpfl, 2008; Doppel-CD).
- Vom Verslschreiber zum christlichen Heimatdichter. Der Weg des „Ponzauner Wigg“ (1922-2005). Mit seiner Dichtung „Bayerische Passion“, Fotografien von Hans Würdinger. Tiefenbach: Töpfl, 2007.
- Wilhelm Diess, Tiberius scherzt, Ausgewählte Geschichten. Tiefenbach: Töpfl, 2007.
- Ponzauner Wigg, Weihnachtln duad's in Niederbayern, Gedichte, Erinnerungen und Geschichten. Tiefenbach: Töpfl, 2007. – 2., überarbeitete Auflage 2008.
- „... des freien Waldes freies Kind“ – Ein Emerenz-Meier-Lesebuch. Grafenau: Morsak, 2008.
- Die Siebenschläfer, wie sie in in den Büchern stehen! Tiefenbach: Töpfl, 2008. (Erweiterte Neu-Ausgabe 2014)
- Hans Göttler liest: Ponzauner Wigg „Niederbayerische Weihnacht“. CD. Tiefenbach: Töpfl, 2009.
- Ponzauner Wigg, An Herrgood sei Handlanga bleibm!

Gereimte Gedanken für das Seelenheil der Menschen. Tiefenbach: Töpfl, 2009.

- Wirtsbuam-Turmschreibereien. Heitere Geschichten aus Niederbayern. Husum: Turmschreiber Verlag, 2010.
- Max und Moritz in Weißblau. Mit Hör-CD. Tiefenbach: Töpfl, 2011.
- Hans Göttler liest: „Mei Emerenz, my Emma!“ Texte aus Baiern und Amerika, verfasst von Emerenz Meier (1874-1928). CD. Grafenau: Morsak, 2012.
- Robert Bernhard Erbertseder, Mit der Boggalbahn durchs Rottal. Niederbayerische Gedichte. Mit Hör-CD. Tiefenbach: Töpfl, 2013.
- Emerenz Meier, Das Hasenpassen. Sieben frühe Erzählungen. Grafenau: Morsak, 2014.
- Da Schdruuwebäda auf Boarisch. Mit Hör-CD. Tiefenbach: Töpfl, 2014.

Auszeichnungen: Kulturpreis des Landkreises Passau 1993; Preis für gute Lehre des Freistaates Bayern 2000; Ehrenzeichen der Deutschordensschwestern 2002; Verdienstmedaille der Stadt Simbach am Inn 2003; Silbernes Ehrenzeichen des Stelzhamerbundes der Freunde der oö. Mundartdichtung 2004; Münchner Turmschreiber 2005; Orden wider die beleidigte Leberwurst 2013; Kulturmedaille der Stadt Simbach am Inn 2013; Kulturpreis des Bayerischen Wald-Vereins 2014.

Kontakt:

Universität Passau, Innstraße 25, 94032 Passau
Tel.: +49/851/509-2611 – Fax: 509-2837 bzw. 509-372605
www.uni-passau.de – hans.goettler@uni-passau.de

Dr. Hans Göttler, Osterholzen 3, 94148 Kirchham
Tel. +49/8531/22261 – Fax: 980169 – www.goettler-simbach.de
hans.goettler@yahoo.de oder goettler.hans@gmail.com

Inhaltsverzeichnis